クリスティー文庫
77

未完の肖像

アガサ・クリスティー

中村妙子訳

Agatha Christie

UNFINISHED PORTRAIT
by
Agatha Christie

Translated by
Taeko Nakamura
Published 2021 in Japan by
HAYAKAWA PUBLISHING, INC.
This book is published in Japan by
arrangement with
AGATHA CHRISTIE LIMITED
through TIMO ASSOCIATES, INC.

目次

未完の肖像

登場人物

シーリア……………………………………………………主人公
シリル……………………………………………………シーリアの兄
ジョン……………………………………………………シーリアの父
ミリアム…………………………………………………シーリアの母
ジャンヌ…………………………………………………小間使
グラニー…………………………………………………シーリアの祖母
ピーター・メイトランド………………………………外地勤務の軍人
ジム・グラント…………………………………………農業青年
ダーモット………………………………………………下級将校
ジュディー………………………………………………シーリアの娘
デンマン…………………………………………………ナニー
ケート……………………………………………………メイド
ミス・フッド……………………………………………家庭教師

まえがき

メアリー
この原稿をあなたに送るのは、いろいろと思いあぐんだ末のことです。実のところ、他日、これが世に出ることを願う気持もないとはいえません。それが人情でしょう。天才は自分の描いた絵をアトリエの片隅に積んで、人には絶対に見せないといいます。しかし私はそんなことはしません。もっとも私は天才どころか、かなり有望であるとはいえ、一介の若い肖像画家ラビーにすぎないのですから。
それにあなたも、自分の好きなこと——したがって自分の得手なこと——から引き離される無力感を、よくご存じでしょう。お互いに理解しあっているからこそ、我々は友人なのです。あなたはものを書くということについて通暁していらっしゃる——その点、私はまったくの素人なのですし。

この原稿を読んでくだされば、私があのバージの助言に従ったまでだということがおわかりになるでしょう。覚えておいでですか？　バージはよくいいました。「新しいメディアを使ってみたまえ」と。これは肖像画です――それもおそらくひどくまずい――なぜって私には、この新しいメディアがよくわかっていないのですから。こんな駄作はどうしようもないとあなたがいわれれば、おとなしくひきさがるつもりです。しかし、たとえわずかにもせよ、芸術の萌芽とでもいうべきものがあると思われるなら――出版しても悪くはあるまいと考えたのです。この中で私は実名をそのまま用いましたが、それは変えてくださってかまいません。しかし誰が気にかけるでしょう？　マイケルは何とも思わないでしょうし、ダーモットはそもそもここに自分の面影など認めないでしょう。彼はそんなたちの人間ではありません。いずれにせよ、シーリア自身もいったように、彼女の身に起こったことはとくに珍しいことではなく、誰の身にでも起こり得ることともいえます。じっさい、よくある話なのです。私が興味を感じたのはシーリアの身の上ではなく、彼女自身です。そう、シーリアその人なのです、私が関心をいだいたのは……

つまり私はシーリアの半生をキャンヴァスの上にとどめたいと思ったのです。むろん、そんなことは今の私にはできない相談です。ですから私はせめてもほかの方法で、彼女の姿を描きだしたいと思いました。しかし、言葉や文、また句読点は、私にとってまったく新奇なメディアです。使い慣れた絵筆とは違うといったらいいでしょうか。

私はシーリアを二つの角度から眺めました。まずむろん、私自身の角度から。しかしおそらくあの二十四時間の特殊な事情から、ほんの束の間にせよ、私は彼女を内面から、すなわち彼女自身の角度からも見ることができたのでした。二つの像は必ずしも一致していません。それは私を苛だたせると同時にひきつけました。私が神だったら、彼女の真の姿、ありのままの彼女を知ることができるのでしょうが。

けれども作家は自分の創造した人間にとっては、一種の神となることもできます。作家は作品中の人物を思うままに扱うことができる——少なくとも自分ではそう考えています。しかしその人物は折々、作家の意表外の行動に出ます。神もまた人間について、そうした意外の感をいだかれることがあるのでしょうか……あるいは……

さて、これ以上長々と書こうとは思いません。出版するなり、破棄するなり好きなようになさってください。

あなたのJ・L

第一部　孤島

絶海の孤島があった
南への旅の道すがら
小鳥たちは一夜そこに羽を休め
ふたたび飛びたち
南への旅をたどった……

わたしもまた孤島だ
海の真中の島だ
本土から飛んできた一羽の鳥が
ある夜、わたしの上で羽を休めた……

1 庭園の女性

あることがきわめてはっきりしているのに、それが何だか、どうしても思い出せない——そんな気がすることがよくあるものだ。

町へと続くそのくねくねと折れ曲った白い道を辿りながら、私はそんなふうに感じつづけていた——海を見おろす山荘の見晴し台から歩きだしたときからすでに。その感じは一歩ごとに強まり、こうしてはいられないというような、さし迫ったものをさえ感じさせるようになった。そしてとうとう棕梠の並木道が尽きて浜辺となる所で、私は足を止めた。今思い出さなければそれっきりだという気がしたからだ。頭の奥に影のように潜んでいるもの、それを引き出して検討し、徹底的に調べあげ、何とか決着をつけなければ。正体をつきとめるのだ。ここではっきりさせなければ——取返しがつかぬことになるだろう。

　人がそういう際にやることを、私はやってみた。これまでに起こったことを一つ一つ思い返してみたのだ。

　町からの散歩——埃っぽい道。日光がぽかぽかと首筋に当たっている。ここまではどうということもなさそうだ。

　山荘の庭園。スカイラインに背の高い糸杉の木が黒々と立ちはだかり、あたりの空気はひんやりと冷たかった。見晴し台へと続く緑の小径。海を見おろすベンチ。思いがけず、そこに坐っている女性の姿を認めて、ここにいるのが自分ひとりではないと知ったときに感じた軽い不満。

　一瞬、私は戸惑った。彼女は振り返って私に気づいた。イギリスの婦人らしい。何か言葉をかけなくては。こんな所にひとりでやってきたことを奇異に思わせないような、ごくさりげない言葉を。

「いい眺めですね、ここは」

　私はそう一言いった——ごくありきたりの、無意味な挨拶だ。すると彼女も、育ちのいい女性なら誰でもいいそうなことを、同じくさりげない声音で呟いた。

「本当に美しうございますね。それにたいそう気持のいい日ですし」

「町からはかなりのぼりでありますが」

私がこういうと彼女も同意して、埃っぽくて遠いのが難点だけれどもといった。

それだけだった。行きずりの、おそらくは今後二度と会うこともないと思われる二人のイギリス人が旅先でたまたま会ってかわす礼儀正しい、尋常な挨拶。私は歩みを返して山荘のまわりを一、二度回り、オレンジ色のヘビノボウズ（たしか、そんな名だった）の実の美しさに感嘆し、坂道を町へと下りはじめたのだった。

それだけのことだった——けれどもどうしてか、それだけではないという気がしきりにしていた。あることがはっきりわかっていながら、どうしても思い出せないという感じだった。

さっきの婦人の物腰の何かだろうか？　いや、彼女の態度はしごくノーマルで、当たりも柔らかかった。こういう場合、世の多くの婦人たちがとる態度や様子と、とりたてて変わったところがなかった。

ただ——今思えば——彼女は私のこの腕を見なかった。

おやおや、何と奇妙なことを書いてしまったのだろう！　まったく何の関係もないことを。しかしこう書いただけでは、私のいう意味はわかってもらえないだろう。

彼女は私の腕を見なかった。たいていの婦人はきまってちらりと視線を走らせる。女性は目ざとい。おまけに思いやり深い。私の手を見たとたんに彼女たちの顔に表われる表情に、私は慣れっこになっている。愛すべき、しかし腹立たしき者、汝の名は女性なり、である。同情、慎みぶかさ、私の障害の状態に気づいたことを気取られまいとする健気《けなげ》な努力。いずれにしろ、態度が一変して、いかにもやさしくなるのだった。

しかし、彼女は私の手を見なかった。いや、目にも留めなかったといってよい。

私は歩きながら彼女のことを逐一思い返してみた。奇妙なことだ――さっき背を向けた瞬間には、どんな顔立ちかと問われてもまるで答えられなかったろう。色白の、三十を少し過ぎたと思われる女性というだけで。けれども丘を下りながら私は、その姿が次第に鮮やかに胸に浮かびあがるのを感じていた。まるで暗室で写真の現像をしているときのようだった(父と暗室にこもって現像をしたときの記憶は子ども時代のなつかしい思い出の一つだ)。

映像が浮かび出る瞬間のスリルを、私はいまだにまざまざと覚えている。現像液に浸した原板の空白の面に突然小さなしみのようなものが現われ、その色がだんだん濃くなり、急速度でひろがる。そのときのわくわくするような気持――どういう映像が現われるか、見当もつかないのだ。画面の色はどんどん濃くなっていくが――まだ何もはっきりとは見えず、しばらくは光と影の混淆した印象にすぎない。そう思っているうちに、急にはっとする。ああ、あれは木の枝だ。誰かの顔だ。椅子の背だ。ネガが逆さなのがわかって、正しい位置に向け直す――そしてそれまで何も見えなかった原板の上にすべてのものが鮮やかに浮かび出るさまを息を殺して見守る。と、画面は暗くなり、またもや何も見えなくなってしまう。

まあ、そういったところが私の受けた印象を最もよくいい表わしていることになるだろう。町への道を辿りながら、私はその女性の顔をいよいよはっきりと思い出していた。顔の両脇にぴたりとくっついている感じの、小さい耳に瑠璃色の細長いイアリングが揺れていた。淡い亜麻色がかった金髪がその耳の上に波打ち、くっきりした顔の輪郭と、澄んだ空色の目が印象的だった。目と目の間はかなり離れていて、短い茶色の睫毛がその目のまわりを濃く縁どり、ごくほっそりと描いた眉が驚いているような表情を添えていた。小さな、少し角ばった顔、きっと引きしめられた口もとの心もち厳しい線。

彼女の容貌を私は――いちどきにではなく――少しずつ――繰り返していうが、写真を現像するときのように――徐々に胸に甦らせた。

次に起こったことは、自分でも説明ができない。現像は一応完了した。写真の場合なら、映像は次第に暗くなってふたたびぼやけるはずだった。

しかしこの場合の対象は写真ではない。人間だった。だからその過程はさらに進行した。表面的なものから、その背後へ——もしくはその内側へと。まあ、強いて説明すればそういうことになろうか。

私にはわかっていたのだ、おそらく。はじめて彼女を見た瞬間から。現像は私の内部で起こっていたのだ。私の潜在意識にはじまって意識にのぼり……

気がついてはいた……だがそれがどういう性質のものかということははじめはわからなかった。それが突然——その闇の、空白の中から——一つの影が——そしてイメージが現われた。

私はくるりと踵をめぐらして、その埃っぽい道を小走りに取って返した。とくに足の遅い方ではなかったが、思う半分もスピードが出ないような気がした。山荘の門から駆けこみ、糸杉の並木道を過ぎ、草深い小径を私は急いだ。

彼女はほとんどさっきと変わらぬ姿勢で坐っていた。

私は息を切らしていた。身を投げださんばかりの勢いで、彼女の傍らに腰をおろして、

私はいきなりいった。

「私はあなたがどなたなのか、どこの方だか、つまり、あなたについては何一つ知らないのです。しかし、いけませんよ、あなたのなさろうとしていらっしゃることは。聞いていらっしゃいますか？　そんなことをしてはいけません」

2　行動への呼びかけ

何とも奇妙なことに（そのときはそうは思わなかったのだが）、彼女は私の言葉を打ち消そうとはしなかった。「どういうことですの？」とか、「あなたには、何もわかっていらっしゃらないんですわ」などといいそうなものだったのに、少なくとも言外にそんな意味を含ませて、私の顔を見返しそうなものだったのに。冷ややかなまなざしでちらりと見られただけで、私は手も足も出なくなってしまっただろう。

実のところ、むろん彼女はそんな段階をとうに過ぎていたのだ。いわば徹底的に打ちのめされ、誰が何といおうが、しようが、驚かないという心境だったのだ。

彼女がしごく落ちついた、ものわかりのいい態度をとっているのが、私にはいっそ恐ろしかった。ただ憂鬱だとか、思い詰めているとかいうだけなら適当になだめすかすこともできる。一時の感情なら、やがては消えるだろう。そうした衝動が激しければ激しいほど、後ではかえって冷静になるものだ。しかし穏やかな、一貫して理屈の通った意志は、それとはまったく違う。そこに至るまでの過程が緩慢であっただけに、容易には、振り切れぬものがあるのだ。

彼女はじっと私を見返したが、何もいわなかった。

「とにかく、理由を話してくださいますね？」

彼女はこころもち頭をさげた。仕方ないと認めるかのように。

「それが一番いいんじゃないかという気がしたものですから。それだけですわ」そう彼女はいった。

「それがそもそも間違っているんですよ」と私はいい返した。「たいへんな間違いです」

激しい言葉も彼女を動揺させなかった。彼女は落ちついて――むしろ、超然としていた。

「よくよく考えた末のことですの。本当に、それが一番いいんです。簡単で、楽で、手っとり早くて。それに誰にも――迷惑がかかりませんし」

いかにも育ちのよい女性らしいいいぐさだと私は思った。「他人の立場を思いやること」を金科玉条としているのだろう。

「で、後のことは――どうなんです？　気になりませんか？」

「その危険は冒さなくてはなりませんでしょうね」

「あなたは死後の世界があると信じていらっしゃるんですか？」と私は訊いた。

「さあ。あるんじゃないでしょうか。何もないとは考えられませんもの。ただ——安らかに眠り——目も覚さないというのでは、理想的すぎますわ。そうだったら、どんなにありがたいか」

彼女は夢みるように目を半ば閉じた。

「あなたの子ども部屋の壁紙は何色でした？」と私は唐突に訊ねた。

「薄紫のアヤメが柱のまわりにまつわっている模様でしたわ」といいさして、はっと驚いた様子を見せた。「壁紙のことを考えていたって、どうしておわかりになるんですか？」

「そんな気がしたんですよ。それだけのことです」私は言葉を続けた。「子どものころ、あなたは天国をどんな所だと想像していらっしゃいましたか？」

「緑の牧場——そして谷——羊と羊飼と。詩篇にありますでしょう？」

「あなたにそれを読んで聞かせたのは誰でした？　お母さまですか、それともナースですか？」

「ナースです……」と微笑を浮かべた。

『よき羊飼』の話も聞かせてくれましたわ。あたし、本物の羊飼なんて、いっぺんも見たことがないと思いますの。でもあたしたちの家の近くの草原に小羊がいましたっけ、二匹」とちょっと言葉を切り、すぐ続けた。「もう今ではそこにも家が建っていますけど」

私はふと思った。「奇妙だな。その草原が昔のままだったら、彼女もここにはいなかったかもしれない」私はまた訊いた。「幸せな子ども時代を過ごされたんでしょうね？」

「ええ、とても！」その声音にこもっている確信は疑うべくもなかった。「幸せすぎるほどに」

「幸せすぎるなんてことが、いったいあるものでしょうかね？」

「あると思いますわ。つまり、不用意になるという点で――後に起こることに対して。自分の身に不幸が起こるなんて、思いもしないんですから」

「つまりあなたは非常に辛い経験をなさったんですね？」と私はふといってみた。

しかし彼女は首を振った。

「いいえ、そうは思いませんわ――本当の意味では。あたしの身に起こったのは、とくに珍しいことではありません。そうしたありきたりの、馬鹿げた出来事はたくさんの女の人の身に毎日のように起こっていることですわ。あたしが人並はずれて不運だったわけではないのです。ただあたし——馬鹿でしたの。そう、どうしようもなく。馬鹿な人間が存在を許されるほど、この世の中は広くないんです」

「聞いてください。私には自分のいっていることの意味がよくわかっています。なぜって私もまた、今あなたが立っていらっしゃるような状況に立ち——あなたが今感じていらっしゃるとおりに感じたことがあるんですから——つまり、人生は生きるに価しないとね。私もまた、たった一つの出口しか見えない、盲目的な絶望を知っている人間です。しかし今の私は知っているのです——それもまた過ぎ去るものだということを。心の傷を癒し、慰めてくれるものはただ一つしかありません——時だけです。時にまかせてみることです」

私は真剣だった。しかし、すぐ、こんな議論で彼女を説得できると思ったのは間違いだったということを悟った。

「あなたにはおわかりにならないのですわ」と彼女はいった。「あなたのおっしゃる意味は、あたしにもわかります。あたしもそう感じたことがあるのですから。以前にも一度、やってみたことがあります。でもうまくいきませんでした。成功しないでよかったと後から思いました。でも、今度の場合は違うんですの」

「どう違うんです？　話してください」

「今度のこれはたいそうゆっくり、あたしの胸を蝕みはじめたのです。うまくいえませんけれど。あたし、三十九になります――体は丈夫で、たいそう健康です。普通だったら、少なくとも七十ぐらいまで生きると思いますわ――もっとかもしれません。そう考えると、堪らないんですの――それだけのことですわ。これからまた三十五年もの長い、むなしい年月を送り迎えするということが」

「むなしくはないでしょう、その点、あなたは間違っておられるんですよ。何かがふたたび花開き、そうした年月を満たすかもしれないじゃありませんか」

彼女は私を見やって、

「それが怖いんですの」と低い声で呟いた。「そう思うだけで情けなくて」

「つまり、あなたは臆病なんですね？」

「ええ」と答はすぐ返ってきた。「あたし、いつも臆病でした。ときどきふしぎな気がしたものです、ほかの人には、あたしの怖がっているものがはっきり見えないってことが。あなたのおっしゃるとおり、あたし、恐れていますの――怯えているんですわ」

ちょっと沈黙が続いた。

「結局のところ、ごく自然なことじゃありませんかしら。熱い燃えさしがはねて犬に火傷を負わせれば、犬は火を恐れるようになります。いつ何どき、また同じことが起こるか、わからないからです。それも一種の知恵ですわ。無知な人間は火は暖かい、やさしいものだと思うでしょう――火傷のこと、燃えさしのことを知らないのですから」

「するとつまり、あなたは幸福の――可能性にさえ、直面したくない、そういうことになりますね」

こういいながら、私は我ながら奇妙なことをいってしまったと思った。それでいて、とりたててふしぎはないのだという気もしていた。神経というものについて、人の心について、私はまったく知らないわけではなかった。私の親しい友だちのうちの三人が戦線で神経をやられていた。一人の人間にとって障害者になるということが何を意味するかということも、自分の体験として知っていた――その事実が本人にどういう影響を及ぼすかということも。精神的な障害というものがあるのだということもまた、私の知るところだった。傷はいったん治ると、跡かたもとどめない。しかし、それは依然として存在する。ある弱さが――欠け目が残るのだ。おまえは障害者だ、健康人ではないという思いが。

私は彼女にいった。

「それもすべて過ぎ去りますよ。時とともに」と、せいぜい確信を装って。表面的な治癒だけでは、何にもならない。傷は深いのだから——と知っていながらも。

「一つの危険を冒すことをやめたとしても、べつな危険があるでしょう。単純な、しかしゆゆしい意味をもつ危険が」

彼女の口調は最前の落ちつきをいくぶんか失っていた。思い詰めたように彼女はいった。

「でもそれは違いますわ——まったく。よく知っていることがらについては、人は危険など冒しません。未知の危険——それこそ、魅力的なものです——冒険です。結局のところ、死は一つの冒険かもしれませんわね——」

死という言葉が私たちの唇にのぼったのは、このときがはじめてだった。

そしてまた、そのときはじめて、ごく自然な好奇心が彼女のうちに動いたのである。

彼女はかすかに頭《こうべ》をめぐらして訊ねた。

「あたしの考えていることがどうしておわかりになったんでしょう？」

「うまくいえそうにありませんが」と私はいった。「私自身——ある経験をしたからです。たぶん、それで気がついたんでしょう」

「そう」

私の経験がどんなものだったのか、それに対しては彼女は何の関心も示さなかった。

おそらくまさにその瞬間私は、彼女を助けることに全力を投じようと心に誓ったのだと思う。それと正反対の反応にうんざりさせられていたからだろう。私は、女らしい同情ややさしさに飽きあきしていた。私に必要なのは――意識にこそのぼっていなかったが――与えられることではなく、与えることだったのだ。

シーリアからはやさしさも――同情も感じられなかった。そうしたものを、彼女はすでにむなしく使い果たしていたのだった。（自分でもよく知っているように、彼女はその点、愚かだった）。今の彼女はあまりにも不仕合わせであるために、他人に分かち与えるべき憐れみの持ち合わせがなかった。彼女の口もとに見られる、まだ新しい、厳しい線は、これまで彼女が耐え忍んだ大きな苦しみのよすがであった。彼女はすぐ、私にもなにがしかの苦しみの経験があることを敏感に感じとった。私たちはちょうどいい組合わせであった。彼女は、いささかの自己憐憫も感じていなかったし、私に対する同情を示そうともしなかった。私の不幸は彼女にとって、私がなぜ、彼女のひそかな決心を、推察できたかという理由にすぎなかったのである。

そのとき、私ははっと悟った。彼女はまだ子どもなのだ。自分を取り巻いている現実から逃避して、彼女は、故意に子ども時代の、幼いころの世界にもどり、残忍な世界からの避難所をそこに見出しているのだ。

その彼女の態度が何ともいえず私の心を揺り動かしたのだった。それは過去十年間、私が必要としつづけていたもの、すなわち、行動への呼びかけだった。

そう、私は行動した。何よりも彼女をひとりにしておくことが不安で、私はそれこそ蛭《ひる》のように彼女にくっついて離れなかった。彼女は気を悪くすることもなく、町まで私と一緒に歩いてくれた。良識が彼女に、さしあたっては当初の目的に邪魔が入ったということを告げていた。はじめの決心を捨てたわけではない。単に延期したにすぎなかった。彼女は何もいわなかったが、私にはよくわかっていた。

詳しいことを書くつもりはない――これはこまごましたことまでことごとく盛りこむ記録ではないのだから。その古風なスペインの小さな町のたたずまい、彼女の滞在しているホテルでともにとった食事、私が自分の投宿していたホテルからそのホテルへとひそかに荷物を移した次第などを、ことこまかに書く必要はないだろう。

そう、私はおもな事実だけを書き記すつもりだ。あることが起こるまで――つまり彼女が何らかの形で我を折ったことを示し、ついに屈服するまでは――けっして彼女から離れてはいけないと私は感じていた。

私は彼女の傍で時を過ごした。そして彼女が部屋に引き取ろうとしたとき、ドアの所まで送った。

「十分だけ待ちましょう。十分たってもあなたが出てこられなかったら、私が入って行きます」

それ以上は待てなかったのだ。彼女の部屋は五階にあった。もしも彼女が育ちの然らしめる〝他人への配慮〟をさえなげうち、ホテルの支配人のこうむる迷惑など度外視して、断崖の代わりに窓から身を躍らせたら——じっさい、そうした恐れは十分にあったのだ。

というわけで、私は彼女の部屋に入って行った。

彼女はベッドの上に坐って、額に乱れかかる淡い色の金髪を櫛で掻きあげていた。そんな所へ私が入って行ったことを、彼女はべつに奇異とも思わないらしかった。私自身もごく当たりまえのことをしているような気持であった。

ホテルの人々がどう思ったか、それはわからない。私がその夜の十時に彼女の部屋に入って行き、翌朝の七時まで立ち去らなかったと知ったら、みんなはこういう場合の唯一の結論に達しただろう。だが、他人の見方など、私にはどうでもよかった。

私は一人の人間の生命を救おうと決心していたのである。世間の思惑など、気にかける余裕はなかった。

私は彼女のベッドの上に腰を下ろした。そして私たちは話し合った。

一晩中。

ふしぎな夜だった——私にとってもそんな経験ははじめてだった。

彼女の悩みが、どういうたちのものか、そんなことはまったく話題にのぼらなかった。ことの発端から——薄紫色のアヤメの花をあしらった壁紙のことから、話ははじまった。アヤメの花の壁紙と野原の二匹の小羊。そして駅の傍の、桜草の咲き乱れる谷のこと……

しばらくすると、話しているのはもう私ではなかった。もっぱら彼女だけが話していた。私はいわば彼女にとって、一種のテープレコーダーとして存在しているにすぎなかった。

ひとりごとのように——あるいは神を相手に語ってでもいるように、彼女は話しつづけた。気持の昂ぶりを少しも示さず、激情に駆られることもなく。それは単なる思い出話、何の脈絡もない出来事の叙述であった。一つの生涯が私の前に立ちあがり、おもだった出来事の間に橋が架けられた。

人間は多くの出来事の中からいくつかを選び、記憶の中におさめる。考えてみるとおかしなものだ。意識的であろうとなかろうと、選択は必然的になされるのだ。思い返してごらんなさい——子ども時代のある一時期を。五つか、六つの出来事が鮮明に記憶にとどまっているだろう。重大な出来事とは限らない。一年には三百六十五日あるのに、なぜ、ことさらにその出来事だけを記憶しているのか。そのあるものは当時もあなたにとってゆゆしい意味をもっていなかった。それなのにどういうわけか、それは記憶にとどまり、あなたとともに後の年月の中に持ちこまれたのだ……

私がシーリアの内面的な像を見ることができたのはその夜の語らいからだった。私は彼女について——前にもいったように——神の観点から書くことができる……またそうつとめようと思う。

シーリアは私に、彼女にとって大切なこと、大切でないこと、つまりすべてについて語った。そこから物語を編みだそうなどとは夢にも考えずに。

しかし、私は物語を編むことを欲した！　彼女自身の目には映らないパターンがちらちらと見えるような気がしたからだ。

朝の七時に、私は彼女のもとを去った。彼女がついにくるりと私に背を向けて子どものように寝入ったのを見届けて。……危険は過ぎ去ったのであった。

彼女の肩から重荷が取り去られて、代わりに私の肩の上に置かれたかのようだった。もう大丈夫だと私は思った……

その朝、私は波止場まで彼女について行き、その船出を見送った。

それはそのときに起こったのだった。彼女に関するすべてを具現しているように思われるあることが……

私の思い過ごしだったのかもしれない……取るに足らぬ、ありきたりの出来事にすぎなかったとも考えられる。

今はそれについては書くまい……事の成否はとにかく、神の役割をつとめてみるまでは。この新しい、私には使い慣れぬメディアを用いて、キャンヴァスの上に彼女の姿を描きだしてみるまでは……

言葉……

いくつも連ねられ、重ねられた言葉……

絵筆と絵具――そうした使い慣れたメディアをいっさい用いずに作りあげる作品。

それは四次元の肖像画となるだろう。なぜって、メアリー、もの書きであるあなたには、空間と同じく時間も大切な要素なのだから。

第二部　キャンヴァス

「キャンヴァスを立てたら？
ここにお誂えむきの題材があります」

1　彼女の家庭

1

シーリアは子ども用寝台の上に寝ころんで、紫のアヤメの模様のついている壁紙を眺めていた。楽しい、少し眠たいような気分だった。

寝台の裾の方には衝立《ついたて》がめぐらしてあった。ナニーのランプの光を遮るためだ。シーリアには見えないが、ナニーは衝立の向こうに坐って聖書を読んでいた。ナニーのランプは特別なもので、どっしりした真鍮製の本体にピンクの陶器の笠がついていた。ちっとも石油くさくないのはメイドのスーザンが念をいれて掃除をするからだった。スーザンはいいメイドだった。ただ身のこなしががさつで、テーブルの上の小物をガシャンと床に叩き落とすことがしょっちゅうなのが難点だったが。生肉のように赤みをおびた肘をもった大柄な娘で、シーリアはその肘から、どこかで聞きかじった肘の脂《エルボー・グリース》ーリアの瞼は重くなった……(力仕事)という言葉を連想した。

呟き声が聞こえた。ナニーが低い声で聖書を読んでいるのだ。その声を子守歌に、シーリアの瞼は重くなった……

ドアが開いてスーザンが盆を捧げ持って入ってきた。音を立てずに歩こうとつとめているらしかったが、キューキュー鳴る靴がいうことを聞かなかった。

スーザンは低い声でいった。

「お夕食が遅くなってすみません、ナニー」

「しっ、シーリアさまを起こしちゃ困るわ」とナニーは一言答えた。

「あら、もちろん、起こしたりなんかしませんわ」スーザンははあはあと荒い息づかいの音を立てながら、衝立の蔭から首を突き出した。

「かわいいお子ですわねえ。あたしの姉の子なんか、このお嬢さんの半分もお利巧じゃありませんわ」

向き直った拍子に、スプーンがガチャンと床に落ちた。

ナニーが穏やかな口調で注意した。

「気をつけてもう少ししとやかにしてごらんよ、スーザン」

スーザンはしょげかえった。

「音を立てるつもりなんか、なかったんですけど」

彼女は爪先だって部屋を出て行った。あいにくとそのために、靴がいっそうキューキュー鳴った。

「ナニー」とシーリアはおずおず呼んだ。

「はい、何ですか？」

「あたし、眠ってなんかいないわ」

ナニーはその言葉の意味に気づかないように、さりげない口調でいった。

「そうですの？」

「お夕食、おいしい？」

「とてもおいしいですよ」

「今夜はどんなごちそう？」

「お魚の煮たのと、糖蜜のタルトと」

「そう！」とシーリアはうっとり溜息をついた。

ちょっと間を置いて、ナニーが衝立の向こうから姿を現わした。白髪まじりの小柄な婦人で、ローンのキャップの紐を顎の下で結んでいた。その手に握られたフォークの先に糖蜜タルトがほんのぽっちり載っていた。

「さあ、これを食べたら、いい子にしてすぐ眠るんですよ」

「ええ、いいわ！」とシーリアは夢中でいった。

何てすてきなんだろう！　シーリアは糖蜜タルトを口に含んだ。信じられないくらいのおいしさだ。

ナニーはふたたび衝立の向こうに姿を消した。シーリアは寝返りを打って小さく身を縮めた。炉の火の照り返しを浴びて壁紙のアヤメが踊っているように見えた。口の中のえもいわれぬ味わいを楽しみつつ、シーリアはじっと横になっていた。誰かがひそやかに動きまわっている布ずれの音が耳に快かった。ああ、この満ち足りた思い。

シーリアは眠った……

2

シーリアの三歳の誕生日だった。一家揃って庭でおやつを食べた。エクレアが出たが、シーリアはたった一つしか食べさせてもらえなかった。シリルは三つも食べた。シリルは彼女の兄で、もう十四歳の大柄な少年だった。もう一つ食べるつもりだったらしいが母親に、「もうそれでたくさんでしょう、シリル」とたしなめられた。

会話はこれといっていつもと変わりなく、シリルはあいかわらず「なぜ？」を連発した。

ほとんど目にはいらぬくらい小さな赤い蜘蛛が、白いテーブルクロスの上をさっと走った。

「ごらん、蜘蛛は縁起がいいのよ」と母親がいった。「シーリアの所に行くんでしょう、きっと。お誕生日の子だから。何か、とっても運のいいことが起こるしるしよ」

シーリアは興奮した。とても晴れがましかった。シリルがまた訊いた。

「なぜ蜘蛛は縁起がいいの、お母さま？」

やがてシリルもテーブルを離れたので、シーリアは母親と二人だけになった。マミーをひとり占めできる。こう思って顔をあげると、テーブルの向こうから母親がやさしくほほえみかけていた。マミーはほかの人のようにシーリアを「変わったおチビさん」などとからかったりしない。

「マミー、お話してちょうだい」

シーリアはマミーのしてくれるお話が大好きだった。ほかの人の話とまるで違うからだ。ほかの人は、『シンデレラ』や『ジャックと豆の木』の話をする。ナニーはといえば、もっぱら聖書の話だ。ヨセフとその兄弟たちの話。葦《ブルラッシュ》の茂みに捨てられていた赤ちゃんモーゼの話（葦《ブルラッシュ》という音からシーリアはいつも、牡牛《ブル》のつながれている牛小屋を連想するのだったが）。インドのストレットン大尉の家の子どもたちについて聞かされることもあった。けれどもマミーの話ときたら！

まず、マミーの場合には、どんな話を聞かせてもらえるか、まったく見当がつかないという楽しさがあった。鼠の話——どこかの家の子どもたちの話——王女さまが出てくる話——まったくさまざまだった。それこそどんなものでも〝お話〟になった……マミーの話のたった一つの欠点は、同じ話を聞かせてもらえないということだった。前にした話なんて、覚えていない、そうマミーはいった（自分のした話がなぜ、思い出せないのか、シーリアには理解できなかったのだが）。

「そうね、きょうは何のお話をしようかしら？」マミーは首をかしげる。

シーリアは息をひそめて答える。

「『黒目ちゃんと尾長くんとチーズ』のお話！」

「あら、そんな話、もうすっかり忘れてしまったわ。そうね——じゃあ、何かべつなお話をしましょう」

こういってマミーはテーブル越しにぼんやり目を放つ。そのはしばみ色の目は踊り、繊細な細面《おもて》の顔は反対に物思いに沈む。小さな形のいい鼻を少し仰向けて、マミーは一心に思案する様子だ。

「そう――」とまるで遠くからもどってきたように、だしぬけにいう。『ふしぎな蠟燭』のお話をしましょうか……」

「すてき!」とシーリアはうっとりと呟く。題を聞いただけでもう有頂天になり、呪文でもかけられたように全身を耳にしていた。

『ふしぎな蠟燭』、何てすてきな題だろう!

3

シーリアは真面目な子だった。神さまのことをよく考えるし、いつも信心深いいい子になることを心がけていた。食卓に残った鳥の鎖骨を誰かと引っ張りあって、長い方が彼女の手に残り、いわゆるウィッシュボーンの願かけをするという段になると、きまって「もっといい子になれますように」と願った。どうやらいっぱし信心家に生《お》いたっていたようだが、信心ぶりをあまりひけらかさないので、嫌みというほどではなかった。

シーリアはときどき、自分がナースのいわゆる〝この世的〟（意味はよくわからないが何となく気になる言葉だった）なのではないかという不安な思いに駆られた。糊のきいたモスリンの服に幅広のサッシュを結んでデザートのお相伴にあずかりに階下におりて行くときなど、とりわけ気になった。しかし大体において彼女は、自分にまずまず満足して暮らしていた。われもまた選民の一人、救われたる者というわけだ。けれども家族のこととなると、心配でならなかった。マミーは大丈夫、救われるだろうか？　もしもマミーが天国に行けなかったら？　そう考えはじめると胸が痛んだ。律法《おきて》は明快だった。日曜日にクロケーをするのはいけないこととされていた。ピアノを弾くのも（讃美歌はべっとして）感心できないことだった。シーリア自身は〝主の日〟にクロケーのスティックに触るくらいなら、死んだ方がましだと思っていた。日曜日以外なら、ボールを芝生の上であちこちと転がすのは楽しくうれしいことだったのだが。

彼女の母親は日曜日でもクロケーをした。父親はクロケーばかりでなく、ピアノを弾きながら歌を歌った。「彼はC夫人を訪問し、C氏の留守をいいことに、お茶のふるまいにあずかった」などという歌詞は、むろん讃美歌ではない。

シーリアはじっさい、心配でたまらなかった。人のいいナニーは彼女に問いつめられて、はたと困惑した。

「お父さまとお母さまのなさることなら、いいことにきまっていましょう？　余計なこと考えるんじゃありません」

「でも日曜にはクロケーをしちゃ、いけないんでしょう？」

「そうですよ。安息日を神聖な日とせよという戒めを犯すことですからね」

「でも――だったら――」

「あなたは何も心配なさらなくていいのですよ。ご自分の務めをきちんきちんと果たしていらっしゃりさえすれば」

そんなわけで、シーリアは日曜日にクロケーのスティックを差しだされるといつも首を横に振った。

「いったい、どうしたんだい、あの子は？」と父親がふしぎそうに訊くと、母親は低い声で答えるのだった。

「ナースですのよ。ナースにいろいろと聞かされているからですわ」それからシーリアにむかっていった。「いいのよ。いやなら無理にすることはないわ」

けれども折々、やさしくいって聞かせることがあった。

「ねえ、シーリア、神さまはわたしたちのためにこんなに美しい世界を作ってくださったのよ。神さまはね、人間が幸せに暮らすことを望んでいらっしゃるわ。神さまの日は特別な日よ——特別すばらしいことをしていい日なのよ。そのためにほかの人の——たとえばメイドたちの——用事をふやしてはいけないけれど、でも楽しむのは、けっして悪いことではないのよ」

奇妙なことに、母親に対して深い愛情をいだいていたにもかかわらず、シーリアはこの点、母親の意見に影響されなかった。ナニーのいうことに間違いはない——そう信じていたのだから。

しかしそのうちには彼女も母親のことをとやかく気に病むのをやめた。母親の部屋の壁には聖フランチェスコの絵が掛かっていたし、『キリストにならいて』という小さな本がいつも枕もとに置かれていた。神さまはマミーの場合、たぶん、クロケーのことは大目に見てくださるかもしれない、そう思うのだった。

けれども父親のことではずいぶんと心を痛めた。神聖なことをよく冗談にしてしまうからだった。ある日の昼食に彼は主教と牧師補についての笑い話をした。シーリアは面白がるどころか、怖気をふるった。

とうとうある日、彼女はワッと泣きだして、涙ながらに胸のうちの心配を母親に打ち明けた。

「まあ、何をいうの？　お父さまはとってもいい方ですよ。それにたいそう信心深いわ。毎晩寝る前に跪いて、子どものようにお祈りをさげるくらいですもの。お父さまのように立派な人はそうたくさんはいなくてよ」と母親はいった。

「でも牧師さんのことで冗談をいうんですもの。それに日曜日でもかまわずゲームをするし、歌を歌うし――それもいけない歌ばかり。ダディーがもしか、もしか――地獄の火に投げこまれたら――」

「地獄の火ですって？　それはどういうこと？」といった母親の声はいかにも腹立たしげだった。

「悪い人の行く所よ」とシーリアはいった。

「誰がそんな話をしてあなたを怖がらせたの？」

「怖がってなんかいないわ」とシーリアはびっくりしたように答えた。「だって、あたし、地獄になんか行かないんですもの。いい子になって、天国に行くのよ。でも――」唇が震えだした。

「でもあたし、ダディーにも一緒に行ってほしいのよ」

　母親は彼女にいろいろといって聞かせてくれた――慈愛に満ちたやさしい神さまが、燃えつきることのない火の中で人間を焼き殺すなんて、そんなひどいことをなさるわけがないと。

それでもシーリアは安心できなかった。地獄。そして天国。よい人間、悪い人間――聖書にある羊と山羊――が選りわけられるのだ。ダディーが山羊でないという確信がもてればいいのだが！　シーリアにとって地獄は動かしがたい、厳然たる事実だった。食後のライス・プディングや、耳の後ろは念いりに洗わなければいけないということや、「どうぞ」とか、「ありがとうございます、でももうたくさんです」といった言葉と同様に日常的な事柄だった。

4

シーリアはよく夢を見た。おかしいだけの奇妙な夢もあった。そうした夢の中では実際に起こったいろいろな出来事がごっちゃまぜになっていた。けれども折々、すばらしい夢も見た。彼女がよく知っている場所が出てくることもあったが、夢の中ではそれは現実とたいへん違っていた。どうしてだかはわからなかったが、現実と違っているということはぞくぞくするような興奮を感じさせた（少なくとも夢の中では）。

駅の近くの谷――シーリアはよく夢に見た。ここには実際には線路が走っていたが、夢の中では線路の代わりに一筋の川が流れていて、土手に一面に咲き乱れた桜草が向こうの森まで続いていた。その光景が夢に出てくるたびにシーリアは快い驚きを感じた。「知らなかったわ――ただ線路が続いているだけだと思っていたのに」

庭園の奥には、赤煉瓦の家の代わりに野原があった。けれども何にもましてシーリアをわくわくさせたのは、その家の中に秘密の部屋を見つけることだった。あるときは食器室から、またあるときは思いがけず父親の書斎から、彼女はそれらの部屋に行くことができた。長いこと忘れたように思い出さないことがあっても、それはいつもそこにちゃんと存在していた。その部屋を夢に見るたびに、シーリアは甘美な戦慄を感じつつ、「ああ、また見つけた！」と思うのだった。見覚えはあるが、見るたびにどこか違うようでもある。しかし、胸にきざす奇妙な、ひそかな喜びはいつも同じだった……

一つだけ恐ろしい夢があった――頭に髪粉をふり、青地に赤の飾りのついた軍服に身を固め、銃を携えた男の。とりわけ恐ろしいのは服の袖から障害を持つ両手が――いや、手ではない、切株のような手首が覗いていることだった。その男が夢に出てくるたびに、シーリアは悲鳴をあげて泣き叫んだ。泣きだすことが何よりも安全だからだった。気がつくと自分はベッドの中で、ナニーが隣に眠っている。何事もなかった。

その男がどうしてそんなに恐ろしく思われるのか、これという理由はなかった。こっちを狙い撃ちしているわけでもない。銃は象徴にすぎず、危険を感じさせはしなかった。彼女を怯えあがらせたのは男の顔に表われている何かであった。厳しい、深い、青い目。そして威嚇的な表情。恐ろしくて気が遠くなりそうだった。

昼間も、シーリアはいろいろなことを想像した。おとなしやかに散歩をしている彼女が、じつは白い駿馬《ステイード》（駿馬《ステイード》という言葉が何を意味するのか、少々漠然とした理解しか、彼女はもっておらず、象のようにとてつもなく巨大な馬を思い描いていたのだったが）に跨って疾駆しているのだということを誰が知っていただろう？ 胡瓜の促成栽培のためのフレームの脇を歩いている彼女は、じつは深淵を眼の下にのぞむ断崖にそって馬を走らせているのだった。公爵夫人になったり、王女になったり、鵞鳥番の娘になったり、物乞いをする女になったり、時に応じてシーリアはさまざまな役割を演じた。人知れずこうした想像にふけるのがたまらなく面白かったので、シーリアはいつも大人のいわゆる〝いい子〟でいることができた。つまり物静かな、ひとり遊びを好む子どもで、遊んでくれと大人たちにうるさくせっつくことがなかった。

人形はいくつももっていたが、彼女にとって人形はあくまでも単なる人形であった。人形ごっこをしたらとナニーに勧められるとおとなしくいうことを聞いたが、夢中になりはしなかった。

「おとなしいお子だけれど、想像力ってものがないのね」とナニーはいった。「でも人間、何もかも備えるわけにはいかないんだから。ストレットン大尉のご長男のトミーさまなんぞ、〝どうして？　どうして？〟って、いちいちそりゃあ、うるさく訊ねたものだったけれど」

シーリア自身は「どうして」などと、めったに訊いたことがなかった。彼女の世界のおおかたは、その小さな頭のなかに詰まっており、外の世界はおよそ何の好奇心もそそらなかった。

5

四月のある日の出来事がシーリアに、外の世界に対する恐れをいだかせた。

その日、彼女はナニーと桜草を摘みに出かけた。よく晴れた、うららかな日で、青い空にちぎれ雲が飛ぶように走っていた。二人はまず線路づたいに（夢の中では川が流れていたのだが）歩き、丘の斜面をのぼって、黄色い絨毯を敷きつめたように一面に桜草が咲き乱れている雑木林の中に分けいった。そして夢中で摘んだ。気持のよい日で、桜草はシーリアの大好きな、かすかに甘い、レモンのような香りを漂わせていた。

突然（銃をもったあの男の出てくる夢のように恐ろしかった）、荒々しい声が怒鳴りつけた。

「おい、おまえら、ここで何をしている？」

コール天の上下を着た赤ら顔の大男が睨みつけていた。

「ここは私有地だぞ。やたらに入りこむと訴えてやる」

「失礼しました」とナースがいった。「知らなかったものですから」

「じゃあ、とっとと出て行くんだ。さあ、早く」振り向けた背に恐ろしい声が飛んだ。「生きたまま、ぐつぐつ煮てやるぞ。そうとも、三分でこの森から出て行かなかったら、おまえら二人とも釜茹でにしてやる」

シーリアはナニーの手を夢中で引っぱって躓《つまず》き躓き進んだ。なぜ、ナニーはもっと速く歩こうとしないのかしら？　あの男が追ってくる。捕まったらどうしよう？　生きたまま、釜茄でにされてしまう。恐ろしさにシーリアは気が遠くなりそうになりながら、ただ夢中で進んだ。小さな体が恐怖にブルブル震えていた。追いかけてくる――すぐ後ろについてくる――釜茄でにされてしまう……怖くて怖くて気がおかしくなりそうだった。速く――ああ、もっと速く！

ようやく街道に出て、シーリアは喘ぐように大きく安堵の吐息をついた。

「もう――大丈夫ね？　捕まらないわね？」

ナースは少女を見つめ、その顔が死人のように青ざめているのに気づいてはっとした。

「いったいどうなさったんです？」と訊きかけてふと気づいた。「まさか本当に釜茹でにされると思ったわけじゃないでしょうね？　あの人、ほんの冗談にいったんですわ」

どんな子どもでも、嘘と知りつつ大人に調子を合わせるすべを知っている。シーリアはおとなしく呟いた。

「もちろんよ。冗談だってこと、ちゃんとわかっていたわ」

けれどもその瞬間の恐怖を克服するには長いことかかった。いや、その記憶は一生彼女につきまとった。

それは恐ろしいくらい、現実的な恐怖だった。

6

四歳の誕生日にシーリアはカナリヤをもらった。カナリヤにはよくあるゴールディーという名がつけられ、たちまち人に馴れて、シーリアの指に止ったりした。ゴールディーはシーリアのペットで、彼女の手から麻の実をついばんだ。このカナリヤはまた、シーリアの想像上の数々の冒険に同伴した。ディックの奥方と呼ばれる女王とその息子のディッキー殿下という設定で、シーリアとゴールディーは冒険の旅にのぼった。ディッキー殿下はとてもハンサムで、黒いビロードの袖のついた金色のビロードの服を着ていた。ディッキーはやがてダフニという名の奥さんをもらった。ダフニは茶色っぽい羽のまじった大柄のカナリヤだったが、ディッキーと違って不細工で、見てくれもよくなかった。よく水をこぼしたし、何かに止ってはそれをひっくり返したりした。ダフニはディッキーのようには人馴れせず、シーリアの父親は彼女をスーザンと呼んだ。メイドのスーザンに似て、「がさつ」だったからだ。

スーザンはよくカナリヤをマッチの軸で突ついてからかった。「どうするか、見たいから」そういうのだった。カナリヤはそんなスーザンを怖がり、彼女が近づくと籠の桟にへばりついて羽をばたつかせた。スーザンは奇妙なことを面白がるたちで、鼠のしっぽが鼠とりに残っていたといってゲラゲラ笑いころげたりするのだったが。

スーザンはシーリアをかわいがっていた。カーテンの後ろから急に飛びだして「ワッ」と声をあげておどかしたり、いろいろなことをして遊んでくれた。しかしじつのところ、シーリアはこのメイドがあまり好きでなかった。大柄で動作が荒々しかったからだ。シーリアはラウンシーという通称のコックのミセス・ラウンスウェルの方がずっと好きだった。ラウンシーは巨大な、堂々たる体格の女だったが、おっとりした、穏やかな人柄でけっして慌てなかった。ゆったりとした、威厳のある物腰で台所の中を歩きまわり、まるで儀式でもとり行なうような具合に料理をした。せかせかしたり、取り乱したりすることがおよそなく、それでいていつも時間ぴったりに料理をテーブルに並べた。ラウンシーは想像力というものをまったく欠いていた。シーリアの母親がラウンシーに「きょうのお昼は何にしようかしらね?」と相談すると、ラウンシーはいつも同じ答をした。「さいざんすね、おいしい鶏肉料理とジンジャー・プディングってところでいかがでしょう?」鶏のスフレ、肉パイ、クリーム煮でも、葡萄酒煮でも、ありとあらゆる種類の菓子から、凝ったフランス料理まで、それこそ何でも作ることができたが、献立を訊ねられると、判で押したように鶏肉料理とジンジャー・プディングを提案した。

シーリアは台所が好きだった――台所はラウンシー自身と同じように、大きく、たっぷりとして、清潔で、平和そのものだった。その清潔な広々とした台所の真中に、ラウンシーがもごもごと口もとを動かしながら立っているのであった。あれやこれや、ほんの少しずつだが、彼女はいつも何かしら味見をしていた。

そのラウンシーがいう。

「さあ、シーリアさま、きょうは何をさしあげましょうかね？」

ふくよかな顔をゆっくりと微笑に崩しながら、ラウンシーは戸棚の所に行って缶詰を開けて乾葡萄やカラント一摑みといったものを、シーリアの両手の上に載せてくれた。パンの薄切りのときも、糖蜜タルトのときも、ジャム・タルトの耳ということもあったが、台所へ行けば、いつも何かしらふるまいにあずかることができた。

シーリアはそうしたご馳走を庭の塀ぎわの秘密の場所に持って行き、そこの茂みの中にそっと身を縮めて食べた。敵から身を隠している王女という思いいれであった。忠実な家来たちが夜陰に乗じて食べものを運んでくれるのであった……

二階の子ども部屋ではナニーが縫いものをしていた。この家の庭はシーリアさまが遊ぶには申し分ないわ。あぶない池や、あぶない場所が全然ないんだから、そんなことを考えながら。ナニー自身はだんだん年をとって、子守よりも、坐って縫いものをする方が楽だった。縫いものをしながら、彼女はいろいろなことを思い出していた。ストレッリトン家のお子たちもみなさん、もうすっかり大人になってしまわれた。おさなかったリアンさまももうじきご結婚とか——ロデリックさまとフィルさまはどちらもウィンチエスター校に入学しなさったそうだ……これまでの長い年月をナニーは静かに思い返していたのだった。

7

恐ろしいことが起こった。ゴールディーがいなくなったのだ。あまりよく馴れているので、籠の戸を開けっぱなしにしておいたのがいけなかった。ゴールディーが子ども部屋の中をあちこちと飛びまわったり、ナニーの頭の上に止って嘴でキャップを突ついたりすると、ナニーは、穏やかに叱った。「おやめなさい、ゴールディー坊ちゃん、いけませんよ」ゴールディーはまた、シーリアの肩の上に止って、彼女の唇の間から麻の実をついばんだ。まるで甘やかされた子どもそっくりで、構ってやらないと、不機嫌になってキーキー鳴きたてるのであった。

それがどうしたのか、ある日突然いなくなってしまったのである。子ども部屋の窓が開いていたので、てっきり外へ逃げたに違いないとシーリアは思った。

シーリアはおいおい泣いた。ナニーと母親は懸命に慰めようとした。

「たぶん、そのうち帰ってくるでしょうよ。心配しないでも大丈夫」

「きっとあちこち飛びまわっているんですわ。籠を窓の外に出しておきましょう」

けれどもシーリアは泣きやまなかった。ほかの鳥に突つかれて死んでしまうかもしれない——そんなことがよくあると誰かがいうのを聞いたような気がする。きっともう、死んでいるに違いない。何かの下で。この手にあの小さな嘴の感触を感ずることは二度とないだろう。一日中、シーリアは思い出しては泣いていた。昼食にも、お茶にも手をつけなかった。窓の外のゴールディーの籠はあいかわらずからっぽであった。

とうとう床につく時がきた。シーリアは自分の小さな白いベッドに横になった。まだときどき機械的にしゃくりあげていた。その手は母親の手をぎゅっと握りしめていた。ナニーよりも、マミーに傍についていてほしかったのである。ナニーはうっかり「お父さまがほかの鳥を買ってくださいますわ」といったりしたが、母親はシーリアの気持を察してそんなことはけっしていわなかった。「ほかの鳥」なんか、ほしくない。カナリヤなら、まだダフニがいる。しかし彼女のほしいのはゴールディーだった。ああ、ゴールディー——ゴールディー……大好きなゴールディー——そのゴールディーがいなくなってしまった——ほかの鳥に突つかれて死んでしまったのだ。シーリアは母親の手をギュッと握りしめた。母親はその手を握り返してくれた。

そのときだった。シーリアの重い息づかいの音しか聞えない静寂《しじま》を破って、チーというかすかな鳥の囀り声が聞えたのである。

そしてゴールディー坊ちゃんがカーテン・レールの上からさっと舞いおりてきたのだった。昼間中、そこにおとなしく止っていたのだろう。

シーリアは一生の間、その瞬間の信じられないような、何ともいえず心躍る思いを忘れなかった……

それからというもの、誰かが何かのことで取越し苦労をはじめると、べつの誰かが諺のようにいった。

「ほら、ああいうこともあったじゃないの、ディッキーがカーテン・レールに止って……」

8

銃をもった男の夢にはその後、ある変化が生じた。どういうわけか、それはいっそう恐怖をそそった。

夢はいつも何ということもなく始まった。心楽しい感じさえあった——ピクニックとか、パーティーの場面が出てきた。そんな楽しい思いを味わっている最中に、不可解な気持が忍びよるのだった。何かしら、いやなことがある……何だろう？　そうだ、あの男、銃をもった男がいるのだ。ほかの姿に身をやつし、お客の一人になりすまして……

とりわけ恐ろしいのは、誰がその男か、いっこう見当がつかないことだった。みんなの顔を見まわす。誰も彼も陽気に笑ったり、しゃべったりしている。そのうちにはっと気がつくのだ。マミー、ダディー、ナニー——とにかく笑ったり話したりしている当の相手にその男の面影が認められるのだ。マミーの顔を何気なく見あげる——もちろん、ここにいるのはマミーだ——そのうちに鋼鉄のように冷たく光る薄青い目の光に、はっとする。袖口から——ああ、なんて恐ろしい——切株のような手首が突き出ている——あの男だ……シーリアは悲鳴をあげて目を覚ます……

誰にも説明することができない——マミーにも、ナニーにも——話したって、ちっとも恐ろしくは響かない。誰かがいう。「怖い夢にうなされたのね、かわいそうに」そして蒲団の上を軽く叩いて寝かしつけてくれる。いつしかまたとろとろとまどろむ——本当は眠りたくないのだが。また夢を見るかもしれないと心配でならないからだ。

暗い夜の闇の中で、シーリアは必死になって呟く。

「マミーはあの男じゃないわ、ぜったいに。マミーはマミーよ、あの男なんかじゃない」

けれども影と夢が依然としてまつわりついて離れない闇の中では、すべてが心もとなく思われる。外見通りのものなんて、何一つないのかもしれない。正体は、じつははじめからわかっているのだろう。

「シーリアさまがゆうべもうなされなさいましてね、奥さま」

「何の夢を見たんでしょうね、ナース？」

「銃をもった男がどうとかって」

「違うのよ、マミー、銃をもった男じゃないの、あ、あの男よ」とシーリアは抗議した。

「その銃で撃たれるんじゃないかと怖がっているの、シーリア？」

シーリアは首を振った——ぶるぶる震えていた。

どうにも説明できないのだった。

しかし母親は無理に訊きただそうとはせずにやさしくいった。

「大丈夫よ、あなたはここに、わたしたちと一緒にいるんですもの。誰も指一本触りゃしないわ」

マミーの言葉はシーリアの凍りついた胸のうちを暖めてくれた。

9

「ナニー、あれ、何て読むの？　あのポスターの大きな字よ」

「〝暖まる〟ですわ。〝体の底から暖まるお茶を一杯召しあがれ〟そう、書いてあるんですよ」

毎日毎日、シーリアは言葉に対する貪欲な好奇心を示した。一つ一つの文字は知っていた。しかし母親は、あまり早くから小さな子どもに本を読むことを教えるのはよくないと考えていた。

「シーリアが六つになるまでは教えないつもりよ」彼女はこういった。

しかし教育というものは必ずしも理論通りにはいかない。五歳半になるまでにシーリアは子ども部屋の本棚の本を残らず読むことができたし、ポスターの文句にしてもほとんど全部読めた。もっともときどきひどくあやふやになることも事実だった。そういうときにはナニーの所に行って訊いた。「ねえ、ナニー、これ、欲ばりって読むの、自分勝手って読むの、どっち？　あたし、思い出せないの、どっちだったか」綴りをちゃんと知っているわけではなく、勘で読むので、シーリアは綴りについては一生苦労することになった。

読むことは、シーリアにとって限りない魅力であった。それは新しい世界、妖精や魔女、小鬼、トロルの世界を開いてくれた。シーリアはお伽噺に夢中になった。現実の子どもの出てくる読みものにはあまり関心がなかった。

同じ年ごろの遊び友だちはほとんどいなかった。彼女の家は不便な場所にあったし、当時は自動車はまだ少なく、ごくたまにしか通らなかった。一つ年上の女の子の友だちが一人いた。マーガレット・マックリーという名だった。マーガレットはときどきお茶に招かれた。シーリアがマーガレットの家に招かれることもあった。けれどもそういう折々、シーリアは必死になって断った。

「どうして？　マーガレットが嫌いなの？」

「いいえ、好きよ」

「だったらどうして行かないの？」

シーリアはただ頭を振るばかりだった。

「こいつ、恥ずかしがっているんだよ」とシリルが軽蔑したようにいった。

「ほかの子どもと遊びたがらないというのは妙だね」と父親もいった。「不自然だよ」

「マーガレットがいじめるの？」と母親が訝しそうにいった。

「違うわ」とシーリアは叫んでわっと泣きだした。

説明はできなかった。どうしても。理由はしごく単純なことだった。マーガレットは前歯が抜けていて、しゃべると息が洩れてスースーいった。だから何をいっているのか、さっぱりわからないことがあったのだ。ある日、連れだって散歩に出かけたとき、何とも間の悪いことが起こった。

「しゅごくおもしよいお話してあげるわね、シーリア」とマーガレットは『おしめしゃまと毒のあう木』の話をはじめた。シーリアは情けない気持で聞いていた。マーガレットはときどき言葉を切って訊ねた。「どう、おもしよいでしょ？」いったい何の話だか、さっぱりわからなかったが、シーリアはその事実を健気《けなげ》にも秘し隠し、せいぜいわけのわかった返事をしようとつとめた。そしてひたすらに祈りつづけた。

「ああ、神さま、早く家に帰らせてください。あたしに何もわかっていないってことが、どうか、マーガレットにわからずにすみますように——早く帰らせて——帰らせて」

漠然とではあるが、マーガレットに彼女のいっていることは何もわからないということを気づかせるのは残酷きわまることだとシーリアは感じていたのだ。マーガレットに知らせてはいけないのだ、ぜったいに。

しかしその緊張がひどい圧迫となって、帰るときには彼女はいつも青ざめて泣かんばかりになっていた。みんなは、彼女がマーガレットを嫌っているのだと誤解した。本当はその反対なのに、マーガレットが好きだからこそ、苦しんでいるのに。
誰もわかってくれなかった——誰一人。それはシーリアを、いいようのない孤独な気持に落ちこませた。

10

木曜日にはダンスのクラスがあった。はじめてクラスに出たとき、シーリアは怯えていた。その部屋は子どもでいっぱいだった。——絹のスカートをつけた、眩しいような、大柄の、美しい少女たちもいた。

部屋の真中に長い白手袋をはめて立っているのが先生のミス・マッキントッシュであった。こんなに威厳のある、同時に魅力的な女性には、シーリアはいまだかつて会ったことがなかった。ミス・マッキントッシュはたいへん背が高かった——世界一大きな人ではないかとシーリアは思った（のちにシーリアはミス・マッキントッシュの背丈が実際は、中背よりやや高い程度にすぎないと知って、ショックを感じた。ふわふわと波打つ巨大なスカート、圧倒されるほどの姿勢のよさ、それに個性の力で、そんな印象を与えていたのであった）。

「ああ、これがシーリアですね？」とミス・マッキントッシュはやさしい言葉をかけてくれた。「ミス・テンタデン、ちょっと！」

ミス・テンタデンはしょっちゅう心配そうな表情を顔に浮かべている女性で、ダンスはすばらしく上手だったが、個性というものがまるでなかった。ミス・マッキントッシュの声に、ミス・テンタデンは忠実なテリアよろしく急いで進み出た。

シーリアはミス・テンタデンに引き渡され、一列に並んだ小さな子どもたちの間にまじって、彼らのしているように〈エクスパンダー〉という青いゴムのバンドを、両端のハンドルをもって引張る運動をした。〈エクスパンダー〉がひととおりすんでから、《ポルカ》を踊った。シーリアには何がなんだかさっぱりわからなかったが。それから小さな子どもたちは坐り、絹のスカートをつけた眩しいほど美しい年長組がタンバリンを手に軽快に踊りまわるのを見物した。

続いてカドリールの一種であるランサースの番になった。黒い目をいたずらっぽくきらめかせた小さな少年がつかつかとシーリアの所にやってきていった。

「ぼくと組んでくれる？」

「あたし、踊れないの」とシーリアは残念そうに答えた。「踊りかた、知らないのよ」

「ふうん、つまんないの！」

しかしやがてミス・テンタデンが彼女に目を留めて近づいた。

「知らないって？　ええ、でも、やってるうちにわかってきますよ。この人とお組みなさい」

シーリアはそばかすだらけの顔の、薄茶色の髪の毛の男の子と組まされた。彼らの向かい側に、さっきのあの黒い目の男の子がパートナーと並んで立っていた。二組が真中で出会ったとき、彼はシーリアに非難がましく囁いた。

「ぼくと踊りたくなかったんだね？　ひどいや」

後々まで胸を疼かせることになる痛みがさっと走った。といっても、どう説明できるだろう？「本当はあなたと踊りたかったのよ。なのに――ごめんなさい」といいたいのはやまやまだったが。

それは少女時代の悲劇――組みたいパートナーとは組めずに、好もしからざる相手と組むことになるという――の最初の苦い経験であった！

けれどもランサースの流れは二人を左右に分かった。彼らはグランド・チェーンのときにふたたび顔を合わせたが、少年は怨ずるように彼女の顔を見やって、差し出された手をぎゅっと握っただけだった。

それっきり、彼はダンスのクラスに現われず、シーリアはついに彼の名を知らずじまいだった。

11

シーリアが七つになったときにナニーが暇をとった。ナニーには姉が一人いたが、この姉が体をこわして寝つき、ナニーが専心、看病にあたらなければならなくなったのだ。シーリアは身も世もなく泣き、ナニー宛てに毎日のように短い、しかし読みにくい手紙を書いた。綴りはでたらめだったが、書きあげるまでにずいぶん骨を折ったものだった。

母親はやさしくいった。

「そう毎日、書かなくってもいいんじゃない？　ナニーだって、毎日もらえるとは思っていないでしょうよ。二週間に一度ぐらいで十分じゃないかしら？」

しかしシーリアは頑としていった。「それじゃあ、あたしがナニーのこと、忘れたのかと思うわ。あたし、けっして忘れないわ――いつまでも」

「あの子は愛情にとても忠実ですのよ、かわいそうに」と母親は父親にいった。

父親は笑った。

「兄貴のシリルとはいい対照だね」

シリルは寄宿学校に入っていたが、先生に命じられでもしなければ、あるいは何か欲しいものがあるときでなければ、両親にさえ、手紙を書かなかった。けれども彼はたいそう人をひきつけるたちの少年だったので、小さな不義理は見逃してもらえるのだった。

シーリアがナニーに対してもっている頑ななまでの愛情が母親には心配だった。

「不自然ですわ」と彼女はいった。「あの年齢ではすぐ忘れてしまうものですのに」

代わりのナニーはついに雇われず、スーザンがシーリアの世話をした。夜、彼女を入浴させ、朝、起こすのもスーザンの役目だった。朝の着替えをすませると、シーリアは母親の部屋に行った。母親は朝食をベッドで食べる習慣だった。シーリアはマーマレードを塗ったトーストをぽっちりもらい、それから母親の洗面台に水を張って、小さな、ふとった、陶器のあひるを浮かべて遊んだ。隣の更衣室には父親がいて、ときどきシーリアを呼んで一ペニーくれた。そのペニーは彩色を施した木の貯金箱に落としこまれた。

貯金箱がいっぱいになると、中のペニーは銀行に預けられる。まとまった金額になると、何かすばらしいものを自分のお金で買うことができた。何を買うかということがシーリアの生活の最大の関心事となった。欲しいものは毎週のように変わった。まず、一面にでこぼこした飾りのついた鼈甲の櫛。こんなのをマミーにあげたら、黒い髪にさぞよく似合うだろう。ある日、スーザンがショーウィンドーの中のそういう櫛を指して、「貴族の奥方がつけなさるんですわ、ああいう櫛はね」とうやうやしい声でいったのだ。次に欲しかったのはアコーディオン・プリーツのドレスだった。白い絹のアコーディオン・プリーツの服を着てダンスのクラスに行くのが、シーリアの夢だった。スカートをつまんで踊る大きな少女たちだけがそんなドレスを着ていた。シーリア自身がそうしたダンスを教わるまでにはまだ何年も待たなくてはならないだろうが、いつかはきっとその日がくるのだと思っていた。純金製の上靴も欲しかった（そうしたすばらしい靴が実在することを、彼女は信じて疑わなかった）。さらに森の中に別荘を一軒。それからポニー。「銀行にお金がたまったら」そのときは、そうしたすばらしいもののうちのいずれかが彼女のものとなるはずだった。

昼間はシーリアは庭で遊んだ。輪回しをしたり（ときには駅馬車、ときには急行列車を運転しているつもりで）こわごわ木のぼりをしたり、茂みの中の秘密の場所に人知れず寝ころび、次から次へとすばらしいロマンスを思い描いたり。雨の日には子ども部屋で本を読むか、古雑誌の絵に色を塗ったりした。お茶の後、夕食までの時間は母親と一緒にいろいろな遊びをして過ごした。ときには椅子の上にタオルを置いて両端を垂らし、家のつもりになって、タオルの下をくぐって出入りした――シャボン玉を吹くこともあった。どんな遊びになるか、前もってわからなかったが、いつもきっと何かしら楽しい、すてきなゲームがあった。自分では到底思いつかない、マミーと遊ぶときに限ってできるゲームであった。

午前中、シーリアはあらたに〝おけいこ〟の時間をもつことになった。急に偉くなったような気がした。ダディーとする算数は大好きで、ダディーが「この子は大した数学的な頭をもっているよ」というのを洩れ聞いて誇らしく思った。「きみのように指を折って数を数えるということをしないんだよ、この子はね、ミリアム」すると母親が笑って答える。「わたしって、昔から数字にはまるで弱いのよ」シーリアははじめ足し算を、次に引き算を覚えた。掛け算はとても面白かった。割り算に至ってはたいそうむずかしいので急に大人になったような気がした。教科書には「応用問題」というページがあり、シーリアはそれが大好きだった。少年とリンゴ、牧場の羊、お菓子、労働者などが出てくるのだ。本当をいうとそれとて、足し算、引き算、掛け算、割り算が姿を変えたものなのだが、答は少年やリンゴや羊で出るので、ただの計算問題よりずっと面白かった。算数が終わると〝お習字〟で、習字帳に字を書いた。母親が書いた、上の一行にならってページの下までノートの空白を埋める。〝お習字〟はあまり好きでなかったが、ときどきマミーが「やぶにらみのねこはゴホンと咳ができない」などと、とてもおかしな文章を写させるので、つい笑ってしまった。綴りの勉強もあった。やさしい、簡単な単語を毎回一ページ覚えるのだが、なかなか覚えられずに苦労した。間違ってはたいへんと、要りもしない字を付け加えるので、大人が見てもどういう単語だか、見当がつかないことがあった。

夜、スーザンにお湯を使わせてもらった後、マミーが子ども部屋にきてくれる。そして蒲団を叩いてシーリアをうまくくるみこんでくれた。「マミーのおやすみなさい」とシーリアはその儀式を呼び、朝になってもマミーが直してくれたとおりになっているように、じっと身動き一つせずに寝る決心をする。が、どういうわけだか、成功したためしがなかった。

「明りをつけたままにしておきましょうか？　それともドアを開けておく？」とマミーが訊ねる。

明りをつけっぱなしにしたまま、寝たくなんかなかった。すっぽりと快く包んでくれるような暖かい暗闇の中に沈んでいくのは、何ともいえないいい気持だ。闇は友だちだ、そんな気がした。

「暗がりが怖くないなんてねえ」とスーザンは言いいいした。「あたしの小さな姪なんぞ、暗い所にひとりぼっちにしようものなら、絞め殺されそうな声で泣きわめきますけどねえ」

スーザンの姪って――とシーリアはかねてからひそかに軽蔑していた――とってもいやな子に違いないわ――それに、ひどくつまらない子だわ、きっと。暗がりがどうして怖いんだろう？　怖いのは夢だ。夢は現実をめちゃめちゃに掻きまぜるから恐ろしいのだ。銃をもった男の夢を見て、悲鳴をあげて目を覚ますと、シーリアはベッドから跳びだして暗い廊下を躓きもせずに走り、母親の部屋に駆けこむ。母親は彼女と一緒に寝室までついてきてくれ、いっとき、ベッドの傍らに坐って静かにいう。「そんな男、いやしないわ。怖いことなんか、何もないの――大丈夫よ、シーリア」シーリアはマミーがすべての心配を除いてくれたことを感じて、ふたたび眠りに落ちる。そして数分後にはもう、川の傍の谷を桜草を摘みながら歩いているのであった。「わかっていたわ、ここにあるのは線路なんかじゃないってこと。もちろん、川よ。川が流れていたのよ、ずっと前から」と勝ち誇ったように呟きながら。

2 外国旅行

1

ナニーがやめてから六カ月後のある日、マミーがわくわくするような話を聞かせてくれた。一家揃って外国へ――フランスへ行くというのだ。

「あたしも？」

「ええ、あなたもよ」

「シリルも？」

「ええ」

「スーザンとラウンシーも？」

「いいえ、お父さまとわたしとシリルとあなたとよ。お父さまのお体具合が思わしくないのでね、お医者さまが冬の間どこか外国の暖かい土地に行った方がいいとおっしゃるの」

「フランスって、暖かいの？」

「南フランスはね」

「南フランスって、どんな所、マミー？」

「そうね、山がたくさんあるわ。雪で覆われた山がね」

「どうして雪があるの？」

「高い山だからよ」

「どのぐらい高いの？」

母親は山というものがどのぐらい高いか、何とか説明しようとしたが、シーリアには想像がつかなかった。

ウッドベリー・ビーコン丘は知っていた。三十分あればてっぺんまでのぼれる。でもそんなのは山ともいえないらしかった。

わくわくすることばかりだった——とくに旅行鞄はすてきだった。本物の旅行鞄。彼女自身の鞄。濃い緑色の革製で内側にいくつかの小瓶やら、ヘア・ブラシ、櫛、衣服ブラシなどをいれる場所があった。旅行用時計、親指ぐらいの大きさのインク瓶まで揃っていた。

こんなすばらしいものはこれまでもったことがないとシーリアは思った。

旅行中は目新しいことばかり起こった。まず海峡横断の船旅。母親は船室にひきこもってしまったが、シーリアは父親と甲板に残った。一挙に大人になったような、晴れがましい感じがした。

憧れのフランスには少々がっかりした。ほかの土地と大して変わりないように思われたのだ。ただ、青い制服のポーターがフランス語をぺらぺらしゃべっている光景はちょっとした感銘を与えた。彼らの乗り込んだ、おかしな、背の高い列車も印象的で、その中に寝泊りするのだと聞いてシーリアはいっそう興奮した。

シーリアと母親は一つの客室を、父親とシリルはその隣の客室をあてがわれた。

シリルはもちろん、何につけてももったいぶった、偉そうな態度をとった。十六歳の彼は、やたらに興奮しては紳士の沽券にかかわると思っていたのだろう。彼もいろいろと質問をしたが、わざと物憂げな、気のなさそうな口調だった。しかしその彼も、フランスの機関車に対する情熱と好奇心は隠しきれなかった。

シーリアは母親にいった。

「本当に山があるの、マミー？」

「ありますよ」

「とっても高い山？」

「そうですよ」

「ウッドベリー・ビーコン丘よりも？」

「ええ、ずっとずっと高いわ。だからいつも雪があるのよ、てっぺんに」

シーリアは目を閉じてその光景を想像してみようとした。山。高い、高い丘が天まで聳えている――あまり高いので、たぶんてっぺんはとても見えないだろう。シーリアはのけぞった――想像の中で険しい山腹を見あげていたのである。

「どうしたの、シーリア？　首筋がつるか、どうかしたの？」

シーリアは激しく首を振った。

「高い山のこと、考えていたの」

「こいつ、馬鹿だなあ」とシリルが軽蔑したように、しかし寛大な口調でいった。

いよいよ寝る時間がきた。シーリアはひとしきり興奮を抑えきれなかった。目が覚めたら、もう南フランスにいるのだ。

一行がポーに着いたのは翌朝の十時であった。もちものを取りまとめるのがひと騒ぎだった――ちょっとした引越しぐらい、荷物があったからだ――蓋がはちきれそうに盛りあがった、大きなトランクが十三個、数えきれないほどの革の旅行鞄。

しかしようやっと駅の外に出て、車でホテルに向かった。シーリアはきょろきょろとあたりを見まわした。

「山はどこ、マミー?」

「あそこよ。ほら、雪をかぶった山脈が見えるでしょう?」

まさか、あれが――? スカイラインに白いぎざぎざした線が見えた。何かの紙細工のようだった。しかもそれほど高くもない。空に聳え立つ高い峯はいったい、どこにあるのだろう――シーリアの頭上高く聳えて見えるというその山は?

「あれなの!」とシーリアは呟いた。

失望が激しい痛みとともに胸を走った。あれが山だなんて!

2

山についての失望がどうにかおさまると、シーリアはポーにおける生活を大いに楽しんだ。第一、ここの食事はすばらしかった。どういうわけだか、ここでは昼食は〈タベルドート〉と呼ばれていた。見たこともない、魅力的な料理が並んでいる、長いテーブルについて食べるのだ。ホテルには彼女のほかに二人子どもがいた。シーリアより一歳年上の双子の姉妹であった。シーリアはこのバーとビアトリスとどこへでも一緒に行った。八歳になるまで物静かなおとなしい子どもだったシーリアは、生まれてはじめていたずらの楽しさを知った。バルコニーでオレンジを食べて下を通る青と赤の軍服の士官に種子を投げつけたり（士官たちが怒ったように上を振り仰ぐと、子どもたちはすでに物蔭に身をひそめているのであった）。ずらりと並んだお皿のすべての上に塩と胡椒の小さな山を作って年とった給仕のヴィクトールをかんかんに怒らせたり。階段の下に隠れて、食事におりてくるお客の足を孔雀の羽でくすぐったり。そうしたいたずらの総仕上げともいうべきものはある日、彼らの上の階の怒りんぼの部屋付きメイドにうるさくつきまとって、ヒステリーを起こさせたときのことだった。三人が箒やバケツや床ブラシの置いてある小部屋までついて行くと、メイドは怒って振り向きざま、わけのわからぬフランス語でぺらぺらとまくし立て、ドアをばたんと閉めて錠を下ろし、さっさと立ち去ってしまったのであった。三人の子どもたちを閉じこめて。

「やられたわね」とバーが憎らしげにいった。

「いつになったら出してくれるかしら？」

三人はしゅんとしてお互いの顔を見つめた。バーが反抗的に目をひらめかせた。

「あんなやつになんか、負けちゃいないわ。何とか考えなくちゃ」

バーはいつも彼らの首領株であった。彼女はその小部屋の小さな唯一の窓を見あげた。

「ねえ、あそこから出られないかしら？　あたしたち三人とも、あまりふとっていないし。外はどうなってる、シーリア？　何かない？」

溝みたいなものがある、とシーリアは答えた。

「へりをつたって歩けそうよ」

「いいわ、シュザンヌの鼻を明かしてやりましょうよ。あたしたちが急にとびだしたら、どんなに驚くでしょうねえ」

三人は苦労してどうにか窓を開け放ち、そこから一人ずつ、やっとの思いで抜けだした。それは一フィートばかりの幅で、二インチの高さのへりがついた胸壁であった。五階下が地面だった。

三三号室の住人であるベルギー婦人から五四号室のイギリス婦人に丁寧な短い手紙が届いた。――お宅の小さなお嬢さんがマダム・オーエンのお子さんたちと、五階の胸壁をつたって歩いておいでになるのをご承知でしょうか？

続いて起こった大人たちの騒ぎようは、シーリアには何とも場違いにも、不当にも思えた。胸壁の上なんか、もう二度と歩いてはいけないと彼女は厳重に申し渡された。

「下に落ちて死んでいたかもしれないのよ」

「あら、だってマミー、そんなに危なくなんかなかったのよ。両足を揃えて立っていられるくらいだったんですもの」

大人はどうして何でもないことを騒ぎ立てるのだろう？　どう考えても合点がいかなかった。

3

フランスにきた以上、シーリアは当然フランス語を習わなければならなかった。シリルの所にはフランス人の青年教師が毎日通ってきた。シーリアのためには若い婦人が雇われて、毎日彼女を散歩に連れだし、フランス語の会話を教えることになった。この婦人は本当はイギリス人で、イギリスの本を売っている店の娘だったが、生まれてからずっとポーで暮らし、フランス語を母国語同様、達者に話した。

このミス・リードベターはたいそう洗練された女性で、その英語はおつに気取った響きのものであった。わざとらしくやさしい口調でゆっくり話した。

「ほら、シーリア、あれはパンを焼くお店ですよ。ブーランジュリーよ」

「はい、ミス・リードベター」

「ごらんなさい、小犬が道を横切っていますわ。アン・シアン・キ・トラヴェルス・ラ・リュー。ケス・キル・フェ？　何をしているんでしょう？」

この質問はまずかった。犬は場所柄をわきまえない動物だ。洗練された若いご婦人が赤面するようなことを平気でやってのける。話題の犬は道を横切るのを中断して、目下べつな行動に従事していた。

「フランス語でどういったらいいか、わかりません」とシーリアは答えた。

「あら、そっちを見るんじゃありません」とミス・リードベターは慌てて命令した。

「あまりお行儀のよくない犬ですね。前に見えるのは教会です。ヴァラ・ユネグリーズ」

長ったらしい、退屈な、単調な散歩であった。

二週間目に、シーリアの母親は体《てい》よくミス・リードベターを断った。

「どうしようもない人ですわ」と彼女は夫にいった。「手に汗を握るほど面白いことでも、あの人にかかるとおよそ退屈になってしまうんですから」

父親は頷いた。フランス人から習うのでなければ、シーリアはけっしてフランス語をものにできないだろう、と彼はいった。シーリアにはあまりうれしくない取りきめであった。彼女もまたイギリス人特有の島国根性で、外国人というと何となく猜疑の念をいだいていたのだった。でもまあ、散歩の間だけなら……母親は、マドモアゼル・モーウラはいい人だから、きっと好きになるだろうといって聞かせた。マドモアゼル・モーウラ——何ておかしな名前だろうとシーリアは思った。

マドモアゼル・モーウラは背の高い、ふとった婦人であった。いつも、小さなケープがひらひらといくつもついたドレスを着ていた。体を動かすたびにこのケープがひるがえって、テーブルの上のものをひっくり返した。ナニーならきっと「身のこなしががさつだからだ」というだろう、とシーリアはひそかに考えた。

マドモアゼル・モーウラは立てつづけにしゃべる、愛想のいい婦人だった。

「おやまあ、かわいいお嬢さん《ラ・シエール・ミニヨンヌ》！」とシーリアを見るなり、彼女は大仰な口調で叫んだ。「本当にかわいいったら！」といきなりシーリアの前に膝をついて、愛嬌たっぷり笑いかけた。シーリアはしかし、イギリス人らしくむっつりと押し黙っていた。こんなふうに扱われるのがいやでたまらなかったのだ。居たたまれない気持がした。

「何か面白いことをしましょうね《ヌー・ザロン・ヌー・ザミユゼ》。さあ《アー》、何をして遊びましょう《コム・ヌー・ザロン・ヌー・ザミユゼ》？」

そしてまたしても散歩が繰り返された。マドモアゼル・モーウラはひっきりなしにぺらぺらとしゃべった。シーリアは彼女にとって何の意味もなさない言葉の奔流に礼儀正しく堪えた。とても親切な人なのだ――そう思えば思うほど、このフランス婦人がますます嫌いになっていた。

十日後にシーリアは風邪を引いた。熱も少しあった。

「きょうは出かけない方がよさそうね」と母親がいった。「マドモアゼルにここにきていただいて、あなたのお相手をお願いしましょうか？」

「いや！」とシーリアは激しく叫んだ。「いやよ――帰ってもらって――帰ってもらってちょうだい！」

母親は小さな娘の顔をじっと見つめた。シーリアのよく知っている――奇妙な、何でも見通しているような、きっとした表情であった。

「わかったわ」と母親は呟いた。

「あの人をここにこさせないでちょうだい！」とシーリアはなおも嘆願した。

しかしその瞬間、居間のドアがぱっと開いて、例によってケープのひらついたドレスを着たマドモアゼルがはいってきた。

シーリアの母親が何かフランス語でいうと、マドモアゼルは残念そうに、心からの同情の思いをこめて叫んだ。

「おやまあ、お気の毒にねえ！」母親が言葉を切ると、マドモアゼルは「かわいそうな《ラ・ポーヴル》・お嬢ちゃん《ミニョンヌ》！」とシーリアのベッドの脇にぺっちゃり腰を落とした。「おかわいそうに！」

シーリアは訴えるようにちらりと母親の顔を見た。そして顔を思いきりしかめて見せた。「帰して。この人を帰してちょうだい」とその顔はいっていた。

幸いなことにちょうどそのとき、マドモアゼル・モーウラのケープがひっかかって花瓶が倒れたので、彼女は謝るのに夢中でシーリアの様子には気づかずじまいだった。

マドモアゼルがやっと部屋から出て行ったとき、シーリアの母親は穏やかな口調でいった。

「あんな顔、するものじゃないわ、シーリア、マドモアゼルはやさしい気持の方ですからね。あんな顔を見たら、どんなに気持を傷つけられるでしょう」

シーリアは驚いたように母親を見返した。

「だってマミー、あれは英語の顔なのに！」

これを聞いてなぜ母親がそんなに笑ったのか、彼女にはさっぱりわからなかった。その夜、ミリアムは夫にいった。

「今度の人もだめですわ。シーリアが嫌っていますの。もしかしたら――」

「もしかしたら――？」

「いえ、何でもありません。きょう、仕立屋で会った若い娘さんのことを考えていましたの」

次に仮り縫いに行ったときに、ミリアムはその娘に話しかけた。下働きの一人で、仮り縫いの間、ピンをもって立っている役目だった。年のころは十九ぐらい、黒髪をきっちりと髷に結い、ちょっと上を向いた鼻、バラ色の快活そうな顔のもちぬしであった。

そのイギリス婦人が彼女に話しかけて、一緒にイギリスにくる気はないかと訊ねたとき、ジャンヌはひどくびっくりした。ママンが何というか、万事それ次第だ、と彼女は答えた。そこでミリアムは彼女から母親の住所を訊きだした。ジャンヌの両親は小さなキャフェを経営していた――小ぎれいな、清潔な感じの店であった。母親のマダム・ボージェは見知らぬイギリスの奥さまの申し出に呆気にとられて耳を傾けた。小間使として働くかたわら、小さなお嬢さんのお世話をする――ジャンヌが？　でもジャンヌは経験もほとんどないし――それにどっちかというと不器用で、気が利かないと思う。長女のベルトなら。しかしイギリス人の奥さまはジャンヌがお望みなのだった。そこで父親のボージェ氏が呼ばれて相談にあずかった。ジャンヌのために願ってもない道が開けるというのに邪魔をすることはあるまいと彼はいった。給料はあの仕立屋でもらっているのよりずっとよいのだしと。

三日後にジャンヌがやってきた。おどおどした様子で、しかし、新しい働き口に少なからず胸を躍らせて。自分が世話をすることになるイギリス人の小さなお嬢さんはどんな子どもだろうかと、彼女は少々びくびくしていた。英語がかいもくわからないからだった。たった一つ覚えた英語の挨拶を、彼女はおそるおそる口にした。

「おはようございます――嬢《メス》さま」

残念なことにジャンヌのアクセントがあまり奇妙だったので、シーリアには彼女が何をいっているのか、さっぱりわからなかった。シーリアは黙って身仕舞いを続け、二人は初対面の二匹の犬のように、お互いの顔をまじまじと見つめた。ジャンヌはシーリアの髪にブラシを掛けて、小さなカールを自分の指にくるくる巻きつけては形をととのえた。シーリアはそんな彼女から目を離さなかった。

「マミー」と朝食のときにシーリアはいった。「ジャンヌは英語がぜんぜんしゃべれないの？」

「そうよ」

「おかしいわね」

「ジャンヌはどう？　好き？」

「面白い顔をしてるのね」とシーリアは答えて、ちょっと考えてからまたいった。「今度からもっと強くブラシを掛けてって、そういってちょうだい」

三週間たったときには、シーリアとジャンヌはお互いのいうことがすっかり理解できるようになっていた。四週間目の終わりに、二人は散歩の途中で牝牛の群れに出会った。

「ああ《モン》、怖い《デュー》！」とジャンヌはいきなり叫んだ。「牛が《デ・ヴァシュ》――牛が《デ・ヴァシュ》――ママン、ママン！」

シーリアの手を気もそぞろに握りしめて、ジャンヌは土手を駆けあがった。

「どうしたの？」とシーリアは訊いた。

「あたし、牛が怖いんです《ジエ・プール・デ・ヴァシュ》！」

シーリアは思いやり深くその顔を見て、力づけるようにいった。

「今度牝牛に会ったら、あたしの後ろに隠れるといいわ」

この出来事の後、二人は大の仲よしとなった。ジャンヌはシーリアにとってこの上なく愉快な遊び相手であった。彼女はシーリアが以前誰かにもらった小さな人形に服を着せ、いろいろな声色を使って、小間使（たいへん生意気な）、母親、父親（軍人らしくしょっちゅう口髭をひねくり回していた）、三人の腕白な子どもの役をかわるがわる演じた。司祭になって一同の懺悔を聞き、それぞれに恐ろしい苦行を課したときなどは大した名演技だった。シーリアは大喜びで、おりさえあればまたやってくれとうるさくせがんだ。

「だめですわ《ノン・ノン》、お嬢さま、あんなことをしたのはいけなかったんです《セ・トレ・マル・ス・ク・ジェ・フェ・ラ》」

「なぜ？《プルクワ》」

「神父さまの真似をするなんて、罪ですわ。いけないことなんです！」

「でも、ジャンヌ、もう一遍だけでいいから――だめ？　だって、とってもおかしいんですもの」

心やさしいジャンヌは魂の平安を犠牲にして、その場面を再演した。前よりいっそうの名演技だった。

やがてシーリアはジャンヌの家族についていろいろなことを知るようになった。と《ト》ても真面目な《レ・セリューズ》姉ベルトについて、思いやりのあるルイについて、信心深いエドゥアールについて、堅信礼を受けたばかりの小さなリーズについて、またたくさんのグラスを置いた台の上にまるくなり、しかもその一つさえ、こわしたことのない彼らの利巧な飼猫について。

シーリアはシーリアで、ジャンヌにゴールディーのこと、ラウンシーのこと、スーザンのことを話して聞かせた。家の庭のことも、ジャンヌと一緒にイギリスにもどったらどんなことをして遊ぶかということも。ジャンヌは生まれてから一度も海を見たことがなかったので、イギリスへ船で行くということを考えて、たいそう怯えていた。

「さぞ、怖いでしょうねえ。お願いですからそのことはもう話さないでくださいな！　それよりまた小鳥の話を聞かせてください」

4

ある日、シーリアが父親と一緒に散歩していると、とあるホテルの外にしつらえられたテーブルから声がかかった。

「ジョン！　ジョンだね！」

「バーナードじゃないか！」

大柄な、愉快そうな男が跳びたつように立ちあがって、父親の手を握りしめていた。男の名はグラント氏といって、父親のもっとも古い友人の一人だった。ここ数年会っていなかったので、二人とも相手がポーに滞在しているなんて夢にも思わなかったのであった。グラント一家はシーリアたちとは違うホテルに滞在していたが、それからというもの、二家族は昼食後よく一緒にコーヒーを飲んだ。

シーリアはミセス・グラントに魅せられて、見たこともないほど、すてきな人だと思った。灰色がかった銀色の髪が優雅に結いあげられ、表情豊かな濃い青い眼、彫りの深い顔だち、よくとおる、澄んだ声をもっていた。はじめて彼女に会った日、シーリアは彼女の想像の世界の中に新たにマリーズ女王という名の新しい人物を登場させた。マリーズ女王はミセス・グラントのすべての魅力を備えており、その忠良なる臣民たちの崇拝の的だった。彼女に対しては三度も暗殺計画があったが、そのつど、コリンという名の忠実な若者に救われた。マリーズ女王は彼をナイトに叙した。マリーズ女王の戴冠式の服はエメラルド色のビロードで、ダイヤモンドをちりばめた銀の冠をかぶった。

グラント氏は国王にはしてもらえなかった。いい人だけれど、ふとった赤ら顔で、王にはふさわしくない、とシーリアは思った。——茶色の顎鬚をたくわえ、空を仰いで哄笑する彼女自身の父親ほど、優雅でもないし。

ダディーは父親としては理想的だ、と彼女は考えていた——グラント氏の冗談はときどきいかにも馬鹿らしく響くが、ダディーの冗談はとても楽しい。

グラント夫妻はジムという息子を連れていた。そばかすだらけの快活な少年であった。

彼はいつも、にこにこと、機嫌がよかった。まるい青い目は何かにびっくりしているような感じを与えた。母親を崇拝しきっている様子だった。

ジムとシリルはこれまた初対面の犬同士のようにお互いの顔を見つめあった。シリルが二つ年上で、パブリック・スクールの生徒だというので、ジムはシリルに対して非常に慇懃だった。どちらもシーリアにはろくに注意を払わなかった。まだほんの赤ん坊というわけであった。

グラント一家は三週間後に、イギリスに向けて出発した。シーリアはグラント氏が彼女の母親に低い声でいっているのを聞いてしまった。

「ここでジョンに会ったとき、あまり変わっていたのでショックを受けましたよ。こっちにきてからずっと具合がいいと本人はいっていますがね」

シーリアは後で母親に訊ねた。

「マミー、ダディーは病気なの？」

母親は少々慌てた様子で答えた。

「いいえ、そんなこと、ありませんとも。もうすっかりいいのよ。イギリスは湿っぽくて、雨ばかり降っていたからねえ」

シーリアはこれを聞いてほっとした。まさか、病気だなんてことはないと思ったけれど——だって床についているわけでもないのだし、くしゃみをしたり、気分が悪いと訴えることもまったくないのだから。咳はときどきしているが、それは煙草を喫みすぎるからだとシーリアは考えていた。父親自身、そういっていたからである。だとしたら、なぜ、マミーはあんな妙な様子をしたのかしら——シーリアはふしぎでたまらなかった。

5

五月の初めに彼らはポーを後にして、まずピレネー山脈の麓のアルジュレに、それからさらに山地にはいってコートレーに行った。

アルジュレで、シーリアは恋をした。その片想いの対象はエレベーター・ボーイのオーギュストだった。ときどき彼女やバー、ビアトリスの姉妹（彼女たちもアルジュレにきていた）のいたずらの相棒をかつぐ、やはりエレベーター・ボーイのアンリと違って、オーギュストは十八歳で、髪の毛の黒い、青白い顔の、憂鬱そうな、すらりとした若者だった。

オーギュストは自分の運転するエレベーターに乗る客に対して、およそ何の関心も示さなかった。シーリアにしても自分から話しかける勇気はなかった。ほかの者は誰一人——ジャンヌですら——彼女のこの秘めたロマンティックな恋について知らなかった。疾走する馬の手綱を取ってオーギュストの命を救ったり——オーギュストとただ二人、難破船の生存者として（オーギュストが沈まないように彼女が支えたのだ）とある島に流れついたところなどを。オーギュストが火の中から彼女を救い出す場面もあった。しかしそういう想像はどういうわけか、物足りない感じがした。シーリアの気に入りのクライマックスはオーギュストが目に涙をためて、「マドモアゼル、あなたはぼくの命の恩人です。ぼくの感謝の気持をどうしたらわかっていただけるでしょう?」という場面であった。

短い、しかし激しい恋だった。一カ月後、一家はコートレーに移り、シーリアは今度はジャネット・パタソンに夢中になった。

ジャネットは十五歳で茶色の髪、温かい青い目の、感じのいい娘だった。とくに美しくはなかったし、目立つ顔立ちでもなかったが、小さな子どもにたいへん親切で、飽きもせずに彼らの相手をしてくれた。

シーリアのただ一つの願いは、いつかはジャネットのようになるということだった。

ジャネットの着ているような縞のブラウスにカラーとタイをつけ、髪の毛もジャネットのように編んで黒いリボンで結ぼう。それにいつかは彼女のようなバスト——何という神秘的な言葉だろう、バストとは——になりたいものだ。ジャネットはじっさい豊かなバストをもっていた。縞のブラウスの胸はふっくらと形よくふくらんでいた。シーリア自身はとても痩せっぽちで(兄のシリルは妹を怒らせようと思うときには、きまって「鳥ガラ」と呼んだ。シーリアはこう呼ばれるといつも泣いた)、ふくよかな体つきに憧れていた。いつか自分も大人になり、豊かな胸を持つだろう。そうなったらどこでも大人の行く場所に行けるのだ。

「マミー」とある日、彼女はいった。「あたしの胸、いつになったらふくらむの?」

母親は娘の顔を見やって訊いた。

「早くそうなりたいの?」

「ええ、もちろん!」とシーリアは囁くようにいった。

「そう——十四か、十五になったらね——ジャネットぐらいの年になったら」

「そうすれば、あたしも縞のブラウス、着られるの?」

「そうね、でも縞のブラウスなんて、大して美しいこともないと思うけれど」

シーリアは非難がましい表情で母親の顔を眺めた。

「あたしはすてきだと思うけど。ああ、マミー、十五になったら、ああいうブラウスを買ってあげるって約束してちょうだい」

「いいわ――そのときになってもほしかったらね」

そんなこと、きまっているのに、とシーリアは思うのだった。

シーリアは彼女の偶像を探しに出かけた。しかし憧れのジャネットがフランス人の友だちのイヴォンヌ・バルビエと散歩をしていたので拍子抜けがした。嫉妬の思いを掻きたてられて、彼女はイヴォンヌを憎んだ。イヴォンヌはとても美しい、優雅な、洗練された娘だった。まだやっと十五歳だったが、十八ぐらいに見えた。ジャネットと腕を組んで、イヴォンヌは甘えるように囀っていた。

「もちろん《ナチュレルマン》、ママンにはいわなかったわ《ジュ・ネ・リアン・ディタ・ママン》。あたし、彼にいったの《ジュ・リュイ・エ・レポンデュ》――」

「あっちに行ってお遊びなさいよ、シーリア」とジャネットはやさしくいって聞かせた。「あたしたち、今忙しいのよ」

シーリアは悲しい気持でひきさがった。イヴォンヌ・バルビエ――何て憎らしいんだろう！

残念なことに、ジャネットは両親ともども間もなくコートレーを去った。ジャネットの俤《おもかげ》はたちまち色あせてしまったが、ジャネットのようにふくらんだ胸をもちたいという憧れの思いはその後もなかなか消えなかった。

コートレーの生活は楽しかった。それは山の麓の町で、ここでも、山は彼女の思い描いたものとは違って見えた。騙されたというような気持が何となく胸の奥にしこっていたが、コートレーの楽しみはさまざまだった。朝のうち、彼らは強い日ざしを浴びてラ・レリエールまで散歩し、両親はそこでいやな味の鉱泉の水を飲んだ。そしてその後でいつも麦芽糖を買った。いろいろな色と香りのだんだらの棒であった。シーリアはたいていはパイナップルの味の棒を買ってもらった。母親は緑色の、アニスの実の味のするのが好きだったが、父親は奇妙なことにどれもあまり好まなかった。彼はしかし、コートレーにきてから、急に元気づき、いかにも幸せそうに見えた。

「ここはぼくの体に合うようだよ、ミリアム」と彼はいった。「何だか、生まれ変わったような気がする」

妻は答えた。

「だったら、できるだけ長くここにいましょうね」

母親自身も気が軽くなったようだった——前より笑うようになり、憂わしげに眉を寄せる癖も忘れたように見られなくなった。シーリアのことは安心してジャンヌに任せきりにし、夫の世話に身も心もささげた。

朝の散歩の後、シーリアはジャンヌと一緒に森の中を歩いて家路についた。ジグザグに折れ曲った小径をたどり、ときには険しい斜面をトボガンで下って、下ばきを真黒に汚した。そんなとき、ジャンヌは困りはてたように嘆いた。

「まあ《オー》、お嬢さま《メース》、そんなこと、なさっちゃいけませんわ《ス・ネ・パ・ジャンティユ・ス・ク・ヴ・フェト・ラ》。まあ、下ばきが泥だらけじゃありませんか《エ・ヴォ・パンタロン》。奥さまが何ておっしゃるでしょう《ク・ディレ・マダム・ヴォトル・メール》?」

「もう一遍だけ、ね《アンコール・ユヌ・フォア》、ジャンヌ、もう一遍だけ《ユヌ・フォア・スルマン》!」

「いけませんわ《ノン・ノン》、お嬢さま《メス》!」

昼食後、ジャンヌは縫いものに忙しく、シーリアは広場に行ってほかの子どもたちと遊んだ。メアリー・ヘイズという名の少女が公認の遊び相手であった。「とてもいい子ですのよ」と母親は夫にいった。「お行儀がいいし、やさしいし。きっとシーリアといい友だちになりますわ」

シーリアはやむを得ない場合にはメアリー・ヘイズと遊んだが、何てつまらない子だろうという感じは拭えなかった。確かにおとなしい、いい子なのだが、相手としては退屈だった。シーリアが好きなのはマーガリート・プリーストマンというアメリカ人の女の子であった。アメリカの西部育ちのこの少女はひどい西部訛で話すことからして、シーリアにとってたまらなく魅力的だった。その上、珍しいゲームをいろいろ知っていた。

いつもナースと一緒だったが、このナースはとてつもなく大きな、ひらひらした黒い帽子をかぶったお婆さんで、口癖のように、「ファニーの傍を離れるんじゃありませんよ、いいですか？」といっていた。

ファニーはときには喧嘩の仲裁役もつとめた。あるとき、シーリアとマーガリートが激しくいい争って、二人とも泣かんばかりに興奮していた。

「いったい、どうしたっていうんです、ファニーにすっかり話してごらんなさい」とナースはいった。

「シーリアにお話をしてあげてたの。そしたら、そんなこと、嘘だっていうんですもの。本当のお話なのに」

「どんなお話です？　ファニーにも教えてくださいな」

「とってもすてきなお話だったのよ、森の中で育った女の子の。お医者さまが黒い鞄の中にいれなかったから、その子はたったひとりぼっちで育ったの——」

シーリアがここで口をはさんだ。

「マーガリートったら、赤ちゃんはお医者さまが森の中で見つけて、鞄にいれてお母さんの所に連れてくるんだっていうのよ。そんなの、嘘だわ。天使が夜中に連れてきて、揺りかごの中にいれるのよ」

「お医者さまですよ」

「天使ですよ」

「嘘よ！」

「あなたこそ！」

ファニーはやおら大きな手をあげて二人を制した。

「いいですか？　お聞きなさい」ファニーは小さな黒い目を考えぶかげに二、三度しばたたいた。さて、どうしたものだろう？

「あなたがた二人とも、そんなにかっかすることはありません。マーガリートもシーリアもどっちも間違っちゃいないんですから。イギリスの赤ちゃんと、アメリカの赤ちゃんとじゃ、生まれかたが違うんです」

なあんだ、そうだったのか！　シーリアとマーガリートはにこにこと顔を見合わせて、また前のように仲よしになった。

「いいですか、ファニーの傍を離れるんじゃありませんよ」とファニーは呟いて、ふたたび編みものにせいを出した。

「さっきのお話、続けてもいい？」とマーガリートがいった。

「ええ、どうぞ」とシーリアは答えた。「それがすんだら、今度はあたしが桃の種子の中から出てきたオパールの妖精のお話をしてあげるわね」

マーガリートの話の最中に、シーリアはふと訊いた。

「サトリって何のこと？」

「サトリ？　サトリが何だか、まあ、知らないの、シーリア？」

「ええ。何なの？」

説明は楽ではなかった。マーガリートのこみいった説明からシーリアは、サトリはサトリだということがわずかに理解できたにとどまった。何かアメリカ大陸と関係のある、途方もなく奇妙な獣かと思われた。

大人になってからのある日、シーリアは突然はっとした。

「そうだわ、マーガリート・プリーストマンのサトリって、サソリのことだったんだわ」

長年の謎がやっと解けたとき、彼女は何かを失ったような、むなしい気持を感じたのであった。

6

コートレーでは晩餐は六時半という、きわめて早い時刻に供された。まだ寝る時間ではないので、シーリアも一緒に食卓につくことを許された。食後は、みんなして外の小さなテーブルのまわりに坐ってしばらくの時を過ごした。週に一、二度、手品の余興があった。

シーリアは手品師に魅せられた。その名称自体に、魅力があった。父親から聞いたところによると、手品師はプレスティディジタトゥールともいうのだそうで、シーリアはその長い呼び名を口の中でゆっくりと繰り返した。

手品師は長い、黒い顎鬚を生やした背の高い男で、色とりどりのリボンを使って、目覚ましいことをやってのけた。何ヤードものリボンを口から急に引っぱり出したりするのだった。手品が終わると彼は、「これから〝福引き〟をいたします」と宣言する。まず小さな木の皿がまわされ、観客がその中になにがしかの金をいれる。観客はあらかじめ数を記したカードを渡されているのだが、やがて当たりの番号が発表され、賞品が授与される——紙製の扇子とか、小さな提灯とか、造花を挿した植木鉢とか。福引きで運がいのは子どもたちと相場がきまっているらしく、賞品をもらうのはほとんどいつも子どもだった。シーリアは扇子が当たることを切に願っていたのだが、提灯を二回もらっただけで、扇子は当たったためしがなかった。

ある日、シーリアの父親が彼女に、「あの山のてっぺんにのぼってみたくはないかい？」とホテルの裏の山の一つを指さしていった。

「あたしも行けるの、ダディー？　本当に、あのてっぺんまで？」

「そうだよ。騾馬に乗ってね」

「ラバってなあに、ダディー？」

「騾馬はちょっと驢馬にも、馬にも似ていると父親はいった。シーリアはこの冒険に興奮したが、母親はちょっとあやぶむような表情を見せた。

「本当に大丈夫でしょうかしら、ジョン？」

父親はその懸念を笑いとばした。もちろん、大丈夫にきまっているさと。

そこでシーリアと、父親とシリルの三人が出かけることになった。シリルは高慢ちきな口調でいった。

「ちびもくるのか！　足手まといだがなあ」

本当は彼もシーリアをかわいがっていたのだが、小さな妹まで同行するというので、男としての誇りを傷つけられたような気がしたらしかった。

女子どもは家に残して、男だけが参加するちょっとした遠征だと思っていたからだった。

その大遠征の朝早く、シーリアは用意万端ととのえてバルコニーに立ち、騾馬の到着を今やおそしと待っていた。彼らは角を曲ってトロットでやってきた。かなり大きな動物で、その点、驢馬より馬に似ていた。シーリアは期待に胸をはずませて階段を駆けおりた。ベレー帽をかぶった渋紙色の顔の小男が父親に話しかけていた。小さなお嬢さん《プティット・ドモアゼル》のことはご心配に及びません、そういっていたのであった。「わっしが万事気をつけやすから」と。まず父親とシリルが騾馬の背に跨った。それからガイドが彼女を抱きあげて鞍の上に落ちつけた。おそろしく高い所にあがったような気持で、シーリアはただわくわくしていた。

一行は出発した。上のバルコニーから手を振っている母親を見返りながら、シーリアは晴れがましい気持でいっぱいだった。急に大人になったような気分であった。ガイドが傍について走り、ひっきりなしにぺちゃくちゃと話しかけたが、スペイン風のアクセントのために、何をいっているのか、ほとんどわからなかった。

すばらしい遠足であった。彼らはジグザグに折れ曲って、ますます険しく続く小径をのぼって行った。すでに山腹にさしかかっていた。片側は岩のごつごつした山肌、もう一方の側は遮るもののない絶壁であった。一番あぶなっかしく見える所でシーリアの騾馬はおもむろに足を止め、片足をわけもなくぱっぱと蹴りあげたりした。この騾馬はその上、道のぎりぎりの端をつたい歩くのが好きだという、けんのんな癖をもっていたが、シーリアはとてもかわいい騾馬だと感嘆した。アニシードという名だそうだが、馬の名としてはいかにも奇妙に響いた。

一行が頂上に着いたときにはすでに正午だった。前にテーブルを控えた小屋があり、みんなが腰をおろすと、女が食事を運んできた。オムレツ、マスのフライ、クリーム・チーズとパンというなかなかおいしい昼食であった。大きな、毛のもしゃもしゃした犬も一四、出てきた。シーリアはひとしきりこの犬と遊んだ。

「イギリス犬の血がはいっていますんですよ」と女はいった。「殿《ミロール》さまっていいます」

ミロールはたいそう愛嬌のある犬で、シーリアが何をしても怒らなかった。

やがて父親は時計を見て、出発の時間だといってガイドを呼んだ。

ガイドは満面に笑みをたたえてやってきた。手に何かもっていた。

「ごらんなさい、私が何を捕まえたか」

それは美しい大きな蝶だった。

ガイドはシーリアが呆気にとられている間にピンを取りだし、素早く器用な手つきでその蝶をシーリアの麦藁帽子のてっぺんに留めた。

「マドモアゼルにあげましょう」と。

「とてもシックに見えますよ」と男は一、二歩さがって感心したような顔でためつすがめつした。

騾馬がまた連れてこられ、一行はその背に跨って山道を下りはじめた。

シーリアはみじめだった。蝶の羽が帽子にぶつかってぱたぱたといっている音が聞えた。生きているのだ――生きている蝶がピンで留められているのだ。シーリアは気分が悪くなった。ただ情けなくて、大粒の涙が頬をつたった。

父親がとうとう気づいて訊いた。

「どうしたんだね、お嬢ちゃん《ポペット》？」

シーリアは首を振った。こらえきれずにすすり泣きながら。

「どこか、痛いのかい？　それとも疲れたの？　頭でも痛むのかね？」

訊かれるたびにシーリアはいっそう激しく首を振った。

「こいつ、騾馬が怖いんだよ」とシリルがいった。

「違うわ」とシーリアは呟いた。

「じゃあ、何だって、めそめそしてるんだね？」

「疲れたんですよ、きっと」とガイドも口をはさんだ。

涙はもう止めどがなかった。みんなが訝しげに彼女を見つめていた──しかし、何が原因か、どうして答えることができよう？　そんなことをしたらガイドの気持をひどく傷つけることになる。親切にしてくれるつもりだったのだ。とくに彼女に、と思って蝶を捕まえたのだから。帽子にそれをピンで留めながら、彼は何と誇らしそうにしていたことか。それなのに、その蝶のせいで悲しいのだと、どうしていえるだろう、みんなの前で、きっと誰もわかってはくれない。けっして！　風があるので、蝶の羽はますますぱたぱたと音を立てていた。シーリアはもうこらえきれずに泣いていた。こんなかなしい、情けないことってあるものじゃないわ！

「できるだけ急いで帰ろう」と父親はいった。ひどく不機嫌そうな表情だった。「早く母親のところに連れもどるしかない。あれのいったとおり、この子には遠すぎたよ」

シーリアは叫びたかった。

「そうじゃない──そうじゃないのよ！」と。しかしそうすればまた、「じゃあ、なぜだね？」と訊かれる、そう思ったので、何もいえなかった。彼女はただ黙って首を振っていた。

帰るみちみち、シーリアはずっと泣きつづけていた。どうしようもなくみじめで、いよいよ気持が沈んでいった。泣いている彼女を騾馬から抱えおろし、父親は母親の待っている居間へ連れて行った。

「きみのいったとおりだったよ。この子には刺激が強すぎた。どこか痛いのか、疲れたのか、ぼくにはさっぱりわからないがね」

「どっちでもないの」とシーリアは呟いた。

「山道が険しいんで怖くなったのさ」とシリルがいった。

「違うわ」とシーリアはまたいった。

「じゃあ、どうしたんだね？」と父親が厳しい口調で詰問した。

シーリアは何もいわずに母親の顔を見つめた。蝶のことはけっして口にできないとあらためて思った。そのみじめさの大もとの原因は、いつまでも彼女の胸の中に閉じこめられたままだろう。話したかった——話したくてたまらなかった——しかしどうしてか、それができないのであった。何かふしぎな重しが彼女の胸にのしかかり、唇を固く閉ざさせていた。マミーさえ知ってくれたら。マミーなら、わかってくれるはずだ。けれどもマミーにさえも、話すことはできなかった。みんなは彼女の顔を見つめ——その答を待っていた。何ともいえぬ悲しみが胸にこみあげた。シーリアは押し黙って、苦しげな表情で母親を見つめた。「助けて」とその目ざしは訴えていた。

「助けてちょうだい！」

ミリアムはその顔をじっと見返した。

「この子はその帽子につけた蝶がいやだったんだと思いますわ」と彼女はいった。「誰が留めたんでしょう？」

ああ、何という安堵――痛いほどの、苦しいまでの、えもいわれぬ安堵。

「馬鹿なことを」父親が否定しかけたが、シーリアは堰を切ったようにしゃべりだした。

「いやだったの。いやだったのよ。ぱたぱたして――生きているんですもの。痛がっているんですもの」

「なぜ、早くそういわなかったのさ？　馬鹿だなあ」とシリルがいった。

母親が答えた。

「たぶん、ガイドの気持を傷つけたくなかったからだと思うわ」

「ああ、マミー！」とシーリアは叫んだ。

その短い言葉の中にすべてがこもっていた。安堵も、感謝も――そして泉のように湧く母親への愛も。

マミーはやっぱりわかってくれたのだ。

3 おばあちゃま《グラニー》

1

次の冬、シーリアの両親はエジプトに向かって出発した。シーリアを同行することは実際問題として賢明でないと思われたので、シーリアはジャンヌと一緒にグラニーの所に身を寄せた。

グラニーはウィンブルドンに住んでおり、シーリアはグラニーと暮らすことをたいへんうれしく思った。グラニーの家にはハンカチーフのように真四角な小さな芝生があった。芝生のまわりにはバラの木が植わっていたが、シーリアはどの木にどんな花が咲くか、冬のさなかでもはっきり思い出すことができた。「あれはラ・フランスっていって、ピンクの花が咲くのよ、ジャンヌ、あなたもきっと好きになるわ」

庭の女王ともいうべきものは、一本のトネリコの大木で、針金を張り渡して、あずまやのように整枝されていた。彼女自身の家にはそんな木は一本もなかったので、シーリアはその木を世界の七不思議の一つのように思った。この家でもう一つすばらしいのは古風な、背の高いマホガニー製の便座で、朝食後、手洗いに入るとシーリアはまるで玉座についた女王のような気分で、戸の錠をおろし、威儀を正して会釈をしたり、想像上の廷臣に向かって片手を差し伸べたりして、できるだけ謁見の時を長びかせた。庭に通ずるドアの脇には食料品の貯えのはいっている戸棚があり、グラニーは毎朝、大きな鍵の束をチャラチャラいわせてこの戸棚の中を検分した。子どもや、犬や、ライオンは、餌の時間というとじつによく心得ているものだが、シーリアもかかさずこの儀式に立ち会った。グラニーは砂糖の袋や、バターや、卵やジャムの瓶などをこの戸棚から取りだし、年とったコックのセアラと長時間にわたって激論を戦わせるのであった。セアラはラウンシーとはまるで違っていた。ラウンシーがよくふとっていたのとは反対に、たいへん痩せていた。胡桃割り人形のように鼻と顎とがくっついた、皺のよった顔の小柄な老婆で、五十年間にわたってグラニーのために働いてきたのだが、二人のいい争いは十年一日のごとく、きまったパターンにしたがっていた。やれ、砂糖の使いかたが多すぎるとか、お茶がまだ半ポンド残っているはずだがとか。それは今ではまさに一種の儀式のようになっていた——グラニーがつましい主婦のポーズをとる大切な見せ場であった。

召使なんて、むだづかいばかりする手合いだ。こっちがせいぜい目を光らせていないことにはとばかりに。儀式が完了すると、グラニーははじめてシーリアに気づいたようなふりをする。

「おやおや、小さなお嬢さんがこんな所で何をしているのやら！」といかにもびっくりしたように目を見張るのである。

「まさか、何かほしいんじゃあるまいね？」

「ほしいわ、グラニー！」

「なるほど。じゃあ、ちょっとお待ち」グラニーは戸棚の奥をゆっくりと探し回り、何かしら出してくれる。フレンチ・プラムの瓶詰とか、アンジェリカの砂糖づけとか、マルメロの実の瓶詰とか。小さな女の子の喜ぶようなものが、毎度何かあった。

グラニーはたいそう押しだしの立派な老婦人であった。白皙《はくせき》の額、ピンク色の頰、額の両脇に白髪の房が波打ち、今にも何か面白いことをいいそうな、大きな口を持っていた。それに厚みのある胸、貫禄十分の腰、あたりを圧する堂々たる体格だった。服はビロードか、紋織で、たっぷりしたスカートが腰のまわりできっちり締まっていた。「ファニーって、「わたしは昔から姿がよくてね」とグラニーは口癖のようにいった。「ファニーって、わたしの妹は——姉妹中で一番美人だったけど、気の毒に姿がぱっとしなくてね、二枚の板をぴたりと合わせて釘づけにしたみたいな痩せっぽちでさ。わたしが傍にいると、殿がたは、はじめはとにかくとして、少したつともうファニーには目もくれなくなってしまったものだよ。殿がたが魅かれるのは姿さ。顔じゃあない」

この〝殿がた〟という言葉は、グラニーの話の中にしょっちゅう出てきた。グラニーは殿がたが宇宙の中心であった時代に育ったのである。女はそのすばらしい神格にかしずくためにのみ、存在しているのだった。

「どこを探しても、わたしの父より立派な殿がたはいなかったものさ。六フィートも上背があってね。わたしたち子どもはいつもびくびくしていたわ。とても厳格な人だったから」

「グラニーのお母さまはどんな人だったの？」

「かわいそうに、たった三十九で亡くなってね。子どもが十人もいたんだもの、たいへんだったろうよ。それだけの人数を食べさせていかなきゃならなかったんだし。そこへまた赤ん坊が生まれてね。まだベッドから起きられないうちに亡くなって——」

「どうしてベッドから起きられなかったの？　グラニー、病気でもないのに？」

「それがしきたりだからね」

シーリアはこの託宣を、それ以上の好奇心を示さずに受けいれた。

「母はいつもひと月たっぷりベッドで過ごしたものさ」とグラニーは続けた。「そうでもしなければ、ついぞ休むことができなかったんだからね。そのひと月をできるだけ楽しんだってわけさ。朝食もベッドの中で取って。そう、いつも茹卵が一つついていたっけ。それだって一つをすっかりひとりで食べるわけにはいかなかったんだからね。わたしたち子どもが寝室にはいってきて、何のかの、いうものでね。『その卵、ちょっとお味見してもいい、お母さま？』『てっぺんだけ、ちょっぴり、ね？』なんて。みんながちょっぴりずつ味見した後には、もうろくに残っていやしなかった。やさしかったからね――おとなしすぎたんだよ。母はわたしが十四のときに亡くなった。わたしが一番上でね。父はたいへんな悲しみようだった。愛しあっていたんだよ。半年して、後を追うようにして亡くなったほどさ」

シーリアは頷いた。まさにそうあるべき結末と思われたのだった。死の床の感激的場面は子ども部屋の本の多くに出てきた――たいていは子どもの――それも信心深い、天使のように清らかな性質の子どもの臨終の場面であった。

「グラニーのお父さま、何の病気でなくなったの？」

「奔馬性の肺結核さ」

「お母さまは？」

「体がだんだんに衰弱してね。それだけのことさ。東風が強く吹くときには、おまえも咽喉をやられないように首巻きをしっかり巻いて出かけるんですよ。覚えておいで、シーリア、東風は命とりだってことをね。ミス・サンキーだって、ついひと月前にここで一緒にお茶を飲んだっていうのに、ろくでもないプールなんぞに行って、東風の中を首巻きもなしに帰ってきたものだから、一週間寝ついただけで亡くなったんだよ」

グラニーの感想や思い出話はほとんど例外なしにこんなふうに終わった。彼女自身はきわめて快活な人柄であったが、不治の病とか、頓死、原因不明の病気の話をするのが大好きだという妙な癖をもっていた。シーリアはこれに慣れっこになっていたので、ときどきグラニーの話の腰を折って、うっとりとした口調で熱心に訊ねたものだった。

「その人もやっぱり亡くなったのね？　そうでしょう、グラニー？」グラニーは頷く。

「そのとおりさ。かわいそうにねえ」男、女、子ども、グラニーの話に登場する人物はみな、そうした末路を辿るのだった。「かわいそうにねえ！」と呟かれる末路を。グラニーの話はめでたしめでたしで終わったためしがなかった。彼女自身があまりにも健康で、元気溌溂としていたから、その反動だったのかもしれないが。

グラニーはまたちょいちょい謎めかしい訓戒を垂れた。

「誰か知らない人がキャンデーをくれるといっても、けっしてもらうんじゃないよ。それからね、もっと大きくなったら、ひとり身の男と同じ電車に乗らないようにしなさいよ」

この後の方の警告はシーリアを少々困惑させた。彼女は内気な子どもであった。独身の男と同じ電車に乗ってはいけないって――それには、結婚しているかどうか、前もって訊かねばならないだろう。ちょっと見ただけでは、そんなこと、わかるわけがないのだから。そんな質問をしなければならないと思っただけで、シーリアには大きくなるということがあまりうれしくないように思われた。

そんなことをグラニーがいったとき、ちょうど来合わせていた婦人客が――何の脈絡もなくとシーリアには思われたのだが――こういった。

「感心しませんわ――子どもにそんなことを教えこむなんて」

グラニーは自信たっぷりに大きな声でいった。

「前もって知っていれば、みじめなことにならずにすみますからね。子どもだって、ある程度、承知していなきゃいけませんわ。あなたはご存じないかもしれませんけれどね、わたし、たくからひどい話を聞いたことがあるんですの――ええ、最初の夫ですわ」

(グラニーは合計三度結婚した――姿が良かったから――それに殿がたにきわめてまめまめしく仕えるたちだったからだろう。夫たちは次々に彼女に先だち、彼女は次々に彼らを葬った——第一の夫は涙ながらに、第二の夫は諦めをもって——第三の夫はただ懇《ねんご》ろに）。『女もわきまえていなければならないことがある』って、たくはよく話してくれたものですわ」

急に声をひそめてグラニーは話を続けた。何やらひそひそと秘密めかしく。聞えた限りでは、ごくつまらない話のように思われて、それ以上聞かずに、シーリアは庭に出て行った……

2

ジャンヌは不仕合わせだった。故国フランスと家族へのホームシックがつのって、堪えがたいものになっていたのだ。イギリス人の朋輩が意地悪だから、そう彼女はシーリアに訴えた。

「コックはやさしくしてくれますわ。カトリック、カトリックって、二言めにはいいますけど。でもメアリーとケートは——あたしがお給金を、おしゃれに使わないで、みんな国もとに送るって、馬鹿にするんです」

グラニーはジャンヌを元気づけようとした。

「あんたはこれからも今までどおりやっていきなさいよ。それが分別のある娘のすることだよ。役にも立たない、けばけばしい服を着たからって、ちゃんとした殿がたを捕まえられたためしはない。これからも給料はお母さんに送りなさい。そうすればあんたが結婚するころには、ちょっとしたものがたまっているだろうからね。それにあんたが今着ているこざっぱりした質素な服の方が安ぴか物をひらひらさせているより、メイドにはずっとふさわしいんだからね。今までどおり、地道にやっていくことだよ」

けれどもメアリーか、ケートがとくに意地悪くしたり、こころないことをいったときなど、ジャンヌはこらえきれずに涙に暮れた。イギリス人の娘たちは外国人を好まない。その上、ジャンヌはカトリック教徒であった。カトリック教徒が「緋の衣の女」を拝む異教徒であることは周知の事実だったのだから。

グラニーの荒っぽい慰めにしても、必ずしも彼女の心の傷を癒してはくれなかった。

「自分の宗旨に忠実なのは結構なことさ。といって、カトリックがいいと思っているわけではないけれどね。わたしの知っているカトリック信者はみんな嘘つきだった。お坊さんだって、独身でいるより結婚した方がずっといいのに。そうすりゃ、ちっとは見直すんだけれど。修道院も、鼻もちならないね。いい若い娘を閉《こ》じこめて、一生、消息もわからないなんてねえ！　そういう娘たちがどうなったのやら知りたいものだよ。それについちゃ、お坊さんたちだけが承知しているんだろうが」

幸いなことにジャンヌの英語は、グラニーの口から続けざまにとびだす感想を理解できるほど、達者でなかった。

マダムはご親切に、ほかのメイドのいうことを気にするなといってくださっているのだ、そうジャンヌは解釈したのであった。

さてグラニーはメアリーとケートを呼んで、歯に衣着せずはっきりと、外国生まれの寄るべない娘に意地悪をするとは何という恥知らずなことだときめつけた。メアリーとケートはつつましく、またきわめて丁寧に、かつ、ひどく意外そうに答えた――何もいった覚えはない。ジャンヌはありもしないことを想像して勘ぐるのだから、本当に困ってしまうと。

これでは叱りようもない。だからメアリーが自転車をもたせてほしいといったとき、グラニーは呆れはてたようにその願いを斥けることによって、ちょっとした満足感を味わったのであった。

「おまえには驚いてしまうよ、メアリー、何てことをいうんです？　うちのメイドにそんなみっともない真似をさせられませんよ」

メアリーは口を尖らせて、リッチモンドのお邸に奉公している自分の従妹は自転車をもつことを許されていると抗弁した。

「そんな話はもうやめておくれ」とグラニーはいった。「自転車に女が乗るなんて、危険きわまりない話だからね。あのいやらしい乗物に乗ったために、一生子宝に恵まれなかった女は一人や二人じゃないんだよ。女の体にはたいそうよくないのさ」

メアリーとケートは仏頂面でひきさがった。それならお暇をいただきたいといいたかったのだが、ここの勤めが奉公口としてそう悪くない方だということはわかっていた。食事は上等で——どこかの邸のようにメイドたち用に、質のよくない、悪くなりかけた安売り食品を買うといった理不尽なことをしない。仕事だって、そう辛くはないし。奥さまはガミガミおっしゃるが、それなりにやさしい心はおありだし。家族に困った問題が起こったりすると、援助の手をさしのべてくださることもしばしばだ。クリスマスの心づけも法外にいい。セアラは口喧しいが、それはまあ我慢しなければ。あれで、料理の腕前は最高なのだし。

小さな子どもの例にもれず、シーリアも台所によく出入りした。セアラはラウンシーよりずっと厳格だが、もちろん、もうずいぶんの年なのだから当たりまえだった。誰かがシーリアに、セアラはもう百五十歳だといったとしても、彼女はちっとも驚かなかったろう。セアラのような年寄りは広い世の中にもまたといない、そう思っていたからだった。

セアラは妙なことに、わけもなくプリプリする癖があった。たとえばある日、シーリアは台所に行ってセアラに、何を作っているのかと訊ねた。

「臓物のスープですわ、シーリアさま」

「ぞうもつってなあに、セアラ？」

セアラはきゅっと口を結んだ。

「そんなこと、小さなお嬢さんは、聞かないに越したことはないんですよ」

「でも何なのよ？」とシーリアは快く好奇心をくすぐられてふたたび訊いた。

「もういい加減になさいまし、シーリアさま。あなたみたいな小さなお子さんが聞くようなことじゃありませんわ」

「セアラ」とシーリアは台所をはねまわりながら訊いた。亜麻色の髪の毛が踊った。「ぞうもつってなあに？ ぞうもつってなあに？ ぞうもつ――ぞうもつ――ぞうもつ！」

セアラはかんかんになってフライパンを振りあげ、シーリアに向かって突進した。シーリアはいったん退却したが、数分後、また台所を覗いていった。

「そうもつって、なあに、セアラ？」

次には窓から声をかけた。

「そうもつって何なのよ？」

セアラは怒って顔を紫色に染め、もう何も答えずに、何やら口の中でぶつぶつ呟いていた。

そこでこの遊びにも急に飽きて、シーリアは祖母を探しに出かけたのだった。

グラニーはいつも食堂に坐っていた。食堂からは家の前の短い自動車道が見渡せる。シーリアにとってその部屋の印象はきわめて鮮明で、二十年たった後でも、こと細かに説明できると思われるくらいだった。どっしりしたノッティンガム・レースのカーテン、深紅に金色がところどころに入った壁紙、全体に薄暗く、かすかにリンゴの香りが漂い、昼食の肉料理の匂いもわずかながら残っているようだった。幅の広いヴィクトリア朝風の食卓には、シュニル糸で編んだテーブル掛けがかかり、大きなマホガニー材の戸棚がすぐ脇に据えてあった。暖炉の傍の小テーブルの上には新聞がうず高く積まれていた。マントルピースに飾った重たげなブロンズ像は、シーリアの父がパリの博覧会で七十ポンドを投じて買ったものということだった。ソファは艶のある赤革を張ったもので、シーリアもときどきここで〝ひと休み〟した。しかし、つるつる滑るので、小さな彼女がじっと真中に腰を据えていることはむずかしかった。窓際に置いた回転式食器台には雑多なものが載り、丸テーブルの上には回転書架があった。シーリアのお気に入りのビロード張りの揺り椅子が部屋の一隅に置かれていた。あるとき彼女はあまり乱暴にその椅子を揺すったので、はずみでひっくり返っておでこに卵大の瘤を作った。壁際には革張りの椅子がずらりと並んでいた。グラニー自身はやはり革張りの、背もたれの高い、大きな椅子におさまって時に応じてさまざまなことにせいを出していた。

グラニーという人はけっしてぼんやりしていることがなかった。まず手紙書き――ヒョロヒョロと蜘蛛のようにのたくった文字を、たいていは普通のレターペーパーの半分の大きさの紙に書き流した。これならあまり余白が出ないからというのがその理由だった。グラニーには無駄ということが我慢ならなかった（「奢るもの、久しからずというのは、無駄づかいの戒めでもあるんだよ、シーリア」）。ショールのクローセ編みも、せっせとやった――紫や青、藤色の美しいショールで、メイドたちの縁辺の誰彼に贈られた。柔らかい、ふわふわした、大きな毛糸の玉を膝に、編みものもした。たいていは誰かの赤ん坊のためだった。それからレース編み――小さな、まるいダマスコ織の布のまわりに泡のように繊細なレースを綴じつけたもので、グラニーの家では、お茶のときにそうしたドイリーの上に菓子やビスケットが載る。それからチョッキ――グラニーの知人の老紳士たちのためのチョッキで、芯地を細く切ってはぎ、色美しい刺繡糸でぬいとりをする。これがどうやらグラニーの一番お気に入りの手仕事であるらしかった。八十一歳という高齢にもかかわらず、グラニーはまだ〝殿がた〟に関心があった。彼らのためにベッド・ソックスを編むのもグラニーの仕事だった。

グラニーの監督のもとに、シーリアは洗面台の下に置くマットをいくつか製作中だった。マミーが帰ってきたらびっくりさせてあげようと思ったのだ。バス・タオルをいろいろな大きさの円形に切り、ボタン穴作りの要領で毛糸で綴じつけ、綴じ目にクローセ編みをするのである。シーリアは水色の毛糸を使い、出来栄えにグラニーともども、感嘆した。お茶の茶碗をかたづけてから、グラニーとひとしきり〝崩さなければえらい〟と俗にいわれる遊びを楽しむこともあった。その後でクリベッジを二人とも真剣そのものという顔つきでやる。昔からクリベッジのときにくちずさまれる歌を唱えながら。

「クリベッジがどうしていいゲームなのか、知っておいでかい？」「いいえ、グラニー」「数が数えられるようになるからさ、これをやっていると ね」

グラニーは必ずこう結論をつける。どんな娯楽でも、楽しむこと自体のために何かをするということを認めるのはよろしくない、グラニーはそんな考えのもとに育てられたのであった。何かを食べるのは健康のためだった。大好物の桜んぼの砂糖煮をほとんど毎日のように食べるのも、腎臓にたいそういいからだった。

同じく好物のチーズは〝消化〟によかった。ポートワインを食後に口に含むのも、「医者に勧められているため」だった。酒類をたしなむことについてこうした理由を強調することは、とくに必要だった(ことに女性の場合は)。「本当は好きだからでしょう、グラニー?」こうシーリアが訊くと、グラニーはいつも「いえ、とんでもない」と一口すすりながら顔をしかめて見せる。「健康のためにいただくのさ」そしてこのせりふとともにいかにもおいしそうにグラスを干すのである。コーヒーだけはべつで、これに対してはおおっぴらに好みを明らかにした。

「ムーア風というんだろうね、このコーヒーは」とグラニーは瞼に皺を寄せて舌鼓を打つ。

「もうあとちょっぴりだけ、もらおうかね」と自分の駄洒落に悦にいって、コーヒーをもう一杯注ぎ、声を立てて笑うのであった。

ホールの向こうの端に〈朝の間〉と呼ばれる部屋があり、みんなのいわゆる、かわいそうな裁縫師のミス・ベネットがここに坐って仕事をした。ミス・ベネットは誰からもかわいそうなミス・ベネットと呼ばれていた。

「まったくかわいそうな人さ」とグラニーは口癖のようにいうのだった。「あの人に仕事を提供してあげるのはいいことだよ。ろくすっぽ食べないことだってあるんじゃないかねえ」

とくにおいしい料理が食卓にのぼると、いつも一皿分が取りのけられて、かわいそうなミス・ベネットの所に届けられた。

ミス・ベネットはくしゃくしゃの白髪まじりの髪の毛をばかにたっぷりもっていて、それが頭のまわりに乱れもつれて、小鳥の巣のように見えた。体が不自由というわけではなかったが、どことなく奇形の感じがあった。気取った、妙に取り澄ました声で話をし、グラニーをマダムと呼んだ。どんな品でもきちんと仕立てることができないのが裁縫師としての彼女の困った点で、彼女がシーリアのために作る服はいつも大き過ぎ、袖口が手の甲を覆ったり、袖付が落ちていたりすることはざらだった。

ミス・ベネットの気持はひどく傷つきやすいので、まわりの者は十分に心する必要があった。これという理由もなしに、不機嫌になることがあったのだ。ミス・ベネットが両頰を赤く燃やし、頭を振り立てながら坐って猛烈な勢いで針を動かしているのは、そういうときだった。

かわいそうなミス・ベネットは不遇だった。父親は――彼女自身が口癖のようにいうところによると――とても家柄のいい人だった。「こんなこと、いってはいけないんでしょうけれど、ここだけの話にしておいてくださいね――父は身分の高い紳士でしたの。母がいつもそう申しておりました。わたくし、父に似ておりましてね。わたくしの手や耳をごらんになれば、すぐおわかりでしょうけれど。育ちが知れますのね、手や耳を見ますと。わたくしがこんなふうにして自分で働いて食べているって、父が聞いたら、さぞかしショックでしょうよ。お宅ではもちろん、そんなことはありませんが、人によっては本当に我慢しかねるようなこともありましてねえ。まるでメイド扱いで。マダム、あなたはよくわかってくださいますわね」

というわけでグラニーはいつもミス・ベネットがちゃんとした扱いを受けるように気をくばり、食事にしても必ずお盆に載せて運ぶよう、いいつけた。ミス・ベネット自身はメイドたちにひどく権高で、顎の先で使いまわしたので、メイドたちには評判が悪かった。

「ふん、威張りくさって」とシーリアはセアラが呟くのを聞いたことがあった。「おとっつあんの名前も知らない私生児の癖に」

「しせいじって何のこと、セアラ？」

セアラは顔を真赤にした。

「お嬢さんの口になさるようなことじゃありませんわ」

「何かのぞうものことなの？」とシーリアは勢いこんで訊ねた。

傍に立っていたケートがいきなりけたたましい声をあげて笑いだし、静かにするようにセアラにけんつくを食わされた。

〈朝の間〉の後ろが客間で、そこはひんやりと薄暗く、どこかよそよそしい感じがして、グラニーがパーティーを催すときのほか、使われたためしがなかった。ビロード張りの椅子にテーブル、紋織りで覆ったソファーなどがゴタゴタと置いてあった。陶器の人形がたくさん並べられている大きな戸棚もいくつかあった。一隅にはピアノが据えられていた。低音部は大きな音を立てたが、高音部は美しい、しかし弱々しい音しか出なかった。窓から温室に、温室からさらに庭に行くことができた。鋼鉄製の炉格子と火掻き棒、火箸などはセアラの自慢の種で、いつも顔が映るかと思うほど、ぴかぴかに磨きあげられていた。

二階には子ども部屋があった。庭を見おろす、天井の低い細長い部屋だった。子ども部屋の上は屋根裏で、ここにはメアリーとケートの部屋があり、さらに数段あがると、お客用の寝室三部屋と、風通しの悪い、細長いセアラの部屋があった。

シーリアは三つのお客用寝室を、自分の家のどの部屋より立派だとひそかに考えていた。それぞれに大きな対のベッドが置かれていたが、一つの部屋のは斑《ふ》のはいった灰色の木製のもの、他の二つの部屋のそれはマホガニー材だった。グラニーの寝室は食堂の上にあって、巨大な四本柱のベッドが置いてあり、マホガニーの、これまた大きな衣裳戸棚が一方の壁の端から端までを占領していた。そのほか、見事な洗面台と化粧テーブル、それにもう一つ、大きな箪笥があった。どの箪笥のどの抽出しにも、きちんと畳んだ衣類が納められていた。あまりたくさん入っているので、ときどき抽出しが閉まらないことがあって、グラニーはそれを押しこむのにひと苦労した。普段はどの抽出しにも錠が掛かっていた。ドアの内側の錠前の脇には、大きな差し金のほかに二つも掛け金と受けが付いていた。自分の部屋に閉じこもるとき、グラニーは夜警の持ち歩く一種のがらがらと警官の呼笛を手の届くところに置くようにして、夜盗がこの城砦に押しいろうとしたら、直ちに助けを呼べるように配慮していたのだった。

衣服戸棚の上にはガラスのケースに納められた白い蠟細工の大きな花束が載っていた。グラニーの最初の夫の葬式に贈られたものだった。右手の壁には、二番目の夫の追悼礼拝の次第が額にいれて飾ってあり、左手の壁には、三番目の夫の見事な大理石の墓石の大きな写真が掛かっていた。

ベッドには羽根蒲団、窓は四六時中閉ざされていた。夜気は体に悪いとグラニーが信じていたからである。夜気に限らず、空気に触れるのは危険だと考えていて、夏のごく暑い日でなければめったに庭先にも出ず、たまに行く所といったらたいていは陸海軍ストアで――駅までは四輪馬車、そこからヴィクトリア駅までは鉄道、さらに四輪馬車でストアまでという手続きを踏んだ。そういう折々、グラニーはいつも暖かく〝くるまり〟、その上、羽の首巻きで後生大事に首のまわりを保護していた。

グラニーは自分からは訪問に出かけたことがなく、必ず先方に会いにきてもらうようにしていた。お客にはお菓子と甘いビスケット、グラニー手製のお酒が幾種か出された。まず男客の好みを訊く。「わたしのチェリー・ブランデーを召しあがってみてくださいな――殿がたのお口にはよく合いますのよ」続いて婦人たちの番になる。「いかが、ほんのひとったらし？　寒さ払いにね」グラニーは、淑女たる者はアルコール飲料に対する好みをおおっぴらに認めてはならないと考えていたのである。午後からのお客には、こんなふうに勧めた。「お昼食の消化を助けますわ。一杯いかが？」

老紳士の訪問客がチョッキを持ち合わせていないことがわかると、グラニーは手元にあるチョッキを見せて、快活な口調でいたずらっぽくいい添えるのであった。「奥さまが気を悪くなさらないとわかっていれば、あなたにも一つ作ってさしあげますのにね」ここで奥さまが叫ぶ。「あら、どうぞ、作ってやってくださいましな。あたくしもうれしうございますわ！」するとグラニーはわざと冗談めかした口調で答える。「でも家庭争議のもとを作ってもいけますまいから」そこでくだんの老紳士が「あなたの白魚のような指で作ってくださったチョッキが着られるなんて」とか何とかお世辞をいうことになるのである。

こんなわけでお客がきた後には、グラニーの頰はいつもの倍かた色艶がよく、その姿勢もまた常にも増してしゃんとして見えた。どんな形にせよ、お客をもてなすことは、彼女にとって無上の喜びだったのだ。

3

「グラニー、ちょっとここにいてもいいかしら？」

「おや、どうしてだね？　二階でジャンヌと何かして遊んだらどうなの？」

シーリアはどういったらグラニーの腑に落ちるような答ができるかと思案した。

「子ども部屋、何だか、おかしな具合なの」

グラニーは笑いだした。

「なるほどね、ものはいいようだ」

ジャンヌとたまさかいさかいをすると、シーリアはいつも居たたまれないような、情けない気分になった。それにしてもきょうの場合はまったく突発的に起こったとしか、いいようがなかった。ジャンヌとシーリアは人形の家の暖炉のことについてあれこれ議論していた。ひとくさり自説を述べたあげく、シーリアはうっかりこう叫んでしまったのである。

「でもね《メ》え、ジャンヌ《マ・ポーヴル・フイユ》――」このフランス語がいけなかった。シーリアが何の気なしに使ったポーヴルという語には貧乏なという意味がある。ジャンヌはわっと泣きだし、同じくフランス語でぺらぺらとまくしたてた。

そうですとも、あたしは貧乏な娘ですわ、お嬢さまがおっしゃるように。でもあたしの家の者はみんな正直で、人に後ろ指一本指されたことがないんです。父さんはポーでも尊敬されているし、市長さまだって親しい口をきいてくださるくらいですわ……

「でもあたし、何も――」とシーリアはいいかけた。

ジャンヌはなおもいいつのった。

「そりゃ、お嬢さまはお金持で、きれいな絹の服をお召しになって、その上、ご両親は外国にいらしているんですから、あたしみたいな者は乞食同然と思っていらっしゃるんでしょうけれど――」

「あたし、そんな——」とシーリアはますます困惑した顔をした。貧乏な娘にも感情というものはあります。あたしにだって——とジャンヌはいった。あたし、心を傷つけられました、ひどくと。

「でもジャンヌ、あたし、あんたが大好きなのに——」とシーリアは困りはてて叫んだ。なだめてもむだだった。ジャンヌはグラニーのガウンにつける固い衿を出し、取りつく島もないような表情を顔に浮かべて黙って針を運びはじめていた。ときどき頭を振って、シーリアが何をいっても頑として受けつけなかった。

シーリアはメアリーとケートが昼食のときに、娘が稼いだものを残らず取りあげてしまうなんて、ジャンヌの両親はよっぽど貧乏に違いないといったことを、夢にも知らなかったのである。

何が何だかわからず途方に暮れて、シーリアはその場から退却して食堂にやってきたというわけなのだった。

「で、わたしに何をしてほしいのかい？」とグラニーは眼鏡ごしに孫娘を見やり、そのはずみに大きな毛糸の玉を取り落した。シーリアはそれを拾いあげていった。

「グラニーの小さいころの話をしてちょうだい——グラニーのお父さんが毎日、お茶のすんだ後で下におりてきて何ていったか」

「わたしたち子どもが揃って応接間のドアを叩くと、お父さまは『おはいり』っておっしゃった。次々に入ってドアを閉めるんだがね、ごく静かに閉めなけりゃいけないのさ。そうさ、おまえもいつもよく気をつけるんだよ、ドアはそうっと閉めるように。ちゃんとしたレディーはけっして音を立てないんだからね。そう、わたしの若いころにはドアを叩きつけて閉めるようなことは、レディーはついぞしたためしがなかった。手の形が悪くなるからね。テーブルの上には生姜酒が置いてあってね、子どもたちも一杯ずつ、飲ませてもらったものさ」

「それからグラニーは――？」この思い出話をよくよく承知しているシーリアは促した。

「わたしたちは順番にいったものさ。『子としての義務をお父さま、お母さまに』って」

「そうすると？」

「お父さまとお母さまがおっしゃるのさ、『親としての愛を、子どもたちに』ってね」

「そう！」とシーリアはうっとりして、体をもじもじさせた。なぜ、この話がとりわけそんなに気に入っているのか、訊かれても答えようがなかっただろうが。

「教会の聖歌のお話をしてちょうだい」とシーリアはまたもや促した。「それからトム叔父さまのことも」

せっせとクローセ編みの手を動かしながら、グラニーは何度も孫に聞かせた話をまた繰り返した。「礼拝堂には聖歌の番号を書いた大きな掲示板が置いてあってね。書記さんが大きな声でいったものさ。朗々とよく響く声だったっけ。『神の誉れと栄えを讃えましょう。聖歌――ええ――』それから、急に、ぴたりと口をつぐんだっけ。掲示板が裏返しになっていてね、番号が見えないのさ――それでいい直したんだよ。『神の誉れと栄えを――』またもう一回いい直したっけ、『神の誉れと栄えをご一緒に讃えましょう。聖歌――ええ――おい、ビル、その掲示板をひっくりけえせ』ってさ」

グラニーはなかなかの名女優で、今のロンドン訛の口真似は絶妙だった。

「それでグラニーとトム叔父さまが笑いだしちゃったのね？」

「そう、二人ともね。お父さまがじろっとわたしたちをごらんになった。じろっと一目、それだけさ。でも家に帰ると、おひるも食べずに寝室に追いやられたよ。ミカエル祭の日曜で、鵞鳥の肉のごちそうが出たというのにね」

「グラニーたち、ごちそうが食べられなかったの？」とシーリアは畏怖に打たれたように、恐る恐る訊いた。

「そう、食べられなかったんだよ」

シーリアはその不幸についてひとしきり沈思黙考し、それから深い溜息をついていった。

「グラニー、あたしをまた雛鶏にしてちょうだい」

「おまえはもう大きすぎるよ」

「お願いよ、グラニー、雛鶏にしてちょうだい」

グラニーはクローセ編みと眼鏡を脇に置いた。

そして、一場の喜劇が演じられるのであった。まずグラニーが肉屋のホイットニー氏の店を訪れるところ。店主のホイットニー氏自身に面会を申しいれ、特別な晩餐のために、特別においしそうな雛鶏を手ずから選んでくれと依頼する。グラニーが自分自身とホイットニー氏の二役をたくみに演ずるのである。雛鶏（すなわちシーリア）は包まれ（新聞紙に）、グラニーによって家に持ち帰られる。おなかに詰めものをし（シーリアのおなかを切り、何やら中にいれるしぐさ）翼を胴に縛りつけて、焼き串にさし、（シーリアはうれしがってキーキーいう）オーヴンに押しこみ、皿に載せ、さてそれから——いよいよクライマックスである。

「セアラ——セアラ——おいで、早く！　まあ、この雛鶏ったら——まだ生きているよ！」

ああ、グラニーのようにすばらしい遊び友だちはめったにいるものではなかった。じつはグラニー自身、こんなふうにして遊ぶのを無上の楽しみとしていたのである。グラニーは心のやさしい人だった。ある意味ではマミーよりも。長いこと、うるさくせがめば、グラニーはいつも頼みを聞きいれてくれた。シーリアにとってためにならないような知識でも、品でも、敢えて与えてくれることすらあった。

4

マミーとダディーからの手紙。活字体のさりげない手紙。

父さんのかわいい小さないたずらっ子へ

元気かい、ぼくのお嬢ちゃん《ポペット》？　ジャンヌと楽しく散歩していますか？　ダンスのクラスはどう？　ここに住んでいる人たちの顔はほとんど真黒といっていいくらいです。グラニーにパントマイムに連れて行っていただくそうですね。グラニーはいつも親切にしてくださるんだね。グラニーに感謝して、なるべくたくさんお手伝いをしなくてはいけないよ。やさしいグラニーのいうことをいつもよく聞いて、いい子で暮らすように。ゴールディーに、ダディーからといって、麻の実を一粒やっておくれ。

ダディーより

大事なシーリア
　マミーはあなたに会いたくてたまりません。でもグラニーがたいそうよくしてくださるので、楽しいときを過ごしていることと思います。いつもいい子で、グラニーのお喜びになるようなことをするようにね。ここでは温かいお日さまが照って、きれいな花がたくさん咲いています。マミーの代わりにラウンシーに手紙を書いてくれませんか？　宛名はグラニーが書いてくださるでしょうから。クリスマス・ローズを摘んで、グラニーのところにお送りしてって、そうラウンシーにいってちょうだい。それからクリスマスの日にはトミーに大きなお皿に一杯、ミルクをやってくださいって。
　キスをたくさんたくさん送ります。マミーの大事な小羊さん、白い小鳩のちっちゃい子へ。

マミーより

すてきな手紙。二通もの、すてきな、すてきな手紙。なぜ、咽喉に塊がこみあげるのか？　クリスマス・ローズ——生け垣の下の花壇に咲く花——マミーが苔をあしらって、それを器に活ける——そしていう。「ごらんなさい、お花がぱっと輝いた顔で、おはようっていってるわ」ああ、マミーの声……

大きな白い猫のトミー。いつも何かを口の中で味わっているラウンシー。

帰りたい。ああ、家へ帰りたい……

マミーのいる家……かわいい小羊さん、白い小鳩のちっちゃい子——マミーはいつもそう呼んでくれた。暖かい笑いを含んだ声で。そしていつもだしぬけにぎゅっと抱きしめてくれた。

ああ、マミー——マミー……

グラニーが階段をあがって部屋にはいってきた。

「おやおや、これはどういうことだい？　泣いているの？　何だって泣いているんだね？　べそなんかかいてると、お嫁さんのもらい手がないよ」

いや、後生だからそんなことをいわないで。泣きたくなるばかりだから。悲しいときにはグラニーはいや。ますます情けない気持になっていく。

グラニーの傍をすりぬけ階段をおり、台所に行くとセアラがパンを焼くところだった。

セアラが見あげてふと訊ねる。

「マミーさまからお手紙がきたんですね？」

シーリアは頷く。目に涙が溢れる。ああ、さびしい、むなしい世界！

セアラはパンをこねつづける。

「じきお帰りになりますよ。もうじきにね。木の芽が出るころには」

こねた生地を台の上でころがしながら、セアラは遠くからのように、ごく低い声で呟く。慰めるように。

それから生地を小さくちぎってシーリアに渡していう。

「ご自分でパンを作ってごらんなさい、ね？　こっちのと一緒に焼いてあげましょう」

たちまち涙が止る。

「ツイストや、小屋を作ってもいいの？」

「よござんすとも」

シーリアはせっせと手を動かす。ツイストを作るにはまず細長いソーセージ状にこねた三本をより合わせていくのだ。おしまいの所はきちんとつまんで整える。〈小屋〉を作るにはまず大きな玉を作り、その上に小さな玉を載せる——それからが何ともいえず、わくわくさせられるところだ。親指を真中にぎゅっと突っこんで大きなまるい穴をあける。シーリアはツイストを五つ、小屋を六つ作った。

「こんな小さなお子がお母さんと離れて暮らすなんてねえ」とセアラが低い声で呟くのが聞える。

見あげるとセアラの目にも涙がいっぱい溜まっているのだった。

それから十四年ばかり後にセアラが死んでからはじめてわかったのだが、折々彼女を訪ねてきた、おつに気取った、取り澄ました姪は、じつは彼女の娘――。セアラの若いころのいわゆる、〝罪の果実〟だったのだ。六十年以上もセアラが仕えた奥さま――グラニー――さえ、そんなことは夢にも知らなかった。それはセアラが必死で奥さまから隠しつづけた秘密であった。グラニーが覚えているのは、あるときセアラが珍しく休みを取ったこと、その終わり近く病気にかかってもどってくるのが後れたことくらいだった。もどってきたセアラはたいそう痩せていた。隠しとおすのはさぞたいへんだったろう。腰のまわりをぐっと締め、ひとに悟られはしないかとどんなにか、気を揉んだに違いない。しかし、すべては永遠に謎だった。死が明らかにするまで、セアラは自分の秘密を隠しとおしたのだった。

言葉が——さり気ない、何の脈絡もない言葉が、ある場面を想像の中に生き生きと再現するというのは、何とも不思議な話だ。私はシーリア自身よりもずっとはっきり、それらの人々を目のあたりに見るような気がしている。シーリアの年老いた祖母——潑溂と生気に満ちあふれた、いかにも二世代前の人らしい物腰の老婦人。ラブレー風の諧謔、召使を叱りとばす様子、その一方、あわれな裁縫師に対する思いやりを。さかのぼってグラニー自身の母——たおやかな美しい女性をも私は目のあたりに見ることができる。わずかに産後一ヵ月の〝公休〟を楽しんだというその女性をも。読者は男性と女性と、両者の死の描写の違いに心してほしい。妻は次第に衰弱して死に、夫は奔馬のごとくまっしぐらに死に赴いた。肺結核などという忌わしい言葉はついぞ口にされなかった。かたや、病み疲れて死を迎える者、かたや、心急く如く死のもとに赴く者。結核性の両親をもったはずの子どもたちは、しかし、何と逞しく生きたことか。十人の子どものうち、シーリアの話によれば夭折したのは三人だけで、それも事故死ともいえる、突然の死だったという。船乗りになった一人が黄熱病、一人の妹が交通事故、もう一人は産褥でなくなった。残る七人は七十代まで生きた。とすると、遺伝とはいったい、何なのだろう？

ノッティンガム・レースのカーテン、椅子の背に掛けた毛糸刺繍の細工物、美しい光沢をもつ、どっしりしたマホガニー製の家具。そこにはバックボーンといえるものがあった。それは自分の欲するものをよく承知している世代だった。欲するものを所有し、楽しむことができた世代。飽くことのない、積極的な意欲をもって自己保存につとめた世代。

シーリアがそのウィンブルドンの祖母の家を、彼女自身の家よりもはるかに詳しく描いていることに、読者は気づかれたと思う。ちょうど物心がつきはじめた年齢にそこに滞在したからだろうか。彼女自身の家の印象は家そのものよりも、そこに住んでいた人々のそれだった――ナニー、ラウンシー、威勢のよいスーザン、そして籠の中のゴールディー。

さらに特筆すべきこととしてシーリアによる母親の再発見がある――考えてみればそれ以前に彼女が母親をよく知らなかったのはむしろおかしいくらいだ。

というのは、ミリアムはきわめて生き生きした個性のもちぬしだったらしいからだ。私が知り得た限りのミリアムの束の間の印象はたいそう魅力的だ。彼女にはシーリアがついに受けつぐことのなかった魅力が備わっていたように思われる。母親から小さな娘に送った一見ありきたりの手紙の中においてさえ（道徳的訓戒が多く語られているという点、たしかにそれは〝前世紀に属するもの〟であるが）、いい子になるようにとの慣習的な戒めの中においてさえ、行間にミリアムの本当の姿がちらほらと見える、小羊さん、小鳩ちゃん、というあの呼びかけ――ぎゅっと固く抱きしめるしぐさ。感傷的だったり、ことさらに愛情をひけらかすたちではないが、直感的な理解力を閃きのように示す不可思議な瞬間をもっていた女性、それがミリアムであった。

これにくらべて、父親の面影はいささかぼやけている。彼は茶色の鬚を生やした大男といった印象をシーリアに与えていたようだ。呑気で、機嫌がよく、たいへん愉快な人柄だった。彼自身の母親とはあまり似ていないようで、たぶん父親似なのだろう――シーリアの記憶の中の蠟製の花に代表される、グラニーの最初の夫の。シーリアの父親は誰からも好かれる親しみやすい男だったようだ。その点、ミリアムより人好きがするくらいだったかもしれないが、彼女の持っている魅惑的な個性を欠いていた。シーリアは父親に似たのだろう。穏やかな人柄、平静さ、やさしさ。

シーリアはミリアムからも何かを受けついでいた――危険なほど、激しい愛情を。私にはそんなふうに思える。いや、しかし自分で発明したのかもしれない……ここに登場する人々は結局のところ、私自身の創造した人物たちなのだから。

4 死

1

いよいよ家へ帰るのだ！

ああ、この興奮！

列車の旅はいつ果てるともなく続くようだった。シーリアはすてきに面白い本を手にしていたし、客車も、彼ら家族だけで占領していた。しかし彼女は一刻も早く家に帰りたくて落ちつかず、永久に汽車の旅が続くのではないかとやきもきしていた。

「どうだね？」と父親が訊いた。

「うれしいかい、家に帰るのは？」

こういってからかうように彼女をつねった父親を、彼女はまじまじと見つめた。体格のよい、日に焼けた父――記憶の中の父親よりずっと大きいような気がした。母親はそれとは反対に、ずっと小さく縮んでしまったように思えた。時とともに、形や大きさが変化するような気がするのはおかしなことだ。

「ええ、ダディー、とてもうれしいわ」とシーリアはちょっと堅苦しい口調でいった。胸の底からこみあげるような奇妙な感動、胸が痛むほどの切なる思いが、それ以上に余計なことをいわせなかった。

父親は少し失望したような顔をした。一家に同行し、ずっと滞在するはずの従姉《カズン》ロティーがいった。

「何て真面目なおチビさんでしょう！」

父親がいった。

「そうだな、子どもはすぐ忘れるものなんだろうね……」と残念そうにいった。

しかしミリアムが口をはさんだ。

「忘れてなんかいませんわ。胸がたぎりたつくらい、感動していますのよ」

こういって片手を差し伸べて、シーリアをちょっと抱きしめた。その目がシーリアの目を見つめて笑いかけた。——何かの秘密が二人の間で分かちあわれたかのようだった。

従姉《カズン》ロティーはふくよかな愛嬌のある女だったが、ふといった。

「この子にはあまりユーモアのセンスがないみたいね」

「ぜんぜん」とミリアムは答えた。「それはわたしも同じですけど」と少し悲しそうに付け加えた。

「少なくともジョンはそういいますわ」

シーリアが小さな声でいった。

「マミー、もうじき？　もうじきなの？」

「もうじきって何のこと？」

「海」とシーリアは囁くようにいった。

「そうね、たぶん五分ぐらいしたら」

「海辺のお砂遊びが楽しみなのね？」とロティーがいった。

シーリアは口をつぐんで答えなかった。どう説明したらいいだろう？　海は、家が近いというしるしなのだ。

汽車はトンネルに入り、やがて出た。するとそこに海があった。紺青の、輝く海が、走る汽車の左手に。トンネルをいくつも出たりはいったりしながら、汽車は海ぞいに走っていた。青い、青い海──あまりのまぶしさに、シーリアは思わず目を閉じた。

やがて汽車は島の脇をぐっと曲った。ああ、いよいよ家だ。家に着くのだ！

2

大きさの感覚の再調整。久しぶりのわが家はびっくりするほど広々と感じられる。ほとんど家具のないだだっぴろい部屋。ウィンブルドンの祖母の家で暮らした後だから、とくにそんなふうに思われるのだろうか。興奮に胸がわくわくして、何も手につかないありさまだった。

庭——そう、まず庭に行かなくては。シーリアは、爪先あがりの小径を狂ったように走った。ああ、このブナの木——おかしいわ、この木のことを一度も思いださなかったなんて。このブナの木こそ、なつかしい家のもっとも大切な部分といってもいいくらいなのに。それから、スイカズラの茂みの作るあずまや、また、その中にあるベンチ。葉が少し茂りすぎているようだ。さあ、森へ行こう。もうブルーベルが咲いているかもしれない。こう思って急いだのだが、花の時期はすでに終わっているようだった。あのモミの木の大枝の股——行方不明になった女王さまのつもりであそこでよく遊んだものだったっけ。それに《白い坊ちゃん》の彫像！

その彫像は森のあずまやの中に立っていた。苔むした階段を三段のぼると、彫像の下に佇むことになる。彫像の頭に載っている石のバスケットに、持ってきたささげものをそっと入れて願をかけるのだ。

シーリアはいつも儀式に似た手続きを踏んで願をかけた。その次第は次のようなものだった。まず芝生を横切る。馬に跨って川を渡っているつもりになり、それから馬をバラのアーチにつなぎ、ささげものにする花を摘み、厳粛な面持ちで小径を森の中へと進む。ささげものをし、願いを呟き、深く頭を垂れると、後じさりしてその場を後にする。願いはいつもきっと聞きとどけられるのだが、一週に一つ以上の願をかけてはいけないというきまりになっていた。シーリアはいつも同じことを願った。それはナニーの感化だった。例のウィッシュボーンの場合も、少年の彫像の前での願いも、いい子になることと——もっぱらそれだった。物を乞い求めるのはいいことではない、とナニーはいった。必要なものは神さまがすべて備えてくださるのだからと。神さまはこれまでも物質的な事柄に関しては(グラニーとマミーとダディーを通じて)彼女をゆたかに恵んでくださった。だからシーリアは必ず、いい子になりますようにと祈った。

さて帰宅した日、彼女はさっそくその儀式を執り行なおうと思い立った。「あたし、白い坊ちゃんにささげものをしてこなきゃ!」大海をさえ渡ることのできる馬を駆りたてて芝生の川を渡り、バラのアーチに馬をつなぎ、傾斜した小径をのぼり、ささげもの

——二輪のたんぽぽ——を石のバスケットの中にそっといれ、そして願をかける。……けれどもこの日、シーリアはついに、ナニーの影響で彼女が長いこと大事にしてきたあの敬虔な願いを捨ててしまった。

「どうかいつまでも幸せでいられますように」この日、彼女はこう呟いた。

踵を返して菜園に寄ってみた。庭師のランボルトが陰気な、不機嫌そうな表情を顔に浮かべて働いていた。

「こんにちは、ランボルト、あたし、帰ってきたの」

「そうらしいね、お嬢さん、だが差し支えなかったら、レタスの芽をそんなふうに踏まないでもらいたいな」

シーリアはいわれるままに足を動かした。

「グースベリーはどう？　もう食べられるかしら？」

「もうおしまいだよ。今年はさっぱりだった。ラーズベリーならまだ少しはある——」

「ありがとう！」とシーリアは小踊りした。

「みんな、食っちまっちゃあ、いけないぜ」とランボルトが後から声をかけた。「おれも食後に一皿食べるつもりなんだから」

ラーズベリーの支柱の間を歩きながら、シーリアはせっせと食べつづけた。少しだなんて——何百っていうくらい、あるじゃないの！

ほっと満足の吐息を洩らして、シーリアはラーズベリーを後にし、今度は道路を見おろす塀際の、彼女の秘密の一隅を訪れた。入口はなかなかわからなかったが、さんざん探したすえにようやく見つけることができた。

それから台所、そしてラウンシー。ラウンシーの台所はどこもかしこも磨きたてのように清潔で、彼女自身、以前にもまして大柄に見えた。あいかわらず何か口にいれているらしく顎をゆっくり動かしていた。ラウンシーは顔中くしゃくしゃにして、咽喉の奥でクックとやさしい笑い声を立てた。

「まあ、シーリアさま、大きくおなりになって」

「何を食べてるの、ラウンシー？」

「台所の者のお茶のために、ロック・ケーキを作っているんですの」

「あたしも一つ、ほしいわ」

「お茶がおいしく召しあがれなくなりますよ」

といっても、拒絶は形ばかりで、ラウンシーはそういいながらもオーヴンの方に歩みよって、パッと蓋を開けた。

「ちょうど焼けたところですわ。でも気をつけてくださいよ、シーリアさま、そりゃあ、熱いんですから」

ああ、何てすばらしいんだろう、家に帰ったたってことは！　冷たく、しんと静まり返った廊下にもどって階段をあがる。踊り場の窓からブナの木の艶やかな緑がよく見えた。

寝室から出てきた母親は、シーリアが階段の上に、両手でおなかをぎゅっと押さえてうっとりとした表情を顔に浮かべて立っているのを見た。

「どうしたの？　なぜ、おなかを押さえているの？」

「ブナの木を見てるの、マミー。あんまりきれいだから」

「あなたは何でもおなかで感じるようね、シーリア」

「何だか、ここが痛いみたいなの、マミー。本当に痛いっていうんじゃないけど。気持がいい痛さなのよ」

「じゃあ、帰ってこられてうれしいのね？」

「きまってるでしょ、マミー！」

3

「ランボルトは近ごろますます陰気に見えるね」とシーリアの父親が朝食のときにいった。

「あの男を雇っているのがわたし、いやでたまりませんの。雇わなければよかったわ」と母親が答えた。

「しかし、庭師としては第一級だよ。あんな腕のいい男は雇ったためしがない。去年の桃の出来なんぞ、すばらしかったじゃないか」

「わかっていますわ。でも、はじめから気が進みませんでしたのよ、あの人を雇いいれるのは」

母親がそんなふうに激しい感情を示すのを、シーリアはめったに見たことがなかった。両手をぎゅっと握りしめている妻を、夫はまあまあ、お黙りといった表情で見やった。シーリアを眺めるときのように。

「そのことでは、ぼくははじめはきみに譲歩した。そうだったろう?」と彼は機嫌のよい口調でいった。「たいそういい身元紹介がついていたのに、あの男じゃなく、怠け者のスピナカーを雇いいれたんだからね」

「本当に妙ですわ。あの人がこんなにいやでたまらないっていうのは。ポーにいる間、この家をお貸ししてたロジャーズさんがスピナカーがやめたいっていいだしたけれど、身元の確かな庭師が代わりにくることになっているって書いておよこしになった――家へ帰ってみると、結局、あのランボルトが納まっていたんですものね」

「なぜ、そんなに嫌うのか、ぼくにはわからないがねえ。少々憂鬱な顔はしているが、しごく真面目な働き者だよ」

ミリアムは身震いした。

「わたしにもわかりませんの。でも何かありますのよ」と前方をぼんやり見つめていった。

このとき小間使がはいってきた。

「あの、旦那さま、ランボルトのおかみさんが何か話がありますそうで、お玄関にきております」

「何だろう？　まあ、いい、行ってみよう」

ナプキンを置いて父親は出て行った。シーリアは母親の顔を見つめていた。マミーったら、何かに怯えているようだ。

父親がもどってきていった。

「ランボルトが昨夜家に帰らなかったっていうんだ。おかしいな。どうも最近夫婦仲がうまくいっていなかったらしい」

彼は小間使の方を振り向いて訊ねた。

「ランボルトはけさここへきたかね？」

「見かけませんでしたけれど。ミセス・ラウンスウェルに訊いてみましょう」

父親はふたたび部屋を出た。五分後、彼がドアを開けて入ってきたとき、ミリアムは叫び声をあげ、シーリアもぎょっとした。

ダディーは妙な顔をしていた――ひどく様子がおかしかった。まるで急に年を取ったようで、息遣いさえ、苦しげであった。

母親はパッと立ちあがって夫の所に駆けつけた。

「ジョン、ジョン、どうなさったの？　教えてちょうだい。ここに坐って。何か恐ろしいショックをお受けになったのね？」

父親の顔は奇妙に蒼白であった。喘ぎ喘ぎ彼はいった。

「首を――吊っているんだよ――厩で……縄を切っておろした――しかしもう――昨夜のうちだったらしい……」

「まあ――ショックでしたでしょう？――お体に障りますわ」と母親は跳びあがって戸棚からブランデーの瓶を取った。

「わかっていましたのよ――何かあるって――」

ミリアムは夫の傍に跪き、ブランデーのグラスを夫の唇にあてがったが、ふとシーリアに気づいていった。

「二階のジャンヌの所においで。何も怖いことはないのよ。ただね、ダディーは気分があまりよくないの」声を低めて彼女は夫に囁いた。「この子には聞かせられませんわ。一生つきまとう、恐ろしい思い出になってしまいますもの」

何が何だかわからずに、シーリアは部屋を出た。上の踊り場で、ドーリスとスーザンが興奮してぺちゃくちゃとしゃべっていた。

「あそこの家の娘といい仲だったんだって話よ。それをおかみさんが聞きつけてね。口数が少ない人ほど、思いきったことをやるのね」

「あんた、見たの？　舌をだらっと垂らしてたって？」

「旦那さまが厩には誰も入っちゃいけないっておっしゃってね。その縄の切れっぱしをほんの少しもらいたいと思ったんだけど。いいおまじないになるっていうからね」

「旦那さまにはショックだったろうね。心臓がお悪いっていうのにさ」

「とにかく恐ろしいことだわ」

「ねえ、何が起こったの？」とシーリアが訊いた。

「庭師が厩で首をくったんですの」とスーザンが取っておきのことでも告げるように

いった。

「そう」とシーリアはとくに感銘も受けなかった。「でもなぜ、縄の切れっぱしがほしいの？」

「首を吊った縄の切れっぱしをもってると、一生、運がついて回るっていうんですよ」

「ええ、ほんと」とドーリスも頷いた。

「そう！」とシーリアはもう一度いった。

シーリアはランボルトの死を、とくに何の変哲もない日常的な出来事の一つとして受けいれた。ランボルトは好きではなかった。彼女にとくにやさしくしてくれたわけでもなかったし。

その夜、母親がいつものように彼女を暖かくくるみこみにきてくれたときに、シーリアは訊ねた。「マミー、ランボルトの首を吊った縄、あたしも少しもらえる？」

「ランボルトのこと、誰から聞いたの？」と母親は腹立たしげな口調でいった。「やたらに噂するんじゃないって、よく注意しておいたのに」

シーリアは大きく目を見張った。

「スーザンが教えてくれたのよ、ねえ、マミー、その縄、あたしももらえる？　運がいいんだって、それをもっていると」

母親は急にパッと微笑した——その微笑が深まり、彼女はやがて声をあげて笑った。

「何がおかしいの、マミー！」とシーリアは怪訝そうにいった。

「わたし自身が小さかったときからあまり長いときがたってしまったもので、九つだってことがどんなふうか、すっかり忘れていたようね」とミリアムは呟いた。

眠りにつく前にシーリアはまたもや考えた。スーザンが休みに海に出かけて、溺れかけたというと、ほかのメイドたちが笑っていったっけ。

「あんたは溺れ死になんかしないわ。それより首を吊られるような人間よ、あんたは、スーザン」

首を吊る——吊られる——そして溺れ死ぬ——この三つのことには何か関連があるに違いない……

「あたしなら、溺れる方がずっとずっといいけど」と眠たそうにシーリアは呟いた。

翌日シーリアは次のような手紙を書いた。

大好きなグラニー
『ピンクの本』、どうもありがとう。とてもうれしかったです。ゴールディーは元気で、グラニーによろしくっていっています。セアラとメアリーと、ケートと、それからかわいそうなミス・ベネットによろしく。うちの庭には今、シベリアひなげしが咲いています。昨日、うまやで庭師が首をつりました。ダディーはベッドに入ってしまいましたが、体が悪いというわけではないって、マミーはいってます。ラウンシーはツイストや小屋パンを、あたしに作らせてくれるそうです。

グラニーにキスをたくさん送ります。

シーリアより

4

シーリアの父親はウィンブルドンの母親の家で、彼女が十歳のときに死んだ。数カ月病臥したあげくのことで、看護婦が二人、交替で看護に当たっていた。そのころには、シーリアもダディーが病気だということに慣れていた。母親は何かにつけて、ダディーの体の具合がよくなったらと言っていた。

ダディーが死ぬことがあるとは、シーリアは思ってもみなかった。ある日彼女が階段をのぼって行くと、病室のドアが開いて母親が出てきた。そのときの母親の顔——シーリアはそんな彼女を見たことがなかった。

ずっと後になってからシーリアはそのときの母親の表情を思い出した。風のままに吹きとばされている木の葉のような感じだった。両腕を天に向かって差し伸べて、母親は一声呻いた。それから自分の部屋のドアをぱっと開け放ち、姿を消した。看護婦がその後に続き、踊り場で足を止めた。シーリアは呆気に取られていた。

「マミー、どうかしたの？」

「しっ、静かに、お嬢さま、あなたのお父さまはもう天国にいらしたんですよ」

「ダディーが？　ダディーが死んで天国に行ったの？」

「そうですよ。だからおとなしい、いいお嬢さんになって、お母さまをお慰めするんですよ。いいですね？」

そして看護婦もミリアムの部屋の中に姿を消した。

ショックでものもいえなくなって、シーリアは庭に歩み出た。聞かされたことが腑に落ちるまで、だいぶ長いことかかった。ダディーが——ダディーが死んでしまったなんて……

一瞬、彼女の世界はめちゃめちゃに崩れた。

ダディーがいない——それなのに何もかも前と同じに見える。シーリアは身を震わせた。あの銃をもった男の夢のようだ――すべてが前と変わりないのに、ふと気づくと彼がそこに立っているのだ……彼女は庭を眺めた。トネリコの木、小径――一見同じようでいて、どこか違っている。すべてのものは変わりうるのだ――この世界には思いがけないことが起こる可能性があるのだ……

ダディーが天国に？　ダディーは幸せだろうか？

ああ、ダディー……

シーリアはしくしく泣きはじめた。

家にはいると、グラニーがいた。ブラインドをすっかりおろした薄暗い食堂に坐っていた。グラニーは手紙を書いていた。ときどき頬をつたう涙をハンカチーフでそっと拭っていた。

「ああ、そこにいたのかい？」シーリアを見るとグラニーはこう呟いた。「よしよし、泣くんじゃないよ。すべては神さまの思召しなんだからね」

「どうしてブラインドをおろしてるの？」とシーリアは訊ねた。

何だかいやだった。家の中が薄暗く、奇妙な感じがした。まるで家そのものが変わってしまったように。

「死んだ者に敬意を表してね」とグラニーはいった。

そしてポケットを探って、シーリアの好物の飴を差し出した。

シーリアはお礼をいって受け取ったが、食べようとはしなかった。おなかにうまく納まらないような気がしたからだった。

彼女はそこに坐ってグラニーに目を注いでいた。

グラニーは手紙を何通も何通も書きつづけていた。黒枠の便箋だった。

5

二日間というもの、シーリアの母親はひどく加減が悪かった。糊のきいた服を身につけた看護婦がグラニーに小声で話していたことを、シーリアはきれぎれに小耳にはさんだ。

「長い間ずいぶんと気を張っておいででしたから――こんなことになるなんて、ついぞ信じようともなさらなかったのですから――それだけショックが――できるだけ、はたの者が気を引き立ててさしあげなくては」

ある日、シーリアはマミーを見舞うことを許された。

部屋は暗くしてあり、マミーは横向きに寝ていた。白髪が少しまじった茶色い髪が枕の上に乱れていた。その目はきらきらと輝いて、何となく奇妙な感じを与えた。何かを――シーリアの背後の何かを見つめているかのようだった。

「お待ちかねのかわいいお嬢ちゃまがいらっしゃいましたわ」聞いている者がいらいらするような、例のわざとらしく甲高い声で、看護婦がいった。

マミーはシーリアを見て微笑した――しかし、娘が実際はそこにいないかのように、うつろな笑顔であった。

シーリアは看護婦からも、グラニーからも、前もっていうべきことを聞かされていた。だからいかにもいい子らしく、少し気取った声でいった。

「マミー、ダディーはもう幸せなのよ――天国にいるんですもの。天国にいるダディーを呼びもどしたいとは思わないでしょう？」

シーリアの母は笑っていった。

「もちろん、呼びもどしたいと思うわ。そうできるものならね。いつまでもしつこく呼びつづけるでしょうよ。昼も夜も――ジョン、帰ってきて、あたしの所にもどってって」

片肘をついて母親は身を半ば起こした。その顔には荒々しい感情が動き、何ともいえず美しかったが、どこか奇妙な感じがした。

看護婦はシーリアを慌てて部屋から追い出した。歩きながらシーリアは、看護婦がベッドの脇にもどってなだめすかすようにいうのを聞いた。

「お子さんがたのために雄々しく生きていらっしゃらなければ、そうでございましょう、奥さま？」

母親が奇妙におとなしく答えるのが聞えた。

「そうね、子どものために生きなければね。いわれなくても、そのくらいわかっているわ」

シーリアは下の客間におりて行き、二枚の版画が掛かっている壁際に立った。《悲しみの母》と《幸せな父》という題のものだったが、《幸せな父》の方には、大して強い印象を受けなかった。第一、その幸せな父は非常に女性的で、幸せかどうかはとにかく、父親という概念には程遠かった。しかし髪を振り乱し、両腕で子どもを抱きしめようとしている狂った表情の女は、マミーそっくりだった。《悲しみの母》シーリアは奇妙な満足感を覚えて深くうなずいた。

6

いろいろなことが目まぐるしく起こった——心の躍るような物珍しいこともあった——たとえばグラニーに連れられて喪服を買いに行ったときのこと。

シーリアは喪服を着るということにいささかの晴れがましさを感じずにはいられなかった。喪に服する！　喪服！　重々しい、おとならしい気分であった。通りを歩くと、人が彼女を見て囁きかわしているような気がした。「あの子はまあ、黒ずくめだわ」「ええ、つい先ごろ、お父さんが亡くなったんですって」「まあ、かわいそうにねえ」シーリアは少し勿体ぶって足を運び、悲しげにうなだれて見せた。こんな自分を少々恥ずかしくも思ったが、人々の関心をそそるロマンティックな人間になったような気持を禁じ得なかった。

シリルが帰省していた。もうすっかりおとなのようだが、ときどき奇妙な声が出る。彼はそのたびに顔を赤らめた。ごく無愛想で、間が悪そうな様子を見せ、ときどき目に涙を浮かべたが、人がそれに気づくようなことがあるとひどく腹を立てた。真新しい喪服を着て鏡の前で気取っている妹に対して、彼はおおっぴらに軽蔑的な態度を取った。

「おまえみたいなちびは、そんなことしか考えられないんだな。新しい服ができたなんて、馬鹿なことに得意になったりして。まあ、いいさ、まだ小さくて何もわからないんだから」

シーリアはわっと泣きだして、何て意地の悪いことをいう兄だろうと憎らしく思った。

シリルは母親に近づくことを避けている様子で、グラニーとの方が気楽につきあえるらしかった。グラニーに対するとき、彼は一家の唯一人の男としてふるまい、グラニーもまた、それを奨励した。グラニーはよそに送る手紙についてシリルに相談し、こまごました事柄について、いちいち彼の判断を仰いだ。

シーリアは葬儀に連なることを許されなかったので、大いに憤慨した。グラニーも出席せず、シリルが母親に同行した。

母親は葬儀の朝、はじめて階下におりてきた。未亡人のつけるボンネットをかぶった彼女は、シーリアにはよその人のような感じがした。ひとまわり小さくなったような可憐な——そう、頼りなげな印象だった。

そんな母親を、シリルは男らしくいたわった。

グラニーがいった。

「ここに白いカーネーションが少しあるんだけれどね、ミリアム、お墓にお棺をおろすとき、一緒に投げいれたらどうかしら？」

ミリアムは首を振って低い声でいった。

「いいえ、そんなことしたくありませんわ」

葬儀が終わるとブラインドもあげられ、時はまた、何ごともなかったように動きだした。

7

マミーはグラニーが本当に好きなのだろうか、グラニーの方はどうだろう——シーリアはこう心中ひそかに訝ることがあった。なぜ、そんな考えをいだくようになったのか、それは自分でもよくわからなかったが。

母親のことが、シーリアには心配でならなかった。物静かに、ろくに口もきかずに、押し黙って用事をしているその様子が。

グラニーは手紙を読んだり、返事を書いたり、一日の大部分を忙しそうに過ごしていた。

「ミリアム、この手紙を読んだら、きっと慰められると思うよ。まあ、お聞き、パイクさんがジョンのことをそりゃあ、心をこめて書いておよこしになってね」

けれども母親は尻ごみをして呟くのであった。

「すみません、今はわたし——」と。

グラニーはちょっと眉を吊りあげて手紙を畳み、そっけない口調でいう。

「なるほどね」

しかし郵便がくるごとに、性懲りもなく同じことが繰り返されるのであった。

「クラークさんて本当にいい人だねえ」と手紙を読みながらちょっと涙声になってグラニーはいう。「ミリアム、これはあんたにもぜひ聞かせなくてはね。わたしたちの愛する人々は死んでもわたしたちと一緒にいるって、まあ、本当に美しい手紙だよ」

すると、突然、激昂したように沈黙をかなぐりすてて、ミリアムは叫ぶのであった。

「お願い、やめてください！」

その叫び声を耳にしたとき、シーリアははっと母親の気持を察した。ほうっておいてほしい——マミーはそう思っているのだ。

ある日、外国の切手を貼った一通の手紙が届いた。ミリアムはそれを開き、坐って読んだ。細い、肩上りの筆蹟が四枚も続いていた。グラニーはマミーの様子をじっと眺めて訊ねた。

「ルイーズからかい？」

「ええ」

ちょっとの間沈黙が続いた。グラニーはいかにも読みたそうに手紙に目を注いだ。

「何て書いてよこしたの、ルイーズは？」と待ちきれなくなってグラニーは訊いた。

ミリアムは手紙を畳みながらいった。

「あの人、この手紙をわたしだけに読ませるつもりで書いたんだと思いますの」物静かな口調であった。「ルイーズは――わかってくれます」

グラニーはいつもよりいっそう大袈裟に眉を吊りあげた。

数日後、シーリアの母親は従姉《カズン》ロティーと一緒に旅行に出た。気分をまぎらすためだった。シーリアはグラニーの家で一カ月間留守番をした。

ミリアムが旅から帰ると、シーリアは母親とともに家に帰った。

そしてまた生活の営みが始まった――新しい生活だった。シーリアと母親とたった二人が大きな家と庭のある屋敷に取り残されたのだった。

5 母と娘

1

母親はシーリアに、これからは万事以前のようにはいかないと話して聞かせた。ダディーがいらっしゃったときはかなり裕福だと思っていたのだが、弁護士たちは今になって、わずかなお金しか残っていないといいだしたのだ。

「とても質素な生活をしなければならないでしょうよ。本当はこの家屋敷を売って、どこかに小さな家をもつ方がいいのだけれど」

「いやよ、マミー、それはいや」

娘の激しい抗議にミリアムは微笑した。

「そんなにここが好き?」

「ええ、とっても」

シーリアはおそろしく真剣だった。家を売るなんて――そんなこと我慢できない。

「シリルもそういうのよ……でもはたして利巧なことかしら……とてもつましく暮らさなければならないのよ――」

「ああ、お願いよ、マミー――お願いだからこの家を売らないで――ねえ、売ってはいやよ」

「いいわ、そんなにいうなら。ここは幸せな家ですものね」

たしかにそれは幸せな家であった。長い年月の後に振り返ってみて、シーリアは確かにそうだと認めた。そこにはある雰囲気があった。幸せな家庭、過ぎ去った幸せな年月のもつ雰囲気があった。

もちろん、以前と同じ生活を続けるわけにはいかなかった。ジャンヌはフランスに帰った。通いの庭師が週に二回やってきて、庭が見苦しくならない程度の仕事をした。温室はやがてまったく廃墟と化してしまった。スーザンも小間使も暇を取った。しかしラウンシーは残った。感情的なことはいわなかったが、ラウンシーは頑として去ることを肯じなかった。

シーリアの母親は彼女を説き伏せようとした。

「仕事はずっときつくなりますよ。だってメイドを一人置くのがせいいっぱいで、靴を磨くのや、食器を磨くのは、通いの人に頼むわけにはいかないんだしね」

「けっこうでございます、奥さま。わたし、仕事を変わりたくないんですの。こちらの台所に慣れておりますし、いろいろと具合がいいものですから」

奥さまのためならどんな苦労もいとわないといった献身的愛情は、このコックは示さなかった。そんなことをいって感謝されたら、むしろ居たたまれぬ思いがしただろう。

とにかく、ラウンシーは以前より安い給料でそのまま残ることになった。後にシーリアは、ラウンシーがいてくれたことは、母にはむしろ重荷だったのではないかと、思い返すことがあった。ラウンシーは金に糸目をつけぬ料理を作るべく訓練を受けた古い型のコックで、その料理の作り方はいつも、「一パイントの濃いクリームと、一ダースの新鮮な卵を用意し……」といった言葉ではじまった。あっさりした倹約料理を作り、出入りの商人に控え目な注文を出すなどというやりくりは、ラウンシーには到底考えられもしないことであった。彼女はいまだに台所の者のお茶のためにロック・ケーキを山ほど作り、味が悪くなると惜しげもなくごみ箱に捨てた。商人に気前よく、大量に注文するというのは、彼女にとってたいそう誇らしいことで、それによってお邸の信用がいやますのだと考えていたのであった。ミリアムが自分で注文するようになると、ラウンシーはひどくがっかりした。

メイドとしては中年のグレッグという女が雇われることになった。グレッグはミリアムの新婚当初に奉公していた女だった。

「新聞で広告を見ましたんで、これまでのお邸をやめさせてもらいたいと申し出て、すぐこちらさまに伺ったんでございます。このお宅で働いたころほど、幸せなことはございませんでしたから」

「今では昔と違うのよ、グレッグ」

しかしグレッグはもうはっきり心を決めていた。彼女は第一級の小間使だったが、今ではこの邸ではお客のもてなしということにかけての彼女の才能を発揮する機会がなかった。晩餐会など、いっさい開かれなくなってしまったのだったから。メイドとしてのグレッグはかなりだらしがなく、壁に蜘蛛の巣が張っていてもいっこうおかまいなしで、埃もろくに払おうとはしなかった。

グレッグは過去の栄華を思い出しては、長話をしてシーリアを楽しませた。

「まあ、二十四人もですよ。――ええ、そのときお父さまとお母さまは、一度に二十四人ものお客を晩餐にお招きになったんですの。スープも二通り、お魚のコースも二つ、焼肉の前に出すアントレが四通り、それから大切れのお肉、ソルベーとかいうシャーベット。それに甘み二種、海老のサラダ、そのうえ、デザートにはアイス・プディングが出ましたっけ！」

ミリアムとシーリアの夕食のマカロニ・グラタンの皿を不本意そうに食卓に運びながら、グレッグは呟いた。

「昔は本当によござんしたよ！」

ミリアムは園芸に興味をもつようになっていた。彼女は園芸についてはまったく無知で、本格的な勉強をする気もなかった。ただいろいろな実験をやり――何ともふしぎなことだが――それがいつも不当な成功を博すのであった。とんでもないときにでたらめの深さの土壌に苗や球根を植えたり、時期などかまわずに種子を蒔いたりした。そして彼女が手を触れるものはみな生きかえり、見事な花を咲かせた。

「あんたのおっかさんは生命《いのち》の手といったものをもっとられるんだね」とアシュ爺さんはよく憂鬱そうにいった。

アシュ爺さんは週二回やってきて手間仕事をする庭師だった。庭仕事にかけてはかなりいろいろと心得ていたが、不幸なことに彼の手はミリアムとは反対に、いわば死の手であった。彼が植えるものはいつも必ず枯れ、彼が刈りこんだ木はどうも思わしくなく、〝立枯れ病〟にかからなかったものは〝早霜〟にあてられた。彼はミリアムにあれこれ苦言を呈したが、ミリアムはそれをまったく無視した。

たとえばアシュ爺さんは芝生の斜面に花壇を作ってはどうかと進言した。「三日月形や星形やいろいろの形の花壇を作って花壇用の苗を植えるんでさ」ミリアムが言下に断ったので、アシュ爺さんは機嫌を損ねた。芝生がうねうねと遮るものもなく続くのを見るのが好きなのだとミリアムがいうと、彼はぼっそり答えたものだ。「花壇こそ、このお邸にふさわしいものだがなあ。誰にだってわかるこっちゃないかね」

シーリアとミリアムは競って部屋に花を活けた。ジャスミン、アラセイトウ、バイカウツギ、白いフロックスなどで丈の高い大きな花束を作った。ミリアムはまた、ヘリオトロープやピンクのバラを集めた、異国的な、小さな花束が大好きだった。

一生を通じて昔風なピンクのバラの香りをかぐと、シーリアはいつも母親のことを思い出した。

いくら時間と労力をかけても、自分の作る花束が母親のそれに到底およばないので、シーリアは腹立たしく思った。ミリアムは花をごく無造作に花瓶に投げいれるのだが、いかにも優雅に見えるのはふしぎであった。それは独創的で、世間一般の花の活けかたとはまるで違っていた。

勉強は系統だっては進められなかった。ミリアムはシーリアに、算数を独学で勉強していくようにいった。彼女自身は数字にまるで弱いのだからと。シーリアは父と一緒にはじめたあの小さな茶色の本で、良心的にせっせと勉強を続けた。

折々彼女は、答を羊で出すのか、人間で出すのか、よくわからなくなってつっかえることがあった。部屋の壁紙が何枚いるかという問題にはつくづく閉口して、飛ばしてしまった。

ミリアムは教育について独特な考えをもっていた。彼女はすぐれた教師だった。その説明は明快で、自分の選んだどんな課目についても、シーリアをいつも夢中にさせることができた。

彼女は歴史に情熱をもっていた。母の指導のもとに、シーリアは世界の歴史上の出来事について次々に読んだ。イギリス史の間断のない流れはミリアムを退屈させた。しかしエリザベス女王、カルロス五世、フランスのフランソワ一世、ピョートル大帝といった人々はシーリアにとって血と肉を備えた生きた人間となった。ローマの栄光、カルタゴの滅亡が再現された。ロシヤを野蛮な状態から引きあげようというピョートル大帝の努力が、現実感をもって心に迫った。

シーリアは母親に本を読んでもらうのが好きだった。ミリアムは娘と一緒に読もうと、さまざまな歴史上の時代に関する本を選んだ。声を出して本を読むとき、ミリアムは平気で飛ばし読みをした——退屈なものは容赦しないというのが、ミリアムのミリアムたる所以だった。地理の勉強も歴史のそれと関連して進められたが、他の課目はまるで取りあげられなかった。ただ、ミリアムはシーリアのスペリングをましなものにしようとせいいっぱいの努力をした。その年ごろの娘としては、まったく恥ずかしいほど、シーリアのスペリングはでたらめだったのだから。

ドイツ人の女性が彼女にピアノを教えにくることになった。シーリアはすぐこの勉強に素質と情熱を示し、フロイラインが命じたよりも長時間練習をした。

マーガレット・マックレイはすでに転居していたが、一週に一度、メイトランド姉妹がお茶によばれた。エリーとジャネットの姉妹で、エリーはシーリアより年長、ジャネットは少し年下であった。三人はいろいろなことをして遊び、アイヴィという名の秘密結社を作った。しかし合言葉を決め、一種独特な握手の方法を考案し、見えないインクで通信したりしてひとしきり楽しむと、結社は自然消滅してしまった。

パイン姉妹も遊びにきた。

パイン姉妹は、アデノイド性の声のふとった少女たちで、どっちもシーリアより年下だった。このドロシーとメイベルの二人にとって、人生における唯一の関心事は食べることだった。あまり食べるので、帰るころにはきっと気分が悪くなっていた。ときたま、シーリアはパイン家に昼食によばれた。パイン氏は大柄な、赤ら顔の紳士、パイン夫人は背が高く、骨ばった体つき、顎には真黒な毛がちょぼちょぼと生えていた。この夫婦はいたって仲睦まじく、娘たち同様、食べものに目がなかった。

「パーシヴァル――この羊肉《マトン》はとてもおいしいことね――いい味だわ」

「もう少しよそってあげようかね、ドロシー、もうほんの少しばかり」

「ありがとう、パパ」

「メイベル、おまえはどうだね？」

「たくさんよ、パパ」

「もうたくさんだって？　どうしてだね？　この羊肉《マトン》は最高だよ」

「ジャイルズがきたら、ひとこと褒めておきますわ」と夫人（ジャイルズというのは肉屋の名だった）。

パイン姉妹もメイトランド姉妹も、シーリアの生活にはたいした軌跡を残さなかった。シーリアにとってはひとり遊びこそ、本当の遊びだった。

ピアノの腕前が上達するにつれ、シーリアは大きな勉強部屋に置かれている埃だらけの古い楽譜をひっくり返しては、時を過ごした。《谷を下って》や《眠りの歌》、《ヴァイオリンと私》などの古い歌を澄んだ、美しい声でくちずさんだりもした。そんなおり、シーリアは我ながらなかなかいい声だと少しうぬぼれた。

ごく小さいころ彼女は、大きくなったら公爵と結婚すると宣言したことがあった。ナニーは、それならぐずぐず食べる癖を直さなくてはといったものだ。

「なぜって、ご大家ではごちそうをすっかり食べ終わらないうちに執事が回ってきて、お皿をみんなかたづけてしまうんですからね」

「本当？」

「本当ですとも。食べ終えていなくても、かまわずにお皿を取りあげるんですから」

こんな話を聞いたので、その後シーリアは公爵夫人になっても困らないように、食事をさっさと食べるようにつとめたのだった。

この結果、生まれてはじめて、シーリアの人生における野望は揺らぎだした。公爵と結婚するのはやめにしてメルバのような——プリマドンナになろうかしら、そう考えはじめたのであった。

彼女はいまだに多くのときをひとりで過ごした。メイトランド姉妹やパイン姉妹も想像上の〝あの子たち〟ほど、現実的ではなかった。

〝あの子たち〟とはシーリアの想像の産物で、彼女は〝あの子たち〟のことなら何でも知りつくしていた——どんな顔をしているか、どんな服を着ているか、どんなことを感じ、また考えているか。

まず筆頭がエセルレッド・スミス——背が高くて色が浅黒く、たいへん聡明で、運動万能——どんなことでもたくみにこなした。スタイルがとてもよく、いつも縞のブラウスを着ていた。エセルはシーリア自身とあらゆる点で正反対だった。というより、シーリアの理想がエセルにおいて具現されていたといってもよい。次がアニー・ブラウン。彼女はエセルの親友で、色白で、弱々しく、たいへん繊細だった。エセルはよくアニーの勉強を手伝ってやるので、アニーはこの友だちを尊敬し、頼りにしていた。イザベラ・サリヴァンは、赤毛の、茶色い目の少女で、たいそう美しく、富裕で、誇り高く、意地が悪かった。イザベラはクロケーではいつもエセルを負かそうと意気ごんでいるのだが、シーリアは彼女がけっして勝つことがないように心をくばっていた。しかしイザベラに故意に球を打ち損じさせたときなど、ふと後ろめたい気持に駆られることがあった。エルシー・グリーンはアニーの従妹——貧乏な育ちの——で、黒毛のカール、青い目のたいへん陽気な少女だった。

エラ・グレイヴズとスー・ド・ヴィートはずっと年下で、やっと七つだった。エラは真面目で、勤勉で、茶色の髪がふさふさしていたが、顔立ちはもう一つぱっとしなかった。しかし一生懸命努力するので、算数ではよく賞をもらった。スーは色白だということは確かだが、目鼻立ちについてはシーリアもはっきり決めかねていた。性質もまたときによって違った。ヴェラはスーの腹違いの姉で、学校でもきわだってロマンティックな雰囲気をもっていた。年は十四、麦藁色の髪の毛、深い忘れな草のような青い目をもち、その過去は謎に包まれていた(シーリアは結局、ヴェラが赤ん坊のときにド・ヴィート家の赤ん坊と取り替えられたので、じつはイギリスのもっとも誇り高い家柄の貴族の子どもだということにした)。レナは新入生で、シーリアのお気に入りの遊びは、レナが学校に到着した場面を想像し、みずから当のレナに扮することだった。

ミリアムはシーリアの〝あの子たち〟についておぼろげに知っていたが、べつに問いただしたりはしなかった。シーリアはこのことについて母親に対して熱い感謝の思いをいだいていた。雨の日には、〝あの子たち〟は勉強部屋でコンサートを催し、それぞれが一つずつ曲を割り当てられて代わるがわる演奏した。エセルにはとりわけ上手に弾かせたいと思うのに、器用に指が動かなかったりして、シーリアは口惜しく思った。その一方、イザベラには一番の難曲が割りふられるのに、いつもすらすらと弾く。これも癪のたねであった。〝あの子たち〟がトランプのクリベッジをするときにも、いつもきまってついているのはイザベラのようで、シーリアはいらいらした。

グラニーの家に泊りに行ったとき、グラニーがミュージカル・コメディーに連れて行ってくれることがあった。四輪馬車で駅まで、そこから汽車でヴィクトリア駅に行き、陸海軍ストアまでまた四輪馬車、そしてそこで昼食。グラニーはまずストアの食料品部で手にしたリストを参照しながら山のように買物をする。顔馴染みの年取った店員が愛想よく注文を聞いてくれた。それから階上のレストランに行って食事をとることになる。「大きな茶碗に少しコーヒーを注いで」と注文するのは後でたっぷりミルクをいれるためである。それから菓子部で脂肪分の少ないクリーム・チョコレートを半ポンド買って、別な四輪馬車に乗り、いよいよ劇場に向かう。グラニーはシーリアとまったく同じくらい、ミュージカル・コメディーを楽しんだ。

観劇の後でグラニーはしばしばシーリアにミュージカルの楽譜を買ってくれた。これは〝あの子たち〟にとって新しい活動分野が生まれたということで、それぞれがスターへと開花した。イザベラとヴェラはソプラノで——声量はイザベラの方があったが、声そのものはヴェラの方が美しかった。エセルはすばらしいコントラルト、エルシーはかわいらしい、か細い声で歌った。アニー、エラ、スーはあまり重要でない役を割りふられていたが、スーはやがて昇進して小間使役を演ずるようになった。《田舎娘》がシーリアのお気に入りのミュージカルで、《ヒマラヤ杉の下で》はたとえようもなく美しい歌だと強い印象を受けていた。彼女は声がかすれるまでこの歌を歌った。ヴェラが王女の役をふられたのは劇中この歌を歌うためで、女主人公の役はイザベラに与えられた。

《シンガリー》もシーリアの好きなミュージカルで、それというのもエセルにうってつけの役があるからだった。

頭痛に悩まされるたちのミリアムは、寝室がちょうど勉強部屋の真下にあるところからピアノをぶっ続けに弾くのは三時間以内にとどめるよう、娘に厳命した。

2

シーリアのかねての願いがついに叶えられるときがきた。アコーディオン・プリーツの舞踏服を作ってもらい、スカートをひるがえして踊る年長組に加わるために、小さい子たちが帰った後まで残るようになったのだ。

今や彼女はエリートの一人であった。あっさりした、短い白い服を着ている——まだ年長組に加わっていないしるしだ——ドロシー・パインと組んで踊ることも、もはやなくなった。アコーディオン・プリーツ組はもっぱらお互い同士組んで踊った——〝親切な〟気持から〝下の組の子〟と踊ってあげる場合は別として。シーリアは今ではいつもジャネット・メイトランドと組んだ。ジャネットはとても優雅な踊り手だった。マーチのときにもなるべく二人で組んだが、シーリアの身長がジャネットより頭一つ半高く、ミス・マッキントッシュは踊り手たちが行進の際にシンメトリカルに見えることを好んだので、二人はときどき別れ別れになった。ポルカは大きな子が小さな子と組んで踊る習いだったが、その後スカート・ダンシングに残る少女たちは六人いた。自分がいつも後列で踊らされるので、シーリアは内心ひどくがっかりしていた。ジャネットは誰よりも上手に踊るから、彼女が前列にいることは当然と思われた。けれどもその一方、しょっちゅう間違えてばかりいるダフネが前列にいるのはずいぶん不公平な話だと思った。じつはミス・マッキントッシュは背の低い生徒を前列に、背の高い生徒を後列に並べたにすぎなかったのだが、シーリアはそんな理由にはついぞ気づかなかった。

アコーディオン・プリーツのスカートの色を何色にするかを決めるに当たって、ミリアムはシーリア同様、興奮していた。二人は長いこと真剣に論じ合い、ほかの少女たちのスカートの色を考慮にいれて、結局燃えたつように赤い色を選んだ。そんな色のスカートをもっている生徒は一人もいなかった。シーリアは有頂天になった。

夫の死後、ミリアムは外出をあまりせず、人を家に招くことも稀になった。シーリアと同年輩の子どもを持つ人々や、少数の古い友だちのほかはほとんどつきあわなかった。とはいえ、目に見えて招待状が減り、いろいろな催しごとに加わることを求められなくなったことについて、彼女はほんの少しだが恨みがましい気持をいだいていた。お金の有るなしはたいへんな違いなのだ。ジョンとわたしのことをあんなにもちやほやした人たちが。近ごろではわたしの存在など、ほとんどすっかり忘れてしまっているようだ。わたしはちっともかまわない――もともとつきあい嫌いなたちだったのだし。人を招いたり、招かれたりしたのもジョンが喜ぶからだった。ジョンはお客を招くこと、人を訪ねることが好きだった。わたしが本当は社交嫌いだということにジョンが気づかなかったのは、わたしが自分の役割を巧みに演じおおせたからだ。そんな必要がなくなって、むしろほっとしているのは確かだ。ただシーリアのためには、残念でもある。あの子は大きくなったら、たぶん人とのつきあいを求めるだろうから。

親子がともにしたもっとも幸せなときは、往々にして夜だった。七時という早い時間に夕食をとって、食後、勉強部屋に行くと、シーリアは細工ものにせいを出し、母親はその彼女に本を読んで聞かせた。本を朗読すると、ミリアムはきっと眠くなる。声が、ぼんやりと奇妙にくぐもりはじめたと思うと、頭が前方にかしぐ。

「マミー」とシーリアが咎めるようにいう。「眠りかけているみたいね？」

「眠ってなんか、いるものですか」とミリアムは憤然といって、しゃんと坐り直し、たいそうはっきりした声で二ページほど読む。それからだしぬけに「あなたのいうとおりみたい」といって本を閉じると、もう寝入っているのだった。

といってもそれもほんの三分ほどのことで、またはっと目を覚ますと気分を新たにして読みだすという具合であった。

ときどきミリアムは本を読む代わりに、自分の小さいころの話をして聞かせた。遠い親戚の娘にすぎない自分がどうしてグラニーに引き取られたかということから。

「母が死んでね、お金がちっともなかったので、グラニーが親切にわたしを養女にしようと申し出てくださったの」

グラニーの親切についてミリアムは少々冷ややかに語った。といっても言葉ではなく、声音で。それは子どもらしい孤独感、彼女自身の母親に対する憧れを隠すものだった。

幼いミリアムは病気になって、医者が呼ばれた。医者はいった。「このお子は何か気に病んでいることがあるんじゃありませんかな？」「とんでもない」とグラニーはきっぱり答えた。「ちっとも屈託のない、明るい子ですわ」医者は何もいわなかったが、グラニーが部屋から出て行くとベッドの上に腰をおろして暖かい口調で親しげに話しかけた。そしてミリアムはとうとう警戒心をかなぐり捨てて、夜ベッドで長いことしくしくと泣いていることを認めたのであった。

グラニーはこのことを聞いて、心から驚いた様子だった。

「まあ、わたしには一言も申しませんでしたがねえ」その後では、事態はずっとよくなった。医者に打ち明けたということで痛みが癒されたたのだろうか。

「それにあなたのお父さまがいらしたし」ミリアムの声はたちまちやさしい響きをおびた。「わたしにいつも親切にしてくださってね」

「ダディーのこと、話してちょうだい」

「ダディーはそのころもうおとなで——十八だったわ。そうしょっちゅうは帰っていらっしゃらなかったけれど。グラニーのご主人の義理のお父さんのことをあまり好きでなかったんでしょうね」

「マミーはダディーのこと、すぐ好きになったのね？」

「そう、はじめて会ったときから。いってみれば、ダディーを愛しながらおとなになったようなものなのね、わたしは……ダディーがわたしのことを気にかけてくれるなんて夢にも思わなかったんだけれど……」

「ほんと？」

「本当よ、ダディーはいつもスマートな、気の利いた大きな女の子たちと親しくしていらしたし。それにお婿さん候補としては最高だったんですもの。ジョンはそのうち、きっと誰かと結婚するだろう――わたしはそう思っていたの。帰省するといつもわたしにやさしかったけれど――花や、キャンデーや、ブローチをおみやげにくださってね。でもダディーにとってわたしはいつも〈小さなミリアム〉にすぎなかったの。わたしが心から尊敬し、愛していることはダディーにもわかっていたし、悪い気はしなかったでしょうけれど。後から聞いたことだけれど、友だちの一人のお母さんが――もうだいぶの年の人だけれど――あるときいったんですって。『あなたはね、ジョン、いずれはあの小さなお従妹さんと結婚するでしょうよ』って。ジョンは笑っていったそうよ、『ミリアムとですか？　だってあの子はまだほんの子どもじゃありませんか？』って。そのときジョンはとても美しい女の人を愛していたんだけれど、どういうわけか、結婚に漕ぎつけなかったのね……ダディーが結婚の申しこみをしたのはわたしにだったのよ。わたしにだけ、後にも先にも。わたしはよく思ったものよ、もしダディーが誰かほかの人と結婚することになったら、わたしはきっとソファーに横になってダディーに対する想いを抱きしめて死ぬだろうって。何の病気か、誰にもわからず、日毎に衰弱して死ぬだろうって。わたしの若いころには、望みのない恋の結末はそうしたものだったから。でもわたしが死んだ後で、ダディーからの手紙の束が見つかる――忘れな草の押し花をはさみ、青いリボンで結んだ手紙の束が。馬鹿らしい話だけれど――そんな空想をしていると、なぜか、気持が軽くなったものよ……

「あるときダディーがだしぬけに『何てきれいな目をしているんだろう、きみは、ミリアム！』っていった日のことを、わたし、よく覚えているの。びっくりしてしまったんですもの。自分のことをひどくみっともない子だと思っていたから。わたし、椅子の上に乗って鏡の中の自分の顔を一心に見つめたわ。ジョンがどういうつもりであんなことをいったのか、ふしぎだったから。そして思ったの、もしかしたら、わたしの目は本当にきれいなのかもしれないって……」

「ダディーはいつマミーに、結婚してほしいっていったの？」

「わたしが二十二のときだったわ。ダディーは一年間お留守でね。わたしはクリスマスにカードと自分で作った詩を送ったのよ。ダディーはそれを紙いれにいれて、ずっともっていてくださったの。ダディーが亡くなった後でわかったんだけれど……

結婚を申しこまれたときには本当にびっくりしたわ。わたしは思わず、『だめ！』っていってしまったわ」

「でもマミー、どうして――？」

「説明するのはむずかしいわね……わたし、自分についてひどくひっこみ思案だったの。自分を卑下するように育っていたから。自分がパッとしない女の子だってこと、背のすらりと高い美人なんてものからはほど遠いことを意識していたのでね。わたしと結婚したりしたら、ダディーはたぶん失望するだろう、そう思ったの。自分をまるでだめな娘だと思っていたんでしょうね」

「でもトム伯父さまが――」とシーリアは促した。話のこの部分は、ほとんど当のミリアムと同じくらいよく知っていたのである。

ミリアムは微笑した。

「そう、トム伯父さまがいいことをいってくださったの。そのときわたしたちはサセックスの伯父さまの家に滞在していたのよ。伯父さまはもうずいぶんなお年寄りだったけれど、賢いやさしい人だったわ。わたしがピアノを弾いている間、伯父さまは炉の前の椅子に坐っていらして、ふとおっしゃったの、『ミリアム、ジョンに結婚を申しこまれたんだろう？　断ったんだね？』って。わたしが頷くと伯父さまはまたおっしゃったの、『でもジョンを愛しているのに。そうじゃないのかい、ミリアム？』『ええ』って、わたし、また小さな声で答えたわ。『だったら次の機会には断るんじゃないよ。二度は申しこむだろうが、三度とは繰り返さないだろうからね。幸福をむげに投げ捨てるものではない』」

「で、ダディーはもう一度申しこんだのね？　そしてマミーは今度は『ええ』っていったのね？」

ミリアムは頷いた。

その目にはシーリアがよく知っている、星のような輝きが宿っていた。

「どうしてこの家に住むようになったか、それも話して聞かせて」

そのいきさつも、すでに何度も母の口から聞いて知っている話だった。

ミリアムは微笑した。

「ダディーとわたしがこのつい近くに部屋を借りていたことがあったの。双子の赤ちゃんが生まれてね——生まれて間もなく死んだ、あなたの小さなお姉さんのジョイと、そしてシリルと。ダディーがお仕事でインドに行かなければならなくなって、わたしを一緒に連れて行くわけにはいかなかったので、この土地はたいへん気持のよい所だし、ここに一年間、家を借りて住むことにしよう、わたし、そう決心してグラニーと一緒に貸家を探しはじめたの。

ダディーがお昼に帰ってきたとき、わたしが『ジョン、家を一軒買ったわ』っていうとジョンは『何だって？』って、ひどくびっくりした顔をしたわ。でもグラニーが引き取っておっしゃったの。『心配おしでない、ジョン、なかなか有利な投資だから』って。グラニーのご主人で、ダディーの義理のお父さんに当たる人がわたしにちょっとしたお金を残してくださったんだけれど、いくつか見た中で、ただ一つわたしたちの気に入ったのがこの家だったのよ。何ていうか、とても平和な——幸せそうな感じがして。でも持主のお婆さんが貸すことはできない、売ってくれというなら売るがといってね。クエーカー教徒で、たいそう物静かなやさしそうな人だったわ。『わたしのお金で、この家を買ってはいけません？』わたし、グラニーにそう訊いたの。

グラニーがわたしの財産管理者だったんだけれど、『この家はいい。買って損はないよ』そういってくださったわ。

クエーカーのお婆さんは本当にいい人で、『あなたがここで幸せに暮らすと思うと、とてもうれしい気がしますよ。ご主人とお子さんたちに囲まれて……』そういってくれたの。まるで祝福を受けているようだったわ」

いかにもマミーらしい、とシーリアは思った。このようにだしぬけに、また即座に決心するなんて。

シーリアは呟いた。

「それであたし、この家で生まれたのね？」

「そうよ」

「ああ、マミー、お願いよ、この家を売るなんて、やめましょうよ……」

ミリアムは溜息をついた。

「それが利巧なことかどうか、わからないけれど……でもあなたがそんなにこの家が好きなら……それにあなたがどこかへ行っても——いつでも好きなときに帰ってこられる所があるわけだし……」

3

従姉《カズン》ロティーが泊りにきていた。今では彼女も結婚しており、ロンドンに家をもっているのだが、近ごろあまり体具合がよくないので田舎の空気を吸う必要があるのだ、とミリアムはいった。

従姉《カズン》ロティーはたしかに具合が悪そうで、一日中、床につき、ひどい吐き気に苦しんでいた。何か食べものがあたったというような話だった。

「でももう治ってもいいころじゃない?」とシーリアはいった。一週間たっても、従姉《カズン》ロティーはいっこうにさっぱりしない様子だったのだ。

食あたりならひまし油を飲んで寝ていれば、一日二日でよくなるはずなのに。

ミリアムは奇妙な表情を顔に浮かべて娘を見やった。いささかやましげな、微笑を隠しているような表情だった。

「あなたにもちゃんと話しておいた方がよさそうね。従姉《カズン》ロティーはね、赤ちゃんが生まれるのよ。それで気持が悪いの」

シーリアは世にもびっくりした顔をした。マーガリート・プリーストマンとのあの口論いらい、赤ん坊がどうして生まれるかということはぷっつり念頭を去っていたからだ。シーリアは矢継ぎ早に母親に質問を浴びせた。

「でもどうして気持が悪くなるの？　赤ちゃん、いつ生まれるの？　明日？」

ミリアムは笑った。

「まさか！　秋になってからよ」

母親はもっといろいろなことを話してくれた。赤ん坊が生まれるまでにどのぐらいかかるかということ――その経過についても少々。シーリアにはびっくりすることばかりだった。こんなにふしぎなことは聞いたことがないと思った。

「でもね、従姉《カズン》ロティーの前でこんなこと話すんじゃないのよ。小さな女の子は知らなくてもいいということになっているんだから。わかるでしょう？」

翌朝、シーリアはひどく興奮した様子で母親の所にやってきた。

「マミー、マミー、おもしろい夢を見たの。グラニーに赤ちゃんができる夢。正夢《まさ》かしら？　グラニーに手紙を書いて訊いてもいい？」

母親が声を立てて笑ったので、シーリアは呆気にとられた。

「だって正夢って、本当にあるのよ」と彼女は非難がましくいった。「聖書にだって書いてあるわ」

4

従姉《カズン》ロティーの赤ん坊に関するシーリアの興奮は、一週間続いた。秋でなく、すぐ生まれるといいのに、とひそかな希望も抱いていた。マミーの思い違いということだってあるだろう。

やがて従姉《カズン》ロティーはロンドンに帰って行き、シーリアもそれっきり、赤ん坊のことは忘れてしまった。それで秋になってグラニーの所に泊りに行ったとき、ある日セアラが庭にやってきて「ロティーさまの所に男の赤ちゃんがお生まれになりましたよ。うれしいでしょう？」といったので、シーリアはひどくびっくりしてしまった。

シーリアが家に駆けこむと、グラニーは一通の電報を手に、友だちのミセス・マッキントッシュを相手に何か話していた。

「グラニー、グラニー」とシーリアは叫んだ。「従姉《カズン》ロティーの所に赤ちゃんが生まれたって本当？　大きな赤ちゃん？」

グラニーは赤ん坊の大きさを手にしていた編棒で示した。ナイト・ソックス用の太い編棒であった。

「そんなに小さいの？」信じられないといった面持ちで、シーリアはグラニーの手もとを見守った。

「わたしの姉のジェーンなんかあまり小さいので、石鹼の箱にいれられたくらいだったんだよ」

「石鹼の箱、グラニー？」

「とても生きてるとは思わなかったのさ」とグラニーはしごく楽しげにいった。それからミセス・マッキントッシュにむかって低い声で付け加えた。「結局、五カ月でね」

シーリアはおとなしく坐ったまま、石鹼箱に入るほど小さな赤ん坊を思い描いていた。

「どんな石鹼、グラニー？」もう一度訊いたが、グラニーは答えなかった。ミセス・マッキントッシュにひそひそ声で囁いていたのである。

「シャーロットのことについても、お医者の間でいろいろに意見が分かれてね。産科の先生はいったそうですよ、陣痛を促進するようにって。でも四十八時間もねえ——赤ん坊の首のまわりに臍の緒が巻きついたとかって……」

グラニーの声はますます低くなった。そして聞き耳を立てているシーリアをちらっと見て、急に言葉を切った。

何て変なことをいうのかしら、グラニーは。でも何だかわくわくするようだった……グラニーは妙な顔をしてシーリアを眺めていた。その気になればいろいろなことを話してあげられるのにといわんばかりに。

5

十五歳になったとき、シーリアはふたたび信心をはじめた。今度は規律の厳しい高教《ハイ・》会派《チャーチ》の信仰だった。彼女は堅信礼を受けてロンドンの主教の説教に熱心に耳を傾けた。そしてその日から、主教のためにつくしたいというロマンティックな憧れが彼女を捉えた。部屋の炉棚の上に、主教の写真を飾り、新聞に何か、彼に関する記事が出ていないかと探した。イースト・エンドの教区で病人の見舞などに献身的に奉仕する自分を主人公とする、長い物語も書いた。ある日、主教が彼女に目を留める。二人は結婚してフラム・パレスに住むことになる。もう一つの物語の中では、シーリアは尼僧になった——カトリックでない、国教会の尼僧もいると聞いていたからだった。物語の中の彼女は、尼僧院で清らかな日々を送り、聖なる幻を見た。

堅信礼を受けて後、シーリアは次々に小さな信仰書に読みふけり、毎日曜、早朝礼拝に出席した。母親が一緒に行かないので、彼女はひどく悩んだ。ミリアムは聖霊降臨日の礼拝にだけ、教会に出席するきまりだった。彼女にとってはこの日こそ、教会の大いなる日なのだった。

「聖霊——考えてもごらんなさい、シーリア」と彼女はいった。「聖霊は神さまの驚異、神秘、美しさを表わすものよ。祈禱書は聖霊に触れるのを避けているし、牧師さんたちもあまり話さないけれどね、きっと怖いんだわ。たぶん聖霊とは何か、自分でもはっきりわかっていないんじゃないかしら」

ミリアムは聖霊なる神を信じていた。これについて、シーリアはいつも何となく落ちつかぬものを感じていた。ミリアムは教会をあまり好まないようだった。ある教会には、ほかのものより聖霊の働きが感じられるけれど、と彼女はいった。それは礼拝に集まる人によるのだろうとも。

シーリア自身は確固たる、峻厳な正統派だったから、母親のことで心を痛めた。母親が非正統的であるのも、気になった。ミリアムにはどことなく神秘主義者らしいところがあった。ヴィジョンがあり、目に見えないものの存在をありありと感じた。それは人が心の中で考えていることを敏感に察する、彼女の特殊な能力と同じ性質のものだった。

しかし、ロンドン主教の奥さんになりたいというシーリアの願いはやがて色あせた。その代わり、尼僧になろうという願いは、ますます強く彼女を捉えた。

母親に自分の決心を話した方がいい――ある日、彼女はこう考えた。話せば、たぶん母親は嘆くだろうと思ったのだが、ミリアムはきわめて冷静に娘の言葉を受けとめた。

「わかったわ」

「いやじゃない、マミー？」

「いいえ、二十一になってもまだその気持に変わりがなかったら、そのときはいいわ、尼さんにおなりなさい……」

国教会でなく、カトリックの尼さんになるかもしれないけれど、とシーリアはいった。カトリックの尼さんの方が、何というか、尼さんらしい感じがする。

自分としては、カトリックの信仰はたいへん立派なものだと思っているとミリアムはいった。

「あなたのお父さまとわたしも、一度カトリックになりかけたことがあるのよ。本当にもう少しで」といってミリアムは不意に微笑を浮かべた。「わたしが引きずりこんで。お父さまはとてもいい方だから――子どもみたいに単純で――ご自分の宗教で満足していらしたわ。新しい宗教を見つけてはお父さまにせっついて、こっちにしましょうというのは、いつもわたしだったのよ。自分の宗旨が何かってこと、とっても大事なことだと思っていたのね、そのころのわたしは」

もちろん、それは大切なことだとシーリアは思った。けれども口に出してはいわなかった。母親が聖霊について語りだすきっかけになりそうな気がしたし、シーリア自身、聖霊のことはそっとしておきたかったのである。彼女の読んでいる小さな信仰書には、聖霊のことはあまり出てこない。彼女は自分が尼僧となって小さな独居室で跪いて祈りをささげているところを想像していたのだった。

6

その後間もなくミリアムはシーリアに、パリに行くべき時がきたことを告げた。彼女の教育の仕上げがパリでなされるということはかねてから親子の間の暗黙の了解事項だったのだが、シーリアも少なからず興奮した。

彼女は歴史と文学についてはかなりの教育を受けていたし、読みたいと思うものは何でも読むことを奨励されていた。時事問題について当時の娘たちより通じていたのは、ミリアムが彼女のいわゆる常識に必要だと思う新聞記事や論説を読むように、強く勧めていたからだった。算数は週に二回近くの学校に行って個人教授を受けた。それは幼いころから彼女が好んだ学科でもあった。

しかし幾何、ラテン語、代数、文法についてはシーリアはまったく無知だった。地理の知識も旅行記を通して得たものに限られており、きわめて大ざっぱなものだった。

パリに行ったら、ピアノと絵とフランス語を習うことになっていた。

ミリアムはアヴニュー・ド・ボアの近くの学校を選んだ。生徒は十二人だけで、イギリス女性とフランス女性が共同で経営していた。

ミリアムは娘と一緒にパリに行き、シーリアが学校に適応して幸せにやっていけると見きわめるまで、ホテルに滞在していた。四日後、シーリアは猛烈なホームシックに駆られ、母親に会いたくて居ても立ってもいられなくなった。はじめ彼女は自分に何が起こったのか、理解しかねていた。咽喉に大きな塊がこみあげ、母を思うごとに熱い涙が目に滲んだ。母の作ってくれたブラウスを着ると、それを一針一針心をこめて縫っている彼女の姿が目に浮かんで、あらたな涙が湧く。五日目に母が迎えにきて一緒に外出した。

彼女は騒ぎたつ胸を抑え、外見は落ちついた様子で階下におりた。しかしホテルに向かう馬車に乗りこんだとたんに、わっと泣きだした。

「ああ、マミー、マミー！」

「どうしたの？　あそこがいやなの？　いやなら、イギリスに連れて帰るわ」

「そうじゃないの。好きなのよ。でもマ、マ、マミーに会いたくて」

三十分後にはそれまでの惨めさはまるで夢のように、現実離れのしたものとなっていた。船酔いのようだと彼女は思った。いったん気持がよくなると、どんな気持だったのか、まるで思い出すことができないのだ。

それっきりだった。シーリアはその気持がもどってくるのではないかと待った。自分自身の感情を仔細に研究してみた。しかし、ホームシックはもうもどらなかった。母は愛していた。賛美していた。けれども母のことを考えただけで、咽喉に大きな塊がこみあげるということはなかった。

生徒の一人でアメリカ生まれのメージー・ペインが彼女の所にやってきて柔らかい、長く引くような口調でいった。

「あなた、ホームシックなんですって？　うちの母があなたのお母さまといっしょのホテルなの。少しは治った？」

「ええ、すっかり。馬鹿みたいね」

「まあね、でも新入生の場合、当たりまえのことみたいよ」

メージーの話しかたはピレネーで知り会ったマーガリート・プリーストマンを思いださせた。自分に話しかけてくれた、この大柄の黒い髪の娘に対して、シーリアは感謝の気持を覚えた。メージーが覚束ないフランス語をまじえて次のようにいったとき、ありがたいという気持はいっそう増した。

「お母さま、ホテルでお見かけしたわ。きれいな方ね。ただきれいってだけじゃなくて——せんれんされていらっしゃるわ」

そのときはじめてシーリアは母親を客観的に見たのだった——小ぢんまりとした、真摯な顔、かわいらしい手足、繊細な耳、細い、高い鼻梁。ああ、マミー——本当にマミーのようなすばらしい人は世界中どこを探してもいないわ！

6　パリ

1

シーリアはパリに一年いた。たいへん楽しい一年だった。ほかの少女たちともけっこう仲よくやっていた。もっとも彼女にとっては、誰もあまり現実的な感じがしなかったが。メージー・ペインとなら親しくなるとともに現実感も伴っただろうが、残念なことにメージーはシーリアが入学して間もなくのイースターの休みに、退学してしまった。シーリアが仲よくなったのは隣室のベッシー・ウエストという名の肥った少女だった。ベッシーはたいへんな話好きで、シーリアは上手な聞き手だった。それに二人ともリンゴに目がなかった。リンゴをかじりかじり、ベッシーは今までにやったいたずらのこと、捕まりそうになってあやうく逃げたときの冒険談をぺちゃくちゃとしゃべった。話の落ちはいつも、「慌てたの何のって」であった。

「あたし、あなた好きよ、シーリア」とベッシーはある日いった。「常識があるもの」

「常識？」

「そうよ、あなたは男の子のことばかり、何だかだと、きりなく話したりしないし。そこへ行くとメイベルやパメラは、まったく頭にくるわ。あたしのヴァイオリンのレッスンのとき、いつもくすくす笑ったり、内緒話をしたりして、あたしがまるでフランツ先生にお熱をあげているか、フランツ先生があたしを好きか、どっちかってふりをするんですもの。品が悪いったらないわ。そりゃ、あたしだって、男の子たちといたずらをするのは好きよ。でも音楽の先生のことであんな馬鹿げたでたらめをいうなんて、最低よ」

ロンドンの主教に対する憧れをすでに卒業していたシーリアは、《またの名ジミー・ヴァレンタイン》ではじめて見て以来、ジェラルド・デュ・モーリエに熱をあげていた。しかしこれについては、まだ誰にも話したことがなかった。

シーリアが好きになったもう一人の少女は、ベッシーがいつも「あのおばかさん」と呼んでいるシビルだった。

シビル・スウィントンは美しい茶色の目と栗色の豊かな髪の毛をもった十九歳の大柄な娘であった。たいへん愛想のいい、またたいへん愚鈍なたちで、どんなことでも、一度聞いただけではけっして理解できなかった。ピアノは彼女にとってとくに重荷で楽譜を読むのに難渋した。また、弾き間違えてもちっとも気がつかないくらい、音楽の耳というものを欠いていた。シーリアは一時間ばかりも辛抱強くシビルと並んで坐り、「いいえ、シビル、シャープよ――今度は左手が違うわ。Dナチュラルよ。ねえ、聞えないの？」といったものだが、シビルにはどこがどう違うのか、まるでわかっていないらしかった。彼女の両親は、娘がほかの女の子と同じようにピアノが弾けるようになることを願っていた。シビルは懸命に努力したが、ピアノのレッスンは彼女にとって悪夢にもひとしかった――弾き手が彼女であるときはピアノの先生のマダム・ルブランにとっても、それは悪夢だった。マダム・ルブランは小柄の白髪のお婆さんで、鳥の爪のような曲った指をもっていた。生徒が弾くとき、いつもぴったり隣に坐っているので、右手がちょっと弾きにくいくらいだった。彼女が何よりも好きなのは初見で演奏することで、いつも連弾のための大きな楽譜をもっていた。生徒は高音部と低音部をかわるがわる弾き、マダム・ルブランがもう一方のパートを弾いた。マダム・ルブランがピアノにむかって自ら高音部を弾いているときは何もかもうまくいった。彼女は自分の奏でる楽の音にうっとりとして、生徒が低音部を自分より数小節先を、あるいは遅れて弾いていることに気がつくまでにちょっと手間がかかった。しかし気がつくと、それこそ、たいへんだった。「まあ、あなた、いったい何を弾いているんです《メ・ケス・ク・ヴー・ジュエ・ラ・マ・プティット》？　ああ、ひどいこと、堪ら《セ・タフルー・セ・トゥー・ス・キリ・ア・ド・》ない《ブリュ・ザフルー》わ！」

けれどもシーリアにはレッスンがこよなく楽しかった。ムシュー・コシュテに習うようになると、なおさら楽しかった。ムシュー・コシュテはすぐれた才能を示した少女たちだけを教えた。彼は大喜びで、シーリアを弟子のうちに加えた。そして彼女の両手を取り、指を引っぱって無理やり開かせて叫んだ。「ここまで開く手、これは紛れもなくピアニストの手です。自然はあなたに大きな贈物を恵んでくれた、マドモアゼル・シーリア。自然を助けるためにあなた自身に何ができるか、これから一緒に見つけようじゃありませんか！」ムシュー・コシュテ自身、すばらしい演奏家で、年に二回、ロンドンでコンサートを開くということだった。自分ではショパン、ベートーヴェン、ブラームスが好きだったが、どんな曲を習うか、たいていはシーリアに選ばせてくれた。ムシュー・コシュテに励まされて、シーリアは一念発起し、彼の要求する一日六時間の練習をほとんど欠かさなかった。それに彼女の場合、練習でぐったり疲れるということはなかった。ピアノは、幼いときから彼女の仲よしの友だちだったのだから。

歌のレッスンには、ムシュー・バレの所に行った。ムシュー・バレは以前はオペラ歌手で、シーリアの高く澄んだソプラノの声を愛した。

「高い音はすばらしい」とムシュー・バレはいった。「申し分ありません。それは頭《テット》から出る声です。胸から出る低音はそれにくらべて弱いが、悪くはない。直さなければいけないのは中音です。中音はね、マドモアゼル、口蓋から出るのですよ」

ムシュー・バレは巻尺を持ちだした。

「さあ、あなたの横隔膜を測ってみましょう。息を吸って――はい、止めて――そのまま、そのまま――いいですか、今度は息を急にぱっと吐きだしてください。すばらしい。いや、すばらしいですよ。あなたは歌手にふさわしい呼吸をもっている」

シーリアに鉛筆を渡して、彼はいった。

「これをくわえてごらんなさい――そう――口の端に。歌うときも落とさないように気をつけて。どの言葉もはっきり発音しながら、鉛筆を落とさずにいることができるはずです。できないとはいわせませんよ」

ムシュー・バレも概してシーリアに満足した。

「ただ、あなたのフランス語はふしぎだな。イギリス人特有の英語風のアクセントは（まったくあれはやりきれない。ひどいものです！）あなたの場合、ない。しかしあなたの発音は南仏風だ。どこで習ったんです、フランス語を？」

シーリアがジャンヌのことを話すと、ムシュー・バレは頷いた。

「その若いメイドが南仏の出だったというわけですね。なるほど。まあ、じき直してあげますよ」シーリアは歌の練習にもせいを出した。ムシュー・バレは彼女におおむね満足したが、折々彼女が無表情だといって叱った。

「あなたもほかのイギリス人と同じだ。ただ口を大きく開けて声を出しさえすれば、それが歌うということだとでも思っているらしい。とんでもない――口のまわりには皮膚が――顔の皮膚がある。あなたは聖歌隊で歌う小さな男の子ではないのですよ。あなたはカルメンのハバネラを歌っているのです。ついでだが、出だしの音からして間違えましたね、この歌はソプラノに移調されているのですよ――オペラの歌曲はすべて、原曲通りに歌わなくてはいけません。この鉄則を崩すのは作曲家に対するひどい冒瀆です――それを忘れないように。私はあなたにとくにメゾソプラノの歌曲を歌わせたいのです。じゃあ、いいですね？　あなたはカルメンだ。鉛筆なんかではなく、バラを一輪、口にくわえている若い娘が、目の前にいる若い男をひきつけようとして歌っているのです。やれやれ、その顔――まるで木に彫ったような、そんな固い顔をしないでください」

レッスンが終わったとき、シーリアは涙にくれていた。ムシュー・バレは親切だった。

「まあ、まあ、泣くのはおやめなさい。これはあなた向きの歌ではない。それが問題なんです。グノーの《エルサレム》そう、あれがいい。でなければ、《シッド》のアレルヤか。カルメンはもっと後のことでしょう」

さてこの寄宿学校では、音楽にもっとも多くの時が費やされていた。音楽以外の勉強といえば毎朝一時間、フランス語の授業があるだけだった。友だちの誰よりも日常的なフランス語を流暢に話すことのできるシーリアは、ディクテーションというと、いつもひとり劣等感を感じた。ほかの少女が二つか、三つ、せいぜい多くて五つしか間違いをしないのに、シーリアは一回のディクテーションに二十五から三十も間違えた。数えきれないほど、たくさんフランス語の小説を読んでいるのに、彼女にはスペリングというものがからきし呑みこめていなかったのである。それに字を書く速度も、ほかの少女たちにくらべて遅かった。だからディクテーションはシーリアにとって悪夢にひとしかった。

マダムはいつもいった。

「こんなことって――こんなにたくさん間違うなんて――とても考えられませんね、シーリア? あなたは過去分詞がどういうものかということもわからないのですか?」

そのとおりだった。

週に二度、シーリアはシビルといっしょに絵の稽古に行ったが、シーリアはピアノの練習をする時間が減るので、いつもこのことを残念に思っていた。線描は嫌いだったし、油絵となるとなおさらだった。シーリアとシビルは花を描くことから稽古していた。

ああ、シーリアによって描かれたグラスの中の哀れなスミレの花束！

「影を、シーリア、影をつけるのよ」

しかしシーリアには影なるものが見えなかったのだ。それでこっそりシビルの絵を盗み見して、その真似をしようとした。

「あなたにはわかるようね、シビル、影がどこにあるか。あたしには見えないの――ぜんぜん見えないのよ。きれいな紫色がただぼやっとしているってだけで」

シビルにしても、とくに才能があるわけではなかったが、絵に関する限り、「お馬鹿さん」はシーリアだった。

シーリアの心の奥底深く潜むものが、ただ写すというこの作業を嫌ったのかもしれない。――花からその秘密を無理に引きだして紙の上にのたくるというこの作業を。スミレはそのまま庭に咲かせておくか、なよやかに花瓶に挿すのがよい。あるものから別なものを作りだすなんて、いってみれば彼女の本性に反していたのだった。

「どうしてわざわざ絵に描くのか、あたしにはわからないわ」とシーリアはあるとき、シビルにいった。「すでにそこにあるものを」

「それ、どういう意味？」

「どういったらいいか、よくわからないけれど。でもほかのものに似たものなんか、どうしてわざわざ作るの？　無駄じゃありませんか？　じっさいにはありもしない花を想像で描くなら――価値もあるでしょうけど」

「つまり自分の頭で作りあげてってこと？」

「ええ、でもそれだって正しいこととはいえないわ。想像の花だって、花は花だし、――人間には作れっこないんですもの。ただ紙の上に物を描くってだけよ」

「でもシーリア、絵は――本当の画家の描いた絵は、とっても美しいわ」

「ええ、もちろん――少なくとも――」といい淀み、「でも、どうかしら？　本当に美しいんでしょうか？」

「シーリア！」とシビルは、何という冒瀆的なことをと呆れたように叫んだ。

彼女たちはつい昨日ルーヴル美術館に行って、巨匠の絵を見てきたばかりではないか？

シーリアは、とんでもない異端説を吐いたと後悔していた。絵画芸術については誰もが敬虔に語るのに。

「たぶんあたし、ココアの飲みすぎなのよ。昨日も、何だか息が詰まりそうな気がしていて。どの絵の聖者も、みんなまるで同じような顔をしているんですもの。いいえ、もちろん、本気でいっているんじゃないわ」とシーリアは慌てて付け加えた。「すばらしいわ、絵って」

しかしその声音は少々自信を欠いていた。

「あなたは絵が好きなはずよ、シーリア、だって音楽があんなに好きなんですもの」

「音楽は別よ。音楽は、音楽そのものなんですもの。何かの真似じゃなく。楽器を使って——ピアノなり、セロなり——音を——美しく織りなされた音を作るんですもの。ほかのものに似せようとすることもいらないし。そのものでありさえすればいいんですもの」

「あたしには音楽って、いやな音をただごたごた寄せ集めたものとしか思えないわ。間違った音を出したときの方が、正しい音を出したときより、美しく聞えることだってあるくらいよ」とシビルはいった。

シーリアは友だちの顔を情けなさそうに見つめた。

「あなたって、まるっきり聞えないのと同じなのね」

「けさ、あなたが描いたスミレを見れば、誰だってあなたは目が見えないのと同じだと思うでしょうよ」

シーリアは突然パッタリ足を止めた——付添いの小間使が道をふさがれて怒ったよう

にフランス語でキーキーいっていた。

「ねえ、シビル、あなたのいうとおりだと思うわ。あたしには――見えないのよ――本当には――だからあんなにスペリングを間違えるんだわ。物がどんなふうか、ちっともよくわかっていないみたい」

「そういえば、あなた、よくぬかるみの中に踏みこむわね」

「物の姿が見えなくたって、どうってこと、ないと思うわ。スペリングを間違えるのは問題だけど。物が与える感じ、それが大切なのよ――形や、構造でなく」

「何のこと、いってるの？」

「たとえば、バラよ」とシーリアは道の少し先の花売りの店の方に首を振りながらいった。「花弁が何枚だか、正確にどんな形をしているか、そんなことは問題じゃないわ。問題は全体よ――ビロードのような感触とか、いい匂いとか」

「でも形がわからなくちゃ、バラの絵は描けないわ」

「シビル、お馬鹿さんね、あたし、絵なんて描きたくないのよ。紙に描いたバラなんて大嫌いだわ。本当のバラの方がずっといいわ」

シーリアは花売りの女の前で足を止めて二スー出して、深紅の少ししおたれたバラを買った。

「嗅いでごらんなさい」と彼女はシビルの鼻の下にそれを突きつけていった。「どう？　おなかのこの辺《へん》が気持よく疼くような気がしなくて？」

「あなた、またリンゴを食べすぎたんでしょ？」

「違うわ、シビル、何でもそうまともに取らないでちょうだい。すてきな匂いじゃなくて？」

「ええ、でも疼くなんてこと、ないわ。第一、そんな気持、いやなものだと思うわ。味わいたくなんか、なくてよ」

「マミーとあたし、いっぺん植物学の勉強をしようと思ったことがあるの」とシーリアはいった。

「でも、すぐ本をほうりだしてしまったわ。いやだったのね。花の名を得々と覚えて、分類するなんて——メシベとかオシベとか——嫌だわ、まるで花を裸にするみたいで。心ない——粗野なことのように思えるわ」

「ねえ、シーリア、知ってる？　修道院ではね、下着を着たままお風呂に入らなきゃいけないんですって。従姉から聞いたんだけど」

「ほんとう？　どうして？」

「自分の体を見ることは感心しないって、シスターたちは思ってるらしいわ」

「へえ」とシーリアはちょっと沈思した。「でも石鹸はどうやって使うの？　下着の上から石鹸を塗るんじゃ、あんまりきれいにならないと思うけど」

2

寄宿学校の生徒たちは先生に引率されてしばしばオペラやコメディー・フランセーズに行った。冬にはパレ・ド・グラースでスケートをした。シーリアはオペラ見物もスケートも好きだったが、彼女の生活を満たしていたのは、一にも二にも音楽だった。彼女は音楽を本格的に勉強したいと母親に書き送った。

その学期の終わりに、ミス・スコフィールドがお茶の会を催した。生徒のうち、進境いちじるしい数人が歌ったり、ピアノを弾いたりした。シーリアは両方に出演した。歌の方はうまくいったが、ピアノの演奏はひどくとちって、ベートーヴェンの《悲愴》の第一楽章はさんざんの首尾だった。

パリに娘を迎えにきたミリアムはシーリアの頼みを聞きいれて、ムシュー・コシュテをお茶に招いた。シーリアを音楽家にしたいと思っていたわけではなかったが、ムシュー・コシュテの意見を聞いても悪くはあるまいと思ったのだった。そのとき、シーリアはちょうど席をはずしていた。

「本当のことを申しあげましょう、マダム。お嬢さんには確かに才能があります――テクニックもすぐれているし、感情を表現することも知っている。私の生徒のうちではとくに有望です。しかし音楽家に向いている気質がシーリアにあるとは思えないのですよ」

「つまり、人前で演奏するのには向いていないということでしょうか？」

「そう、それなのです、マダム。芸術家になるには、世界を閉めだすことができなくてはなりません。聴衆を意識するときには、むしろ気持の昂揚を感じるようでなくては。マドモアゼル・シーリアは一人か、二人の聞き手の場合には良い演奏をすることができます。しかしいちばんいいのはドアを閉めて、自分だけのために弾くときでしょう」

「そのことをあの子におっしゃってくださいます、ムシュー・コシュテ？」

「お望みなら、マダム」

シーリアはムシュー・コシュテの意見を聞いていたく失望した。そしてそれなら声楽家になりたいと思った。

「ピアノと歌じゃ、まるで違うけれど」

「声楽はピアノほど、好きじゃないってこと？」

「そうね」

「だから、歌のときはあがらなかったのかもしれないわね？」

「そうかもしれないわ。声って、何だか自分の一部だという気がしないの――自分が歌っているんじゃないような気がして。鍵盤に手を置くときとは違うのよ。わかるかしら、マミーに――あたしのいう意味が？」

親子はムシュー・バレと話しあった。

「シーリアには才能もありますし、いい声ももっている。気質からいっても向いています。表現はまだ未熟ですが――今の段階では女性の声というよりは少年の声のようです。やがては変わるでしょうが」とムシュー・バレは微笑した。「しかしチャーミングだ。純粋で――むらがなく――息の吸いかた、吐きかたもいい。そう、声楽家にはなれるでしょうな、コンサート向きの――オペラにはちょっと声量が足りない」

イギリスに帰るとシーリアはいった。

「考えてみたんだけど、マミー、オペラ歌手になれないなら、声楽家にはなりたくないわ――楽しみで歌うだけならいいけれど」

こういってふと笑った。

「本当はマミー、あたしを音楽家になんか、したくなかったんでしょ？」

「ええ、ぜんぜん」

「でも、あたしがなりたいといえば、させてくださったのね？　あたしがしたいといえば何でも？」

「何でもってことはなくてよ」とミリアムは力をこめていった。

「でもたいていのことは？」

ミリアムは微笑を浮かべて娘を見やった。

「わたしあなたに幸せになってほしいのよ、シーリア」

「あたしはたぶん一生、幸せだと思うわ」とシーリアは確信に満ちた口調でいったのだった。

3

次の学期にはシーリアは母親に、看護婦になりたいと思うと書き送った。ベッシーがなるつもりなので、自分もというのだった。最近彼女の手紙にはしょっちゅうベッシーの名が出てきた。

ミリアムはすぐには返事を書かなかったが、その学期の終わり近く、冬を海外で過ごすことを医者に勧められているのでエジプトに行くつもりだが、シーリアも同行するといいと思っていると書き送った。

パリからイギリスにもどったシーリアは、グラニーの家で旅行の準備に大わらわになっている母親を見出した。今度のエジプト行きには、グラニーはあまり賛成していない様子だった。昼食にきた従姉《カズン》ロティーに祖母が感想を洩らしているのをシーリアは聞きかじった。

「ミリアムって人がわたしにはわからないよ。お金もろくにないのに、エジプトくんだりへなんか——高くつくし、いったい、何になるっていうんだろう？　ミリアムらしいよ——まるで経済の観念がないんだから。エジプトは最後にジョンと一緒に過ごした所なのに、心なしだよ、あの人は」

シーリアは母親が何かに挑むような、気持の昂ぶりを見せていることを感じた。彼女はシーリアを連れて店に行き、夜会服を三着買った。

「まだ社交界にデビューもしていないのに」とグラニーはいった。

「エジプトでデビューするのも悪くありませんわ。ロンドンでデビューすることができるわけじゃありませんでしょう？　わたしたちにはロンドンの社交界なんて高嶺の花ですもの」

「シーリアはまだ十六じゃないか」

「おっつけ十七ですわ。わたしの母は十七にならないうちに結婚しましたのよ」

「まさか、あんたはシーリアを十七にならないうちに結婚させようっていうんじゃあるまいね？」

「もちろんですわ。でもわたし、あの子に若い娘らしい楽しいときを過ごさせてやりたいんです」

夜会服はすてきだった――もっともそれはシーリアに今さらのように幻滅を味わわせた。かわいそうに、昔から憧れていた夢はついに実現しなかった。縞のブラウスの下の豊かな胸――それは彼女にとって依然として見果てぬ夢であった。失望の味わいは苦かった。かわいそうなシーリア――二十年後に生まれていたら――さぞかしみんなにもてはやされただろうに。ほっそりした、贅肉のないそのスタイルには、美容体操など不用だったろうからだ。

あいにくと二十年後ではなかったから、シーリアの夜会服のボディスの下には柔らかい、ネットで作った〈乳当て〉が入れられた。

シーリアは黒い夜会服に憧れていたが、ミリアムは、それはもっと年をとってからにした方がいいといった。ミリアムが娘のために買ったのは白いタフタのガウンと、小さなリボン飾りが一面についた、淡青い網レースを張ったドレス、それに肩にバラの蕾のいくつかついた淡いピンクのサテンだった。

グラニーはマホガニーの抽出しの底から輝くように美しいトルコ石色のタフタを取り出し、ミス・ベネットに仕立てさせようといった。しかしミリアムが流行の尖端を行く夜会服はミス・ベネットにはちょっと荷が重すぎるのではないかといったので、タフタは結局ほかの仕立屋に任された。シーリアは美容師の所に連れて行かれ、自分で髪を結う技術の手ほどきを受けた。前髪は〈ヘア・フレーム〉とかいうものの上で形を作り、後ろはカールを雲のようにふわふわさせる、手のこんだ髪型で、シーリアのように長い髪が腰の下まである場合には、結い上げるのはひとところりの苦労ではなかった。

何もかも物珍しい、心の躍ることばかりで、母親が常よりかえって元気そうに見えることにシーリアは気づかなかった。

しかしグラニーの鋭い目はそれを見逃さなかった。

「とにかく、今度の旅行についちゃ、ミリアムはもうすっかり夢中なんだから」と彼女は少々非難がましくいった。

そのときの母親の心持ちについて、シーリアが悟ったのは何年も後のことであった。ミリアム自身の子ども時代はひどく無味乾燥なものだったから、彼女は愛する娘が、たとえいっときでも青春時代にふさわしく華やかな、楽しい思いをすることを、それだけ一途に願っていたのであった。今後田舎に埋もれて同年輩の若い人たちも近所にそう多くはないというのでは、社交界の雰囲気を味わうことはきっと稀だろう。

だから彼女はエジプト行きを思いたったのであった。ミリアムはそこで夫と一緒に過ごしたときにたくさんの友だちを作っていた。旅費その他を工面するために彼女はわずかばかりの株券や債券を売ることをためらわなかった。シーリアがほかの娘たちを羨むようなことがあってはならない、そう思ったからだった。

何年か後に彼女自ら白状したところによると、ミリアムはまた、ベッシー・ウエストとシーリアの友情にいささかの危惧を感じていたのだった。

「ほかの女の子に関心をもって、男の人とつきあおうとしない女の子を見てきたのでね。不自然だし——いいことじゃないわ」

「ベッシーのこと？　でもあたし、ベッシーをそんなに好きってわけじゃなかったのに」

「そうらしいわね。今ならわかるけれど、そのときは知らなかったから、心配だったの。

それにあなたったら、看護婦になるなんていいだしたりして。わたしはあなたにきれいな服を着て、若い人らしく、ごく自然に楽しんでほしかったのよ」

「そのとおり、楽しんだわ、あたし」とシーリアはいったのだった。

7 成長

1

たしかにシーリアは青春を楽しんだ。しかしまた、赤ん坊のときからといっていいくらいの内気さが禍いして、折々苦しい思いをしたことも事実だった。この内気さゆえに彼女は思う十分の一も口がきけず、物腰もとかくぎごちなくなって、楽しい思いをしているなどとはとても見えないことがしばしばあった。

自分の容貌については、あまり考えたことがなかった。自分がきれいだということは当然のことのように受けいれていた――じっさい、シーリアは美しかった。すらりと背が高く、見るから優雅だった。淡い亜麻色の髪。北欧の娘のように白皙の顔は、緊張のあまり青ざめることはあったが、きめのこまやかな美しい顔色が人をひきつけた。〝顔をつくること〟が恥とされていた時代ではあったが、ミリアムはいっそう見ばえのする

ように と願って、毎夜、娘の顔にうっすらと紅を刷いた。

顔かたちのことで悩んだことはなかった。情けないのは、自分のどうしようもない愚かさの意識だった。「あたしには才気がないわ。ダンスのパートナーに何をいい、どう受け答えしたらいいか、まるで思いつかないんですもの」真面目くさった、鈍重な娘と思われるのではないかと彼女はたえず気をもんでいた。

ミリアムはいつもシーリアに、自分から積極的に話をするように勧めた。

「何でも思いついたことをいうのよ。馬鹿げたことでもかまわないわ。はいとか、いいえとしか答えない女の子に話しかけるのは、男の人にとって、とてもむずかしいことなんですからね。会話のきっかけを見失ってはだめよ」

ミリアム自身、自分の内気さを一生苦にしてきたので、シーリアにとってそれを克服するのがいかに困難か、よく理解できたのであるが。

しかしシーリアが内気だということは、他人にはわからなかった。傲慢で、己惚れが強い娘だと人は判断した。この美しい娘がどんなにひどい劣等感に悩んでいるか——自分が社交的でないということを、どのように情けない気持で意識しているか、他人には少しもわからなかったのだ。

しかしその美しさゆえに、シーリアはそれなりに楽しいときを過ごすことができた。

それに彼女はダンスがたいへん上手だった。その冬の終わりまでに五十六回もパーティーに行き、ちょっとした社交会話の技術も体得することができた。ぎごちなさも徐々に減じ、自信も増して、たえず自分の内気さを意識して悩まされることなしに、楽しい一夜を過ごすこともできるようになった。

しかし人生は彼女にとって、まるで靄の中を漂っているような感じだった。ダンスと金色の照明、ポロ、テニス、青年たち——彼女の手を取り、ざれごとをいい、キスをしてもいいかと訊ねては彼女のよそよそしさにがっかりする青年たち。シーリアにとってはただ一人の男性しか、実体を備えていなかった。それはスコットランドの連隊に属する、ブロンズ色に日焼けした顔の大佐で、めったに踊らず、若い娘になど、およそ話しかける気がないらしい人物だった。

シーリアはそのほか、毎夜彼女と三回は踊ることにしているらしい赤毛の陽気なゲール大尉が好きだった(同じ相手とは三回までというのが社交上の不文律であった)。ゲール大尉は、シーリアさんはダンスを教わる必要はないが、会話術を教わる必要はありそうだと冗談をいった。

しかしシーリアはある夜パーティーから帰る途々ミリアムがこういったとき、ひどくびっくりした。

「ゲール大尉があなたと結婚したいと思っているってこと、知っていて？」

「あたしと？」とシーリアは驚いて訊きかえした。

「そう。大尉はそのことについて、まずわたしの意見を求めたのよ。自分にチャンスがあるかどうかって」

「なぜ、あたしにじかに訊かなかったのかしら？」とシーリアはちょっと機嫌を損ねていった。

「さあ。きっといいにくかったんでしょうね」とミリアムは微笑した。「でもあなた、ゲール大尉と結婚する気はないんでしょ？」

「もちろんよ――でもあたしにじかにいってもよかったのに」

それがシーリアの受けた最初の求婚だった。あまり心躍る経験でもないと彼女は興醒めに似た気持を感じた。

しかしそれは大した問題ではなかった。どのみち、彼女が結婚してもいいと思っているのはモンクリーフ大佐だけなのだし、大佐が彼女に結婚を申しこむことなどあろうはずもないのだから。たぶんあたしはあの人をひそかに愛しつづけて一生誰とも結婚しないことになるわ、と彼女は少々物悲しく胸に呟いた。

ああ、モンクリーフ大佐！　この精悍な軍人も六カ月後にはかつてのオーギュストやシビル、ロンドン主教、そしてジェラルド・デュ・モーリエと同じく忘却のかなたに葬り去られた。

2

大人の生活はいろいろとむずかしかった。わくわくすることもあるが、少なからず疲れを感じさせた。いつも何かしら胸にくすぶる悩みがあった。髪の結いかた、自分のスタイルの難点、話術のつたなさ、他人、とくに男たちの視線が彼女をどぎまぎさせた。一生の間、シーリアははじめて田舎の旧家に招かれたときのことを忘れなかった。汽車の中からすでに落ちつかず、首筋から背中にかけて薄赤くぽつぽつと蕁麻疹ができた。へまをやらないだろうか？　気の利いた会話（それはあいかわらず恐ろしい夢魔だった）ができるかどうか？　後ろ髪のウェーヴがちゃんとうまく出せるだろうか？　いつもだとマミーが手伝ってくれるのだが。みんなはあたしをよっぽどの馬鹿だと呆れないだろうか？　すべての場合にふさわしい服を荷物の中に持ってきているかどうか？

さいわい、その屋敷の主人と主婦は行き届いたやさしい人たちで、シーリアもこの二人にはさして気後れを感じなかった。

大きな寝室をひとりで占領し、メイドが荷物を整理してくれ、服の後ろの手の届かないところを留めてくれるといった毎日は、いかにも晴れがましい感じがした。

最初の晩シーリアは新しいピンクのネットのドレスを着て、例によって逃げだしたいようなきまり悪さを意識しながら階下におりて行った。

おいしい晩餐だったが、シーリアは隣席の人に何を話したらいいか、そればかり気になって、食事をろくに味わう余裕がなかった。一人は赤ら顔の肥った小男で、もう一人は一風変わった顔つきの、白髪まじりの、背の高い紳士だった。

この背の高い紳士は本や芝居について物静かに彼女と会話をまじえ、ついでこの地方の話をし、それからシーリア自身はどこに住んでいるのかと訊ねた。シーリアが教えると彼はイースターの休日にそっちの方面に旅行するから、お差し支えなければお訪ねしたいといった。シーリアはお目にかかればうれしいと答えた。

「うれしいなら、なぜ、うれしそうな顔をなさらないんです？」と紳士は笑いながらいった。

シーリアは赤くなった。

「うれしそうな顔をしてくださらなくちゃいけませんな。私としてはほんの一分間前にその方面に行こうという決心をしたんですから」

「景色のいいところですのよ」とシーリアは力をこめていった。

「いや、景色なんぞ、見に行くわけじゃありません」

そんないいかたをされるとシーリアはいつも困りはてた。彼女は手にしたパンをしきりに指先で砕いた。この娘はまだほんの子どもなんだと思いながら。紳士は愉快げに彼女のそんな様子を見ていた。何かせずにはいられなかったのだ。彼女を当惑させているのが面白くて、彼は真面目くさった顔で、口をきわめて彼女を褒めそやしはじめた。

この紳士がもう片方の側に坐っている婦人と話しはじめて彼女の相手を肥った小男に委ねたとき、シーリアは心からほっとした。この紳士はロジャー・レインズと名乗り、二人は間もなく音楽について話しはじめた。レインズは声楽家とまではいえないが、折々演奏会で歌うことがあると洩らした。彼との音楽談義はシーリアをけっこう楽しい気分にしてくれた。

それまではほとんど何が食卓に供されているか気づかなかったのだが、ちょうどアイスクリームが回ってきた――杏色の高い塔に砂糖で作ったスミレの花が、ところどころにちりばめられていた。

残念ながら、このアイスクリームの塔はシーリアの皿に載せられる前に崩れてしまった。執事がサイドボードの所で、崩れた形を整えてふたたび客の間を回ったのだが、あいにくとシーリアを抜かしてしまった。

アイスクリームをふいにしたシーリアはすっかりがっかりして、小男のロジャー・レインズが何をいっているのか、ほとんど耳にいれていなかった。レインズはといえばアイスクリームをたっぷりもらい、いかにもうまそうに食べていた。シーリアは自分も少しほしいということなど思いもよらず、すっかりしょげていた。

晩餐の後、ひとしきり音楽のプログラムがあり、シーリアはロジャー・レインズの伴奏をした。彼はすばらしいテナーで、シーリアは彼のために伴奏するのが楽しかった。つぎは彼女が歌う番だったが、歌うときはあがったためしがないので気が楽だった。ロジャー・レインズは、じつにすてきな声だとお世辞をいってくれたが、その後はもっぱら自分のことばかり話した。もう一度歌ってくれないか、とはいったが、シーリアが「それよりもう一曲、あなたの歌を伺わせてくださいません？」というと躊躇なく応じた。

シーリアはその夜、しごく幸せな気持で床についた。田舎の旧家のパーティーというのもそう悪くないと思いながら。

翌朝も楽しく過ぎた。みんなして厩を見に行ったり、豚の背をくすぐったりした後、ロジャー・レインズがシーリアに、家に入って一緒に歌を歌わないかと誘った。六つばかり自分で歌った後、ロジャーは《愛の百合》という曲を取りだした。歌い終わるとロジャーはいった。

「さあ、あなたの率直なご意見を聞かせてください。この歌をどう思います?」

「さあ――」とシーリアはためらった。「本当いって――ちょっとひどい歌だと思いますわ」

「私もです」とロジャーは相槌を打った。「しかし、自分の判断違いかという気もしていましたのでね。あなたがはっきりいってくださったので、私の評価も決まりました。あなたのお好きな歌じゃない――じゃあ、こうしましょう」

こういってロジャーは楽譜を真二つに裂いて炉の中に投げこんだ。シーリアは少なからず感銘を受けた。前日買ったばかりだというのに、あたしが一言いっただけで破いてしまうなんて。

急に大人の、それも重要人物になったような気がした。

3

パーティーのもっとも大きなプログラムである仮装舞踏会がその夜催されることになっていた。シーリアは《ファウスト》のマルグリートに扮するはずで、白ずくめの衣裳に、髪の毛を二つに分けて編んで両肩に垂らした。それはいかにもグレッチェンにぴったりの装いで、ロジャー・レインズはちょうど《ファウスト》の楽譜をもっているから、あす二人で二重唱を試みようと申し出ていた。

舞踏会のためにおりて行ったとき、シーリアはどぎまぎしていた。正式の舞踏会というのは、彼女にとってはいつもちょっと気が重かったのだ。どういうわけか、あまり好きでもない男性と組んで踊る羽目になり――好意をもっている男性と踊る段になると、もうお開きということになったりした。誰かと踊るはずになっているというふりをすれば、虫の好かぬ連中をかわすことができるかもしれないが、その結果、好意をもっている人も寄りつかないということにならないとも限らない。それでは完全に〝壁の花〟に終わってしまう。こんなとき、じつに巧みに取りさばいて好きな相手とばかり踊るようにしている利巧な女の子もいるようだったが、シーリアはいつも自分の間抜けさ加減を意識させられた。

ミセス・ルークがシーリアに気を配り、いれかわり立ちかわり、いろいろな客を紹介してくれた。

「こちら、ド・バラ少佐よ、シーリア」

ド・バラ少佐は会釈していった。

「お相手願えますか？」

少佐はちょっと馬のような感じで、薄茶色の長い口髭を蓄えていた。年のころは四十五ぐらい、赤ら顔の軍人だった。

少佐は結局シーリアに三つのダンスを予約し、夕食も一緒にしていただきたいといった。

ただあいにくと彼は話相手としてはたいそう口が重く、シーリアを困らせた。話をする代わりに彼女の顔を見つめてばかりいた。

体のあまり丈夫でないルーク夫人は早目に引き取ったが、帰りぎわにシーリアにいった。

「あなたのことはジョージが気をつけるっていっていますわ。部屋までお送りしますって。そりゃそうと、あなたったら、どうやらド・バラ少佐をすっかり夢中にさせてしまったようね」

これを聞いてシーリアはうれしく思った。それどころか少佐をおそろしく退屈させてしまったのではないかと気になっていたからだった。

その夜彼女はダンスというダンスを踊り、あるじのジョージ・ルークが彼女に近づいたときにはすでに二時になっていた。

「さあ、お嬢さん、馬ももう厩に帰るときですよ」

部屋にもどったシーリアは、ひとりでは夜会服を脱げないことに気づいた。ジョージが廊下で、客の誰彼に別れの挨拶をしている声が聞えてきた。ジョージに頼んだらおかしいかしら？　誰かに手伝ってもらわなければ、朝までこのまま坐っているほかはない。しかし人に頼む勇気はなかった。夜が白みはじめたころ、シーリアは夜会服のまま、ベッドの上でぐっすり眠りこんでいたのであった。

4

ド・バラ少佐は翌朝彼女を訪ねてきて、きょうは狩猟には行かないと宣言して主人と主婦をはじめ、居合わせた人々を驚かせた。あいかわらずろくに口もきかずに坐りこんでいる彼にルーク夫人は、豚小屋でも見にいらしては、けっこう面白うございますのよ、といってシーリアに案内させた。そのためか、昼食のとき、ロジャー・レインズは機嫌の悪そうな顔をしていた。

シーリアはその次の日、帰宅することになっていた。朝のうちはルーク夫妻と静かに過ごした。他の客は午前中の汽車で帰ったが、シーリアは午後立つことにしていた。昼食には、「アーサーって、とても面白い人なのよ」という主婦のふれこみで、新顔の客が一人あった。シーリアからすればずいぶんの年寄りで、いっこう面白そうにも見えなかった。物憂げな、低い声のもちぬしだった。

昼食が終わってミセス・ルークが部屋を出たとたん、アーサー氏は彼女の踝を撫でていった。

「じつにかわいい踝ですな」と彼は呟いた。「気になさりはしますまいね？」

シーリアは気にした――大いに。しかし、何とか我慢した。旧家のパーティーにはこういうことは付きものなのかもしれないと思ったからだった。気のきかぬ、世慣れぬ娘と見られたくはなかった。シーリアは歯を食いしばり、姿勢を正して椅子に坐っていた。

アーサー氏は物慣れた様子で片腕を彼女の腰のまわりに回し、キスをした。シーリアは憤然と彼を押しのけた。

「いけませんわ――いけません」

礼儀知らずに思われたくはないが、我慢できないことだってある。

「かわいらしいほっそりした腰をおもちですな、お嬢さん」とアーサーはふたたび腕を伸ばしかけた。

そのとき折よくミセス・ルークが入ってきたが、シーリアの怨ずるような表情と、上気した顔を目ざとく見てとったらしかった。

「アーサーはお行儀をよくしてたこと？」と駅までシーリアを送る途中でミセス・ルークは訊いた。

「若いお嬢さんと二人だけで一緒にすると、とかく羽目をはずすので油断ならないのよ、あの人は。べつにどうってことないんですけれどね」

「あのう、踝を撫でられても我慢しなくちゃいけないものなんでしょうか？」とシーリアは訊ねた。

「我慢しなくちゃいけないって――まさか――おかしな人！」

「我慢しなくてもいいんですか？」とシーリアはほっと深い溜息をついていった。「よかった！」

ミセス・ルークは噴きだしそうな顔で彼女を見やってまたいった。「おかしな人！」ふたたび言葉をついで彼女はいった。「ダンスのとき、あなた、とてもすてきに見えてよ。ジョニー・ド・バラとはこれっきりじゃないでしょうよ――あの人はね、たいへんに裕福なの」

5

シーリアが家に帰った翌日に、大きなピンクのチョコレートの箱が彼女あてに届けられた。贈りぬしの名はなかった。二日後には今度は小さな小包が届いた。小さな銀の箱で、蓋には〝マルグリート〟と彫られ、仮装舞踏会の日付がはいっていた。

今度はド・バラ少佐の名刺いりであった。

「ド・バラ少佐って誰なの、シーリア？」

「パーティーで会った人よ」

「どんな人？」

「ちょっと年取っていて、赤い顔だったわ。いい人だけれど、話相手としてはとても気詰まりよ」

ミリアムは考えこんだ様子で頷いた。

その夜ミリアムはミセス・ルークに問い合わせの手紙を書いた。ミセス・ルークの返事はきわめてあけすけだった——彼女はもともと結婚をとりまとめるのが大好きだったのである。

「ド・バラ少佐はとてもお金持です——めったにないくらい。B家の連中とよく狩りに行くようです。ジョージはあまり好きじゃないらしいのですが、とくに難点はありません。彼、シーリアにすっかり参ってしまったようですね。シーリアはとてもかわいい、ナイーヴなお嬢さんです。男の人たちはみんな、ひきつけられますわ。色白の、撫で肩の女性っていうと、たいていの男性にはこたえられませんのね」

一週間後ド・バラ少佐は「たまたまこの辺まできましたが、ミス・シーリアとお母さまに敬意を表しに伺ってもいいかどうか」といってよこした。

親子の前に現われたド・バラ少佐はあいかわらず、口が重く——黙って坐ってシーリアの顔を見つめ、その一方、ミリアムと何とか親しくなろうと不器用な努力をするふうだった。

少佐が辞し去った後、どういうわけか、ミリアムはひどく動揺している様子で、シーリアを不審がらせた。シーリアには何のことか、およそ意味のわからないことをとぎれとぎれに咳くのであった。

「こんなことを願うなんて賢いことかどうか、わからないわ……何が正しいことなのか、誰にもわかったものじゃないんだから……」そうかと思うとまた突然いった。「わたしね、あなたにやさしい、信頼のおける男性と結婚してもらいたいの——あなたのお父さまのような人と。もちろん、お金がすべてじゃないわ。でも女にとっては、安楽な境遇というものはなかなか大きな意味をもっているのよ……」

シーリアは母親のそんな述懐を一般論として受けいれて、適当に返事をしたり、相槌を打ったりしたが、それをド・バラ少佐の訪問と結びつけはしなかった。もともとミリアムは突然ひどく唐突なことをいう癖があり、シーリアは何をいわれても取りたてて驚かなくなっていたのだった。

「わたし、あなたはずっと年輩の男の人と結婚するといいと思っているの。そういう夫の方が奥さんを大事にするものだし」とも母はいった。

シーリアはちらっとモンクリーフ大佐のことを思い浮かべた——もっとも彼の面影はすでに薄れかけていたのだったが。ちょうどそのころシーリアは、身長六フィート四インチという若い士官とパーティーで踊ったばかりで、ハンサムな若い巨人を理想の夫として思い描いていた。

「わたしたちが来週ロンドンに行くときに、ド・バラ少佐がお芝居に招待したいっていっていらっしゃるのよ。すてきじゃないこと？」とミリアムはまたいった。

「とてもすてきね」とシーリアは何気なく答えたのだった。

6

ド・バラ少佐がシーリアに求婚したとき、シーリアはひどく驚いた。ミセス・ルークの言葉、母親の述懐、どれも彼女にはとりたてて深い印象を与えていなかった。シーリアは自分の胸に去来することについてはよく把握していたが――これから起ころうとしていることや、自分自身をとりまく状況についてはまるで気づいていなかった。

ミリアムはその週末ド・バラ少佐を招待していた。というよりも少佐からそう申しいれたようなもので、ミリアムは何となく危惧を感じながら、招きの言葉を口にしたのだった。

最初の夜、シーリアは少佐を庭に案内した。気詰まりなのはあいかわらずだった。彼は彼女の言葉にはまるで耳を傾けていないようだった。さぞ退屈していることだろうとシーリアは思った。あたしの口をついて出る言葉という言葉が愚かしいのだから無理もないけど——でも彼が少し助けてくれれば——

そのときシーリアがいいかけた言葉を遮って少佐は、いきなり彼女の両手を摑んで、嗄れた、いつもの彼とはまるで違う奇妙な声で口走った。

「マルグリート——私のマルグリート、私はあなたを愛しています。結婚してくれませんか？」

シーリアはびっくりして見つめた——。青い目を大きく、呆然と見はって。口もきけなかった。しかし何かが彼女に伝わっていた——強烈に——彼女の手を握りしめているそのわなわなとおののく手から。嵐のような感情に包まれているような気がした。恐ろしかった——居たたまれないような気持だった。

シーリアはしどろもどろにいった。

「あの——あたし——わかりません——あたし、——あの——だめですわ」

どうしてこんな気持になるのだろう？　この男——彼女がこれまでさして気に留めてもいなかったこの未知の男は、いったい何を求めているのか？　自分に「好意をいだいてくれる」という、何となく心暖まるものを感じていたほかは、とくに印象に残るところのない、この年輩の男がどういうつもりで？

「驚かせてしまいましたね、かわいい人。あなたはまだ本当に若くて――清らかだ。私の気持はあなたにはとてもわからないでしょう。私は心からあなたを愛しているんです」

なぜ手をひっこめて、はっきりいえないのか？　「残念ですけれど、あたしはあなたに対してそんな気持をもっていませんの」と。

なぜ、そうする代わりにただ術もなげに突っ立って、彼の顔を見返しているのだろう？　昂ぶった感情の大波が頭のまわりに激しく打ち寄せるのを感じながら？

少佐はそっと彼女を引き寄せたが、シーリアは抵抗した――半ば――無理に身をもぎはなそうとはしなかったが。

「あなたを今、これ以上苦しめようとは思いません。どうか、よく考えてみてくださ い」少佐はこうやさしくいって手を放した。シーリアはゆっくりと家の方に歩みを返し、二階の寝室に行き、ベッドの上に横たわると、波立つ胸を意識しながら目を閉じた。

半時間後に母親があがってきた。そしてシーリアの手を取った。

「聞いた、お母さま？」

「ええ、あの人はあなたが好きなのよ、とても。あなたはどう思って？」

「わからないわ。何だか変な気持」

彼女にはそれしか、いえなかった。まったく妙な気持であった——ろくに知りもしない二人が愛しあうなんて——ほんの束の間のうちにすべてが一変するなんて。自分がどう感じているのか、何を望んでいるのか、シーリアにはさっぱりわからなかった。

とくに彼女には母親のディレンマを理解することも、察することもできなかったのであった。

「わたし自身、体が丈夫じゃないから。誰かいい男性が現われて、あなたにいい家庭を提供し、あなたを幸せにしてくれればと、いつも願ってきたのよ……今ではお金もあまりないし……このごろ、シリルにひどくお金がかかってね。だからわたしがもし死ぬようなことがあったら、あなたにはほとんど何も残らないと思うの。でもね、いくらお金持だからって、好きでもない人と結婚してほしくはないわ。ただあなたはロマンティックだから、心配なの。お伽噺の中と違って、王子さまなんて、現われやしないのよ。ロマンティックな恋を感じる相手と結婚できる女なんて、ごく少ないんですからね」

「マミーはそうだったわ」

「ええ——そう——でもそれだって——あまり深く愛しすぎるということは賢いことじゃないわ。痛みはいつもあなたの側にあるでしょうよ……愛するより愛される——その方がずっといいのよ……人生にもっと気楽な気持で立ち向かえるからね。あの少佐についてわたしがもっと知っていればねえ……わたし自身、はっきり、あの人が好きだとわかれば。お酒飲みかもしれないわ……もっとほかの欠点だって、ないともかぎらないし。あなたの面倒を見てくれるかしら──本当の意味で？　あなたにやさしくするかしら？　わたしが死んでしまったら、あなたの面倒を見てくれる人が誰かいなくてはね」

ミリアムの言葉は、しかし、シーリアの心に深くはしみこまなかった。お金のことなど、シーリアの頭にはまったくなかったのだ。ダディーが生きていたときは、彼らは金持だったが、ダディーが死ぬとともに貧乏になった。それはわかっていたが、彼女自身はとくに何の変化も感じていなかった。家と庭とそしてピアノさえあれば、満足していた。

結婚とは彼女にとって恋を意味した。詩的な、ロマンティックな恋──そして限りなく幸せに暮らすことを。彼女が読んだ本は彼女に人生の問題について何一つ教えなかった。シーリアを困惑させ、混乱させていたのは、いったいド・バラ少佐を、ジョニーを愛しているのか、愛していないのか、自分でもさっぱりわからないことだった。求婚を受ける一分前だったら、彼女は、もちろん彼を愛してはいないと、はっきり答えたことだろう。しかし今は？　彼は彼女のうちの未知の何かをもたげさせた。熱く、わくわくさせる、不安な何かを。

ミリアムは少佐に、今は立ち去ってシーリアに二カ月という時を与えてほしいといった。少佐はその言葉に従ったが、何通もの手紙をよこした。無口なジョニー・ド・バラは手紙の中ではまことに雄弁であった。ときには短い、ときには長い手紙。しかし一通として同じことの書いてない、若い娘が愛の手紙として思い描くたぐいの熱情的な手紙だった。二カ月たったとき、シーリアはジョニーを愛しているような気持になっていた。彼女は彼にそう告げようと、母親と一緒にロンドンに行った。しかし彼の前に立ったとき、激しい感情が彼女を襲った。この人はあたしにとってまったくの他人だ。愛してはいない。結局彼女は少佐にノーといったのだった。

7

ジョニー・ド・バラは容易なことでは敗北を認めなかった。その後も五回求婚し、二年以上にわたって手紙をよこした。〝単なる友情〟の範囲にとどまるという了解のもとに、ちょっとした贈物をしたりして、執拗に歓心を買おうとした。その熱心さにシーリアはついほだされそうになった。

まったくロマンティックな献身であった。そんなふうにいいよられることはシーリアの気持をくすぐった。手紙も、手紙の文言も恋文の典型であった。それがド・バラの強みだったのだ。彼は女を愛する男の役にうってつけであった。これまでにも多くの女を愛し、何が女心に訴えるかを知っていたのである。結婚した女にはどういう攻略法がふさわしいか、純真なおとめはどのようにしてひきつけるべきか、彼は知り抜いていた。シーリアはすんでのことで彼との結婚を決心しそうになったが、その心の奥に手管に心を乱されぬ静かなものがあって、彼女に自分の望むものを知らせて、けっして自己欺瞞に陥らせなかったのであった。

8

このころミリアムは一連のフランスの小説を読むことをシーリアに強く勧めた。フランス語を忘れないように、といって。

それらの本の中にはバルザックその他フランスの写実派の作品が多くまじっていた。

そのあるものは、イギリスの母親が娘に勧めるたぐいのものではなかった。けれどもミリアムにははっきりした意図があったのだ。夢みがちな、いつも雲の中に頭を突っこんでいるようなシーリアが、人生について無知であってはならない――彼女はそう考えていたのだった。

シーリアはいわれるままにそうした小説を読んだが、あまり興味を示さなかった。

9

求婚者はド・バラ少佐だけではなかった。ラルフ・グレアムはその昔、ダンスのクラスでシーリアと踊りそこなった、あのそばかすだらけの少年だった。彼は今はセイロンで茶を栽培していた。子どものころからシーリアにひきつけられていた彼は、休暇でイギリスにもどった最初の週に彼女に結婚を申しこんだ。シーリアはためらわずに断った。そのときラルフの家にきていた友人が後に手紙で、あの変わり者のラルフと一緒にされては困るが、自分もはじめて会ったときから彼女に恋をしてしまった、希望をもってはいけないだろうかといってよこした。しかしラルフも、彼の友人も、シーリアの意識に格別な印象を残さなかった。

ジョニー・ド・バラが彼女にいいよった年、シーリアは一人のボーイフレンドを得た。ピーター・メイトランドである。ピーターはエリーとジャネットの兄で、軍人として何年も外地に駐在していた。一時内地勤務となって帰国していた彼にシーリアが会ったのは、たまたまエリー・メイトランドの結婚式のおりで、そのときシーリアとジャネットは花嫁の付添い役をつとめたのだった。

ピーターは色の浅黒い、上背のある青年で、内気だったが、人好きのする、のんびりした取りなしの蔭にその内気さを隠していた。メイトランド一家はみなよく似ていた。人がよく、誰にも好かれ、しかし、ひどく呑気だった。どんなことがあっても、誰が待っていようとも、彼らはけっして急がなかった。汽車に乗り遅れても、後の汽車でゆっくり行けばいいというふうだし、昼食に間に合わなければ、誰かが何か残りものを取っておいてくれるだろうと望みをかけた。出世の野心も、エネルギーも欠いていた。とくにピーターは典型的なメイトランド気質で、彼が何かを急いでやるところを見た者は一人もいなかった。「百年後だって、今だって、大した変わりはないさ」というのが彼の人生の標語であった。

エリーの結婚もまた、メイトランド流だった。メイトランド夫人は大柄の、どこか摑みどころのない、たいへん人のいい女性だったが、たいていは午どきまで床を離れず、食事支度を命ずることを忘れていることがしばしばだった。結婚式の朝、みんなが気をもんだのは、「マムに早く着替えをしてもらわなければ」ということだった。マムが式のための晴着を前もって着てみることを怠ったので、オイスター・サテンの服はあいにくと窮屈すぎた。花嫁のエリーは気が気でないというように母親のまわりを歩きまわり、結局は服に鋏をいれ、切った所を蘭のコーサージュで飾ってごまかした。シーリアは何かの手伝いでもできればと早目にメイトランド家に行ったのだが、いったいエリーはその日のうちに結婚できるのだろうかと、一時は本気で心配した。当然自分自身の身仕舞いにかかりきって、最後の仕上げをしているはずの花嫁がシミーズ姿で坐りこみ、足の爪などのんびりと切っていたのだったから。

「ゆうべ切るつもりだったのよ。でも暇がなくて」とエリーはいった。

「馬車がもうきてるのよ、エリー」

「ほんと？　誰かトムに電話して、あたしが三十分ばかり後れるって、そういってくれるといいけど。トムがかわいそう」としみじみいった。「とってもいい人なんですもの。あたしの気が変わったんじゃないかと、教会でじりじりしてないといいけど」

エリーは今ではほとんど六フィート近くも身長のある大柄の娘になっていた。花婿のトムは五フィート五インチで、エリーもいうように「かわいい、いい人」なのだった。

エリーが、やっと身仕舞いにかかったので、シーリアは庭に出て行った。ピーター・メイトランド大尉は庭でパイプをくゆらしていた。妹の悠長さにいささかも心を乱される様子もなく。

「トムはものわかりのいい奴だから。エリーの気質を呑みこんでいるし、時間に間に合う方がふしぎだと思っているんじゃないかな」

シーリアに話しかけるのがすこしきまり悪いのか、彼も何となく手持ち無沙汰らしかったが、内気な二人が一緒になったときはよくあるように、やがてシーリアもピーターも、心置きなく会話をまじえるようになった。

「ぼくらを変わった一家だと思うでしょうね？」と彼はいった。

「ええ、みなさん、時間の観念があまりないみたいで」とシーリアは笑いながらいった。

「しかし、何だって、そう急ぐ必要があるんです？　呑気に構えて――人生を楽しむ――結構なことじゃないですか？」

「そんなふうで、どこかに行きつけるものかしら？」

「行きつくって、どこにです？　どうせ、どこも似たりよったりですよ」

賜暇で帰郷しているとき、ピーター・メイトランドはたいていの招待を断った。「賢いむく犬が顔を突き合わせたような気取った社交」はまっぴらだというのであった。ダンスはしなかったが、男同士に妹たちをまじえて、テニスやゴルフをやった。エリーの結婚式の後では、シーリアも妹分と考えているらしく、ジャネットと三人でいろいろなことをして楽しんだ。ラルフ・グレアムはシーリアの拒絶の痛手から回復するとジャネットの魅力にひかれ、四人はよく行動をともにした。しかしそのうちにラルフとジャネット、シーリアとピーターというふうに二組に分かれた。

ピーターはシーリアにゴルフを教えてくれた。

「ちっとも急ぐことはないんだ。あまり日ざしが強すぎれば、坐って煙草でも喫みながらひと休みする――それでいいんだよ」

シーリアにもこれはうってつけのプログラムであった。ゲームというとどれも苦手で、この点に関する劣等感は、スタイルに関するそれより少しましというくらいのものだった。しかしピーターが一緒だと、そんなことはまるで気にならないような気がした。

「プロになるつもりも、優勝杯を取るつもりもないんなら、少しばかり楽しめばいい――それだけのことだよ」

ピーター自身はゲームは何をやらせてもすばらしく上手だった。運動選手にはもってこいの素質をもっており、生まれついての怠け者でなかったら、たちまち第一級の選手になっていただろう。しかし彼は自分でもいつもいうように、ゲームをゲームとして楽しむのが好きだった。「商売にする必要はないからね」こういうのだった。

シーリアの母親とも彼はたいそう気が合った。ミリアムはもともとメイトランド一家はみな好きだったが、呑気で、無精者ではあるがなかなか魅力的で、人あたりのいいピーターは、とくにお気に入りとなった。

シーリアと馬で出かけるときにピーターはミリアムにこういった。

「シーリアのことなら心配ありませんよ。ぼくが気をつけます。よく気をつけますから」

ミリアムには彼のいう意味がわかった。ピーター・メイトランドは信用できる――彼女はそう思ったのだった。

シーリアとド・バラ少佐のことについて少し聞きこんでいた彼は、デリケートな心づかいを示しつつ、漠然と助言を与えた。

「きみのようなお嬢さんはね、シーリア、小金をもっている男と結婚するのがいいと思うよ。きみは誰かが面倒を見てあげなくちゃいけない人だ。嫌らしいユダヤ人の大金持と結婚しろとはいわないよ――とんでもない。適当にスポーツ好きの、もののわかった男がいいね――きみのことを十分気をつけてあげられる、いい男が」

ピーターの賜暇が終わって彼がオールダショットの連隊に帰って行ったとき、シーリアはとても淋しかった。彼女の手紙に対してピーターは、じかに彼から話を聞いているのと変わらないような、砕けた調子の手紙をよこした。

ジョニー・ド・バラがついに敗北を受けいれて彼女の前から姿を消したとき、シーリアは少々拍子抜けがした。

少佐の影響力に抵抗することは、自分では気がつかなかったが、かなりのエネルギーの消耗だったのだろう。彼との間のことが決定的に終わりを告げたとき、シーリアは、自分の中には少し残念に思う気持もあるのではないかと思ったりもした。自分で考えていた以上に少佐が好きだったのかもしれないとも。彼からの手紙を読むとき、贈物をもらうときのわくわくする気持――いかにも根気のよい彼の求愛は、それなりに彼女を興奮させていたのだったから。

母親がどう考えているのかということも、もう一つはっきりしなかった。いったいマミーはほっとしているのか、それともがっかりしているのだろうか？　時によってどっちとも考えられた。事実ミリアムの気持は相半ばしていたのだった。

母親としてド・バラ少佐の退場についてミリアムが感じたのは、まず安堵の思いだった。ジョニー・ド・バラに心から好感をもっていたわけではないし、全幅の信頼を置けないような気もしていた——どういうわけかはわからなかった。たしかにシーリアを熱愛していたし、過去にとくに問題もない——それにミリアム自身、若いころはいくらか放蕩したことのある男の方がいい夫になると聞かされて育ってきたのだったから。

ミリアムは何よりも自分の健康のことが気がかりだった。以前には間遠だった心臓の発作が近ごろはかなり頻繁に起こるようになっていた。医者たちはさりげなく言葉尻を濁して言明を避けたが、彼女は自分はかなりに長生きしないとも限らないが、いつ何どき急死しないともいいきれないという結論に達していた。自分が死んだらシーリアはどうなるだろう？　今は財産も、ほとんどないのだし。自分たちの現状をミリアムは正確に把握していた。

まったく——彼女の手元は不如意だった。

J・Lの感想

近ごろの人間である私たちはここで、「いったい、そんなに金詰まりなら、なぜミリアムは娘に職業的な教育をしなかったのだろう？」と訊きたくなるに違いない。しかしそんなことはミリアムにとっては思いもよらぬことだったのだろう。彼女はいろいろな新しい思想を偏見なしに受けいれたらしいが、シーリアをキャリア・ウーマンにしようとは思いもしなかったというのが本当のところのようだ。たとえそうした考えに接したとしても、容易には受け入れなかっただろう。

これはたぶんミリアムが、シーリアの一種独特な傷つきやすさを知っていたからだと思う。訓練次第で変わるだろうといわれるかもしれないが、私はそうは考えない。内なるヴィジョンを持っている人はみなそうだが、シーリアもふしぎと外から影響されることの少ないたちだった。現実に関する限り、まったく愚鈍といっていいほどだった。

たぶんミリアムは娘の欠け目に気づいていたのだろう。娘のための本の選択——バルザックその他を読めといったこと——もはっきりした意図からだったのだと思う。フランスの作家は偉大なリアリストだ。ミリアムはシーリアに人生と人間性を——低劣で、官能的で、すばらしいと同時に汚濁に満ち、悲劇的で、またひどく滑稽でもある人間性を——ありのままに受けとめてほしかったらしい。しかし彼女の願いは実現しなかった。シーリアの性質はその外貌に対応し、感情的にも北欧的だった。彼女に訴えるのは北欧伝説、英雄の登場する、または勇壮な航海の次第を描く勇壮な物語であった。幼い日にお伽噺に夢中になったように、成長後の彼女はメーテルリンク、フィオナ・マクラウド、イェイツを好んだ。ほかの本も読んだが、お伽噺やファンタジーが実際的なリアリストに気色悪く思えるように、彼女にとっては現実的な書物の方がむしろ非現実的に見えたのであった。

私たちの生まれつきのものは変わらない。シーリアの遠い北欧の祖先がふたたび彼女の中に息づいていた。健全しごくなグラニー、陽気なジョン、機知に富むミリアム——彼ら自身それとは気づかずにもっている隠れたスカンディナヴィア的性格の特質が、それぞれにシーリアに伝えられていたのだった。

シーリアの話に兄のシリルのことがまったく落ちているのは興味深いことだ。シリルも母のもとにしばしば帰宅したに違いないのに——休日や、賜暇のときには。シリルは陸軍に入り、シーリアが社交界に出る前にインドに赴任していた。彼女の生活の中で、——またミリアムの生活の中で、シリルは大きな重要性を占めたことがなかった。陸軍に入りたてのころは、彼のための出費が大いにかさみはしたが。その後結婚して除隊し、ローデシアで農場を経営したらしい。しかし一人の人格としては、彼はシーリアの生活からいち早く消えていた。

8　ジムとピーター

1

ミリアムも、シーリアも、祈りの力を信じていた。シーリアの小さいころの祈りは良心的で、罪の意識が強烈だったが、後になると精神的、禁欲的傾向のものとなった。しかし彼女はその日起こったあらゆる出来事について子どものように具体的に祈るという習慣を捨てたことがなかった。舞踏会の会場に入っていくとき、シーリアはいつも、「ああ、神さま、どうか引っこみ思案になりませんように。お願いです。首筋が赤くなりませんように」と祈った。晩餐会のときには、「どうか、神さま、何か、気のきいたことがいえますように」ダンスの予約を適当に受け、適当に断って、踊りたい人と踊れるように、とか、ピクニックに出かけるときに雨が降らないようにとか、じっさい、事ごとに祈った。

ミリアムの祈りは娘にくらべてずっと激しく、ずっと倨傲《きょごう》だった。彼女はその点、傲慢な女だったといえよう。愛する娘のためとあれば神に——乞い求めるのでなく——当然のことのように要求した。その祈りは燃えるように激しかった。だから彼女には、自分の祈りが聞かれないことがあろうなどとは、まったく信じられなかった。私たちの場合、「祈りが聞かれなかった」というのは答が「ノー」であったということだろうが。

ジョニー・ド・バラとシーリアの結婚が成立しなかったということが、自分の祈りに対する答であったのかどうか、ミリアムにはわからなかった。しかし、ジム・グラントがシーリアに求婚したとき彼女は、まさにこれこそ、神の応答であるという確信をもったのであった。

ジムはゆくゆく農場を経営していきたいという希望をもっていたので、彼の家族の人々はつてを求めて彼をミリアムの家の近くの農場に住みこませた。ミリアムなら、きっとジムのことに気をつけて、若い者にありがちなろくでもないことをしでかさないように監督してくれるだろう、そう思ったからだった。

二十三歳のジムは十年前とほとんど変わっていなかった。いかにも人柄のよさそうな、頬骨の高い顔。つぶらな、黒い目。人好きのする、てきぱきとした態度。ぱっと明るい微笑。頭をのけぞらせて愉快げに笑う癖。

ジムはまだ恋を知らなかった。時は春、彼は健康な、逞しい青年で、もちろん折にふれてミリアムの家を訪れた。シーリアもまた若く、美しく、そしてたおやかであった。ごく自然の成行きで、彼は恋に落ちた。

シーリアにとっては、それはピーター・メイトランドとの友情のように、一つの友情というにすぎなかった。ただジムの性格はピーターにくらべて数段頼りになるという気がしていた。ピーターに対してはいつも、少し呑気すぎるという気持を拭いきれなかった。第一、彼には野心というものがまるで欠けていた。ジムはピーターと反対に、全身これ野心であった。まだ若いだけに、人生についておそろしく真剣だった。「人生は現実《リアル》。人生は真剣《アーネスト》」というあの詩の言葉はジムのために書かれたのではないかと思うほどだった。農業を志したのも、ただ土を愛するからだけではなかった。農業の現実的、科学的面に、彼は関心をもっていたのであった。これからのイギリスの農業はもっと採算のとれるようによく計画されたものでなければいけない——彼はそう信じていた。科学の助けと強い意志の力さえあれば、すばらしいことがなしとげられる。ジムは意志の強い若者であった。彼はまたそれに関する本をたくさんもっていて、シーリアに貸しつけた。本を貸すのが好きで、神智学、両貨本位制、経済学、クリスチャン・サイエンス——とにかくいろいろな分野のことに旺盛な関心をもっていた。

彼がシーリアを好きになったのは、彼女が彼の話をよく聞いてくれるからだった。彼女はまた、彼の貸してくれる本を残らず読み、つぼにはまった意見を述べた。ジョニー・ド・バラの求愛がシーリアの感覚的な面への訴えかけであったとするならば、ジム・グラントのそれは、ほとんどもっぱら知的面へのそれであったといってよい。この時期、ジムは真面目な考えにとりつかれて精神を燃焼していた——ほとんど糞真面目といえるほどに。シーリアは、倫理やエディー夫人（神癒主義ともいうべきクリスチャン・サイエンスの首唱者）について滔々と論じるときの彼ではなく、頭をのけぞらせて哄笑するときの彼が一番好きだった。ジョニー・ド・バラの求愛はシーリアにとってまったく青天の霹靂だったが、ジムがいつか彼女に求婚するだろうということはだいぶ前から察しがついていた。

折々シーリアは、人生は一つのパターンをなしていると感じることがあった。人間は、機織《はた》りの梭《ひ》のように、定められた意匠にしたがって目まぐるしく出たりはいったり動くだけだ。ジムこそ、あたしのパターン、定められた運命なのかもしれない、そんな気もしはじめていた。このごろ、マミーの幸せそうに見えること。

ジムはいい人だ、たしかに——あたしも大好きだ。いつか、それも間もなく、ジムは求婚するだろう。そのときあたしはきっとド・バラ少佐のときと同じように（いまでも彼女は少佐のことをジョニーという名で思い出したことがなかった）、興奮と動揺を覚えるだろう――たぶん心臓の鼓動が激しくなり……

ジムはある日曜日の夕方、ついに彼女に求婚した。数週間前からそうするつもりでいたのだった。彼は計画を立てて、そのとおりに実行するのが好きだった。それが効率的な生きかたというものだ、と思っていた。

雨の午後で、二人はお茶の後、書斎に坐り、シーリアはピアノを弾きながら歌っていた。ジムの好きなギルバートとサリヴァンの曲だった。

歌が終わると二人はソファに坐って、社会主義とか、人間の善について論じた。ついでしばらくの沈黙があった。シーリアは神智学者のミセス・ベザントについて話しだしたが、ジムは生返事しかしなかった。

再度の沈黙の後、ジムは顔を上気させていった。

「きみのことをぼくがとても好きだということは知っているだろうね、シーリア。ぼくら、婚約したらどうだろう？　それとももう少し待つ方がいいかな？　結婚すればとても幸せに暮らせると思うんだ。好みもいろいろな点で一致しているし」

平静な言葉だったが、その実、彼は内心、ひどくどぎまぎしていたのだった。シーリアがもう二つ三つ年を取っていたら、このことがわかっただろう。彼の唇のかすかな震えや、ソファのクッションを神経質に引っぱっている手先の意味するところを。

しかし彼女は彼のそうした様子には気づかなかった——こんな求婚には、いったい、どう答えればいいのだろう？

彼女にはわからなかった——それですぐには答えなかった。

「きみもぼくを嫌いじゃないと思うが」とジムはまたいった。

「ええ、もちろんよ！」とシーリアは力をこめていった。

「それが何よりも肝腎な点だよ。二人の人間がお互いに好きあっているということこそね。長続きのする感情だからさ。そこへ行くと情熱は——」といいかけて、また顔を赤らめた。「その場限りだ。きみとぼくなら理想的に幸せな家庭が作れると思うよ、シーリア。ぼくは若いうちに結婚したいんだ」ちょっと言葉を切って、彼はまた続けた。「ねえ、こうしたら一番いいんじゃないかなあ、六カ月間試験的に婚約するんだ。きみのお母さんとぼくの母に話すだけで公表する必要はない。きみは、六カ月たってから、はっきり決心すればいいんだよ」

シーリアは一分間ほど考えた。

「それでいいのかしら——だって、もしもそのときになって——」

「そのときになってきみの気が進まなかったら、もちろんぼくらは結婚すべきじゃないよ。しかし、大丈夫、そんなことにはなりっこないさ」

ジムの声音にこもっている自信が何ともいえない快い感じを与えた。ジムにはわかっているんだわ、大丈夫だって。

「いいわ」とシーリアは微笑しつつ答えた。おそらくジムがキスをするだろうと思ったのだが、彼はそうはしなかった。ジムとしてはそうしたかったのだが、シーリアがきまりの悪そうな顔をしていたからだった。二人は社会主義について、人間一般についての議論を続けた。もっともさっきほど、首尾一貫しなかったが。

少ししてジムはもう帰らなければといって立ちあがった。

「じゃあ、また。今度の日曜日にくるよ――もしかしたらその前にこられるかもしれない。とにかく手紙を書こう」そしてためらいがちにいった。「あの――きみ――キスをしてくれる、シーリア？」

二人は少々ぎごちなくキスをした。

シリルにキスをするのと同じだわとシーリアは思った。ただ、シリルは誰ともキスをしたがらないけれど……

まあ、そんな次第で、シーリアはジムと婚約したのだった。

2

　このことを聞いてミリアムがいかにも幸せそうな顔をしたので、シーリアにも自分の婚約のことがあらためてうれしく思われた。

「本当にうれしいこと、ジムはとてもいい青年ですもの。正直で、男らしくって。あの人なら、安心してあなたを任せられるわ。家同士、古いお馴染みだし、グラント家の人たちはあなたのお父さまをたいそう好きだったんですものね。こんなふうにお互いの子どもたちが婚約するなんて、すばらしいわ。実をいうとね、シーリア、ド・バラ少佐のことではいろいろと気掛かりだったの。どういうわけか……あなたにふさわしい結婚ではない……という気がして」ミリアムはいい淀んで、それから急にいった。「わたし自身のことも気になってね」

「マミー自身のこと？」

「ええ、あなたをいつまでも手もとに置きたい……結婚させたくない……あなたを自分の傍にひきつけておきたいという自分本位の気持がわたしにあるんじゃないかと。ここなら世間からひきこもった生活ができる。余計な心づかいも要らない。心配ごともないという気がしたりして。あなたに残してあげられるものが——のちのちあなたが頼りにできる財産がごくわずかしかないということがなかったら——あなたをこのまま、手もとに置きたかったかもしれないわ……母親って、シーリア、知らず知らず利己主義になってしまうものなのね」

「何をいっていらっしゃるの！」とシーリアはいった。「よその女の子がみんなあたしより先に結婚しちゃったら、お母さま、ひどくひけ目を感じると思うわ」

ミリアムがほかの女の子のことで、自分に代わってひどくやきもきしたり、やきもちを焼いたりするのに、シーリアは、何度かほほえましい気持で気づいたことがあった。よその家の娘がシーリアより身なりが際だってよかったり、会話に才気を示したりすると、シーリア自身は平気な顔をしているのに、ミリアムはたちまち機嫌を悪くした。エリー・メイトランドが結婚したときも、そうだった。彼女が好意的に話題にする娘たちは、シーリアの競争相手になる気遣いのないくらい不器量な、目立たぬ娘たちだった。母親のこんな所に、ときどきシーリアは腹立たしい思いがしたが、多くの場合、何とも心暖まる気持を感じた。人間らしいマミー、雛鳥のために羽を乱して戦う親鳥さながらだ！　まるで理屈も何もないんだから……マミーには何ともいえずかわいいところがある——そう思った。ミリアムのすべての行動や感情のように、こうしたことについても、彼女はいかにも激しかった。

母親が彼女とジムのことでたいそう幸せそうなのはシーリアにとってもうれしいことだった。何もかもじつにすばらしく運んだといえた。〝昔からの友人〟の一家に嫁ぐのはいいことだ。それにこれまで知っているどんな男性よりもジムが好きだということについても、シーリアは疑っていなかった——誰よりもずっと。ジムはまさに彼女が夫として思い描いてきた男性だ。若くて、力強く、理想に燃えている。

でも婚約すると、女って何となくがっかりするものなのだろうか？　たぶん。最後的な——もう取返しがつかないという感じがするからだろうか。

ビザント夫人の本をもう一度取りあげて、シーリアはあくびを一つした。神智学も彼女の気持を沈みこませた。こういう本をいちどきにたくさん読むと、何だか馬鹿げた感じがしてくる……

金銀複本位制の方がまだましかしら……

何もかも退屈だわ……二日前にくらべて。

3

翌朝シーリアの朝食の皿の上にジムの筆蹟の手紙が載っていた。シーリアは頰をかすかに染めた。ジムからの手紙。あのことの後でもらう最初の手紙……

シーリアははじめて少しばかり興奮を感じた。彼はあのとき、あまり多くを語らなかったが、おそらく手紙の中なら……

彼女は手紙を持って庭に行き、封を切った。

ぼくの大事なシーリア。昨夜は夕食にだいぶ遅れて、クレイ婆さんは機嫌を悪くしていた。しかしクレイ爺さんが面白いことをいってなだめてくれた。爺さんはぼくがどこかの娘さんの機嫌をとっているんだから、余計なことをいうんじゃないと婆さんに説教していた。二人ともじつに素朴なよい人たちだ。人のいい冗談だから、ちっとも気に障らない。ただもう少し新しい考えを(農業に関する)受けいれてくれるといいんだが。新しい形の農業についての本などは爺さん、一字も読んでいないらしい。曾祖父さんの経営法をそっくりそのまま踏襲しているんだから何をかいわんやだ。昔から今日に至るまで農業ほど保守的なものはないとぼくは思う。土に根ざした農民の本能がそうさせるのかもしれないが。

昨夜失礼する前に、ぼくからきみのお母さんにお話ししておくべきだったのかもしれない。遅ればせながら手紙を書いたよ。きみをお母さんから引き離すことになるわけだが、気を悪くなさらなければいいと思っている。お母さんにとってきみの存在は当然、とても大きいんだからね。しかしぼくに悪い感じをもっていらっしゃるわけはないと信じている。

ひょっとしたら木曜に行けるかもしれない——天気次第だが。行けなかったら次の日曜日に行きます。

心からきみを愛しているよ。

ジム

ジョニー・ド・バラの熱烈きわまりない手紙の後では、それは娘心を昂揚させるものをまったく欠いていた。

シーリアはそんなジムに対していらだたしい気持を禁じ得なかった。

ジムがもう少し違うたちの青年だったら、何の努力もなしに愛せるのに！

シーリアは手紙をびりびりに裂いて溝に投げこんでしまった。

4

まったくのところ、ジムは恋人向きの若者ではなかった。それには自意識が強すぎ、その理論も、意見も、あまりにもはっきりしすぎていた。

彼のうちにも、女性によってひどく動かされる要素はあったのだが、シーリアはそうした気持をそそるたぐいの娘ではなかった。もっと経験のある女性なら、ジムの内気さに業を煮やし、ある種の手管を使って彼を夢中にさせ、度を失わせて――かえって好結果を生じさせたかもしれなかったのだが。

そんなわけで二人の間柄は何となく物足りないものとなっていた。単なる友人であったころの気楽な仲間といった気分が失せ、その代わりになる何ものも生まれていないというのは困ったことであった。

シーリアはあいかわらずジムの人格に敬意を払い、その会話に退屈し、彼の手紙の無味乾燥さに腹を立て、そして人生一般に意気消沈していた。ただこの婚約を母親が喜んでいるということが嬉しかった。

そのころ、彼女はピーター・メイトランドから一通の手紙をもらった。秘密だがと書き添えて、このたびの婚約について知らせたのに対する返事だった。

おめでとう、シーリア。聞くところではなかなか結構な青年のようじゃないか。金のある男かどうか、それは書いてなかったね。きみの未来の夫が金持だといいとぼくは心から思っている。若いお嬢さんはそうしたことをあまり考えないが、金ってやつは、これでかなり重大事なんだよ、シーリア。ぼくはきみよりずっと年上だから、いろいろな夫婦を見てきた。金がないばかりに使い古され、すり切れて、たえず経済的な問題で頭を悩ましている夫と連れだっている奥さんというものを知っている。ぼくはきみに、女王のような暮らしをしてほしいんだよ。きみは苦しい生活に堪えていける人ではない。

さて、ほかにもういうことはなさそうだな。九月に帰ったらきみの婚約者とやらを横目で観察して、きみにふさわしい男かどうか、よく見届けるよ。きみにふさわしい男が世の中にいるとも思わないが！

心からおめでとう。幾重にも幸せを祈っている。

いつまでもきみの

ピーター

5

奇妙なことだが、本当だった。このたびの婚約についてシーリアが何よりもうれしかったのはミセス・グラントが姑になるということだったのだ。

その昔、ミセス・グラントに対していだいていた子どもらしい憧れの思い、それは年を経た今も変わらぬ感情としてシーリアの心を支配していた。ミセス・グラントは今は白髪まじりの年輩の婦人だったが、いまだに女王のような優雅さ、美しい青い目、歩くにつれてかすかに揺らぐ、のびやかな肢体、一度聞いたら忘れられぬ、澄んだ、美しい声、そして力強い個性をもっていた。

ミセス・グラントはシーリアの自分に対する憧れを理解し、好感をもっていた。息子と彼女との婚約については、まったく満足していたとはいえなかったかもしれない――何かが欠けているという印象は、拭いがたかった。そのせいもあって、六カ月後に婚約を正式に発表し、一年後に結婚するという二人のとりきめに、彼女は心から賛意を表した。

ジムは母親を賛美していた。だからシーリアの彼女に対する明らかな賛嘆の念をうれしく思った。

グラニーもシーリアの婚約を喜んだ一人だったが、蜜月旅行中に喉頭癌の症状を呈したジョン・ゴドルフィンのことから、新妻に悪い病気をうつし、そのあげく家庭教師と情事をもち、はてはメイドというメイドに手を出そうとするので、奥さんたる者がかたときもおちおちしていられなかったコリングウェイ提督にいたるまで、豊富な例を引いて、結婚生活のむずかしさを孫娘に暗示することをも自分の義務と心得ているらしかった。「提督って人はね、ドアの蔭からいきなり飛び出してメイドたちにキスをしたり――それも真裸で……だからメイドが居つくわけもなかったんだよ」

シーリアはジムは健康で、喉頭癌にはかかりそうにないと答えた（「まさかと思うような人がかかるものなんだよ」とグラニーは口をはさむのだったが）。それにあの真面目一方の彼が、年をとってから豹変してメイドに襲いかかるなんて、まったく想像のほかだった。

グラニーもジムをいい青年だとは思ったが、秘かな失望を禁じ得なかった。酒も飲まず、煙草もふかさず、冗談をいわれて困った顔をするなんて、いったいどういう若者だろう？　もっと生きのいい男の方がグラニーの好みには合っていた。

「でもね」と彼女は気を引き立てるようにいった。「昨夜あの人、テラスの小石を一摑み、手に取っていたっけ。フィアンセの踏んだ小石ってわけだろうね。確かにいい所があるわ」

そうではない、それは地質学上の関心からなのだとシーリアは一生懸命説明したが、グラニーは受けつけなかった。

「あんたにはそういったかもしれないけれど、でもわたしにゃ、わかっているのさ、若い男ってものがね。ブランタトン青年は七年間もわたしのハンカチーフを肌身離さずもっていたんだよ。ダンス・パーティーでたった一遍会っただけというのにね」

グラニーの不用意な言葉から、ミセス・ルークもこの婚約について聞き知った。

「どこかの若い人と婚約したんですって、シーリア？　ジョニーを袖にしたのはいいことだったわ。相手として悪い男じゃないから、余計なことはあなたにいわないようにって、ジョージにいわれていたんだけれど、でもわたしはいつもあの人の顔、タラそっくりだと思っていたのよ」というのがこの率直な婦人の感想だった。

「ロジャー・レインズは今でもよくあなたのことを訊くけれど、適当にあしらっておいたわ。お金回りがいいもので、音楽に身をいれないのね。音楽家として立っていける人なんだから、残念なことだわ。でもあなたのタイプじゃないようね。肥りすぎてるしね。朝からビフテキを食べたり、髭を剃っては顔に切り傷をつけたり。そういう不器用な男って、わたしには我慢ならないの」

6

七月のある日、ジムがたいへん興奮した様子でやってきた。彼の父親の友人で、富裕なある紳士が農業視察の目的で世界一周旅行に出るのにあたり、ジムを同行しようと申し出たのだった。

ジムはすっかりのぼせた口調で、この旅行について語った。シーリアがすぐに関心を示し、ぜひ行っていらっしゃいといったことに対して、ジムは心から感謝した。シーリアが気を悪くするのではないかと内心心配していたのだったから。

二週間後にジムは元気いっぱい出発した。彼はドーヴァーからシーリアあてに次のような電報をよこした。

アイシテイル　カラダヲダイジニ　シテクダサイ――ジム

八月の朝って、こんなにもすばらしいものか……

シーリアはテラスに出てあたりを見まわした。早朝で――草の上にはまだ朝露がおき、ミリアムが花壇に変えることを頑として拒んだ広いなだらかな芝生が美しかった。ブナの木はいよいよ高く、濃緑の葉を重たげにつけていた。空はあくまでも青かった――深海の底のように。

こんなに晴れやかな思いを感じたことはない――とシーリアは思った。あの疼くような胸の甘美な痛みがふたたびよみがえっていた。あまりにも美しい――あまりにも……

食事の銅鑼が鳴った。朝食におりて行った彼女を見てミリアムはいった。

「ばかにうれしそうね、シーリア」

「うれしいの。とってもすてきな朝なんですもの」

母親は静かな口調でいった。

「それだけじゃないわ……ジムが行ってしまったから。それだからじゃなくて？」

その瞬間まで、シーリアはほとんどそれに気づいていなかった。安堵――狂おしいほどの、湧きあがるような安堵。神智学の本も、経済学も、九ヵ月は読む必要がないのだ。九ヵ月もの間、好きなように暮らし、感じたいように感じることができるなんて。あたしは自由なのだ――自由なのだ……

ふと母親の顔を見ると、その目はじっと彼女の顔に注がれていた。

ミリアムは静かな口調でいった。

「ジムと結婚すべきじゃないわ、そんな気持なら……わたしは知らなかったのよ……」

堰を切ったようにシーリアはいった。

「自分でもわからなかったの……愛していると思っていたわ――本当よ……今まで会ったうちで一番いい人っていえるくらいなんですもの――あらゆる意味で立派で」

ミリアムは悲しげに頷いた。それは、彼女がようやく見出した平和があえなく崩れ去ることを意味していた。

「はじめは愛せなくても――婚約すれば必ず愛するようになると思っていたのよ。逆だったのね……あなたを退屈させる人と結婚しちゃいけないわ」

「あたしを退屈させる人？」とシーリアはショックを感じたように叫んだ。「あんなに頭のいい人が？　そんなはずはないわ」

「でもそのとおりよ、シーリア」とミリアムは溜息をついて、それから一言付け加えた。

「まだとても若いのね、あの人は」

その瞬間ミリアムはふと、ジムがもう少し年を取ってから二人が会っていたなら、何もかもうまくいっていたかもしれないと思ったのかもしれない。ほんのちょっとしたことで二人は愛を摑みそこなってしまったのだ——ほんのわずかなことで——しかし決定的に……

激しい失望にもかかわらず、シーリアの未来についての不安にもかかわらず、ミリアムの体のうちに喜ばしげに迸るものがあった。それは高らかに歌っていた。「この子はまだわたしの傍を離れないわ。まだ……今しばらくは……」

7

あなたとは結婚できないという手紙をジムに書いてしまうと、シーリアはまるで重い荷を肩からするりとおろしたような気がした。

九月に賜暇で帰ってきたピーター・メイトランドは、シーリアが快活で、一段と美しくなっているのを見てびっくりした。

「それできみ、その若造をお払い箱にしたんだね？」

「ええ」

「その男も気の毒に。だがきみにはもっとずっとふさわしい男が出てくるさ。たぶんきみの場合、求婚者はいれかわり、立ちかわり、現われるだろうからね」

「あら、まだそうたくさんは現われていなくてよ」

「これまでのところ、どのぐらいいた？」

シーリアは首をかしげた。

まずカイロで会った小男のゲール大尉、それから帰りの船の中で彼女につきまとった、愚かしい青年（あの人も数にはいるかどうか）それからもちろんド・バラ少佐、ラルフ、それに彼と同じくセイロンで茶を栽培している友人（ついでながら彼はもう結婚したらしい）、それにジム――そしてつい一週間前には、ロジャー・レインズとの少々滑稽ないきさつがあったっけ。

シーリアが結婚を解消したということを聞きこむとすぐ、ミセス・ルークは電報でシーリアを招待した。ロジャーもくる。ロジャーはいつもジョージに何とかまたシーリアに会えるように計らってくれないかと頼んでいたのだ。ミセス・ルークの目には、そんなわけで万事とても有望そうに見えた。ロジャーとシーリアは毎日長時間、応接間で一緒に歌を歌った。

「ロジャーが歌で求婚すれば、シーリアも受けいれないとも限らないけれど」と、ミセス・ルークはふと述懐したくらいだった。

「当然だろう? レインズはいい奴だよ」とジョージがむっとしたようにいった。

男には説明してみても始まらないと彼の妻は思った。女が男のうちに何を見るか、見ないか、男にはどうせわかりっこないのだから。

「ちょっと肥満体だってことは認めるが、男の場合、見てくれは大して問題じゃないよ」

「そんないいぐさを発明したのは、もともと男なんですからね」とミセス・ルークはぴしゃりと夫をきめつけた。

「やれやれ、エイミー、きみたち女だって、理髪店のかつら台みたいな骨なし男はごめんだろうが」こういってジョージはまた、「ロジャーにだって、チャンスを与えてやらなくちゃ気の毒だよ」といったのだった。

ロジャーがシーリアの心を獲《か》ちうるとしたら、じっさい、歌でプロポーズする以外にはなさそうだった。彼はまったくすばらしい、人を感動させる声のもちぬしだった。

彼の歌うのを聞いているときだったら、シーリアはこのふとった男を愛しているような気分にもなれただろう。しかし歌が終わったとたんに、ロジャーはふたたび平々凡々たる小男になってしまうのだった。

シーリアは、ミセス・ルークの仲人熱ともいうべきものに、少々恐れをなしていた。この主婦の目の光を見てとって、彼女はなるべくロジャーと二人だけにならないように気をくばった。ロジャーと結婚したくないのだから、先方に切りだすきっかけを与えぬに越したことはないと思ったのであった。

しかしルーク夫妻は〝ロジャーにチャンスを与えること〟を固く決心しているかのごとくだった。シーリアはとあるピクニックのおりに、ロジャーと二人乗りの馬車に相乗りする羽目に追いこまれた。

それは、さいさきのよい旅ではなかった。ロジャーが家庭生活の楽しさを讃えると、シーリアはホテル暮らしの面白さを口にした。ロンドンからあまり遠くないが、田園の野趣を併せもっている所で自分は暮らしたいのだと、ロジャーはいった。

「ではどういう所で暮らすのが一番お嫌いですの？」とシーリアは訊ねた。

「ロンドンですな。ロンドンにはとても住めませんよ」

「まあ、あたしはロンドン以外の所に住みたいなんて思いませんけど」心にもないことをいって、シーリアは冷たく彼を見やった。

「そりゃまあ、ロンドンにも住めないこともないですな。理想的な女性を見つけたら。たぶん見つけたと思うんです。私はその――」

「この間、とてもおかしいことがありましたのよ。お聞きになって――」とシーリアは必死で話をそらそうとした。

ロジャーはろくに聞いていなかった。シーリアの話が終わったとたんに彼はまたいった。

「ご存じでしょう？　あなたにはじめてお目にかかったときから、私は――」

「まあ、今の鳥、ごらんになった？　たぶんひわだと思いますわ」

しかしいつまでも話をはぐらかすわけにはいかなかった。求婚しようと決心している男と、させまいと決心している女の間では、意志を通すのはいつも男である。シーリアが彼の矛先を必死でかわそうと思えば思うほど、ロジャーは目的からそらされまいという決意を新たにするらしかった。そして彼は結局シーリアの素気ない拒絶にひどく傷つけられてしまったのであった。シーリアはシーリアで、自分がうまく防ぎきれなかったことで腹を立て、彼女の拒絶に対してロジャーがまったく呆然とするのを見てむしゃくしゃした。相乗りは冷ややかな沈黙で終わった。後でロジャーはジョージに、結局のところ、断られていい幸いだったようだ――あの娘にはひどくヒステリックなところがあるといったのだった……

ピーターの問いについて沈思しながら、こんなことをシーリアは思いめぐらしていた。

「そうね、七人だと思うわ」とやがてシーリアはあやふやな口調でいった。「でもそのうち、二人だけよ、数に入るのは」

二人はゴルフ・コースの生け垣の下の芝生に並んで腰をおろしていた。断崖と海がまるでパノラマのように見はるかされた。

ピーターのパイプの火は消えていた。彼は指先でデージーの頭を無情に引きむしりながらいった。

「ねえ、シーリア」奇妙な、彼らしくもなく緊張した声であった。「ぼくもそのリストに入れてもいいよ。きみさえよければいつでも」

シーリアはびっくりしたように彼の顔を見つめた。

「ピーター、まあ、あなたまで？」

「そう、知らなかったのかい？」

「いいえ、そんなこと、考えもしなかったわ。だってあなたは――ちっともそんなふうには――」

「そう、ほとんどはじめて会ったときからだと思うよ……エリーの結婚式のときから。

ただ、シーリア、ぼくは自分がきみにとってふさわしい男だとは思えなかったからね。きみには世の中で着々と成功していく、頭のいい男が必要だ。きみの理想の男が、どんなタイプか、ぼくにはよくわかる。ぼくのような怠け者のぐうたらじゃなく。ぼくはけっして出世なんぞしないよ。そんなふうに出来ていないんだ。軍隊を何とか務めあげて退役する、それだけさ。はなばなしい、目を見張るようなことはとてもやれない。それに金もほとんどないしね。年に五、六百ポンドがせいぜいさ。それだけで暮らしていかなきゃならないなんて」

「あたし、そんなことかまわないけれど」

「きみはね。しかしぼく自身がいやなんだよ。きみには、それがどんなことを意味するかわからないから――しかしぼくにはよくわかっている。きみはすばらしく美しい。どんな男とだって結婚できるひとだ。きみは最上のものをもつべきだ、シーリア――人生の最上のものを。きみにしがない軍人と無理に運命をともにさせるつもりはないよ。ちゃんとした家もなく、大急ぎで荷造りしては次の任地に立つような生活。ぼくは口を閉ざして何もいわないつもりだった。きみが、きみのようにすばらしいひとにふさわしい結婚をするのを見て、祝福しようと決心していた。ただそんな男がついに現われなかったら――そうしたら――いつか――ひょっとしてぼくにもチャンスがと……」

シーリアはほっそりした桜色の手を、ピーターの日焼けした手の上におずおずと置いた。ピーターはその手をそっと暖かく握りしめた。何て気持がいいんだろう——ピーターの手は。

「こんなことを、いまいうべきではなかったかもしれない。しかし今度はまた外地に行くのでね、立つ前に話しておきたいと思ったのさ。もしも理想の男性が現われなかったら——ぼくは——待っているよ——いつまでも……」

ピーター——大好きなピーター……どういうわけか、ピーターは昔のなつかしい子ども部屋と、庭と、ラウンシーと、ブナの木に属していた。すなわち安全と——幸せと——家庭に。

ピーターに手をあずけて海を見ながら、シーリアはその瞬間、何ともいえない幸せな思いに浸っていたのだった。ピーターと一緒なら、いつもこうだろう。呑気な、やさしいピーター。

ピーターはそれまで彼女の顔をちらとも見ずに話していた。彼自身の表情はむっつりと固かった。……日焼けした横顔であった。シーリアはいった。

「あたし、あなたがとても好きよ、ピーター。あなたと結婚したいと思うわ」

ピーターは向き直った——いつものようにゆっくりと。そして片腕を彼女に回した。

黒い、やさしい目がひしと彼女の目に見いった。

ピーターは彼女にキスをした――ジムのようにおずおずとしたキスではなく――ジョニーのように情熱的でもなく――一種深い、何ともいえないやさしさをこめて。

「ぼくの小鳩……ぼくのシーリア」

8

シーリアはすぐにもピーターと結婚して一緒にインドに行きたいと思った。しかしピーター自身が受けつけなかった。

彼女はまだたいそう若い――十九になったばかりではないか――まだどんなチャンスがないとも限らない――彼はそういった。

「そんなふうにきみをひっさらって行くなんてことをしたら、ぼくは一生恥じるに違いないからね。きみの気が変わらないとも限らない――ぼくよりずっとましな男と会う可能性もある」

「そんなことないわ――ぜったいに」

「きみにはわかっていないんだよ。十九のときにはちょっといいと思えた男でも、二十二になると、いったいどこに惹かれたんだろうと思うようになる。ぼくはきみを急がせたくない。きみはたっぷり時間をかけなくてはね——間違った選択をしていないと確信できるようでなくてはいけない」

たっぷり時間をかけなくてはというメイトランド家一流の考えかた——けっして急がない——時は十分あるという考えかた。そのために彼らは汽車や電車に乗りおくれ、約束をすっぽかし、食事にありつきそこない、ときにはもっと重大なことを取り逃すのだ。

ピーターはミリアムにも、シーリアにいったのと同じようなことをいった。

「ぼくがどんなにシーリアを愛しているか、それはわかっていらっしゃると思います。あなたはずっと前からご存じだった。だからぼくが彼女と出かけるのについて、まったく信頼していてくださったんでしょう。ぼくがシーリアの結婚相手としてけっしてふさわしい男だと思っていらっしゃらないのはわかっていますが——」

ここでミリアムは彼を遮った。

「わたし、あの子に幸せになってほしいんですの。あなたとなら幸せになれると思っているのよ」

「シーリアを幸せにするためなら、命も惜しいとは思いません——それはわかっていらっしゃいますね？　しかしぼくは彼女をせかせたくないのです。誰か金のある男が現われて、もしも彼女が――」

「お金がすべてじゃないわ。わたしがシーリアの将来についてあまり貧乏をしないようにと願っているのは本当よ。でも、もしもあなたがたがお互いに愛しあっているなら、無駄づかいさえしなければやっていくだけのものはあるんだし」

「しかし外地における軍人の生活は、妻にとってはひどい暮らしです。それにあなたから彼女を引き離すことになるわけですし」

「でもあの子があなたを愛していれば――」

「そうです、そこが問題なんですよ。おわかりでしょう？　シーリアはあらゆるチャンスをもたなくてはいけません。まだ若くて自分の気持がよくわかっていないんですから。二年すればまた賜暇があります。そのときにシーリアの気持が変わっていなければ――」

「たぶん変わらないと思いますよ」

「シーリアはとても美しい。もっとずっといい相手にめぐり会うかもしれません。ぼくは彼女にとっては、ひどい相手ですから」

「そんなに謙遜することはないわ」とミリアムは突然激しい語調でいった。「女というものには、謙遜の美徳はあまり通用しないものよ」

「そうかもしれませんがね」

その後の二週間をピーターとシーリアはこの上なく楽しく過ごした。二年なんてわけなくたつという気がした。

「ねえ、ピーター、あたし、心変わりしたりなんかしないわ。けっして。二年たってあなたがもどるまできっと待っているわ」

「シーリア、それはいけないよ。ぼくと約束をかわしたなんて思いこむことはないんだ。きみはまったく自由なんだから」

「あたし、自由でなんかいたくないのに」

「しかし事実だからね」

シーリアは急に、憤然としていった。

「あなたが本当にあたしを愛しているのなら、すぐにも結婚して一緒に連れて行きたいと思うはずよ」

「ああ、シーリア、ぼくがきみを愛しているからこそ、こういっているんだってこと、きみにはわからないのかなあ？」

ピーターの辛そうな顔を見てシーリアは今さらのように彼の愛を確信した。それはほしくてたまらない宝を貪欲に摑みとることを恐れるたぐいの愛なのだ。
三週間後にピーターはインドへ向けて出発した。
そしてその一年と三カ月後にシーリアはダーモットと結婚したのであった。

9　ダーモット

1

ピーターはシーリアの生活の中に徐々にはいってきた。しかしダーモットは唐突に飛びこんできた。

ダーモットもまた軍人であるということをのぞいては、彼らほど正反対の二人の人間も珍しかっただろう。

シーリアはルーク夫妻と出かけたヨークの連隊のパーティーで彼と出会ったのだった。深い青い目のこの青年は、彼女に紹介されるとすぐにいった。

「ダンスを三つ、お願いしたいんですが」

二つ目のダンスの後で、ダーモットはさらに三つ、予約したいがといった。シーリアのプログラムはすでにいっぱいだったが、彼はこともなげにいった。

「構うことはない。誰かの分を消してしまえばいいんですよ」

プログラムを彼女の手から取ると、彼は委細構わず三つの名前を消してしまった。

「さあ、これでいい。忘れないでくださいよ。あなたをうまく捕まえられるように早目にきますから」

背の高い、黒い縮れ毛の色の浅黒い若者、フォーンのように少し目尻のあがった、ことのほか青い目がちらっと彼女を見て、すぐまたそらされた。決然たる態度、つねに——どんなときにも——自分の意志を通すことができる人間らしかった。

パーティーが終わったとき、彼はシーリアにいつまでこの地方にいるつもりかと訊ねた。そしてシーリアが明日はもう立つというと、ロンドンに行く計画があるかと押して訊いた。

シーリアは来月祖母の家に行くといって、乞われるままに住所を教えた。

「そのころ、ぼくもロンドンに行くかもしれないんです。お訪ねしますよ」

「どうぞ」と彼女は答えた。

けれどもシーリアは彼が本気でそんなことをいっているとは思わなかった。一カ月といえば、かなり先のことだ。ダーモットの持ってきてくれたレモネードのグラスを傾けながら、二人は四方山の話をした。ダーモットは何でも真剣に願いさえすれば、手に入らないものは世の中にはないのだといった。

一方的に取り消したダンスについて、シーリアは後ろめたい思いを感じていた——それは常日ごろの彼女のまったくしないことだった。ただどういうわけか、そうするほかないという気がしたのだった……ダーモットの人柄かもしれないと彼女は思った。

たぶん、これっきりこの青年に会うこともないだろうと思うと、ちょっぴり残念だった。

まったくのところダーモットのことをすっかり忘れていたある日、ウィンブルドンの祖母の家に外出先から帰ってきた彼女は、グラニーがいつもの大きな椅子に坐って熱心に身を乗りだし、困惑で顔と耳を少々赤くしている青年と話しこんでいるのを見出したのであった。

「ぼくのことをお忘れではないでしょうね？」とダーモットは口ごもった。

今の彼は内気な、世慣れぬ一人の青年であった。

シーリアはすぐ、もちろんよく覚えているといった。若い男にはいつもやさしい気持をもっているグラニーは、どうか食事をしていってくれと勧めた。ダーモットはいわれるままに昼食の饗応にあずかった。昼食後彼らは応接間に行き、シーリアは歌を歌った。

辞し去る前にダーモットは翌日の計画を説明した。マティネーの切符があるのだが——

―ロンドンまで出てきて一緒に行かないか、こう彼はシーリアにいった。シーリアだけが誘われているのだと知って、グラニーが難色を示した。シーリアの母親が好まないだろうと。ダーモットはしかし、グラニーの反対をうまくかわし、とどのつまりグラニーは承知せざるを得なくなった。彼女はダーモットにマティネーが終わったら、ほかでお茶を飲むことなど考えないで、必ずすぐ家までシーリアを送るよう、いい含めた。

というわけでシーリアはマティネーで彼と落合い、これまでに見たどんな芝居より、そのだしものを楽しんだ。芝居がはねてから、二人はヴィクトリア駅のビュッフェでお茶を飲んだ。この程度なら、問題はあるまいとダーモットがいったからだった。

シーリアが母親のもとに帰る前に、ダーモットはもう二度彼女を訪問した。

家に帰って三日目にシーリアがメイトランド一家に招かれてお茶を飲んでいると電話がかかってきた。母親からだった。

「すぐ帰ってきてちょうだい。あなたのボーイフレンドらしい人がオートバイでやってきたのよ――知らない若い人と話すのはわたしには気詰まりで。急いで帰って、相手をしてくれないと」

誰だろうと訝りながらシーリアは帰途についた。客が口ごもりがちにいったので名前は聞きとれなかった、と母親が告げたからであった。

それがダーモットだったのだ。必死とさえいえる思い詰めたような、惨めそうな顔で、シーリアが入って行ってもろくに話もできない有様だった。短い受け答えを一言二言するだけで視線をそらしていた。

オートバイは借りものだと彼はいった。ロンドンを離れて二、三日旅行して回ったらさぞかし気持がいいだろうと思ったので、と彼は説明した。近くのインに泊っている。明日の朝はここを立つつもりだ。少し散歩に出ないかと。

翌日も彼は前日と同じように浮かない様子だった。黙りこくり――ふさぎこんで――ろくに彼女の顔も見なかった。そしてだしぬけにいったのだった。

「ねえ、ぼくはもうヨークに帰らなければならないんです。何とか話を決めなければ。もう一度あなたに会わずにはいられません。いや、いつもあなたを見ていたい。結婚してほしいんです」

シーリアは呆然と立ちすくんだ――ただもうびっくりしてしまったのだった。ダーモットが自分を好いているということはわかっていたが、まさか二十三歳の下級将校が結婚話を持ちだすなんて思いも寄らなかったのであった。

「ごめんなさい――本当に申しわけありませんけれど、だめですわ。どうしても」

どうしてそんなことができるだろう？　彼女はピーターと結婚するはずなのだ。今でもちろん、ピーターを愛している――前と同じように――しかしダーモットも好きだ……

そのときシーリアは自分がこの世の何ものよりも、ダーモットと結婚したいと思っていることに気づいた。

ダーモットは説きつづけた。

「とにかく、これっきりなんて、我慢できません……たぶん少し唐突だったでしょうが……待てなかったんですよ……」

「でもあたし、婚約していますのよ……」とシーリアはいった。

ダーモットはいつものようにすばやく彼女の顔に視線を走らせた。

「そんなこと、何でもありませんよ。婚約を破棄すればいいんです。ぼくを愛していらっしゃるんでしょう?」

「さあ――ええ、そう思いますわ」

たしかに彼女はこの青年を愛していた――おそらくこの世の何ものよりも。ほかの男と結婚して幸福であるよりは、ダーモットと不幸である方が望ましいとさえ思えた。しかしなぜ、そんな考えかたをするのだ? ダーモットと一緒に暮らすのが不幸だなんて。それはたぶん、彼がどんな人間か、かいもくわかっていないからだろう……彼は彼女にとって、まったくの見知らぬ人《ストレンジャー》であった。

ダーモットが口ごもりながらいっていた。

「ぼくは――ぼくは――ねえ、すぐ結婚しましょう。もう待てない、かたときも……」

シーリアは必死で自分にいい聞かせた。「ピーター――ピーターを傷つけることはできないわ」と。

けれどもシーリアは、ダーモット自身は、ピーターのような男を幾人でも平気で傷つけられることを知っていた。また、ダーモットがしろということなら、自分が何でも喜んでしようとしていることをも。

そのときはじめてシーリアは、彼の目を真直ぐに見つめた。そして青年の目もまた、もはやそらされずに彼女の視線を受けとめた。

たいそう青い目だった。

恥ずかしそうに――おずおずと――二人はキスをかわした。

2

シーリアがはいって行ったとき、ミリアムは寝室のソファに横になっていた。一目、娘の顔を見たとき、彼女は何か途方もないことが起こったことを直感した。電撃のようにミリアムの胸を一つの思いが刺し貫いた。あの青年だわ――わたしにはどうしても好感がもてなかったけれど……

「いったいどうしたの、シーリア？」

「ああ、お母さま――ダーモットが結婚してくれっていうの――そしてあたし、あの人と結婚したいの、お母さま……」

ミリアムの胸に飛びこみ――頬をその肩に埋めて、シーリアはしどろもどろにいった。

きりきりと痛む胸を押さえ、はやる鼓動の音を聞きながら、ミリアムの思いは千々に乱れた。

いや、いやよ、わたしは……でもそれは利己主義というものなのかもしれない。この子を失いたくないからなのかもしれない……

3

障碍はいろいろとあった。さすがのダーモットもシーリアを説き伏せたように高飛車に、ミリアムの意見を無視するわけにはいかなかった。シーリアの母親に反感を起こさせることは彼の本意ではなかったから、ダーモットは一生懸命忍耐した。しかし支障を申し立てられると内心腹を立てた。

自分にろくな収入がないことはむろん彼も認めていた。俸給のほかには年にたかだか八十ポンドというところである。しかしミリアムが結婚してどうやって暮らしていくつもりかと訊くと、彼はむっとした。そしてそんなことはまだ考える余裕がなかったと答えた。何とかやっていける——シーリアは貧乏を気にかけないだろうしと。下級将校のうちに結婚するということはあまり例がないがとミリアムがいうとダーモットは、例がないのは仕方のないことだといらいらした口調で答えた。

彼はシーリアに少々恨みがましい口調でいった。

「きみのお母さんは何でもポンド、シリング、ペンスで測ろうと決心なさっているみたいだな」

ほしいと思っていたものをもらいそこねた子どもが、大人の、ことをわけての話に耳を傾けないのと同じだった。

ダーモットが去ると、ミリアムはがっくりと疲れを感じた。何年もの間結婚できるはっきりしたあてもなく、だらだらと婚約を続けるなんて。婚約など、許すべきではなかったのかもしれない。

しかし彼女はシーリアを苦しめるには、あまりにも娘を愛しすぎていたのだった。

シーリアはいった。

「お母さま、あたし、ダーモットと結婚します、どうしても。ほかの人なんて、もうけっして愛さないと思うの。いつかはきっと何もかも都合よくいくわ――ねえ、そういってちょうだい」

「望みはないように思えるけれどね。あなたたち二人とも、本当に何ももっていないんですもの。あの人はまだあんなに若いし」

「でもいつかは――辛抱して待っていれば……」

「そうね、もしかしたら……」

「お母さまはダーモットが嫌いなのね、どうして？」

「いいえ、好きよ。魅力のある人だと思うわ――とても。でもあの人には思いやりというものがないんじゃないかしら？」

夜ごと、ミリアムは眠らずにわずかばかりの財産について思いめぐらした。シーリアに一定額の手当を送ってやれるだろうか――たとい少しでも？　この家を売れば……

しかしともかくもここにいれば家賃は要らない——今でも家の費用は最小限度で抑えている。売るとなると、あちこち修繕する必要もある。第一、近ごろではこうした大きな家には、なかなか買手がつかない。

何度も寝返りを打ちつつ、ミリアムは思案した。どうしたらわが子が望んでいるものを与えてやれるかと。寝《い》ねがたい夜々であった。

4

ピーターに手紙を書いて、このことを告げるのは辛かった。

それもこんな舌足らずの手紙を——しかし自分の裏切りを正当化できるようなどんなことがいえるというのだ？

ピーターの返事はいかにも彼らしかった。あまりにも彼らしいので、シーリアは読みながらつい泣いてしまった。

きみは自分を責めることはない——とピーターは書いていた——これはまったく

ぼくの責任なんだから。

……だらだらと何でも先へ延ばす、ぼくのどうしようもない癖がすべての原因だと思う。メイトランド家の人間はみんなそうなのだ。それだからぼくらはいつもバスに乗りおくれてしまうんだな。ぼくとしては一番いいことをしたつもりだったんだが。つまりぼくは、きみにもっと金持の男と結婚するチャンスを与えてあげたいと考えていた。ところがきみはぼくよりもっと貧乏な男と結婚することになってしまった。

本当のところ、きみは彼の方がぼくより覇気があると思ったんだろうね。すぐ結婚してぼくと一緒にインドへ行きたいといったとき、きみのいうとおりにすべきだった……ぼくはまったくどうしようもない大馬鹿者だよ。きみを失った――それも自分のせいで。彼はぼくよりきっといい男なんだろう、そのダーモットという男は……よくなくっちゃ、きみが好きになるわけはない。きみたちの幸せを祈ってるよ、いつも。ぼくのことは心配したもうな。ぼく自身にかかわることで、きみの知ったことではない……何という馬鹿な人間かと自嘲しながら、町中をほっつきまわろう。

心から幸福を祈っている……

ピーター

ピーター、やさしいピーター……

「ピーターと一緒だったら、あたしはきっと幸せなのに。いまでも……」

しかし、ダーモットとの生活はいかにも心躍る冒険に思えた！

5

シーリアとダーモットとの婚約期間は嵐のようだった。突然こんな手紙が舞いこんだりした。

……よくわかったよ――きみのお母さんのいわれるとおりだ。ぼくらは貧乏で、結婚なんていつまでたってもできるわけはない。結婚の申しこみなんか、すべきじゃなかったんだ。

ぼくのことなんか、一日も早く忘れてくれたまえ……

そして二日後、彼はまたもや借りもののオートバイに跨って現われ、涙に暮れているシーリアを抱き、彼女を諦めることなど、とてもできないと宣言するのだった。今に何かしら都合のいいことが起こらないとも限らないと。

そして起こったのが戦争だったのである。

6

世界大戦はシーリアにとって、たいていの人にとってと同じように、まったく思いもかけなかった突発事だった。オーストリアの皇太子が殺され、新聞に戦争の〝脅威〟についての記事がいくつか載り――そうしたことは彼女の意識にほとんどのぼらなかったのだが。

そこへ突然、ドイツとロシアが戦闘状態にはいったという知らせ――そしてドイツ軍によるベルギー侵略。とうていあり得ないと思われたことがあり得ることとなった。

ダーモットから手紙がきた。

「どうやらぼくらも巻きこまれることになりそうです。しかしイギリスが参戦するとしても、クリスマスまでにはすべてかたづくだろうと誰もがいっています。ぼくには二年はかかるように思われるのですが、それはあまりに悲観的な見かただといわれます……」

やがて既成事実としてのイギリスの参戦……

すべてはしかしシーリアにとって、たった一つのことしか意味していなかった。戦争――ダーモットが戦死するかもしれない……

電報がきた――別れを告げに行くことはできない――お母さんと一緒に会いにきてもらえないだろうか？

銀行は閉まっていたが、ミリアムは幸い五ポンド紙幣を二枚もっていた（「五ポンドぐらいはいつもバッグにいれておくものですよ」というグラニーの注意が役に立った）。しかし、出札口で彼女たちはこんな大きな金は困るといわれた。二人は倉庫の方から線路を越え、汽車に乗りこんだ。車掌が何度も回ってきた。切符は？

「困りましたな、奥さん、五ポンド札ではちょっと――」名前と住所を何度も書かされた。

まるで悪夢のようだった――ダーモットとの別れのほかは何もかも現実味を欠いていた……

軍服姿の——いつもと違うダーモット——そわそわと落ちつかぬ態度、何かに憑かれたような目。この戦争については誰もはっきりしたことを知らなかった。出征した者が一人も帰ってこないということだってありうるかもしれないのだ、今度の戦争は……新しい破壊兵器——あるいは空からも——空からの脅威についてなど、誰が知っていよう？

シーリアとダーモットは怯えている二人の子どもであった……

「無事に帰還できるといいが」

「ああ、神さま……どうかダーモットをあたしの所にお帰しください……」

ほかのことはもうどうでもよかった。

7

最初の数週間の不安。薄い鉛筆でのたくった絵葉書。

ここがどこか、それはいえません。万事うまくいっています。愛しているよ。

いったい何が起こりつつあるのか、知っている者とていなかった。死傷者名簿をはじめて見たときのショック。友だちの、かつて一緒にダンスをした青年たちの戦死。しかしダーモットは無事だ——シーリアにとってはそれだけが問題であった。戦争はたいていの女にとっては、一人の人間の安否なのだ……

8

最初の二週間の不安と焦躁の中でも、銃後でなすべきことはいろいろとあった。シーリアの家の近くにも赤十字病院が開設された。しかしまず救急看護法の試験にパスする必要があった。グラニーの家の近くでそのためのクラスがあり、シーリアは祖母の家から通うことにした。

新参の器量よしのメイドのグラディスが玄関で彼女を迎えた。このグラディスと若いコックが今では家事をとりしきっていた。年老いたセアラはすでに世を去っていたのだ。

「まあ、ご機嫌いかがですか、シーリアさま？」

「元気よ。グラニーはどこ？」

くすくす笑い。

「お出かけですわ、シーリアさま」

「お出かけ？」

じき九十になろうとしているグラニー、外の空気にあたって風邪でも引いてはといつも神経質なグラニーが外出とは。

「陸海軍購売組合ストアにいらしたんですの。あなたさまがおいでになる前にお帰りになるっておっしゃいましてね。おや、お帰りのようですよ」

古ぼけた四輪馬車が門の前に止った。馭者に助けられてグラニーが丈夫な方の足から用心しいしいおり立った。

しっかりした足どりで、グラニーは馬車道をこちらに向かって近づいてきた。グラニーは颯爽としていた。見るから元気そうだった。マントについている管玉が九月の日光を受けてきらきら光っていた。

「おや、もうおいでだったかい、シーリア？」

やさしい、年老いた顔——押し花にした、皺くちゃのバラの花びらのような顔。グラニーはシーリアをとても愛していた――彼女は目下孫娘のフィアンセのダーモットのためにベッド・ソックスを編んでいた。塹壕の中で足が冷えないようにというのだった。グラディスに視線を移したとたんに、グラニーの口調はがらりと変わった。近ごろますますグラニーは〝メイドたち〟に剣突を食わすことに喜びを感じるようになっていた（もっともこのごろのメイドたちもまた心得たもので、グラニーの偏見にもかかわらず、自転車を使っていた！）。

「グラディス！」（と、きんきん声で）「ぼんやりしていないで荷物をおろすのを手伝ったらいいのに！　いいえ、それは台所に運びこむんじゃないよ。みんな、居間にいれておくれ」

かつて居間に君臨していたミス・ベネットの姿はもう見えなかった。

居間の中に積みあげられたのはメリケン粉、ビスケット、サーディンの缶、米、タピオカ、サゴ椰子から取った澱粉等、山のような買物だった。馭者がにこにこ笑いながら、ハムを五つも運んできた。グラディスも手伝った。宝庫に運びこまれたハムの塊は全部で十六個だった。

「わたしの年は九十かもしれないがね」（まだ九十になってはいなかったが、その方がドラマティックだと思うのだろう、グラニーはだいぶ前からこういっていた）「ドイツ人だって、わたしを飢死させることはできないよ!」

シーリアはヒステリカルな笑いの発作にとらえられた。

グラニーは馭者に運賃に過分の心付けを添えてやり、ついでのこと、もっと馬に上等な飼葉を食べさせるように助言した。

「はい、奥さま、ありがとうございます、奥さま」

帽子にちょっと手を触れて、相好をくずしながら馭者は帰って行った。

「たいへんな一日だったよ」とグラニーはボンネットの紐をほどきながらつくづくいった。疲れのあともなく、そのたいへんな一日を大いに楽しんだらしく見えた。

「ストアはひどい混みようでね」

お客はお婆さんばかりで、みんながみんな、馬車にハムを積んで家路についたらしかった。

9

結局のところ、シーリアは赤十字の仕事にはつかなかった。

いくつかのことが起こったのだった。ラウンシーの体が思うようでなくなって、弟の家に引き取られた。シーリアとミリアムは不平たらたらのグレッグの助けを得て、どうにか家事を切りもりした。グレッグは戦争が気に入らず、奥さまやお嬢さまが家事に手を出すことを好まなかったが。

そこへグラニーから手紙がきた。

ミリアム

あなたは何年か前に、わたしに一緒に暮らさないかといってくれたことがありましたね？　そのときは、わたしははっきり断りました。今さら引越しをする年でもないと思ったからです。けれどもホルト先生（とても腕のいいお医者さまで――冗談のわかる面白い方です。気の毒にミセス・ホルトにはあの人のことがさっぱり理解できないようですが）が、わたしの視力がだいぶ衰えているし、治療の方法もないといわれるのです。それは神さまの思召しだから仕方ありませんが、メイドたちのいいようにされるなんてことは、私には我慢なりません。このごろではずいぶんひどいことが新聞に出ていますからね――最近家の中で見えなくなった品物もいろいろありますし。でも返事にはこのことは書かないでくださいよ――メイドたちが手紙を開けて読むかもしれませんから（これも自分で投函するつもりです）。とにかくまあ、そんなわけでこれからはミリアム、あなたと暮らすのが一番いいと思うようになったわけです。いろいろな点で、あなたにとっても損はないでしょう。わたしの収入が助けになるでしょうし。シーリアが家で家事に忙しく日を送るのはわたしは賛成ではありません。あの子は力を蓄えておかなくては。ミセス・ピンチンのところのイーヴァを覚えていますか？　シーリアとちょうど同じような顔色の娘さんでしたが、働きすぎたために、今じゃスイスのサナトリウムにいるそうです。さて、また引越しのことですが、あなたとシーリアと二人できて引越しを手伝ってください。相当な大事業になりそうですが。

じっさいそれは大事業であった。グラニーはウィンブルドンの家に五十年間暮らしてきた。人間がつつましかった時代の遺物である彼女は、〝いずれ何かの役に立ちそうなもの〟は一つも捨てずに大切に取っておくたちだったのだ。

まず巨大な衣裳簞笥とがっちりしたマホガニーの戸棚——どの抽出しにも、棚にも、きっちり巻いた布地が詰まっている。どれもグラニーがしまいこんで、それっきり忘れてしまったものばかりだった。〈残り布〉と称する絹やサテンのいろいろな長さの端布、プリント地、木綿なども数限りなかった。クリスマスにメイドにやるための針さし（針はすっかり銹びついていた）、があるかと思うと、古ぼけたガウンをほどいたものがきりなく出てきたりした。古い手紙、書類、日記、領収書、新聞の切抜き、四十八個の針山、三十五丁の鋏。穴だらけの上等なリネンの下着（「刺繡がきれいだったのでね」）。

何より哀れをとどめたのは食料戸棚の中だった。グラニーも寄る年波で、食料戸棚の奥までは首を突っこめなくなっていたのである。新たな食料品が後から後から詰めこまれる後ろの方に、まだ使ってない食料品がわんさとあり、虫のつづった粉、ぼろぼろのビスケット、かびの生えたジャム、すでに液化した果物の瓶詰――まったく山ほどあった。どうにもならない、こうした食料品は発掘されるそばから捨てられた。グラニーはその傍に坐って涙を流し、ただもうもったいながって嘆いていた。「でもミリアム、それはメイドたちのプディングの材料ぐらいにはなるんじゃないかい?」などと折々口をはさみながら。

かわいそうなグラニー――あんなにも有能で、精力的で、つつましかった主婦も老いと目の衰えには勝てず、余人の目がその敗北のあとを非情に見まわしているのを、なすところなく傍観していなければならなかったのだ。

より若い世代がこころなく捨てようとしている自分の宝の一つ一つを、グラニーは歯がみをし、爪を立てて、必死で守ろうとした。

「その茶色のビロードのドレスは捨てちゃいけないよ。わたしの大事なドレスだからね。パリのマダム・ボンスローがとくにわたしのために仕立ててくれたものさ。いかにもフランス好みで、これを着るとみんながよく似合うといってくれたものだよ」

「でももうすっかりすり切れて、穴だらけじゃありませんの？」

「まだ使えるよ――まだまだ」

気の毒なグラニー――年をとり、身を守るすべもなく、若い世代のなすに任せなければならないとは。若い連中ときたら頭から、「それはもうだめよ。捨てましょう」とかたっぱしから始末してしまうのだから。

世の中に捨てるものはないという信念のもとに育てられてきたグラニーであった。いつかは役に立つ――それを若い連中は――まったく物知らずな。

彼らにも親切気はあった。彼女の願いをいれて、一ダースばかりの古めかしいトランクに布地やら、虫の食った毛皮やらを、ともかくも詰めこんでくれた。使いみちはないだろうが、年寄りを不必要に悲しませて何になろう？

古めかしい身なりの紳士たちの写真は、グラニーが手ずから荷造りすることを主張して譲らなかった。

「それはハーティーさんだよ――こっちはロードさんといって――わたしがこの人といっしょに踊ると、そりゃあ、息が合ってね！　誰もがそういったものだったよ」

しかし彼女自身の荷造りの結果は！　ミリアムの家に届いたときには、ハーティー氏とロード氏の写真のはいった額のガラスはこなごなに割れていた。かつてはグラニーの荷造りというと、じつに行き届いたもので、何一つこわれたことはなかったのに。折々、誰も見ていないと思うと、グラニーはちょっとした飾りや、黒玉、ルーシュ飾り、クローセー編み細工などをごみの山から拾いだして大きなポケットにそっとしまいこみ、身の回りのものを入れるべく、彼女の寝室に用意されている大きな櫃型のトランクの中に折を見てしまうのであった。

ああ、グラニー。引越しは彼女を打ちのめしたが、殺しはしなかった。彼女には生きようとする意志があった。住み慣れた家を出ようとしたのも、生きようとする強い意志があればこそだった。ドイツ人に兵糧攻めにされてなるものか――空襲でやられるのもまっぴらだ。グラニーはまだまだ生きて、人生を楽しむつもりでいた。九十にもなると、人生が何と法外に楽しいものか、つくづくわかってくる。若い者にはそれがまるでわからないのだ。若い者は老人を、ほとんど半分墓に足を突っこみかけた、みじめな人間としか考えない。若いころ聞いた警句を思いだしてグラニーは思った――若い者は年寄りを愚かしいと考えているが、年寄りは若い者が愚かしいということを知っているのだ！　それをいったのはキャロライン伯母だったっけ！　あのころ伯母は八十五だったが、まったくそのとおりだった。

とにかく近ごろの若い者ときたら！　昔の人間の何分の一かの体力もありゃしない。あの運送屋にしても――いい若い者が四人も揃っていながら、マホガニーの簞笥を運びだすのに抽出しをからにしてくれだなんて。

「これを運び入れたときにはね、どの抽出しにも鍵をかけて、そのまま動かしたものだったよ」とグラニーはいった。

「しかし、これは本物のマホガニーでして、どの抽出しにもずいぶん重いものが詰まっていますんでね」

「ここへ運び入れたときもそうだったんだったら！　そのころは男たちもこの節とは出来が違っていた。この節の若い者はまったく骨なしだよ。何だね、ちょっと重いくらいで大騒ぎをして」

若者たちは苦笑し、多少骨を折りはしたが、簞笥をそのまま運びおろして荷馬車に載せた。

「それでいいんだよ」とグラニーは機嫌を直していった。「力は出るもの、出せるものっていうじゃないか」

家から運びだされたくさぐさの品物の中にはグラニーの手製の酒のはいった細口大瓶が三十本あったが、着いたときには二十八本に減っていた。それはグラニーに酷使されたことに対する若い者たちの腹癒せであったのか？

「悪党ども！」とグラニーは罵った。「本当にひどい連中だよ。運送屋が聞いて呆れる」

しかし彼女は上機嫌で彼らに心付けをたっぷり与えた。なぜなら、それとて彼女の手製の酒に対する賛辞とも取れなくはないではないか……

10

グラニーが移ってきたので、ラウンシーに代わるコックが雇われることになった。メアリーという二十八歳の若い女で、性質は善良、老人に対して愛想がよく、自分の恋人のこと、ありとあらゆる病気もちの親類のことを次から次へと喋ってグラニーを楽しませた。グラニーはメアリーの親類の連中の足の病気とか、静脈瘤その他の症状に貪欲な好奇心を示した。そして彼女に後から後からいろいろな特効薬やショールを与えた。グラニーの猛反対にもかかわらず、シーリアはふたたび赤十字の仕事につこうかと考えはじめていた。グラニーは、そんなことをして、過労からどんな病気にかからないとも限らないと、恐ろしい病気の名を並べたてた。

グラニーはシーリアを愛していた。だから人生のありとあらゆる危険について、もって回ったいいかたで秘密めかしくほのめかしたのだった。もちろん五ポンド紙幣を一枚必ずいつも手もとに置くようにという注意もした。これは彼女の固い信念だったのだから。

「ご亭主にもいわないに越したことはないんだよ。ちょっとしたへそくりがいつ何どき必要になるか、わかったものじゃないんだから……」

「それからね、男はいつも油断ならないってことをよく覚えておいでよ。いくら感じがいい人だからって、けっして信用しちゃいけない――はたいても埃も出ないような、フニャフニャした、にやけ男なら、女にだってうまく取りさばけるけれどね」

11

グラニーの引越しと、その前後の騒ぎで、シーリアもいっときは戦争とダーモットのことを忘れていられた。

けれどもグラニーがどうやら落ちつくと、シーリアには何もせずに日を送っていることがたまらなく思われた。

ダーモットのことを——戦場の彼のことを、どうしたら考えずにいられるだろう？　ほかに気の紛らしようもなく、シーリアは想像の中の娘たちを次々に結婚させた。イザベラは金持のユダヤ人と、エルシーは探検家と。エラは教師になり、それから年輩の、病身の男と結婚した。彼は彼女の若々しいお喋りが気に入って結婚を申しこんだのである。エセルとアニーは一緒に暮らしていた。ヴェラはさる国の王子とロマンティックな、いわゆる貴賤結婚をしたが、結婚式の日に自動車事故で悲劇的な死をとげた。

結婚式を計画し、付添い娘のガウンを選び、ヴェラの葬儀の音楽を編曲し——といったことがシーリアの思いを現実から遠ざけるのに役立った。

何かの仕事に打ちこみたかったが、それは家を出ることを意味した……母と祖母は彼女なしでもやっていけるだろうか？

グラニーには、まわりの人の間断のない心づかいが必要だった。母ひとりに任せておくことはできないと彼女は思った。

しかしシーリアに家を出るように勧めたのはミリアム自身であった。今の時点において、仕事、それも辛い仕事だけが娘を助けてくれることをミリアムは理解していたのだった。

グラニーは泣いて反対したが、ミリアムは頑として意志を通した。

「わたしたち、シーリアを行かせてやらなければいけませんわ」

けれども結局のところ、シーリアは奉仕の仕事にはつかなかった。ちょうどその矢先、ダーモットが腕に負傷をして送還され、病院に収容されたのであった。回復すると彼は銃後の勤務に回され、陸軍省に配属された。そして彼とシーリアは間もなく結婚式をあげたのだった。

10 結婚

1

結婚生活についてシーリアの知っていることは、ひどく限られたものだった。結婚は彼女にとってもっぱら、お伽噺の結末の「そして死ぬまで楽しく暮らしましたとさ。めでたしめでたし」だった。したがって彼女はそこに何の困難も破綻の可能性も予見しなかった。二人の人間が愛しあっていれば、それだけで幸せなはずだ。不幸な結婚というものは世の中にはたくさんあるが、それは愛が失われたからにほかならない、シーリアはそう考えていたのであった。

グラニーの男性についてのラブレー的述懐も、一人の男をひきつけておくむずかしさについての母親の警告も（これもまた、ひどく時代後れに響いた）、汚らしい、醜い結末の写実文学も、シーリアにはこれといった印象を与えていなかった。ダーモットはグラニーが話題にのせる〝殿がた〟と同じ種族とはとても思えなかったし、本の中の人物はもともと架空の人々だった。それにミリアムの警告は、母親自身の結婚生活のたぐいまれな幸せを思うとき、噴きだしたいほど、場違いな印象を与えたのだった。

「だって、マミー、ダディーはマミーのほかの女の人には目もくれなかったのに」

「ええ。でも若いころにはずいぶん派手な暮らしもなさったのよ」

「マミーはダーモットが好きじゃないし、信用していないからそんなことをいうんだわ」

「いいえ、好きよ。とてもチャーミングな人だわ」

シーリアは笑っていった。

「マミーは、あたしが誰と結婚しようとふさわしくないと思うんでしょ？――マミーの大事な子羊の、子鳩の、かぼちゃちゃんには、相手不足だ。たとい、どんなスーパーマンでもって」こう問いつめられてミリアムは、そうかもしれないと白状せざるを得なかった。

しかしシーリアとダーモットは現に幸せだった。

ミリアムは、自分の危惧はおそらく、秘蔵の娘を取りあげた男に対する不当な猜疑と敵意の結果だったのだろうと強いて自分にいい聞かせた。

2

夫としてのダーモットはシーリアの想像していた彼とはかなり違っていた。大胆な、高飛車なところ、人を人とも思わぬ態度は嘘のように消えていた。彼は若く、自信なげだった。ひたすら妻を愛していた。しかもシーリアは彼の初恋の女性であったのだ。

ある意味では彼はジム・グラントに似ていた。ただ彼女がジムを愛していなかったために、ジムの内気さはシーリアをいらだたせたが、ダーモットの内気さは彼をいっそういとしく思わせた。

彼女は結婚前には半ば無意識のうちにダーモットを少々恐れていた、彼が彼女にとってまるでストレンジャーであったからだ。こんなにも愛しているのに、いったい、自分はダーモットについて何を知っているというのだろう？

ジョニー・ド・バラは彼女の官能面に、ジムは精神面に訴えた。ピーターは彼女の生活そのものの肌理《きめ》のうちに深くはいりこんでいた。しかしダーモットのうちにシーリアは、これまで彼女がもったことのないもの——遊び友だちを見出したのだった。

ダーモットには、おそらく永遠に変わることがないと思われる子どもらしさがあった——そしてそれがシーリアのうちに同じような子どもらしさを見出し、認めたのだった。二人の人生の目的も、思いも、また性格も、南極と北極ほどに隔たっていたが、遊び友だちを欲している点では共通するところがあり、彼らはその点、よき相手をお互いのうちに見出したのであった。

結婚生活は二人にとって一つのゲームだった。そして二人ともそのゲームに熱中した。

3

人生において記憶に残るものとは、いったいどういったものだろう？　いわゆる重要な出来事ではない。むしろ些細なことだ——ごくちっぽけな……しかしそれはいつまでも記憶にとどまる——けっして忘れられない印象として胸に焼きつけられる。

新婚当初の日々を思い返すとき、シーリアはいったい、どんなことを思い出しただろうか？

ダーモットと一緒に買った服——ダーモットが買ってくれた最初の服。せまい試着室で中年の女の人の介添を受けて着てみた服。ダーモットも呼ばれて、どれがいいかと意見を求められた。

二人とも、本当にうれしかった、あのときは。

ダーモットはもちろん、女性に服を買ったことなど何遍もあるといわんばかりに何気ない態度を装っていた。新婚ほやほやの夫婦だなんてことを、売り子の前で認めてなるものか！

彼はさりげなくこんなことさえいった。

「あそこのあれは、二年前にモンテで買ったのとちょっと似ているね」

そして結局のところ、肩に小さなバラの蕾のついた、ほんのり赤みがかった青い服を買うことになった。

シーリアはその服を今でも持っていた――捨てもせずに。

4

貸家探し！　もちろん、家具つきの家か、貸間だ。ダーモットはまたいつ外地勤務にならないとも限らない。便利で、しかもできるだけ安い家賃でなければ。シーリアも、ダーモットも、どの地域が居住に適しているか、見当もつかなかったし、家賃の相場も知らなかった。しかしともかくもメイフェアのど真中から自信ありげに探しはじめた。

翌日はサウス・ケンジントン、チェルシー、ベイズウォーター、そのまた翌日はさらにウェスト・ケンジントン、ハマスミス、ウェスト・ハムステット、バタシーなどへ足を伸ばした。

とどのつまり、彼らは二つの貸間の間で思案した。一つは、週に三ギニーの独立した設備をもつアパートメントで、ウェスト・ケンジントンのマンションの並んだ一郭にあった。持ちぬしはいかにも厳つい顔立ちの老嬢でミス・バンクスといい、見るから有能そうだった。

「お皿も、シーツもないんですね？　それなら、いっそ簡単ですわ。わたしはね、周旋屋に明細目録を作らせるなんてことはしません。お金の無駄遣いですものね。当事者同士でチェックすれば万事こと足りますわ」

シーリアはこの抜目のなさそうな家主に恐れをなした。人の前でこんなに怯えたことはないと思うほどだった。ミス・バンクスに質問の矢を浴びせられるにつれて、彼女は貸家探しに関する限り、自分は何と物知らずなのだろうと今さらながらに思わせられた。お借りするようだったら、後ほどお知らせするとダーモットがいって、二人はそうそうに通りに逃れ出た。

「どう思って？」とシーリアは喘ぎながらいった。「とても清潔だけれど」

以前の彼女だったら清潔だなどということは当然のこととして問題にもしなかっただろうが、安い家具付きアパートメントを二日間探しまわった末に、清潔ということはたいそう重要な要素として、彼女の脳裡に印象づけられたのであった。

「今まで見たアパートメントはひどい臭いがしたんですものね」

「設備もまあまあだし、近くにいい店屋があるから買物も便利だとミス・バンクスがいってたっけね。しかしおっそろしい婆さんだね」

「ほんと」

「ぼくらには太刀打ちできないよ」

「もう一つの方をもういっぺん見ましょうか。あっちの方が安いことは安いわ」

「もう一つの方」というのは週に二ギニー半で、昔はしっかりした建物だったと思われる老朽家屋の最上階にあった。部屋数はたった二間、それに大きな台所がついていた。部屋はしかし、どちらも大きく、二本の立木のある庭を見おろすことができた。

清潔さという点からいえば、しごく有能なミス・バンクスのアパートメントほどではなかったが、その貸間の汚れはシーリアにいわせれば〝感じのいい〟汚れだった。壁紙は湿っぽく、ペンキは剝げかかり、あちこちに板を補強する必要があったし、クレトン更紗の椅子カバーは色がさめて模様が見えないほどだったが、いずれも小ざっぱりと洗われていた。みすぼらしいが大きな掛け心地のよさそうな肘掛け椅子が置かれているのも魅力的だった。

この貸間についてシーリアにとってのもう一つの魅力は、地下室に住んでいる婦人が料理を引き受けようと申し出てくれたことだった。ふとった、気のよさそうな女で、ちょっとラウンシーを思わせるやさしい目をもっていた。

「だから、とくにメイドを雇うことも要らないわ」

「そりゃそうだね。でもいいかい？　この家のほかの部分と完全に独立しているわけじゃないし――きみがこれまで慣れてきた生活とはずいぶん違うんだよ、シーリア。きみの家はとても美しいからね」

たしかに彼女の育った家は美しかった。今のシーリアにはそれがよくわかった。柔らかい、しかし品のあるチペンデール、ヘップルホワイトの家具、陶器、爽やかな肌触りの更紗……よい家というものは、古びてみすぼらしくなっても――屋根は雨漏りがし、レンジは古めかしく、敷物はすりきれていても――いまだに拭いがたい美しさをとどめているものだ。

「戦争が終わりさえすればね――」とダーモットは決然とした様子で顎を突きだして宣言した――「ぼくは何かしらちゃんとした仕事について、きみのために金を儲けて見せるよ」

「お金なんて要らないわ。それにあなたはもう大尉さんじゃないの。戦争がなかったら、十年たったって大尉になんかなれっこないところなのに」

「大尉の給料なんて、たかが知れているよ。陸軍には将来はない。やがてはもっといい仕事を探すさ。今ではきみって人がいるんだし、何だってできるような気がする。ぼくはきっと一生懸命働くよ」

シーリアは彼の言葉に胸がときめくのを覚えた。ダーモットはピーターとはまるで違う。人生をけっしてただあるがままに受けいれようとはしないのだ。それどころか自分から積極的に変えていく――ダーモットはそんなたちの人間だ。きっと成功するだろう、この人なら。

「やっぱりダーモットと結婚してよかった。誰が何といおうとかまわないわ。いつかはあたしが間違っていなかったって、みんなが認めることになるんだから」

というのはもちろん、彼女の結婚についてとやかくいう者がいたからだった。とくにミセス・ルークはいかにも狼狽したようにいった。

「でもシーリア、あなた、ひどい暮らしをすることになってよ。小間使も雇えやしないわ。あくせく暮らさなけりゃいけなくなるのよ」

小間使が雇えないというのがミセス・ルークの想像力のおよび得る最悪の状態であった。それどころかコックさえ雇えないかもしれないのだと打ち明けることを、シーリアは（彼女の反応を考えて）思いとどまった。

メソポタミアの戦線からシリルが、婚約について聞いたが、自分としては賛成できないと長い手紙をよこした。将来もない下級将校と結婚するなんてとんでもない話だというのであった。

しかしダーモットには野心がある、とシーリアは自分にいい聞かせた。やがては必ず成功するだろう。あの人にはそれだけのものがあるのだ——底力といったものが。シーリアはそれを感じ、彼を賛美していた。彼女自身のもっているものとはまるで違う資質だったからだ。さて、新居について、シーリア自身はすでに心を決めていた。

「ここにしましょうよ」と彼女はいった。「この方がいいわ、ミス・レストレインジにしても、ミス・バンクスよりずっといい人みたいじゃなくて？」

家主のミス・レストレインジは三十歳ぐらいの愛想のいい女性で、きらりと光る目にユーモアがあり、快活な微笑が快かった。

大真面目で貸間探しをしているこの新婚夫婦が多少滑稽に思えたとしても、ミス・レストレインジはおくびにも出さなかった。彼女は二人の言い分のすべてに賛成し、借家人が心得ておくべきだと思うことをやんわりほのめかし、自動湯わかし器などという代物にいまだかつてお目にかかったことのないシーリアが目をまるくしている前で、その使いかたを説明した。

「でも、お風呂もそう毎日ってわけにいかないんですよ」と彼女はいとも朗らかに説明した。

「ガスの割当量はたった四万立方フィートでしてね。炊事にもかなり要りますし」

というわけでシーリアとダーモットはランチェスター・テラス八番地のその部屋を六カ月の約束で借りることとし、シーリアは主婦としての生活のスタートを切ったのであった。

5

新婚当初、シーリアは何よりもひとり居の淋しさをもてあました。ダーモットが毎朝陸軍省に出勤してしまうと、なすところない、長い一日を前に孤独感にさいなまれた。

ダーモットの従卒のペンダーがベーコン・エッグの朝食を供し、部屋の掃除をすませ、配給を取りに行く。いれかわりにミセス・ステッドマンが地下室からやってきて、シーリアと夕食の献立について打ち合わせる——これが日課であった。

ミセス・ステッドマンは気持の暖かい、よく喋る女で、料理の腕はあまりあてにならないが、この若い世間知らずの奥さんを助ける親切気は十分あった。ただ自分でもよくいうように、料理に胡椒をいれ過ぎる癖があった。大体彼女には中途はんぱというところがなく——というと聞えはいいが、まったく味のない料理を出すか、目に涙が浮かび、息が詰まるほどに強い味の料理を出すか、いつもどっちかだった。

「昔っから——小娘のころから——こんなふうなんですよ」とミセス・ステッドマンは勢いよくいうのだった。

「奇妙な話じゃありませんかねえ？　パイ作りなんぞ、からきしだめでしてね」

ミセス・ステッドマンはシーリアに対して母親らしい権威をもって助言を与えた。シーリアは倹約したいと思いながら、どうしたら倹約できるのかということさえわからずに、困りはてていたのだった。

「買物はわたしに頼みなすった方がよござんすよ。奥さんみたいな育ちのいい人はとかく商人につけこまれますからね。ニシンを台の上に突っ立てて鮮度を見るなんて、考えたこともあんなさらないでしょうが？　この辺の魚屋はずるくっていけませんよ」こういってミセス・ステッドマンは嘆かわしげに首を振るのだった。

戦時中なので、家政のやりくりは複雑をきわめていた。卵が一個八ペンスもした。シーリアとダーモットは〈代用卵〉とスープの素を大いに活用した。このスープの素は広告ではすばらしく風味があるということになっていたが、ダーモットはいつも〈砂スープ〉と呼んでいた。軍隊からの肉の配給がせめてもの頼りであった。

肉の配給はミセス・ステッドマンをたいそう興奮させた。彼女がこんなにも勢いこんで料理にとりかかったのははじめてだった。ペンダーがはじめて牛肉の大きな塊を持ち帰ったとき、シーリアとミセス・ステッドマンは感に堪えぬようにそのまわりを歩きまわった。ミセス・ステッドマンは口をきわめて褒めちぎった。

「何てまあ、結構な肉じゃないですか！　見てるだけで涎が出てきますよ。戦争がはじまってからこっち、こんな見事な肉なんぞ、一度だってお目にかかったことがありゃしません。それこそ絵に描いたみたいですねえ。うちの人がいると見せてやるんですが。奥さんさえ、お差し支えなけりゃここまであがってこさせてね。見るだけでも、いい目の保養ですもの。ロースト・ビーフになさりたいなら、そのオーヴンじゃ無理ですわ。下へ持ってって焼いてあげましょう」

肉が焼きあがったとき、シーリアは幾切れか取ってくれるようにミセス・ステッドマンにいった。少々押し問答したあげく、ミセス・ステッドマンはありがたく奥さまの志を受けることにした。

「じゃあ、今度だけ――つけこむようで悪いですねえ」

ミセス・ステッドマンがあまり感激したので、いよいよ〈お肉〉が意気揚々と食卓の真中に据えられたときには、シーリアもすっかり興奮してしまった。

昼食にはシーリアはたいてい外出して、近くの公設炊事場で何かしら既製の食品を買った。ガスの割当てを週のはじめの方でたくさん使ってしまうのはどうかと思われたからだ。割当て量のガスは朝と夕方だけ調理に使い、入浴は週に二度ときめることによって、居間の暖房用になにがしか使うことができた。

バターと砂糖に関しては、ミセス・ステッドマンはまったくありがたい人だった。配給切符で買える以上に買ってきてくれることがよくあった。

「顔がきくんですよ。わたしが店にはいって行くと、アルフレッドって若いのがいつも『おまけにしとくよ、おばさん』っていうんです。もちろん誰にもってわけじゃない。あの人とわたしは気心がわかってるのでね」

こんな具合にミセス・ステッドマンの庇護のもとに、シーリアは一日中ほとんどひきこもって過ごし、毎日いよいよ時間をもてあますようになった。

実家にいたころには庭いじりをすることができた。花を花瓶に飾ったり、ピアノを弾いたり。それにいつも母がいた。

しかしここには誰もいなかった。ロンドンに住んでいる友だちはみな結婚するか、どこかへ移転するか、何かしら戦争に関係のある仕事に従事するかしていた。それに今では彼女の友だちの多くは率直にいって、彼女が、心おきなくつきあうには裕福すぎた。

結婚前はしょっちゅう招かれ、一緒にダンスをしたり、ラニアやハーリンガムでのパーティーに行ったものだった。しかし結婚してからというものは、そうしたことはすべて過去のこととなった。彼女とダーモットには招かれても〝お返し〟ができなかったからだ。これまで世間というものがシーリアにとって大きな意味をもっていたことはなかったが、毎日の無聊はやはり堪えがたかった。それで彼女はダーモットに赤十字の仕事を手伝いたいといってみたのだった。

ダーモットは彼女の希望に対して激しく反対した。そんな仕事をシーリアがするということが嫌なのだと彼はいった。シーリアは彼の言い分を受けいれたが、その代わり、タイプライターと速記のコースをとることを許してもらった。簿記を覚えるのも悪くはあるまい、後々仕事につきたいと思うときに役に立つかもしれないとシーリアは主張した。

それからは毎日がずっと楽しくなった。とくに簿記は面白かった——きちんと正確に記帳をするのは何ともいえず愉快だった。

しかし勤めから帰ってくるダーモットを迎えるのは、あいかわらず彼女にとって無上の喜びであった。まだ新婚の興奮もさめやらず、二人は幸せそのものだったのだ。

一日のうちで一番楽しいのは、床につく前に炉の前に坐って寛ぐときだった。ダーモットはオヴァルティンの茶碗を、シーリアは牛肉エキスのスープのボブリルの茶碗を手に。

一生をともにすることになったという幸せを、二人はまだほとんど信ずることができないくらいだった。

ダーモットはあまり感情をあからさまに表現するたちではなかった。「きみを愛している」などといったことはなかったし、衝動的な愛撫の手を差しのべることもめったになかった。だから彼がいつもの殻を破って何か心に触れるようなことをいうとき、シーリアはそれを忘れがたい思い出として大切に胸にしまった。彼にとって口にすることがむずかしいらしく聞えるだけに、いっそう貴重に思われるのであった。彼がそうした思いを口にするとき、シーリアはいつもはっと胸を躍らせた。ミセス・ステッドマンのおかしな癖について何心なく話している最中に、突然ダーモットが彼女を抱きしめてしどろもどろにいうことがあった。

「シーリア――きみは美しい――とてもきれいだ。約束してくれたまえ、いつまでも美しいままでいようって」

「でも、もしもあたしが美しくなくなっても、愛してくださるでしょう?」

「そうはいかないよ。同じというわけにはね。約束してくれたまえ、いつまでも美しいままでいようって」

6

新居に落ちついて三ヵ月後にシーリアは一週間の予定で実家に帰った。ミリアムはどこか具合が悪そうな、疲れた顔をしていたが、グラニーは元気いっぱいで、ドイツ軍の残虐行為についてとっておきの話をシーリアにして聞かせた。

ミリアムは水に浮いている、しおれた花のように元気がなかったが、シーリアが帰った翌日には、見違えるように潑溂とした顔を見せた。

「あたしがいなくてそんなに淋しかった、マミー？」

「ええ、そうなの。でももうその話をするのはやめましょう。いずれ、こうなることはわかっていたんですもの。あなたは幸せなのね――とても幸せそうだわ」

「ええ、幸せよ、マミー。マミーはダーモットのことを誤解していたのよ。とてもやさしいのよ。あんなに親切な人っていないわ……あたしたち、とても楽しく暮らしているのよ。面白いことがいろいろあって。あたしが牡蠣が好きなの、知ってらっしゃるでしょう？　ダーモットたら冗談に牡蠣を十ばかりあたしのベッドにいれたの――これが本当の牡蠣養殖場《オイスター・ベッド》だっていって。今こんなことというと馬鹿げて聞えるでしょうけれど、あたしたち、そのとき、おなかをかかえて大笑いしたのよ。ダーモットって、本当にかわいいの。それにとってもいい人。生まれてから一度だって卑怯なことや、不名誉なことはしたことがないと思うわ。ペンダーって、彼の従卒なんだけれど、〝大尉どの〟をそりゃあ、尊敬しているの。あたしのことはあまり感心していないらしいわ。たぶん〝大尉どの〟はあたしみたいな女にはもったいなさすぎると思っているんでしょうよ。この間もこんなことをいったわ。『大尉どのは玉葱がたいそうお好きでありますが、このお宅ではお使いにならないようでありますな』って。それであたしたち、すぐいためてお夕食にだしたのよ。ミセス・ステッドマンは万事あたし中心で、いつも好きなものを食べろっていうの。ステッドマンのいうことをいちいちはいはいって聞いていたら、どうなっちまうだろうって」

シーリアは母親のベッドの上に坐って、うれしげに喋りつづけた。

彼女は家に帰って心からうれしく思っていた。生家は記憶にあるよりもいっそう美しく思われた。第一、すばらしく清潔だった——汚れ一つないテーブルクロスをかけたテーブルでとる昼食。銀器は輝き、グラスもよく磨かれていた。こんなすばらしいものを当たりまえのように思っていたなんて！

食事も、質素だが、おいしかったし、食欲をそそるように調理され、給仕された。

コックのメアリーはそのうち婦人補助部隊にはいるつもりらしい、とミリアムはいった。

「当然でしょうね。まだ若いんですもの」

グレッグは開戦以来、いっそう扱いにくくなっていた。食べもののことで、いつもぶつぶついっていた。

「昔は晩餐にはいつも温かいお肉のお料理をいただいたものですがね――こんな何かの腸《はらわた》みたいなものやら、魚やら――世の中、間違っておりますですよ。栄養も何もあったもんじゃありませんわ」

戦時中なのだからとミリアムがいくら指摘しても、何の効果もなかった。グレッグの老化した頭は変化を受けいれることができなかったのだ。

「倹約も結構ですが――ちゃんとした食べものはいただきませんとね。わたしはマーガリンなんてものはこれまで食べたことがありませんし、これからも食べるつもりはありません。娘がマーガリンを食べたって聞いたら、わたしの父なんか、お墓の中でおちおちしていられませんでしょうよ――それもちゃんとしたお屋敷でって聞いたら、呆れかえってしまいますでしょ」

ミリアムはこのことをシーリアに話して笑った。

「はじめはわたし、気弱でね、グレッグにバターをやって、わたしがマーガリンを食べるようにしていたの。でもある日、バターをマーガリンの紙に包み、マーガリンをバターの紙に包んで、グレッグの所に持って行ったのよ。そしてこれはとてもいいマーガリンなんだけれどちょっと食べてみないか、と訊いたわ——バターそっくりだけれどって。グレッグはちょっと食べてみて、すぐ顔をしかめてね、とんでもない、こんなものはとてもいただけませんって。それで今度はバターの包み紙に包んだマーガリンを出して、こっちの方がいいと思うかって訊いたの。グレッグは一口食べてみていったのよ。『さようでございますとも。バターはこうでなくてはね』そこでわたしははじめて本当のことを話してやったってわけ——相当きつい言葉を使ってね。それからってもの、わたしたち、バターも、マーガリンも等分に分けることになったのよ。ええ、もう何の悶着もなしにね」

グラニーも、食べものに関しては頑固だった。

「シーリア、おまえバターや卵をなるべくたくさん食べるようにしなくっちゃいけないよ。体にいいんだから」

「そうたくさんってわけにはいかないのよ、このごろではね、グラニー」

「馬鹿なことをおいいでない。無理してでも食べなくっちゃ。ミセス・ライリーのところのあのきれいな娘さんが、つい先だって亡くなったって聞いたよ。ろくな食べものも食べていなかったからだって。一日中外で働いて、家へ帰ると残りものばかりというんじゃ、誰だってね。流感から肺炎になって呆気なく死んじまったそうな。注意してあげればよかったよ、こんなことにならないうちに」

グラニーはこういいながら、編みものの針をせわしなく動かして勢いよく二、三度頷くのであった。

けれどもグラニーの視力はひどく衰えていた。今では古い編針でしか編めず、しばしば一目編み目を落としたり、模様を間違えたり、そのたびに声を立てずにさめざめと泣くのだった——色あせたバラの花びらのような頰を涙がつーっと伝って落ちた。

「時間の無駄だからね——それが癪に障って」こうグラニーは呟いた。

時がたつにつれてグラニーはますます疑い深くなった。朝のうち、シーリアがグラニーの寝室にはいって行くと、グラニーはよく泣いていた。

「イアリングがないんだよ。おまえのお祖父さまにいただいたダイアモンドの。あの娘が盗んだんだよ、きっと」

「あの娘って?」

「メアリーさ。それにわたしを毒殺しようと狙っているのさ。茹卵に妙なものをいれてね。気がついたからよかったけれど」

「いやあね、グラニー、茹卵の中に毒がいれられるわけなんか、ないじゃないの？」

「味わってみたんだもの、そのくらい、わかるよ。舌に苦くってね」と顔を思いきりしかめた。

「メイドが奥さんを毒殺したって話が、ついこの間もあったじゃないか。新聞で見たんだけれど。メアリーは、わたしがあの子が盗んだことを知っていることを知っているんだよ。このごろ、いろいろな品物がなくなってね。そこへ今度はあの美しいイアリングが――」とまた泣いた。

「本当、グラニー？　抽出しの中にいれたままなんじゃないの？」

「探したって無駄だよ。出てきやしないさ」

「どの抽出しにいれておいたの？」

「右手の抽出しさ――メアリーがお盆を持ってきたとき通りすがりに盗《と》っていったんだよ。指なし手袋の間にはさんで丸めてしまっといたんだけれど。いいえ、もう探したって出てこやしないさ。わたしゃ、自分でずいぶんよく探したんだからね」

やがてシーリアがレースの小布にくるんだイアリングを差しだすと、グラニーはびっくりしたようにうれしげな叫び声をあげて、本当におまえは利巧な子だといった。しかしメアリーのことはあいかわらず疑っているのであった。

そうかと思うとまたグラニーは、椅子からぐっと身を乗りだして興奮したように、しかし息を殺して叫ぶ。

「シーリア——おまえのバッグ——おまえのハンドバッグはどこにお置きだい？」

「あたしの部屋にあってよ、グラニー」

「メアリーたちが二階にいるよ、おまえの部屋に。今、音がした」

「ええ、掃除をしてもらっているの」

「ずいぶん長いこと時間をかけているじゃないか？　おまえのバッグを探しているんだよ。バッグはいつも身のまわりから離さず持っていなくちゃいけない」

目が悪くなってからというもの、小切手にサインすることがグラニーにはだんだん億劫になってきていた。サインをするときはいつもシーリアに椅子の後ろに立ってもらい、書く位置を指示させ、どこで書き終えるべきか、教えるように命じた。

小切手を書き終わると、ほっと溜息を洩らして、グラニーはシーリアに、それを持って銀行に行ってきてくれと頼む。

「おわかりかい、勘定書は九ポンド足らずだけど、小切手は十ポンドにしてあるだろう？　九ポンドの小切手なんてぜったいに切るものじゃないのさ。よく覚えておいで、シーリア。うっかりすると九十ポンドと書き替えられる心配があるからだよ」

彼女の小切手を現金化する人物はシーリアにほかならないのだから、そんな大それたことをするチャンスのある人間がいるとしたらシーリア以外いないのに、グラニーは気づかなかった。それもまた単なる自己保存の激情の一つの表現にすぎなかったのだろう。

グラニーを動揺させたことがもう一つあった。ある日、ミリアムが彼女に服を二、三着新調してはどうかと物静かな口調で提案したときのことだった。

「今お召しになっているのも、すっかりすりきれてしまっていますもの」

「わたしのビロードがかい？　この上等のビロードがすりきれているとおいいかい？」

「ええ、お母さまにはおわかりにならないんでしょうけれど、とてもひどくなっていますのよ」

グラニーは情けなさそうに溜息をつく。たちまち目に涙が溢れる。

「ビロードが――わたしの大事なビロードが。これはパリで買ったんだよ」

グラニーもまた、彼女本来の環境から移し植えられて苦しんでいたのであった。ウィンブルドンで半生を送ってきた彼女にとって、田舎の生活はいかにも単調で無味乾燥だった。訪問客はほとんどなく、楽しい催しごととてない。冷たい空気に当たることを恐れて、グラニーは庭にさえ一歩も出たことがなかった。ウィンブルドンでしていたように一日食堂の椅子に坐り、ミリアムにひとしきり新聞を読んでもらった。その後はどちらにとっても、一日の時の流れは遅々としてなかなか進まないのであった。

グラニーの唯一の楽しみは、食料品をドカッと大量に注文することだった。注文品が到着すると、それについてあれこれミリアムと相談して〈隠匿物資〉を貯えているとい うかどで告発されないように、どこへしまうかを思案するのがいい気散じとなった。戸棚の一番上の棚にはサーディンの缶とビスケットが納まり、タンの缶やら砂糖の袋などがとんでもない片隅に押しこまれていたりした。グラニー自身のトランクには、キャンデー用の黄金色シロップの缶がぎっしり詰めこまれていた。

「でもグラニー、食料品の買いだめは禁じられているのよ」

「何を馬鹿な!」とグラニーは上機嫌で笑う。「若い者には何もわかっちゃいないんだよ。花のパリだって包囲されれば、人間は鼠になる。がっつきやの鼠にね。こういうときは、先見の明がものをいうのさ、シーリア。わたしは若いころから先見の明を備えるように育てられてきた人間だからね」

次の瞬間、グラニーの顔にまたもやぎょっとしたような表情が浮かぶ。

「メイドたちが――またおまえの部屋に入っているよ。宝石はどこへお置きだい?」

7

数日来、シーリアは何となく気分がすぐれなかったが、いっこうに治る様子がなく、とうとう床について激しい吐き気に苦しむことになった。

「マミー、これ、あたしに赤ちゃんが生まれるしるしだと思う？」

「そうじゃないかと心配していたのよ」

ミリアムはじっさい気掛りそうな、浮かない顔をしていた。

「心配？」シーリアはびっくりしていった。「赤ちゃんができない方がいいと思ってるの？」

「ええ。少なくともまだまだね。あなたはどうなの？　とてもほしい？」

「そうね——」とシーリアはちょっと考えるような表情をした。「そんなこと、まだ考えたことがなかったから。ダーモットとも赤ちゃんのことなんか、話しあったこともないし。もしかしたらとは思っていたかもしれないけれど。でも赤ちゃんをもてなかったら、きっと悲しいわ。何か大事なものをもたずにしまったような気がするでしょうよ、きっと」

週末にダーモットがやってきた。

それは本の中の、愛しあっている者同士の再会とはまるで違っていた。シーリアは彼がきていた間中、激しい嘔吐に苦しんでいたのだった。

「どうしてそんなに気分が悪いのかな、シーリア？」

「たぶん、赤ちゃんができたんだと思うわ」

ダーモットはひどく狼狽した。

「そんなつもりじゃなかったのに。自分がひどい人間だという気がするな。きみがそのために気分が悪くなって苦しんでいるなんて、たまらないよ」

「でもダーモット、あたし、とてもうれしいのよ。いつまでたっても赤ちゃんができなかったりしたら、さぞがっかりすると思うわ」

「そんなこと、どうでもいいよ。ぼくはほしくないな。だってきみは赤ん坊のことばかり考えるようになって、ぼくに無関心になるだろうからね」

「そんなこと、あるものですか！」

「そうとも。女はみんなそういうふうにできているんだから。家庭のことにかまけ、赤ん坊に大騒ぎをして。夫のことなんか、まるっきり忘れちまうんだ」

「あたしは違うわ。赤ちゃんだってあなたの子どもだからかわいいのよ——わからない？　あなたの赤ちゃんだから楽しみなんだわ――ただの赤ちゃんじゃなくて。それにもちろん、あたし、あなたが一番好きよ――いつだって――本当にいつだって……」

ダーモットは目に涙を浮かべて顔をそむけた。

「とにかくぼくはたまらないんだよ。きみをこんな目に遭わせたなんて。こんなことにならないようにすることだってできたはずなのに。きみは死んじまうかもしれないじゃないか」

「死んだりなんかしないわ。あたし、とても丈夫なんですもの」

「きみのお祖母さんは、きみがとても体が弱いとおっしゃっている」

「グラニーはそういう人なのよ。びくともしない健康体の人間が世の中にいるなんて考えられないのよ、グラニーには」

ダーモットを慰めるのは骨が折れた。彼女のためにそんなにも心配し、みじめな気持になっている夫を見て、シーリアは深く感動した。

ロンドンに帰ると、ダーモットは下へも置かずシーリアにかしずき、体にいいといわれる食品を摂るように、吐き気を止める民間薬を飲むように、うるさくいった。

「三カ月たてばずっとよくなるって、本に書いてあるわ」

「三ヵ月は長いな。きみが三ヵ月も気分が悪いなんてぼくはいやだよ」

「ええ、そりゃ、あたしもいやよ。でも仕方ないわ」

母親になるまでの期待の期間というものには、はっきりいって拍子抜けというところがある、とシーリアは感じた。小説に出てくることとは大違いだ。たとえば彼女は生まれてくるわが子についての美しい思いを次々に追いながら、かわいらしいベビー服を縫っている自分を想像していた。

しかしドーバー海峡を渡る船上で船酔いに苦しんでいるような状態で、どうして美しい思いを追うことができるだろう。激しい嘔吐感はあらゆる考えを消してしまう。シーリアは健康な、しかし苦しんでいる動物であった。

ただ早朝だけ気分がすぐれないというのではなかった。不規則的な発作のように、一日中、時を定めず吐き気がこみあげた。単に気持が悪いというだけではなく、人生そのものが悪夢のようにさえ思われた——いつ何どき吐き気に襲われるか、自分でも予知できなかったからだった。バスから二度ほど飛びおりて、かろうじて溝の中に吐いたこともあった。こんな状態ではたまさかどこかの家に招かれても、心配で行けるものではなかった。

シーリアはおりおり散歩に行くぐらいでみじめな気分で家にひきこもっていた。タイプや速記のコースも中止するほかなかった。縫いものをすると眩暈がした。椅子によりかかって本を読むか、ミセス・ステッドマンの出産についての経験豊かな思い出話に耳を傾けて過ごすのがおもな日課であった。

「ビアトリスが生まれる前でしたよ。八百屋の店で急にわたし、居ても立ってもいられなくなっちまったんです（芽キャベツを少しばかり買おうと思って寄ったんですがね）。『どうしてもあの梨が食べたい！』そう思ったらもう我慢できなくって。大きくて、みずみずしそうだ（お金持が食後に食べる高いやつですわ）、そう思ったとたんにわたし、もうその梨をひっつかんでガブリと嚙みついてたんですよ。店員はびっくり仰天、わたしの顔をぽかんと見つめてましたがね――当たりまえですよ。でもね、店のあるじはたくさんの子持ちで、わけのわかった人でしたからね、『いいんだよ、どうってことはない』店員にそういいましたよ。それからわたしに、『わっしも七人の子持ちだから、よくわかってますさあ。うちのやつなぞ、この前のお産のときにゃ、塩豚しか、食べなかったものでさ』って」

一息ついてミセス・ステッドマンは付け加えた。

「奥さんもお母さまがご一緒だとよっぽどお楽なんでしょうが、もちろん、ご隠居さんのお世話もあることだし、なかなかねえ」

母親が一緒にいてくれればとシーリアもつくづく思った。悪夢にうなされるような日々が続いていた。霧がことのほか深い冬で、くる日もくる日も薄暗かった。ダーモットが帰宅するまでの時間がいかにも長ったらしく思われた。

しかしダーモットはやさしかった。たえず彼女のことを気づかってくれた。彼はまた妊娠に関する本を次々に買ってきて、夕食の後で読みあげた。

「……妊婦はときどき奇妙な、変わった食べものに嗜好を示すことがある。昔はそうした欲求を満たすことが適切と考えられたが、近ごろではそれが有害な性質のものであるときは抑制すべきだとされている……きみはどう、シーリア、奇妙な、風変わりな食べものがほしくなるかい？」

「食べものなんか、どうだっていいって気持よ」

「無痛分娩について少し読んだんだけれどね、きみの場合もそれでいったらどうかなあ」

「ダーモット、あたし、いつになったら気分がさっぱりするのかしら？　もう四ヵ月を過ぎているのに」

「そのうち終わるよ。どの本にもそう書いてあるもの」

本にどう書いてあろうと、シーリアの気分の悪さはいっかな終わらなかった。

ダーモットは自分からいいだしてシーリアを実家に帰そうとした。

「ここに一日いるなんて、きみにとっちゃ、たまらないだろうからね」

しかしシーリアは受けつけなかった。いくら彼自身がいいだしたのだとしても、彼女がいそいそと母のもとに行けばダーモットは気持を傷つけられるにきまっている。それに実家に帰りたいとは思わなかった。もちろん、気分はいずれよくなるにきまっている。悪阻《つわり》で死ぬ者はない。ダーモットはもしも彼女が死んだらなどと心配するが。しかしまさかということもある。産褥で死ぬ女もないわけではないのだから。それに万一そんなことがあるとしたら、ダーモットと一緒にいる時を一分たりとも浪費してはならないのだ。……

いくら気分が悪くても、彼女はダーモットを愛していた——前よりいっそう。彼女にあくまでもやさしく、どこか滑稽でさえあるダーモットを。

ある夕方、シーリアはダーモットの唇がもぐもぐと動いているのに気づいて不審そうに訊ねた。

「どうしたの、ダーモット？　何をひとりごといってるの？」

ダーモットはちょっときまり悪そうに答えた。

「お医者がぼくにこういうところを想像していたんだよ。『母体と赤ちゃんと両方を救うことはできませんが』って。するとぼくはいうんだ『赤ん坊なんぞ、ズタズタにしてかまいません』って」

「ダーモット、何てひどいの！」

「ぼくは赤ん坊が憎いんだよ、きみをひどい目に遭わせているんだもの——男の子か、女の子か、わからないが、男だったら、とにかく憎いんだ。男よりは女の方がましだ。青い目の、長い足の女の子だったら、我慢できるだろうよ。しかしちびの男の子なんてまっぴらだ」

「でも男の子よ、きっと。あたしは男の子がほしいの。あなたによく似た男の子が」

「男の子なら殴ってやる」

「ひどいのねえ」

「父親は子どもを殴って育てるものだよ」

「あなた、やきもちを焼いているんだわ、ダーモット」

たしかに彼は嫉妬していた。ひどく嫉妬していたのだった。

「きみがあんまりきれいだからだよ。ぼくはきみをぼくひとりのものにしておきたいんだ」

シーリアは笑った。

「とくに今のあたしはね？　どう？」

「またきれいになるさ。グラディス・クーパーをごらん。子どもが二人いるのに、あいかわらずきれいじゃないか。そう思うと、ホッとするよ」

「ダーモット、きれいじゃなければいけないように、そんなふうにいわないでほしいわ。何だか──怖くって」

「なぜだい？　きみはこれからもずっと……」

シーリアは顔をしかめて、居心地悪げに身じろぎをした。

「どうしたんだい？　どこか、痛いのかい？」

「そうじゃないの──脇腹がつるみたいで。何かに蹴られたみたいに」

「あいつじゃないだろうね。この間読んだ本によると五カ月を過ぎれば──」

「あら、ダーモット、胸の下がかすかに騒ぐって、よくいう、あれのこと？　とても詩的で、美しい表現だと思っていたのよ。きっとすばらしい気持だと。でもまさかこんな感じじゃあ──」しかしそうだったのだ。

あたしの赤ちゃんはとても、活発な子に違いないわ──とシーリアはいった──しょっちゅう蹴っているみたいなんですものと。

こんなふうにあばれるので、二人は彼にパンチと名づけた。

「パンチはどう？　今日も騒いだかい？」帰宅するとダーモットはきまってこう訊いた。

「ええ、ひどかったわ」とシーリアは答えるのであった。「一分も休まずによ。今はちょっと眠っているようだけど」

「大きくなったら、ボクサーにでもなるのかな」

「あたし、自分の子の鼻をつぶされるのはいやだわ」

シーリアはミリアムが訪ねてくれることを切に願っていた。しかしグラニーの具合が悪く——気管支炎の気味で(うっかり寝室の窓をあけはなしたためだった)、娘を見舞いたくてたまらないのに病人をおいて出ることもしかねていたのだった。

「グラニーのことはわたしの責任だから、ほっておくことはできないわ——メイドたちを信用していらっしゃらないし。でも——本当はあなたの傍にいてあげたくって。あなたがこっちへこられないものかしら?」

シーリアはしかしダーモットの傍を離れることができなかった——心の奥にかすかな影のように不安な思いがあった——「あたし、お産で死ぬかもしれない」

結局決断を下したのはグラニーその人だった。細い、のたくるような筆蹟で——視力が衰えているのでとくに読みにくかった——彼女はシーリアに書いてよこした。

かわいいシーリア

わたしはおまえのお母さんに、ぜひともおまえのところに行くように勧めたところです。今のおまえの状態で、満たされない願いがあるのはたいそうよくないことです。あなたのお母さんもあなたの所へ行ってあげたいと思っているのです。ただ、わたしをメイドたちに預けて行く気にならないのです。それについては何もいいますまい——誰に手紙を読まれないとも限りませんからね。

足をあげて寝ることを忘れないようにしなさいよ。それからエビやサケが目に止ったときに皮膚に触らないように。わたしの母はみごもっているときに首に手をやったまま、サケの切身を眺めていたんだそうです。それでキャロライン伯母さんは首の横に、サケの切身みたいなあざができてしまったのです。

五ポンド紙幣を一枚同封します（今は半分だけ——次の便でもう半分送ります）。これで何かおまえの好きなおいしいものをお買いなさい。

おまえを愛している

グラニーより

ミリアムの訪問はシーリアにとって大きな喜びだった。居間の背なしの長椅子がミリアムのベッドとなった。ダーモットは姑をいかにも愛想よくもてなした。そんなことで影響されるミリアムではなかったが、シーリアに対する彼のこまやかな思いやりには彼女も感銘を受けたらしかった。「ダーモットにいい感じをもたなかったのは、わたしが嫉妬していたからなのかもしれないって気がしてきたわ」と彼女はシーリアに告白した。「あなたをわたしから取って行く人が誰であろうと、とうてい好きになれっこなかったんでしょうよ」

しかし訪問三日目にミリアムは電報を受けとって急遽帰宅した。そしてその一日後に、グラニーは亡くなったのだった。彼女のほとんど最後の言葉はシーリアへの伝言で、バスに飛び乗ったり、飛びおりたりしてはいけないという戒めだった。「若妻にとってはとんでもないことだよ」

グラニーは自分が死ぬなんて夢にも考えておらず、亡くなる少し前までシーリアの赤ん坊のために編みかけている小さな靴下が早く編みあがらないのが口惜しくてぶつぶついっていた。……曾孫を見ずに死ななければならないなんてことはおよそ考えもせずに、永遠の眠りについたのだった。

8

グラニーの死は経済的にはミリアムにも、シーリアにも、大した影響をおよぼさなかった。彼女の収入の大部分は三人目の夫の財産の利息に対する生涯権だったし、残った金の半分以上が親類や召使への給与になり、余った分がミリアムとシーリアに遺されたのであった。グラニーの収入に家の維持費を大幅に助けられていたので、ミリアムの手もとはかえって苦しくなったくらいだったが、シーリアには自分のものと呼べる収入が年に百ポンド入ることになった。ダーモットの賛成と承諾を得て、シーリアはこれを〈家〉の維持費の足しにしてくれるよう、ミリアムに渡すことにした。今では彼女は以前にも増して家を売る気がせず、ミリアムもこれに同意した。シーリアの子どもが遊びにこられる家——ミリアムは今はそうした目でその家を見るようになっていたのだった。

「それにあなた自身にとっても必要になるかもしれないしね——わたしが死んでしまっても、あなたの避難所があるって思っていたいから」

避難所とは奇妙な言葉だとシーリアは思ったが、いつかはあの家でダーモットと一緒に暮らせるのだと思うとうれしかった。

しかしダーモットの見かたは違っていた。

「きみが自分の生まれた家を愛しているのは自然のことさ。しかし、あの家がぼくらに役に立つ日がくるとは思わないな」

「いつかは、あそこで暮らすようになるかもしれないじゃないの」

「まあ、百一歳にでもなればね。ただしロンドンから遠すぎて、実際問題として役に立たないだろう」

「あなたが除隊しても？」

「除隊したって、ただぶらぶらしているなんてご免だからね。何か民間の職業につくことになるかもしれない。戦争が終わった後も軍隊にとどまるかどうか、それはわからないよ。しかし、今その話をすることはない」

まったく先のことを考えてもはじまらなかった。ダーモットはまたいつフランスに行くことを命じられるか、わからなかったし、戦死しないとも限らなかったのだ……

「でもあたしにはダーモットの子どもがいるわ」こうシーリアは思った。

しかし彼女はどんな子どもも愛するダーモットの代わりにはならないことを知っていた。ダーモットは彼女にとって、世界中の誰よりも大切だろう。どんなことがあっても、それは変わらないと思われたのであった。

11　母親となる

1

シーリアの子どもは七月のある日、二十二年前に彼女自身が生まれた部屋で生まれた。ブナの木の深緑の枝が窓ガラスをはたはたと叩く風の強い日だった。

ダーモットはシーリアについての危惧（ふしぎなくらい激しいものだった）を隠して、母親となろうとしている彼女の役割をひどく愉快なものと見なそうと断乎決意しているかのようだった。子どもが生まれる前のうんざりするような期間をシーリアに堪えさせてくれたのは、主としてダーモットのこうした努力であった。シーリアの健康は申し分なく、運動不足にもならなかったが、船酔いのような気分は最後までつきまとっていたのだった。

シーリアは予定日の三週間前に実家に帰った。三週間が終わろうとしているときに、ダーモットが一週間の賜暇を得てやってきた。彼女はダーモットがいる間に生まれればと思っていたのだが、ミリアムはこの若い娘婿が帰った後の方がいいと思っていた。ミリアムの考えるところでは、こうした場合、男は多少とも邪魔になるだけだった。

看護婦もやってきたが、わざとらしく快活で、安請合いをするので、シーリアはかえって内心恐ろしくなっていた。

ある夜の夕食のときにシーリアがナイフとフォークを取り落として叫んだ。「ああ、看護婦さん!」

看護婦はシーリアに付添って部屋を出たが、一、二分してもどってくるとミリアムに向かって頷いた。

「たいへん規則的ですわ。模範的なお産婦さんです」

「医者に電話しないんですか?」とダーモットが憤然といった。

「急ぐことはありませんわ。まだ何時間かは余裕がありそうですし」

シーリアはまた食堂にもどって食事を続けた。食事がすむと、ミリアムと看護婦はシーツをたくさん出しておいた方がいいなどといいあいながら、鍵束をガチャガチャいわせて一緒に出ていった。

シーリアとダーモットは泣きだしそうな顔を見合わせていた。それまでは強いて冗談をいったり、笑ったりしていたのだが、今はただ不安に捕われていた。

「あたしのことなら心配ないわ。わかっているんですもの、大丈夫だってことは」

ダーモットが激しい声でいった。「もちろんだとも」

そしてまた情けなさそうに、顔を見合わせたのだった。

「きみは体が丈夫だからね」とダーモットが咳いた。

「ええ、とても。それに赤ちゃんなんて、毎日生まれているのよ――一分間に一人の割合とかじゃなかった?」

こういったとたんに妻の顔が苦痛にひきつるのを見て、ダーモットは叫んだ。

「シーリア!」

「大丈夫よ。外に出ましょう。家の中は何だか病院みたいでいやだわ」

「あのごたいそうな看護婦のやつのせいだよ」

「あら、いい人なのよ、本当は」

二人は夏の夜気の中に歩み出た。二人だけが奇妙に隔離されているような気がした。

家の中からは慌しく走る音、気忙しげな話し声が聞えた。看護婦が電話口でいっていた。

「はい、先生……いいえ、先生……はい、十時ごろで十分でございます……はい、結構ですわ」

戸外は涼しく、静かな緑が二人のまわりを囲んでいた。……ブナの木がざわざわ鳴った。……

手をつないでさまよい歩く二人の子ども――どうしたらお互いに慰めあうことができるのかわからずに途方に暮れている二人の幼い子ども……

シーリアがだしぬけにいった。

「一言いっておきたいの――もちろん何か起こるっていうんじゃないのよ――ただ万一そんなことがあったとしても、覚えていてほしいの――あたし、あなたと結婚して本当に幸せだったたから、もうそのほかのことはどうでもいいんだってことを。あたしを幸せにするって約束してくださったわね、ダーモット……そのとおりだったわ……あたしみたいに幸せな人間はまたといないと思うわ」

ダーモットはしどろもどろにいった。

「しかしぼくのせいできみは……」

「わかっているわ。あなたの方が辛いくらいなのよね……でもあたし、そら恐ろしいくらい、幸せよ――それにこれがすんだらまた愛しあって暮らしていけるんですもの」

「ああ、一生ね……」

看護婦が家の中から声をかけた。

「さあ、もう中にお入りにならなくちゃいけませんわ」

「いま、行くわ」

いよいよだ。離ればなれにならなければいけないのだ。これこそ、何よりも恐ろしいことだった。ダーモットを残して、この新しい事態にたったひとりで立ち向かわねばならないということが……

二人は抱きあった――別れの恐ろしさを忘れようとするようにくちづけをかわした。

あたしたち、けっして忘れないわ、今夜のことを――けっして――とシーリアは胸に繰り返した。

七月十四日の夜だった。

彼女は家の中に入って行った。

2

疲れている……疲れて……ただ疲れていた……

部屋がくるくると回っていた――靄の中のようにおぼろに――それがひろがって次第

に現実の中に場所を見出した。看護婦がにっこりほほえみかけていた。部屋の一隅で医師が手を洗っていた。シーリアが生まれたときからお馴染みの老医師だった。いま、医師は朗らかに彼女に呼びかけていた。

「やあ、シーリア、おめでとう、無事に生まれたよ」

あたしに赤ちゃんが——本当かしら？

しかしそんなことはもうどうでもいいような気がしていた。

疲れていた。

ただただ疲れていた。

みんなはあたしが何かするか、いうか、するのを待っているらしい……

でも何もいえない。

ほっておいてほしいだけだ。

むしょうに休みたい……

しかしひとりではない。何かが……誰かがいる……

「ダーモットなの？」と彼女は呟いた。

3

とろとろとしたらしかった。目をあけると彼がいた。

でもどうしたんだろう？　ダーモットはまるで人変わりしたように――とても奇妙に見えた――どうかしたのだろうか？　何か悪い知らせでも？

「どうしたの？」と彼女はいった。

不自然な妙な声で彼は答えた。「小さな女の子だよ」

「そうじゃないの――あなたよ。どうしたの？」

ダーモットは顔をくしゃくしゃにした。泣いているのだ――ダーモットが――泣いている！

とぎれとぎれに彼はいった。「恐ろしかった――いつまでも続くようで……きみにはわからないだろうが……本当に恐ろしかったよ」

ダーモットはベッドの脇に跪き、顔を埋めた。シーリアは片手を夫の頭の上に載せた。

この人、本当に心の底からあたしを愛してくれるんだわ……

「もう大丈夫よ」と彼女はいった。「もう何もかも安心よ」

4

枕もとに母親がいた。やさしい微笑をたたえた顔を見たとたんに、ふしぎと気分が爽やかになり——力が湧くのを覚えた——子どものころいつもそうだったように。マミーがここにいるんだもの、何もかももう安心だわ、という気持だった。

「行かないで、マミー」

「行かないわ。ずっとここにいるわ」

シーリアは母親の手を握ってぐっすり眠った。目が覚めたとき、彼女はいった。

「ああ、マミー、本当にすばらしいわ、吐き気がしないってこと！」

ミリアムは笑っていった。

「あなたのお嬢ちゃんに初対面なさいな。いま看護婦さんが連れてくることになっているわ」

「男の子じゃなかったって本当？」

「ええ。でも女の子の方がずっとすてきよ、シーリア。あなた自身、わたしにとって、シリルとは違う意味をもっていたんですもの」

「そうね、でも男の子だときめていたから……いいわ、ダーモットが喜ぶでしょう。あの人、女の子がほしかったの。自分の思うようになったんですものね」

「例によってね」とミリアムはちょっと無表情にいった。「ああ、看護婦さんがきたわ」

糊のよく利いた服を着た看護婦がいかにももったいらしくはいってきた――何か枕の上に乗せたものを抱きかかえて。

シーリアははっと心の準備をした。生まれたての赤ん坊ってみっともないものだ――ぞっとするくらい醜いだろう。覚悟していなくては。

「まあ！」とひどくびっくりしたように彼女は叫んだ。

この小さな生きものがあたしの赤ちゃん？　彼女の腕の中に看護婦がそっと赤ん坊をおろしたとき、シーリアはただわくわく、ぞくぞくしていた。藁葺屋根のように厚い黒い毛の、インディアンの赤ん坊みたいなこの子が？　想像していたのとは違って、生肉《なま》のような感じはまったくなかった。――奇妙なかわいい、滑稽な小さな顔。

「八ポンドおありですわ」と看護婦が満足げにいった。

これまでもしばしばあったように、シーリアは、またもや現実離れのした気持に襲われて、若い母親の役を演じている自分を意識した。

妻という実感も、母親のそれも、今の彼女にはなかった。すばらしく楽しいパーティーから疲れきって帰ってきた女の子の気分だった。

5

シーリアは赤ん坊をジュディーと名づけた――パンチがだめなら、せめてもジュディーというわけだ！

ジュディーは申し分のない赤ん坊だった。毎週計るごとに確実に体重を増し加え、必要以上にあまり泣くこともなかった。しかし泣くときは、小型の女虎のように激しい怒りの咆哮をあげた。

グラニーがよくいったように、〝産後の肥立ち〟も順調と見極めがついてから、シーリアはジュディーをミリアムに預けてロンドンに行き、また貸間探しをはじめた。ダーモットとふたたび一緒になれた喜びは格別だった。新婚生活のやり直しのようにすべてが楽しかった。ダーモットの満足は一つには、シーリアが（彼女はひそかにこう看破していた）ジュディーを置いて彼の所にもどってきたということにあるらしかった。

「きみが赤ん坊にかまけてぼくのことをまったく構いつけなくなるんじゃないかと心配していたんだ」

嫉妬心もおさまって、ダーモットは暇を見てはシーリアと一緒にせっせと貸間探しをした。シーリアはもう、この方面ではかなりの経験者になったような気がしていた。彼女は今ではミス・バンクスの有能さに怖ぞ気をふるったおどおどした若妻では、けっしてなかった。一生貸間から貸間を転々としてきた女のように、世慣れているつもりだった。

二人は今度は家具付きでない貸間を借りようと思っていた。その方が安あがりだし、家具なら実家からほとんど全部回してもらえる。

しかし家具なしの貸間は数が少なく、場所もずいぶんあちこちに離れていた。それにたいてい馬鹿にならぬ権利金がついていた。くる日もくる日も無駄足を踏むうちに、シーリアはだんだん意気消沈した。

こんな状況から彼女を救ってくれたのは、ミセス・ステッドマンだった。

ある朝の朝食時にミセス・ステッドマンは、様子ありげな顔で現われた。

「こんなときに伺ってお許しくださいよ、大尉さま。ゆうべステッドマンがロートン

・マンションズ十八番地に——ついその角を曲った所です——貸間があるって聞きこんできましてね。周旋屋にゆうべ手紙を書いたばかりだそうですから、誰かが聞きつける前に今すぐいらっしゃれば——」

みなまで聞かずにシーリアはもう食卓からぱっと立ちあがり、帽子をかぶると、何か嗅ぎつけた犬の一途さで走りだしていた。

ローストン・マンションズ十八番地でも朝食の最中だった。だらしのなさそうなメイドが「部屋を見たいって人が見えましたよ、奥さん」と取りつぐと、玄関に立っているシーリアの耳に、「でも手紙はまだ着いていないと思うのに。ゆうべの八時半にポストにいれたばかりよ」とあたふたと答える女の声がした。

キモノを羽織った若い女が口もとを拭いながら食堂から出てきた。燻製のニシンの臭いも一緒に流れてきた。

「本当に部屋をごらんになりたいんですの?」

「ええ、お願いしますわ」

「そう、じゃあどうぞ……」

シーリアは部屋を見せてもらった。これなら十分間に合う。寝室が四つ。居間が二つ——もちろんあちこちかなり汚れているが。年に八十ポンドの家賃(これはびっくりするほど安い）、それに権利金が（やれやれ）百五十ポンド。床のリノリウムは敷いたばかりだから相応に払ってほしい（シーリアはいわゆるこの〈リノ〉が大嫌いだったのだが）と家主はいった。シーリアはまず権利金は百ポンドにはならないかといってみたが、キモノ姿の女はとんでもないとばかり、言下に拒否した。

「いいですわ」とシーリアは決然といった。「お借りすることにします」

階段をおりながらシーリアはすぐに決めてよかったと思った。二人の女が別々に階段をあがってきた。どちらも周旋屋の紹介状を手に持って。

三日のうちにシーリアとダーモットは、二百ポンド出すから貸間の権利を譲ってほしいという申し出を受けた。

しかしもちろん彼らは権利を手放さず、百五十ポンドを払って、ローストン・マンションズ十八番地に入居した。やっと自分たちのものと呼べる空間（汚らしくはあるが）ができたというわけだった。

しかし一ヵ月すると、家は見違えるほど住み心地がよくなった。ダーモットとシーリアは内部装飾を自分たちですっかりやった。——金がないのでそうするほかなかったのだが。お蔭で彼らは泥絵具やペンキを塗ったり、壁紙を貼ったりする作業について、いろいろと興味深い事実を学んだ。二人とも出来ばえはちょっとしたものだと思った。安い更紗まがいの壁紙で暗い廊下が明るくなった。黄色い泥絵具を壁に塗ると北向きの部屋も日当りよく見えた。居間の壁は淡いクリーム色にした。額や置物がひきたつように思ったのである。〈リノ〉は剝がされて大喜びのミセス・ステッドマンに引き取られた。「ちょうどいいリノが一つ、ほしいと思っていたんですよ……」

6

一方シーリアはもう一つの難関を切り抜けていた――バーマン紹介所のそれである。ミセス・バーマンはナニー紹介所の所長であった。

訪れる者に畏怖の念を起こさせるこの紹介所でシーリアは、黄色の髪の権高な女性の前に通され、仰々しい書式の調査書に記入した。記入者にいちじるしい劣等感を起こさせるたぐいの質問が並んでいた。ついで彼女はまるで医院の相談室のような小部屋に導かれた。カーテンをめぐらしたその狭い部屋でシーリアは、黄色い髪の女性が適当と考えたナニーたちと面接すべく、ひとり残されたのであった。

最初の候補者に会う前に、シーリアの劣等感は極限に達していた。入ってきた女性の風貌も、この情けない気持を和らげてはくれなかった。堅苦しそうな、大柄の女性で、身仕舞いはおそらく清潔で、かつ堂々たる押出しであった。

「こんにちは」とシーリアはおずおずといった。

「おはようございます、奥さま」と答えて婦人はシーリアと向かい合わせに坐り、きっとした目《ま》ざ《な》しで彼女の顔を見つめた。自尊心をもった人間なら、こんな雇い主の申し出には一顧も与えないだろうと思っている様子を漂わせながら。

「生まれて間もない赤ん坊の世話をお願いしたいんですの」とシーリアはいった。世慣れぬ無知な母親という（じっさい恐ろしかったのだ）意識をもつまい、できればそんな印象を与えまいとつとめながら。

「はい、奥さま。月はなからでございますか？」

「ええ、すくなくとも二カ月は」

それがまず間違いだった。〝月はな〟とは術語であって、雇いいれ期間のことではなかったのである。シーリアは誤りをただされて、自分に対する相手の評価がまた低下したことを感じた。

「それで奥さま、ほかにお子さまは？」

「いません」

「そうしますと、はじめてのお子で。ご家族はほかには？」

「あの——あたしと主人だけです」

「召使はどのような構成になっておりましょう？」

どのような構成？　まだ雇ってもいないメイドの——それもたった一人——には大仰すぎる表現であった。

「あたしたち、質素な暮らしをしていますの」とシーリアは顔を赤らめていった。「メイドを一人頼むことになっています」

「子ども部屋の掃除そのほか万端、その人にしてもらえるんでしょうか？」

「いいえ、それはあなたにしていただきませんと」

「はあ！」婦人は威厳ある物腰で立ちあがって、怒りよりは悲しみを含んでいった。「どうやらお宅の状況は、わたくしの求めておりますものとはかなり違うようでございます。サー・エルドン・ウェストのお宅では子ども部屋付きのメイドが一人おりましたし、掃除洗濯にしても、すべてハウスメイドがやっておりました」

シーリアは黄色い髪の婦人を心中詛った。調査書にあんなに委しく記入させておきながら、ロスチャイルド家の申し出しか受けつけそうもない人間を送りつけるのか？

不機嫌そうな顔の、いかつい女が次にはいってきた。

「赤ちゃんは一人。月はなかからですね？　おわかりでしょうか、奥さん、わたしは育児いっさいを任せていただきたいんですの。干渉はお断りします」こういって女はシーリアを睨めすえた。

「何のかのとうるさくいう若いお母さんはこっぴどく思い知らせてやるよ」とその目ざしはいっていた。

シーリアは、それはちょっと困るといった。

「わたし、お預りしたお子さんに全身全霊をささげるたちでして。そりゃもう、大切にお仕えします。でもお母さまにしょっちゅう口を出されるのは願いさげですわ」

この恐ろしい婦人には、即刻お引取りを願うことになった。

次にはいってきたのは熟練した〝ナニー〟と自称するたいへん不潔な老婆であった。シーリアの確かめた限り、この老婆は目も見えず、耳も聞えず、いわれたこともさっぱり理解できない様子だった。

ナニーとはよくもまあ、いったものだとシーリアは思った。

次の候補者は見るから意地の悪そうな若い女で、子ども部屋の掃除や洗濯を自分でしなければならないと聞いて、たちまちふふんといった顔をした。お次は愛想のよい、赤い頬の若い娘で、これまではメイドをしていたが、「お子さんとの方がうまくやっていけると思って」というのであった。

これではとても見こみがないとシーリアが絶望しかけていたときに、三十五歳ぐらいの女がはいってきた。鼻眼鏡をかけた、小ざっぱりした身なりの婦人で、快活そうな目をしていた。

「子ども部屋を自分で掃除する」という条件を聞いても、この婦人は他の連中のようにいきりたたなかった。

「そうですね。それは結構ですわ。ただ炉の掃除まではちょっと。手が荒れますから。赤ちゃんを扱うのに荒れた手は向きませんものね。ほかのことはかまいませんわ。植民地に行ったこともありますし、たいていのことはやれます」

こういって彼女はシーリアに、これまで預かった子どもたちの写真を見せた。シーリアは、身元さえ確かならこの女を雇うということに決めた。

安堵の溜息をついてシーリアは紹介所を出たのであった。

メアリー・デンマンの紹介状はきわめて満足のゆくもので、経験豊かな、注意深いナニーということが十分保証されていた。そこでシーリアは今度はメイド探しにとりかかった。

これはナニーを見つけるよりいっそうたいへんなくらいの難事だった。ナニーの求職者はともかくもたくさんいたが、メイドの場合はほとんどいないにひとしかった。今では若い娘たちは軍需工場や婦人補助部隊、海軍婦人部隊で働いていた。シーリアは一人の女に目をつけて、この女がきてくれればと思った。ぽっちゃりした顔の人のよさそうな娘でケートといった。シーリアは懸命に彼女を説得した。

しかしケートの場合にも、子ども部屋のことがひっかかった。

「赤ちゃんがいらっしゃるのがどうこういうんじゃないんです。あたし、子どもさんは大好きですから。ナニーのことです、いやなのは。この前の勤め口でナニーのことからごたごたしましたので、これからはナニーのいるお宅には伺わないことにしようときめたんですの。ナニーがいる所じゃ、きまって悶着が起こるんですから」

メアリー・デンマンに限ってそんな心配はないと美徳の塊のように褒めちぎっても、ケートは頑として受けつけなかった。

「ナニーは悶着のもとというのは、あたしの経験から出たことなんですから、たしかですわ」

結局のところ、結着をつけたのはダーモットだった。シーリアは頑強に断りつづけるケートのもとにダーモットを差し向けた。そしていつでもうまく自分の意志を通すダーモットは、ともかくも、やってみようとケートにいわせることについに成功したのだった。

「どうしてそんな気になったのか、自分でもわからないんですよ。ナニーのいるお宅には二度と奉公しないっていいつづけてきたんですから。でも大尉さんがとてもやさしくいってくださったし、あたしの友だちのいるフランスの連隊もご存じだったり、そんなこんなで――まあ、ためしにやってみるだけならってことになっちまったんですわ」

というわけでケートも無事に確保され、ある十月の日、シーリア、ダーモット、デンマン、ケート、それにジュディーはローストン・マンションズ十八番地に落ちつき、家庭生活がはじまったのだった。

7

ダーモットはジュディーに対してひどく滑稽な態度をとった。まるで娘を恐れているかのようだった。シーリアがジュディーを夫に抱かせようとすると、彼はいつも不安そうに尻ごみした。

「いや、だめだよ、だめだ。そんなもの、抱いていられないよ」

「だっていつかは抱かなけりゃならないのよ。この子がもっと大きくなったら。それに、いいえ、そんなものだなんて！」

「大きくなったら、もう少しましになるだろう。喋ったり、歩いたりするようになったら、好きになれるかもしれない。それにしても、今はやたら肥っているね。これでちゃんとした女の子になるんだろうか？」

ジュディーのまるまる肥ったかわいい体や、あちこちのえくぼにも、彼はいっこう感銘を受けぬ様子だった。

「もっとすらっとした、細い子だといいのに」

「そんなの——生まれてたった三ヵ月の赤ん坊よ」

「そのうち、もっと細くなるかなあ？」

「もちろんよ、親のあたしたちがどっちも肥っていないんですもの」

「でぶの女の子なんかになったら、それこそ、我慢できないよ」

夫に娘を褒めてもらえないシーリアは、ミセス・ステッドマンの褒め言葉にせめてもの満足を見出した。ちょうどあの陸軍の配給の肉の塊のまわりを歩いたように、ミセス・ステッドマンはジュディーのまわりをぐるぐる回って感嘆久しうするのであった。

「まあ、大尉さんにそっくりじゃありませんか？　そんじょそこらの鼻たれとは大違いでさね」

世帯の切りもりは概して面白かった。あまり大真面目に取組まなかったからこそ、面白かったのかもしれないが。デンマンはすばらしいナニーだった。有能で、赤ん坊を大切にし、仕事がたくさんある限り、立ち向かわなければならない状況がある限り、気持よくこちらの要求に応じてくれた。しかしすべてが落ちつき、家事が支障なく回転しだすと、デンマンはまったく違った一面をもっていることを示した。彼女は生まれつき激しい気性のもちぬしであった。彼女の偶像であるジュディーに対しては、不機嫌な態度をとることがなかったが、シーリアとダーモットにはしばしば理不尽に怒りをぶつけた。デンマンにとって他の召使はみな敵であった。何気ない言葉から突如、嵐のように怒り狂った。「昨夜は夜じゅう電気がついていたみたいですね。赤ん坊の具合が悪かったわけじゃないでしょうね？」こうシーリアが何の気なしにいうと、たちまちデンマンはかっとなる。

「夜中に時計が見たくなっても電気をつけちゃいけないっていうんですか？　真黒な顔の奴隷みたいな扱いを受けるのは仕方ないとしても、忍耐にも限度があります。アフリカにいたときは、わたしだって奴隷を使っていましたよ——何も知らない異教徒をね——でも、それはあっちじゃほかに暮らしようがないからです。電気代が無駄だってことならはっきりそういっていただいた方が気持いいですわ」

ケートは奴隷の話が出ると、いつも台所でひとしきりくすくす笑った。

「あのナニーったら、一ダースもの奴隷でも使いまわさなきゃ、承知しない人なんですからね。本当にアフリカの黒人の話ばっかり。あたしならそんな連中を使うのはいやですわ――ごめんですよ」

ケートはシーリアにとって大きな慰めだった。いつも機嫌がよく、穏やかで、他人の感情の嵐に巻きこまれずに、料理、掃除、その他自分の仕事をしながら、〝お邸〟の思い出にふけるのだった。

「最初のお邸づとめは忘れられませんわ――まだほんの小娘でしたからね。そのお邸じゃ、ろくな食べものも食べさせてくれませんでね。お午はきまって干しニシン。それにバターの代わりにマーガリンでしたよ。あたし、そりゃあ、痩せちまってて、骨のきしる音が聞えないかと思うくらいでしたわ。母が心配しましてね」

いかにも健康そうな、毎日ますますまるくなるようなその顔を見ていると、そんな話はとても信じられないほどだった。

「この家では大丈夫ね？　ちゃんと食べているわね、ケート？」

「ご心配いりませんわ、奥さま。そんなご心配いりませんって――それに奥さま、用事は何でもあたしがしますわ。お手が汚れるだけですもの」

シーリアはしかし、料理に後ろめたい熱情を覚えはじめていたのだった。料理書の指示さえ忠実に守れば大した失敗はしないという驚くべき発見をすると、彼女はやみくもにいろいろな料理を試みた。ケートがあまり感心しないので、もっぱら彼女の外出日に台所で思うさまひそかな楽しみにふけり、ダーモットのお茶や夕食に胸も躍るごちそうを並べるのだった。

しかし人生というものはままならぬもので、そういう日、ダーモットはたいてい、今日は胃の具合がよくないから薄いお茶だけでいいなどといい、海老のコロッケや、ヴァニラ・スフレの代わりに薄切りのトーストだけで夕食をすませたりする回り合わせになることがあった。

ケート自身はありきたりの堅実な献立に終始した。分量を計るということを頭から軽蔑しているので、料理の本を参考にすることがまったくできなかったのである。

「これをちょっと、あれをちょっとっていうふうに目分量でやるんですの、あたしは。母もそうしてましたものね。本当のコックは秤で計ったりなんか、いたしませんもの」

「計った方がいいこともあるんじゃなくて？」

「目秤手秤っていいましてね」とケートはいいはった。「母はいつでもそうしてました」


本当に面白いわ、世帯をもって――とシーリアは思うのだった。

自分のものと呼べる家（正確には借りものだが）――夫――赤ん坊――召使。

シーリアは今ようやく自分が大人に――本当の人間に――なったような気がしていた。時に応じて若奥さんらしい言葉づかいも覚えつつあった。近所に住む同じ年輩の若妻二人と親しくなったが、この二人は牛乳の質とか、芽キャベツを安く買える店とか、メイドの目にあまる振舞いとかをたいそう大ごとのように話題にした。

「あたし、メイドをじいっと見ていってやったの。『ジューン、図々しいことは許しませんよ』って。いやな顔をしてたわ」

二人ともこんな話しか、しないようだった。

シーリアはひそかに、自分は本当の意味では家庭的になれないのではないかと心配した。

しかし幸い、ダーモットはそんなことは気に留めていない。むしろ家庭的な女なんてまっぴらだといっている。そんな主婦の家は訪問してもどうも落ちつかないと。

彼のいうことにも一理あるようだった。メイドの欠点ばかり並べたてる女はさんざん目にあまることをされたあげく、いちばん困るときにその〝宝〟に出て行かれてしまい、料理その他家事いっさいを自分でやらなければならなくなるらしかった。また、朝中買物に費して食品を選ぶ女が、いちばんまずい、いちばん質のよくない商品を掴まされることもあるようだった。

家政ということに、みんな少し大騒ぎしすぎるんじゃないかしら——こうシーリアは思った。

彼女やダーモットはよその夫婦よりはるかに楽しい結婚生活を送っていると思われた。彼女はダーモットの家政婦ではなく、遊び友だちであったのだ。

そのうちにはジュディーも元気よく走りまわったり、喋ったりするようになる。シーリア自身がミリアムを崇拝したように、たぶんシーリアを崇拝するだろう。

夏になってロンドンが蒸し暑くなったらジュディーを母の家に連れて行こう。ジュディーは庭で遊び、王女と竜のゲームを発明するだろう。そうだ、ジュディーに子ども部屋に置いてあるお伽噺を残らず読んで聞かせよう——シーリアはそう思うのだった。

12 終戦

1

終戦はシーリアにとって一種の意外事だった。何となく戦争に慣れて、この状態がいつまでも続くような気がしていたのである。

まるで生活の一部のような気がしていた戦争がついに終わったのだ！

戦争が続いているうちは、計画を立てても無駄だった。成りゆきに任せ、一日一日を生きていくほかなかった――ダーモットがふたたびフランスに派遣されないようにとひたすらに願いながら、祈りながら。

けれども今は――万事事情が違う。

ダーモットはといえば、いろいろな計画ではちきれそうだった。陸軍にとどまるつもりはないと彼はいった。――陸軍には将来はないのだから。できるだけ早く除隊してシティーで働きたい。手はじめにたいへん有望な商会に口があるからと。

「でもダーモット、陸軍にいる方が安全じゃなくて？　年金もあるし、それに……」

「これ以上陸軍にいたら、体にかびが生えてしまうよ。くさくさしている人間がいったい何の役に立つ？　ぼくは金を儲けるつもりだ――それもたくさん。きみだって冒険はいやじゃないだろう？」

たしかにいやではなかった。冒険心こそ、彼女が夫においていちばん賛美している点だった。夫は人生を恐れていない。

そうだ、ダーモットはけっして人生から逃げださないだろう。正面から男らしく立ち向かい、むしろ人生を自分の意志に従わせるのだ。

ダーモットは非情だと母がいったことがある。そう――ある意味では。人生に対して、彼は非情だ――感傷的な配慮に影響されることがけっしてない。しかし妻の彼女に対しては情がある。ジュディーが生まれる前の彼のやさしかったこと……

2

ダーモットは敢えて冒険をした。除隊してシティーの会社にはいった。最初はかなり低い俸給で、しかし将来はもっと金がはいるという見込みに賭けた。

夫は会社づとめにうんざりするのではないかと思ったのだが、そんなことはないようだった。彼は幸せそうで、新しい生活にしごく満足しているらしかった。

ダーモットは新しいことを試みるのが好きなたちだ。新しい知人も好きらしかった。

彼が自分を育ててくれた二人の伯母に会いに一度もアイルランドに行こうとしないので、シーリアはときおりショックを感じたが。

贈物を贈り、一カ月に一度規則正しく手紙を書いたが、シーリアの知る限り、会いに行こうという気を起こしたことがなかった。

「伯母さまたちのこと、好きじゃなかったの?」

「もちろん好きだったさ――とくにルーシー伯母はね。まるで第二の母親ってところだったよ」

「それなのに、どうして会いたくならないの? あちらから泊りにいらしてもいいのよ。あなたがそうしたければ」

「そりゃ、よしたほうがいい。面倒だよ」

「面倒？ 伯母さまたちを好きだっていうのに？」

「いい人たちさ。めっぽう朗らかでね。だがはっきりいって、あまり会いたいことはないんだな。人間は成長するにつれて昔の結びつきから抜けでるものでね。それが自然さ。今のぼくにはルーシー伯母も、ケート伯母も、とくにどうってことはないんだ。こっちが成長したってことかな」

ダーモットってとても変わっているとシーリアは思った。

しかしたぶん彼の方でも、彼女が昔から知っている場所や人々にいつまでも強い愛着を示すことを風変わりだと思っているのかもしれない——そう考えたのだった。

だがじっさいのところ、彼は妻を変わっているなどとは思わなかった。というよりそんなことはまるで気にも留めなかった。ダーモットはたとえ妻であれ、ほかの人間の人柄について思いめぐらしたためしなどなかったのだ。他人が考えていること、感じていることを話題にするなんて、時間の浪費と思われた。

彼は現実が好きだった——ほかの人間の考えていることなどではなく。

ときおりシーリアは夫に、「あたしが誰かほかの人と駆落ちしたら、あなたどうする？」とか、「もしもあたしが死んだら？」と訊くことがあった。

ダーモットはいつもわからないと答えるばかりだった。じっさいにそんな羽目になるまで、どうしてわかるだろう？

「でもちょっと考えてみること、できないの？」

だめだった。ありもしないことを想像するなんて、単なる時間の空費だとダーモットには思われたのだったから。

もちろん、そうに違いなかったのだが。

しかしシーリアには想像することをやめることこそ、できない相談だった。彼女はまさにそんなふうに創られていたのだから。

3

ある日のこと、ダーモットはシーリアの気持を傷つけた。

二人であるパーティーに出かけた晩のことだった。シーリアは今でもパーティーが少々怖かった。昔のように内気になって、ろくにものもいえないのではないかと心配だったのだ。そういうことが折々あった。

しかしその夜は何もかもひどくうまくいった。はじめは思うように話せなかったが、ふと口にしたことがちょうど彼女と話していた男を笑わせた。それに勇気を得て、次第に舌が自由に動くようになり、その後はかなり話が弾んだ。みんなが笑い、いろいろなことをいった。シーリア自身、誰にも負けないくらいに快活に喋った。自分でも機知に富んでいると思う、おそらくほかの人にもそう思われるであろう言葉を口にしたつもりでいた。だから彼女は楽しい興奮を覚えながらその家を辞した。

「あたし、自分で思ってるほど間抜けじゃないんだわ」こう心の中で繰り返しながら。

床につく前にシーリアは化粧室のドアごしに夫に話しかけた。

「すてきなパーティーだったじゃない？　とても面白かったわ。うっかりして靴下が伝線したんだけど、早く気がついたからよかったのよ」

「まあ、悪いパーティーじゃなかったがね」とあまり機嫌のよくない返事が返ってきた。

「あら、ダーモット、あなた、あまり楽しくなかったの？」

「ちょっと消化不良の気味でね」

「まあ、いけなかったわね。いま炭酸ソーダを持って行ってあげるわ」

「いや、もういい。それより、きみは今夜はどうしたんだ？」

「どうしたんだって、何のこと？」

「ああ、いつものきみとはまるで違っていたよ」

「興奮していたんだと思うわ。でも違うって、どういうふうに？」

「いつものきみはとてもちゃんとしているのに、今夜はぺらぺら喋ったり、げらげら笑ったり、ちっともきみらしくなかった」

「まあ、あなた、いやだったの？　今夜はとてもうまくいったと思っていたのに」

奇妙な、冷たいものがシーリアの中でしこりはじめた。

「大したことじゃないさ。ちょっと馬鹿げているような気がしただけだがね」

「そう――」とシーリアはゆっくりいった。「たぶんそうだったんでしょうね……でもみんなは喜んでいたようよ――よく笑ったし」

「他人の反応なんか！」

「それにダーモット――あたしも楽しかったの……いけなかったわねえ。でも人間って、ときには馬鹿らしい真似がしたくなるものなのよ」

「まあ、いいさ」

「でももう二度としないわ。あなたがいやなら」

「そうだな。きみが馬鹿げた話しかたをするときはいやだね。馬鹿な女は、ぼくは嫌いなんだ」

痛い言葉だった——ひどくこたえた。

馬鹿な女——彼女が？　もちろん——昔から自分でもわかっていた。でもダーモットに限って気にしないとそう思っていたのだ、何となく。ダーモットなら、彼女の馬鹿さ加減を大目に見てくれると思っていたのだった。愛している者の欠点や弱点はいっそういとしく思われるものだ。たしなめるとしても怒気を含まず、やさしくいって聞かせるのが本当の愛情というものだろう。

でも男にはやさしさなんて、もともとあまりないのだ……

奇妙な恐れが鋭い痛みのようにシーリアを襲った。

男はやさしくない……女の欠点を受けいれない。

母親とは違う……

危惧の波が突然彼女を倒さんばかりに押し寄せた。男について、自分は何を知っているというのだろう？　ダーモットについても？

「男なんてものはね！」グラニーの口癖が胸によみがえった。グラニーは男が何を好むか、好まないか、一から十までよく知りぬいているという自信をもっているらしかった。

グラニーは馬鹿どころではなかった。シーリアはよくグラニーのことを笑ったが、しかし年をとってはいても、グラニーはたいへん抜け目のない人だった。

自分の愚かさをシーリアはいつも心の奥底で知っていた……いつも。しかし、ダーモットの場合はそれは問題ではないと思っていたのだった。そうではなかったのだ。彼においてこそ、問題だったのだ。

暗い中で、涙が抑えようもなく頬を伝った。

思いきり泣いてしまおう——夜の、闇のとばりの中で。そして朝になったら、まったく違う人間になろう。人前で馬鹿な真似をするのはもうやめにしよう。

甘やかされて育ってきたからだ。みんながやさしくしてくれたから——いつも励ましてくれたから。

ダーモットにさっきのような目で見られるのはたまらない。

何かを思いだすような気がした——ずっと昔の何かを。

思いだせない——どうしても。

とにかく気をつけて、馬鹿なことはもう二度と口にしないことだ。

13 連帯感

1

彼女について、ダーモットが嫌っていることがいくつかあるのに、シーリアは気づきだしていた。

たとえば、彼女が何かに関して彼の助けを求めると、彼はきまって機嫌が悪くなった。

「自分でちゃんとできるのに、どうしていちいちぼくに頼むんだい？」

「でもダーモット、あなたにしてもらうととてもうれしいんですもの」

「くだらないよ。そんなに何でもぼくがきみの代わりにやっていたら、きみはますます何もできなくなっていくばかりじゃないか」

「そうね、たぶん」とシーリアは悲しそうにいった。

「自分でちゃんとできないわけはないだろう？　きみは頭もいいんだし、考えぶかいし、有能なんだから」

「なで肩のヴィクトリア朝的な女なら、そういうふうに人に頼っても似合うんでしょうけどね——蔦がからむみたいに？」

「そうだね」とダーモットは快活にいった。「とにかくぼくにしがみつくわけにはいかないよ。そうはさせないからね」

「あなた、そんなにいや？　あたしが夢みたいなことを考えたり、想像したり、これこれのことが起こったらどうしたらいいだろうといったりするのが？」

「もちろん、かまわないさ。それできみが面白いなら」

ダーモットはいつも公平だった。自分が独立しているのと同様、他人の独立をも重んじた。自分なりの考えというものもあったのだろうが、言葉に表わしたり、他の人間とそれを分かちあおうとはしなかった。

ただ困ったことにシーリアは彼とは反対にすべてを夫とともにしたがった。下の中庭のアーモンドの花が咲くとき、彼女の胸は何とも奇妙に騒ぎ、じっとしていられないという思いで、片手でダーモットをぐいぐい引っぱって窓際に連れてきて、同じ気持を味わってほしいと思うのだった。しかしダーモットは手を摑まれることからして嫌った。よっぽど甘い気分でいるときでなければ、触られること自体をいやがった。

シーリアがストーヴで手を火傷してすぐまた台所の窓に指をはさんだとき、彼女はダーモットの肩に頭を載せて慰めてもらいたかった。しかし、そんなことをしたら彼が腹を立てるだろうということを感じたし、いっさい、そのとおりだった。ダーモットは不必要に触られることが嫌いだっただけでなく、慰めを求めて頭を寄せかけられることやほかの人間を思いやるようにいわれること——そうしたことをことごとく嫌っていたのだったから。

だからシーリアは夫とすべてを分かちあいたいという思い、愛撫を求める気持、慰められたいという衝動と闘った。

そんなのは赤ん坊くさいし、馬鹿げているわ、と彼女は自分にいい聞かせた。彼女はダーモットを愛しているし、ダーモットも彼女を愛している。いや、彼の愛情のほうがこまやかなくらいかもしれない。彼の場合には彼女の側における、ごくわずかな愛情の表現で満足しているのだから。

彼女は彼から情熱と友愛を与えられている。この上、愛情の表現まで期待するのは理不尽なのかもしれない。グラニーならいうだろう。〝殿がた〟はそんなふうにできていないと。

2

週末にはダーモットとシーリアは一緒に田舎に行った。サンドイッチを作って鉄道や、バスで目的地へ行き、その辺を歩きまわり、やはり汽車やバスで帰ってくるのだった。

一週間中、シーリアは週末の遠出を楽しみに暮らした。ダーモットは毎日シティーから疲れて帰ってくる。頭痛に悩んでいるときもあったし、消化不良を起こしているときもあった。夕食後には坐って読書をするのが好きだった。その日起こったことをシーリアに話すこともたまにはあるが、たいていは何もいいたがらなかった。多くの場合、彼は邪魔されずに読めるような専門書を開いた。

けれども週末には、シーリアは楽しい仲間をとりもどした。二人は森の中を歩きまわり、馬鹿げた冗談をいいあった。ときどきシーリアは丘をのぼりながら「あたし、あなたが大好き」といって片手を彼の腕に掛けた。これはダーモットが先に丘を駈けあがり、彼女が息を切らしているときのことで、ダーモットは冗談にならず、そして本当に彼女の手を引っぱって助けあげる必要があれば、腕に手を掛けられても苦情はいわなかった。

ある日ダーモットはシーリアにゴルフをしようといった。自分も下手だけれど、少しはできると。シーリアはクラブを出して銹を取った。そしてふと、ピーター・メイトランドのことを思い出した。やさしかったピーター。彼に対していだいた暖かい気持はけっして消えることがないだろう——おそらく死ぬまで。ピーターは彼女の生活の一部だった……

二人は入場料のあまり高くないさびれたゴルフ場を見つけた。またゴルフができるなんて——とシーリアはうれしかった。彼女自身は前より下手になっていたが、ダーモットも似たようなものだった。結構ロング・ショットを飛ばすのだが、左へ、右へ、とんでもなくそれてしまった。

上手下手にかかわらず、二人でゴルフをするのは楽しかった。

けれどもいつまでも楽しいというわけにはいかなかった。ダーモットは仕事におけると同様、ゲームにおいても有能で、かつよく努力した。ゴルフに関する本を買ってきて熱心に研究し、家でスイングを練習し、そのうちにはコルクのボールを買ってきてショットの練習をはじめた。

次の週末には二人はコースを回らず、ダーモットはショットの練習に終始し、シーリアにも同じようにさせた。

やがてダーモットはもっぱらゴルフを楽しみにするようになった。シーリアもそうしようとつとめたが、あまり成功しなかった。

ダーモットの腕前はとんとん拍子にあがったが、シーリアの方は変わりばえしなかった。シーリアは、ピーター・メイトランドに似た無頓着なところがダーモットにもあれば、どんなにかいいのにとつくづく思った……

しかし彼女はダーモットがピーターと違うから、正反対の性質をもっているからこそ、彼にひかれたのだった。

3

ある日、外から帰ってきたダーモットがいった。

「今度の日曜日にはアンドルーズたちとダルトン・ヒースに行くよ。いいだろう？」

もちろん、かまわない、とシーリアはいった。

ダーモットはそのゴルフ・コースにたいへん満足して帰ってきた。

ゴルフというやつはまったくすばらしいゲームだ、第一級のコースでやる場合は。この次の日曜にはシーリアもきてダルトン・ヒースを一見するといい。週末はもっぱら男子専用だが、一緒にコースを回ることはできるだろう――彼はこういった。

その後も一、二度安いコースに行ったが、ダーモットはもうそれにあきたらず、これでは物足りないといった。

一ヵ月後には彼はシーリアに、ダルトン・ヒースの会員になるつもりだといった。

「会員料の高いのはわかっているよ。しかしほかの出費を倹約すれば何とかなる。ゴルフはぼくにとって唯一のリクリエーションだし、ゴルフをやるとやらないとじゃ、たいへんな違いだからね。アンドルーズやウェストンも会員だし」

シーリアはゆっくりいった。

「あたしはどうなるの?」

「きみが会員になったって仕方あるまい? 女は週末にはプレーできないんだし、ウィークデーに一人で行く気もしないだろうからね」

「あたしのいう意味は、あたしは週末にはどうしてたらいいのかってことよ。あなたがアンドルーズたちとゴルフをしている間」

「プレーできないのに会員になるなんて、馬鹿げていると思うがね」

「ええ、でもあたしたち、週末はいつも一緒に過ごしてきたのに」

「ああ、そういうことか。そうだな、誰か、友だちをこしらえるんだな。きみにだって、たくさん友だちがいるじゃないか？」

「いいえ、いないわ。今はね。ロンドンに住んでいた友だちはみんな結婚してどこかへ行ってしまったし」

「ドーリス・アンドルーズとか、ミセス・ウェストンなんかだって、いいじゃないか？」

「あの人たちは本当いってあたしの友だちじゃないわ。あなたのお友だちの奥さんよ。それは同じこととはいえないんじゃない？　それだけじゃないわ。あなたにはわからないのよ。あたし、あなたと一緒にいたいの。あなたと一緒にいろいろなことをしたいの。一緒に歩いたり、サンドイッチを食べたり、ゴルフをしたり、一緒に楽しみたいのよ。ウィークデーには疲れているから、夜、一緒に何かしようなんて責めたてたりはしないわ。でも週末はいつもとても楽しみにしていたのよ。ねえ、ダーモット、あたし、あなたと一緒にいるのが好きなのに、これからはもうそんなときをぜんぜんもてなくなるなんて」

あたしの声、震えているかしら？　どうして涙がこみあげるんだろう？　でもあたしのいうことは、そんなに無理なことだろうか？　こんなことをいったらダーモットは機嫌を悪くするかしら？　あたしが利己主義なのかしら？　すがりつく女——蔦のように。

ダーモットは忍耐づよく、ことをわけて説こうとした。

「ねえ、シーリア、それは不公平ってものじゃないか？　ぼくはきみのしたいということに干渉したことがないのに」

「でもあたしは、何かしたいって、いいはったことなんかないわ」

「いいはってもちっともかまわなかったのさ。もしきみが週末にドーリス・アンドルーズか、きみの古い友だちの誰かと旅行に出かけたいといえば、ぼくは喜んで行かせたと思うよ。ぼくはぼくで誰かを探して別な所に出かけることにして。ぼくら、結婚したときに約束したじゃないか、どっちもしたいことをする、お互いに縛ったり縛られたりしないようにしようって」

「そんな約束しなかったし、そんなこと、話しもしなかったわ。あたしたち、ただ愛しあって、結婚しようといっただけよ。いつも一緒にいられればどんなにすてきだろうって」

「そのとおりじゃないか。ぼくがきみを愛していないってわけじゃない。これまでと同じに愛しているさ。しかし男というものはね、ほかの男と一緒に何かやりたいものなんだよ。それに男には運動が必要だ。ぼくが誰かほかの女とどこかへ行ったっていうのなら、きみにも言い分はあるかもしれないよ。しかしぼくはきみ以外の女にかかりあう気なんかないんだから。ぼくは女なんて嫌いだよ。ただ仲間とゴルフをしたいといっているだけじゃないか。きみはわけがわからなさすぎるよ」

そうかもしれない……

ダーモットがしたいといっていることはごく罪のない——自然なことだ……

シーリアは恥ずかしかった……

しかし二人で過ごす週末を彼女がどんなに楽しみにしていたか、ダーモットにはわかっていないのだ。……彼女はダーモットをただ夫として欲しているだけではなかった。遊び友だちとしての彼を、愛人としての彼以上に欲していたのだった……

女たちはよくいう——男は女を臥床をともにする相手として、家政婦として求めるだけだと……本当だろうか？

それが結婚の真の悲劇なのか——女が男の伴侶たりたいと思い、男がそれにうんざりするということが？

そういった意味のことをいうと、ダーモットは例によって正直にいった。

「そのとおりだと思うね、シーリア。女は何でも男と一緒にしたがる——しかし男にはほかの男と一緒にやりたいことがたくさんあるんだよ」

わかったわ、とシーリアは思った。ダーモットのいうとおり、あたしが間違っていたんだわ。理屈にもならない我を通していたんだわ。口に出してこういうと、ダーモットの顔はたちまち晴れやかになった。

「きみはいい子だね、シーリア。それに結局のところ、きみだってその方がいいと思うにきまっているよ。考えていることや感じていることについて話すいい仲間もそのうちにはきっとできる。そういったことには、ぼくは大体向いていないんだから。ぼくら二人とも、その方がきっと楽しいだろうよ。それにひょっとすると土曜か、日曜かどっちかだけ、ゴルフをするってことになるかもしれない。そうすればあとの一日は今までどおり、一緒に過ごせるよ」

次の土曜日がくると、彼はいそいそとゴルフに出かけた。そして日曜日には彼がいいだして二人で散策に出かけた。

しかし、何かが違っていた。ダーモットは彼女に対していかにもやさしかったが、彼女は彼がダルトン・ヒースに思いを馳せているのだと察して一緒にゴルフをしようと誘った。けれども彼は断った。

その顔は自分の払った犠牲を意識しているらしく、いささか誇らしげだった。

次の週末には、シーリアは彼に土、日の両方をゴルフに使うように勧め、ダーモットは意気揚々と出かけた。

シーリアは考えた。「これからはまた、ひとり遊びをするようにしなくちゃ。そうでなかったら——誰か友だちを作る必要があるわ」

彼女はこれまで〝家庭的な女〟を軽蔑してきた。ダーモットとの連帯を誇ってきた。子どもにかまけ、召使のことや、家事にかまけて夫のトムやディックや、フレッドが週末にゴルフに出かけると、家の中がかたづいていいなどという女たち、「その方がメイドも手が抜けて楽だし」などという妻たちを、馬鹿にしてきた。男はパンの稼ぎ手として必要だが、家の中では邪魔だといわんばかりの女たちを……

しかし結局のところ、家庭的な方が割りが合いそうだ。

どうやらその方が得らしい……

14　からむ蔦

1

　実家に帰るのはすばらしい。シーリアは緑の芝生の上に長々と身を横たえた——芝生はえもいわず暖かく、生きていた……

　頭の上でブナの木がさやさやと鳴っている……

　緑——緑——緑の世界……

　木馬を引っぱりながら、ジュディーが芝生をあがってくる……

　しっかりした足どりで歩いてくるジュディーはたいそうかわいらしかった。バラ色の頬、青い目、栗色の髪の毛。あたしの子どもなのだ——あたしがマミーの子どもだったように。

　だが、ジュディーは、彼女自身とは違うたちの子どもだった……

第一、ジュディーは〝お話〟を聞かせてもらうことが好きでなかった。それはシーリアには何とも残念に思われた。何の努力もなしに次から次へとお話を思いつくのに、娘にそれを話してやれないとは。ジュディーはとくにお伽噺が嫌いだった。

ジュディーの場合、何かのつもりになるということがまるでできないのはおかしいくらいだった。ママの子どものころには芝生が海で、輪回しの輪を船に見立てて遊んだものだなどと話してやっても、ジュディーはただ目をまるくして、「でもここは芝生だし、お船に乗るみたいに輪に乗るなんてこと、できないじゃないの」というのであった。

ママの小さいころって、ずいぶん馬鹿だったのねといわんばかりの口調に、シーリアはいつもがっかりさせられた。

ダーモットがそんな彼女を馬鹿だと思ったように、今度はこの小さな娘が！

まだたった四歳だったが、ジュディーは常識をじつにたっぷり持ち合わせていた。結構なことなのだろうが、常識というものは、時によるとひどく人をうんざりさせることがある――とシーリアは思った。

それにジューディーの常識はシーリアに困った影響をおよぼした。ジュディーの目に――澄んだ青い目に――良識のある母親として映るように努力するうちに、彼女はしばしばいっそう馬鹿げたことをいったり、したりしてしまうことがあった。

ジュディーは母親にとってまったくの謎だった。シーリアが子どものころに好きだったことはたいていジュディーを退屈させた。庭でひとり遊びをするなどということには三分と我慢できたためしがなく、「何もすることがないの」と宣言して家に入ってくるのであった。

ジュディーが好きなのは現実的なことばかりだった。ロンドンでは退屈した様子を見せたことがなく、テーブルをから拭きしたり、ベッド作りを手伝ったり、父親のゴルフのクラブをいそいそと手入れしたりした。

ダーモットとジュディーは突然大の仲よしになった。父と小さな娘との間には、まったく満足のゆくつながりができあがった。娘が肉付きがよすぎるのをいまだに嘆きながらもダーモットは、彼女が自分をたいへんに好いているらしいのに気づいて快く心をくすぐられずにはいられなかった。二人はまるで大人同士のように大真面目で話をした。ダーモットがジュディーにクラブを渡すとき、彼は彼女がそれをきちんと磨くことを期待した。ジュディーが「これでどう、いいでしょう?」というとき――彼女の作った積木の家でも、彼女の巻いた毛糸の玉でも、あるいは彼女が磨いたスプーンでも――ダーモットは本当にそう思わない限り、けっしていいとはいわなかった。ここがどうだとか、間違っているとか、はっきり指摘した。

「あの子、がっかりするわ」とシーリアはよくいった。

しかしジュディーはがっかりするどころではなく、感情を傷つけられる様子もなかった。母親より父親を満足させる方がむずかしい所から、彼女は父親の方をより多く愛した。

ダーモットはジュディーに対して荒っぽかった。ジュディーとふざけるとき、ほとんど怪我をさせることさえあった。ジュディーは父親とふざけていて、瘤やかすり傷を作ったり、指をはさんだりした。しかしジュディーは気にしなかった。シーリアとする、もっとおとなしいゲームは、彼女にはいかにもつまらなく思われたらしい。

ただ病気のときだけは、彼女は父親より母親を求めた。

「行かないで、マミー、あっちに行かないで。あたしと一緒にいて。ダディーはいや。ダディーはこさせないで」

ダーモット自身にとってもこれは結構なとりきめだった。病人は生まれつき嫌いだったのだ。病人や、不幸な人間は彼を困惑させた。

触られるのをいやがるという点でも、ジュディーはダーモットに似ていた。キスをされたり、抱きあげられたりするのが嫌いだった。母親のおやすみなさいのキスは我慢したが、それ以上は受けつけなかった。父親はけっして彼女にキスしたことがなかった。

おやすみといいあうとき、二人はただにっこりするだけだった。ミリアムはジュディーの覇気と利巧さに喜びを感じた。

「この子は頭の回転がびっくりするほど早いわ、シーリア。何でもすぐ呑みこむのよ」

その昔、娘を教えることに大きな喜びを見出したように、ミリアムは孫に字や、短い単語を教えた。祖母にとっても、孫娘にとっても、レッスンはたいへん楽しみだった。

折々ミリアムはシーリアにいった。

「でもジュディーはあなたではないからね、シーリア……」

まるで若い生命に関心をもっていることを詫びるかのように。ミリアムは若さを愛した。目覚めかけている魂に対する教師の愛をもっていた。ジュディーは彼女にとって、たえざる興奮と興味の源であった。

しかしミリアムの心はシーリアのものだった。親子の間の愛はいよいよ強くなりまさっていた。シーリアが実家に帰った最初の数時間はミリアムはまだ小さな老婆のようにさえ見える——灰色に——すっかり色あせて。しかし一日二日のうちにたちまち生気をとりもどし、頬は桜色に、目は星のように輝くのであった。

「わたしの娘が帰ってきたんですもの」と彼女はうれしげにいった。

彼女はいつもダーモットをも招いたが、婿がこられないとかえって喜んだ。シーリアをひとり占めにできるからだった。

シーリアにとっても、昔の生活にふたたび歩みをかえすことはうれしいことだった。自分の存在をふたたび是認できるという幸せが波のように彼女を押し包む――愛されているという――ここでは場違いな存在ではないという感じがあった。……

母親の目には彼女は完全だった……違うたちの人間になってほしいなどとは、ミリアムは思いもしなかった……ここではシーリアは彼女自身でありさえすればよかった。

それは心安らぐ思いであった。

誰に遠慮もなく――胸に満ち溢れる思いを――そっと口にすることができるということ。

「ああ、うれしい」と口走って、ダーモットのしかめ面を思いだして慌てて口を押さえる――そんな必要もなかった。ダーモットは感情を言葉に表わすことを嫌った。何かみだらなことのようにさえ思うらしかった。

実家ではシーリアは思いきりそんな衝動にひたることができた。

ダーモットと暮らしてどんなに幸せか、夫と娘をどんなに愛しているか、実家に帰ると、今さらのようによくわかった。

そうした愛の思いにひたり、いいたいことを残らずいうと、シーリアはロンドンに帰り、ダーモットがよしとするような、分別のある、独立した人間にもどることができるのだった。

ああ、なつかしい家――ブナの木――芝生――こうしている間にも生え育っている芝生の感触を、押しあてた頬に感じつつ横たわっている気持。

夢みるようにぼんやりとシーリアは考えた。「生きているわ――大きな緑色の獣だわ――地球全体が……親切で、暖かくて、生きているんだわ……ああ、幸せよ――あたしは幸せよ……ほしいものを何でもみんなもっているんですもの……」

もちろん、ダーモットはここでも折にふれて彼女の思いの中に出たり入ったりした。彼は彼女の人生の調べの主題であった。離れていると、折々たまらなく会いたくなった。

ある日、彼女はジュディーにいった。

「ダディーがいなくて淋しい？」

「ううん」とジュディーはいった。

「いればいいと思うでしょう？」

「そうね」

「そうねって――あんなにダディーが好きなのに？」

「大好きよ。でもダディーは今はロンドンにいるんですもの」

ジュディーの場合、事はそれだけでかたづいてしまうのだった。

しばらくの不在の後、シーリアがロンドンにもどるとダーモットは喜んで彼女を迎えた。二人は幸せな〝愛人同士〟のような夜を過ごした。シーリアは泣いた。

「とても会いたかったわ。あたしが留守で淋しかった？」

「そうだな。淋しいかどうか考えたことがなかったから」

「あたしのことを考えなかったっていうの？」

「ああ。考えたって仕方ないだろう？　きみがもどってくるわけじゃなし」

たいへん筋の通った話だった。

「でもあたしが帰ってきてうれしいのは本当よね？」

夫の答にシーリアは満足した。

けれども彼が眠ってしまってから、そして自分は眠れずにぼんやりと幸せな思いに浸りながら、シーリアはそっと呟いた。

「あたし、ときにはダーモットが嘘をいってくれるといいと思うことがあるみたい。そんなことを考えるなんて、自分でも――ひどいと思うけれど。でもときには……『きみがいなくて、とても淋しかったよ』って、ダーモットが嘘でもいいからいってくれたら、どんなにうれしい、心暖まる思いがするだろう。一言そういってくれさえしたら」

しかしそんなことはあり得なかった。ダーモットはどこまでもダーモットであった。おかしな、いやになるくらい正直な、彼女のダーモットだった。ジュディーはその父親そっくりだった……

真実をいってもらいたくないなら、ダーモットやジュディーのような人間には何も訊かないに越したことはないのかもしれない。

「いつか、あたし、ジュディーを嫉ましく思うかもしれないわ。ジュディーとダーモットはずっとよくお互いを理解しあっているみたいなんですもの」

ジュディー自身、おりおり母親を嫉妬していたのかもしれない。彼女は父親の関心をもっぱら自分にひきつけたがっている。

「奇妙だわ。ジュディーが生まれる前には、ダーモットは生まれてくる子に嫉妬していたのに——あの子が小さかったころもそうだった。それが今ではまるで逆になってしまった……

ジュディー……そしてダーモット……よく似た二人……おかしな……かわいいあたしの家族……あたしのもの。いえ、違う。あたしこそ、あの二人のものなのだわ。その方がいい。その方がほのぼのと暖かい気持だ——所有するのでなく、所有されること。あたしは、あの二人に属するんだわ」

2

シーリアは新しいゲームを発明した。むかし、彼女の遊び友だちだった想像の中の少女たちが新しい局面に置かれたとでもいおうか。〝あの子たち〟のことはほとんど忘れていたのだったが。シーリアは死にかけている彼女たちをよみがえらせようと試みた。かつての赤ん坊を、大きな庭園のついた邸の女主人にしたり、興味ある職業につかせようとした。しかしだめだった。〝あの子たち〟はよみがえることを拒んだのだ。

そこでシーリアは新しい人物を発明した。新しい女主人公の名はヘイゼルといった。シーリアはヘイゼルの履歴を子どものころからずっと辿ってみた──たいそうくわしく。ヘイゼルは不仕合わせな子どもだった──金持の親戚をもつ、しかし自分自身は貧しく生まれた少女であった。「あたし、予感がするの──」と口癖のようにいうので、引き取られた家の子ども部屋付きメイドたちから気味の悪い子だといわれた。たまさかじっさいその予言どおりに何か起こることがあるので、ヘイゼルは次第に、まるで魔女の使い魔のように見られることになった。こうして彼女は長ずるにつれて、信じやすい人間につけこむことがどんなにたやすいか、知るようになった……

シーリアはヘイゼルとともに想像の中で、霊媒や、占いや、降霊術の世界にはいった。ヘイゼルはボンド・ストリートの占い師の仲間いりをし、社交界の滓の提供してくれる内部情報に助けられてその道で名をあげた。

そのうちにヘイゼルは若いウェールズ生まれの海軍将校と恋仲になった（ウェールズの村の風景がシーリアの胸に思い描かれた）。やがて欺瞞的な手口と平行して、占い師としての真の天分が彼女にあることがすべての人に（彼女を除く）明らかになりはじめた。

ついにヘイゼル自身もこれに気づいて怯えた。しかし隠そうとすればするほど、彼女の不可思議な天分が明らかになり……ついには彼女はその自分の超自然的な力から逃げだすことができなくなる。

ヘイゼルの恋人のオーエンの人となりをシーリアははっきり思い描くことができなかったが、結局のところ、もっともらしい顔をしたろくでなしということにどうにか落ちついた。

少し暇があるときや、ジュディーを連れて公園に出かけるとき、彼女は頭の中でこの物語について思いめぐらした。

ある日ふと、彼女はこの話を書いてみようかと思い立った。

まとめて本にできるかもしれない。

そこで彼女は安いノートを一冊と鉛筆をたくさん買った（鉛筆をよく折るたちだからだった）。そして書きはじめた……

書くことは楽ではなかった。彼女の心はいつもたいてい、実際に書いている部分より六パラグラフぐらい先にあるのだが、いざそこにさしかかると、どんな言葉を使ったらいいか、ちっとも思い浮かばないのだった。

それでも少しずつ書き進んだ。

頭の中で考えていた物語とはずいぶん違ったものになったが、いちおう物語の体をなしているように思った。彼女はさらに六冊ノートを買った。

しばらくはダーモットにもいわなかったが、ヘイゼルが〝証し〟をした信仰復興集会《リヴァイヴァル》のくだりを書き終えた日、思ったよりうまく書けたと気をよくして彼女は夫にいった。

「ダーモット、あたしに本が書けると思う？」

ダーモットは朗らかにいった。

「書けたらすばらしいと思うよ。ぼくがきみだったらやるね」

「本当いうと、もう書いたのよ――というより書きはじめたの。もう半分ぐらい進んだわ」

「いいね」

シーリアが話しかけたときいったん下に置いた経済学の本を、ダーモットはもう一度取りあげた。

「霊媒になった女の子の話なの――自分に本当にそんな力があるってことを知らなかったんだけど、そのうちにまやかしの占い師の仲間にはいって降霊術の会を開いて人を騙すようになるの。でもウェールズである青年と恋に落ちて、やがて奇妙なことが起りはじめて――」

「筋はあるんだろうね？」

「もちろんよ。あたし、話が下手だからうまくいえないけれど」

「しかしきみは降霊術とか、霊媒について何か知っているのかい？」

「いいえ」とシーリアはびっくりしたようにいった。

「知らずに書くのは危険じゃないかね？　ウェールズに行ったこともないんだろう？」

「ないわ」

「だったら知っていることについて書く方がよくはないかなあ。ロンドンとか、きみが育った地方とか。わざわざ好きこのんでむずかしいことを書いているように見えるよ」

シーリアは恥ずかしく思った。いつものとおり、ダーモットのいうことが正しいのだ。本当に馬鹿なことをしたものだ。なぜわざわざよく知りもしない題材を選ぶのか？　信《リツ》仰復興集会《アイヴァル》にしたって。一度だって行ったことがないではないか？　それなのにどうしてそんなことを書くのか？

しかしやめることはできなかった。ヘイゼルとオーエンはすでに存在していた。動きだしていた。がとにかく物語に少し手をいれなければ。次の一カ月の間、シーリアは降霊術や霊媒について、いかさまな心霊術についていろいろな本を読んだ。そして苦労して少しずつ物語の前半をすっかり書き直した。なかなかたいへんな仕事だった。読み返すと一言一句難点があるようで、はっきりした理由もないのに、文法的なことでわれながら呆れるほど思い迷ったりした。

その夏ダーモットは親切にも二週間の休暇をウェールズで過ごすことを承知してくれた。シーリアがせいぜい地方色をものにできるようにというのであった。ウェールズ行きは然るべく実現したが、シーリアは地方色なるものがたいへん捉えがたいことを知った。いつも手帳を持って歩き、これはと思うことを書きとめるようにしたが、生まれつき、とくに観察力にすぐれているわけでもないので、何日かたっても、書きつけることはあまりなさそうに思えた。

場面をウェールズに設定することを思いきってやめて、オーエンをヘクターというスコットランド高地人にしようかという誘惑に駆られた。

しかしダーモットは、スコットランドの場合だって同じことじゃないかと指摘した。高地地方について、きみは何も知らないのにと。

それでシーリアはとうとう何も書けないという気になって、書くこと自体を放棄してしまった。これ以上、先に進めなかった。それに彼女はすでに心の中でコーンワル海岸に住む漁夫の一家を思い描いていたのであった……

エーモス・ポルリッジはすでに彼女には新しい人物となっていた……

ダーモットにはもう話さなかった。彼女が漁師のことなど何一つ知らないということはわかりきったことだったから。知らないことを書いても仕方ないが、あれこれ想像するのはやはり面白い。そうだ、お祖父さんを登場させよう——歯抜けの、ちょっとした老悪党で……

いつかヘイゼルの話もきっと完結しよう。オーエンはロンドンの悪徳株式仲買人にしてもいい。

ただ、何となくオーエン自身はそうした役柄を好んでいないという気がするが……

そうこうするうちにオーエンはむっつりと黙りこみ、次第に影が薄くなって、シーリアの想像の世界から姿を消してしまった。

3

シーリアはいつしか貧乏な、倹約な暮らしに慣れていた。

ダーモットはそのうちに大儲けをするつもりだった。そう確信していた。シーリアの方はそんなことはまったく期待していなかったのだが。このままでもちっともかまわないとさえ思っていたが、ただダーモットがあまりがっかりしないようにとそればかり、考えていた。

二人のどちらもが予期していなかったのは甚だしい一般的金詰まり——恐慌であった。戦後の一時の好景気につづいて不況の一時期がきたのだった。

ダーモットの会社は倒産し、ダーモットは職を失った。

彼らの収入はダーモットの五十ポンドの年金とシーリアの年に百ポンドだけになった。貯えとしては二百ポンドの戦債しかなく、シーリアとジュディーがいざとなればミリアムと同居できるということだけが頼りだった。

辛い日が続いた。シーリアは主としてダーモットのせいで苦しんだようなものだったが。不幸は——とくにこうしたいわれない不幸は(彼はたいへん勤勉な勤め人だった)彼を打ちのめした。彼はとかくひがみっぽくなり、すぐ癇癪を起こした。シーリアはケートとデンマンに暇を出して、ダーモットが職が見つかるまでひとりで家事を切りまわそうとした。しかしデンマンは頑として聞かなかった。

彼女は激しい見幕でいった。「わたし、やめませんよ。何とおっしゃっても無駄ですわ。お給料はあるとき払いで結構です。今さらジュディーちゃんを置いてよそに行くつもりはありませんから」

というわけでデンマンはとどまることになった。デンマンとシーリアは、家事、料理、育児を交替でやった。ある朝はシーリアがジュディーを公園に連れて行き、デンマンが料理や掃除をした。翌日はデンマンがジュディーを連れて出て、シーリアが代わって家事をした。

シーリアはこうした取りきめに奇妙な喜びを感じた。忙しいのはうれしかった。夜は暇を見てヘイゼルの物語を書いた。できあがると入念に原稿に手をいれ、ウェールズで仕入れた知識と照合し、ある出版社に送った。何とかならないとも限らないと思ったのであった。

しかし送った原稿は即日返却された。シーリアはそれを抽出しの中にほうりこみ、それっきりもう何もしようとしなかった。

シーリアが一番手を焼いたのはダーモットのことだった。まったく理屈も何もあったものではなかった。失敗がよほど骨身にこたえていたのだろう、彼は一緒に暮らしている者に堪えがたい思いをさせた。シーリアが朗らかにしていると、自分がどんなに辛いか、もう少し思いやってくれてもいいだろうというし、黙っていると、少しはこっちの気持を引き立てる努力をしたらどうだとなじった。ダーモットがもう少し協力してくれればこの逆境をまるでピクニックのように楽しい簡易生活と見なすこともできるだろうに――苦労は笑いとばすに限るのだが――とシーリアは思った。

しかしダーモットには災難を笑いとばすことなどできなかった。それは彼の誇りの問題であったのだ。

ダーモットがどんなに思いやりを欠き、どんなに横暴でも、シーリアはいつかパーティーの後でダーモットが彼女を批判したときのように傷つけられはしなかった。夫は苦しんでいるのだ――それも自分自身のためではなく、彼女に不自由させることが辛くて苦しんでいるのだ――そう思ったからだった。

おりおり彼は鬱屈した気持を妻にぶちまけた。

「なぜ、行っちまわないんだい？——ジュディーを連れて。お母さんのところに行ったらいいだろうに。今のぼくは、まったくの役立たずだからね。きみに一緒に暮らしてもらう資格なんかないよ。前にもそういったろう？——ぼくは不幸なときはまるで駄目な人間だ。我慢できないんだよ」

しかし彼女は夫の傍を離れようとしなかった。少しでもダーモットの気持を楽にできたらと思ったのだが、何とも手の下しようがなさそうに見えた。

仕事が見つからずに日がたつにつれて、ダーモットはますます陰鬱になった。

シーリアがついには精も根も尽きはてたような気持になって、ダーモットがしょっちゅういっているようにミリアムの所に身を寄せようかと決心しかけたとき、情勢が変わったのだった。

ダーモットはある午後、人が変わったように意気揚々と帰ってきた。昔と同じくらい若々しく、少年のように活気にあふれていた。青い目はきらきらと輝いていた。

「シーリア、すばらしいことが起こったんだよ。トミー・フォーブズを覚えているだろう？　偶然あいつと行き会ったんだがね、ぼくのような男をちょうど探していたというんだ。手はじめに年八百ポンド、しかし一、二年のうちに千五百から二千ポンドにはなるだろうっていうんだ。今夜はどこかへ行って盛大に前祝いをしようじゃないか」

すばらしい晩であった。ダーモットは別人のようだった――思いがけない幸運に酔い、興奮して、子どものようにはしゃいでいた。彼はシーリアに新しい服を買うといいはった。

「そのヒヤシンス色の服を着ると、きみは本当にすてきだよ――ぼくは今でもきみをとても愛している。本当だよ、シーリア」

その夜の二人は夫婦というより、愛人同士のようだった。

床についてからシーリアは考えた。

「ダーモットのために、本当にこれからは何もかもうまくいくといいわ。苦労をとても気に病むたちだから」

「マミー」と翌朝ジュディーが突然訊いた。「お天気やって、何のこと？　ナースが、ペカムにお天気やの友だちがいるっていったけど？」

「それはね、何もかもうまくいくときはやさしいけれど、そうでないときは機嫌が悪くなる人のことよ」

「そう、じゃあ、ダディーみたいな人ね」

「いいえ、ジュディー、何をいうの？　ダディーは心配ごとがあるときは少し元気がなくなるけれど、あなたにしろ、マミーにしろ、病気になったり、不仕合わせになったりしたら、あたしたちのために何でもしてくださるわ。ダディーみたいに思いやりのある人はいないのよ」

ジュディーは母親をつくづくと見ていった。「あたしは病気の人は嫌い。寝たきりで、遊べないんだもの。マーガレットね、きのう公園で目にごみがはいって、走りまわれなくなったの。あたしに一緒に坐ってててっていったけど、あたし、いやっていったの」

「ジュディー、意地悪はいけないわ」

「意地悪じゃないのよ。あたしは坐るの、嫌いなんですもの。走りまわるのが好きなんですもの」

「でも目に何かはいったら、誰かが傍にいて相手をしてくれればうれしいでしょう――あなたをひとりぼっちにしてどこかへ行ってしまったら悲しいじゃないの」

「あたしは平気よ……それに、目にごみがはいったのはあたしじゃなくて、マーガレットだったのよ」

15 成功

1

ダーモットは成功して、年にほとんど二千ポンド近くもの収入があるようになった。貯金もおいおいしなければならないが、もうしばらくはこのままでいこうと二人は決めた。

そして、まず買ったのは中古の自動車だった。

シーリアはかねがね田舎に住みたいと思っていた。ジュディーにとっては、その方がずっといいし、彼女自身もロンドンは嫌いだった。以前にはダーモットは費用がかかり過ぎるといって、田舎に住むことを承知しなかった。通勤費がかさむし、食料品もロンドンの方が安いなどという理由をあげて。

しかし車ができたので、彼もそれはいい考えだと認めた。ダルトン・ヒースからあまり遠くない所に家を見つけようと。

二人はかつて広い屋敷だった敷地をいくつかに分割して建った小さな家の一つに、居を定めた。ダルトン・ヒースのゴルフ・コースまで十マイルという所だった。犬も買った――オーブリーという見事なウェールズ・テリヤだった。

デンマンは一緒に行くことを拒否した。一家が苦境に喘いでいたときはまるで天使のようだったのに、家運が向上するとともに手がつけられない不機嫌さを示した。シーリアに無躾な口をきき、昂然と頭を振りたてて歩き、はては、誰かさんがお高くとまりだしたから、この辺で仕事を変わることにした方がいいと思うと通告したのであった。

移転は春になってからになった。シーリアを何よりも有頂天にさせたのはあたり一面に咲くライラックであった。少しずつ色合いの違う薄紫、濃紫のライラックがあたり一面に咲いていた。オーブリーを従えて早春の庭に出るとき、シーリアはこの上ない幸せを感じた。塵も、埃も、霧もない。これこそ、真のわが家というものだ。

田舎の生活――オーブリーを連れてあちこちと田園を歩きまわるのがシーリアには何ともいえず楽しかった。ジュディーは、近くの小さな学校に通った。そして魚が水を得たように学校生活を楽しんだ。彼女は一対一だとちょっと内気だが、相手が大勢だと少しも気後れを感じないらしかった。

「いつかあたし、大きな学校に行っていい、マミー？　何百人も生徒のいるような学校に？　イギリスでいちばん大きな学校はどこ？」

シーリアは彼らの小さな家のことで、ダーモットとちょっと衝突した。二階の前面の部屋が夫婦の寝室ときめられたが、もう一つの部屋をダーモットは、自分のものとして使いたいといったのであった。シーリアは、それはジュディーの子ども部屋にしたいといった。

ダーモットはむっとしたようにいった。

「きみは自分のいいようにしたいんだろうがね。この家でぼくだけが日当りの悪い部屋をあてがわれることになるんだぜ」

「でもジュディーには日光が要るわ」

「あの子は一日中外で飛びまわっているんじゃないか。裏手の部屋は結構広いし、あばれまわるのにもってこいだよ」

「でも日がまるで当たらないわ」

「ジュディーにとって日当りがいいってことが、ぼくの場合よりなぜ、重大なのか、ぼくにはわからないがね」

しかしシーリアはこのときに限って、自分の意志を通した。ダーモットに譲りたいのは山々だったが、そうしなかった。

結局のところ、ダーモットは機嫌よく敗北を認めた。残念だが仕方がないといわんばかり――一応快く譲った――冗談まじりに、夫として、父親として、さんざん踏みつけにされているといわんばかりの口ぶりをしつつも譲歩した。

2

彼らの家の近くにはかなりいろいろな家が立っていて、たいていの家に子どもがいた。親しみやすい、気のいい隣人たちであった。ただ一つ困ったことは、ダーモットは食事に招かれても頑として行こうとしなかった。

「勘弁してくれよ、シーリア、ロンドンから疲れきって帰ってきたあげく、夜は夜で威儀を正して、外出し、夜中すぎまで床につけないなんてひどすぎるよ。そんなこと、できるものか」

「毎晩、そうしろなんていわないわ。でも週一度ぐらいなら」

「ぼくはいやだね。きみが行きたけりゃ、行ったらいい」

「ひとりじゃ行けないわ。夫婦単位で招かれるんですもの。あなたは夜は出かけないことにしているからともいえないでしょう? まだ若いのに」

「ぼくなしでもなんとかやれるだろう」

それはどうもうまくなかった。田舎では夫婦単位で招かれるか、ぜんぜん招かれないか、どっちかだった。が、ダーモットのいうこともっともだとシーリアは思った。働き手は彼だ——決定権は彼にある。シーリアは招待を断って夜を家で過ごした。ダーモットは財政問題についての本を読み、シーリアは縫いものをしたり、またあるときは手を組み合せて坐って、コーンワルの例の漁夫の一家について思いめぐらした。

3

シーリアは子どもがもう一人ほしくてならなかった。

しかしダーモットはそれを望まなかった。

「ロンドンにいたときは家が狭すぎるから無理だって、あなた、いったのよ、それにお金もなかったし。でも今は経済的に余裕もできたし、家だって広いわ。一人育てるのも二人も、手間は同じようなものよ」

「とにかく今は、子どもなんて要らないよ。騒いだり、泣きわめいたり、手はかかるし、厄介だし、当分はごめんだね」

「あなたはいつまでたってもそんなことをいうんじゃないかしら」

「いや、そうじゃない。子どもはあと二人ぐらいほしいよ。しかし今は困る。時はまだ十分あるじゃないか。ぼくらはまだ若いんだし。いろいろなことにいい加減、飽きがきてからの一種の冒険ってことになってもいいだろう。当分はお互いに楽しもう。またあんなふうに気持が悪くなるのは、きみだっていやだろう?」

ちょっと言葉を切って彼はまたいった。「それより今日見てきたものの話をしてやろう」

「ああ、ダーモット!」

「なに、自動車さ。ちっぽけな中古車にもいい加減うんざりしたからね。デイヴィスが見せてくれたんだが、スポーツカーでね、八千マイル走っただけだってさ」

シーリアは夫の顔をつくづく見ながら思った。

「あたし、本当にこの人が好きだわ。いつも子どもみたいに何かに夢中になって。それでいてとても勤勉だし。この人が好きなものをもって悪いことはない。……でもいつか、もう一人子どもをもとう。今はこの人に自動車をもたせてあげよう……もともとあたし、どんな赤ん坊より、この人の方が好きなんだもの」

4

ダーモットがいっこうに古い友だちを招こうとしないのも、シーリアにはひどく不思議だった。

「あなた、前にはアンドルーズがあんなに好きだったのに」

「ああ——しかしこのごろじゃ、お互いに便りもしないからね。まったく会っていないんだ。人間、年とともに変わるよ」

「ジム・ルーカスだって。あたしたちが婚約したころには、あなたがた、切っても切れない間柄の親友だったじゃありませんか」

「軍隊時代の仲間なんかと、いつまでもつきあっちゃいられないよ」

あるとき、シーリアはエリー・メイトランドから手紙をもらった——今ではエリー・ピータソンだが。

「ダーモット、あたしの昔の友だちのエリー・ピータソンがインドから帰ってきたの。あの人の結婚式であたし、付添い娘の役をしたのよ。週末にあの人とご主人をお昼食に招いてもよくって？」

「いいとも、きみがそうしたいならね。ピータソンはゴルフをするかな？」

「さあ」

「しないとちょっと退屈だが。まあ、いいさ。ぼくに家にいて、のべつもてなせというわけじゃないだろう？」

「みんなでテニスでもしたらどうかしら？」

分譲地にはテニスコートが幾面かあった。

「エリーはむかしはテニスがとても好きだったし、トムもテニスならするわ。上手だったわ、たしか」

「おいおい、シーリア、ぼくはテニスなんか、できないよ。ゴルフの方に影響するからね。ダルトン・ヒース・カップ争奪戦が三週間後に迫っているんだ」

「ゴルフ以外のことは、あなたにとってはまるで問題でないみたいね。いろいろとやりにくいわ」

「誰もがそれぞれ好きなようにする方がずっといいじゃないか？　そうは思わないか

い？　ぼくはゴルフが好きだ――きみはテニスが好きだ。きみは自分の友だちを呼んで一緒に好きなことをすればいい。ぼくはきみのしたいことに干渉しようとは思わないよ」

それは本当だった。もっともしごくに響いた。けれども実際には不便なことが多々あった。結婚するということは夫と離れがたく、結びつくことだ。夫と別な、独立の単位とは誰も見てくれない。エリー一人がくるなら、ダーモットがいなくてもいいが、エリーの夫もくるのだから彼としても少しは努力してくれてもいいだろうに。

この前、デイヴィス夫妻がきたとき（ダーモットは夫のデイヴィスとほとんど週末ごとにゴルフをやっていた）、シーリアは一日中、ミセス・デイヴィスの相手をつとめたではないか。ミセス・デイヴィスは気はいいのだが、およそ面白みのない女だった。傍に坐って何やかや話しかけなければならないので、うんざりしたものだ。

しかしそんなことでダーモットにぶつぶついったりしなかった。不平を聞かされるのを、ダーモットはひどくいやがった。そんなことを考えながら彼女はともかくもピータソン夫妻を招き、後は運を天にまかせることにした。

訪ねてきたエリーは昔とあまり変わっていなかった。彼女とシーリアは思い出話に花を咲かせた。トムはちょっと口数が少なかった。白髪が目立ち、やさしく老いこんだという感じだとシーリアは思った。もともと少しぼんやりした感じの、気持のいい青年だったが。

ダーモットは客に対したいそう愛想よくふるまった。土曜日はゴルフに行かなければならなかったが（ピータソンはゴルフはしなかった）日曜日は客をもてなすことに専念してくれ、川の方へ案内した。彼としてはこんなふうに日曜を過ごすのは退屈でたまらないのだろうが。

客が帰るとダーモットはいった。

「どうだい？　人格高潔な夫だろう、ぼくは？」

人格高潔という彼のいいぐさはシーリアをいつも笑わせた。

「本当にね。完璧なご主人だったわ」

「まあ、これで当分はお役ご免にしてくれたまえ、いいね？」

シーリアはもちろんもう二度とは頼まなかった。別な友だち夫婦を二週間後に招きたいと思っていたのだが、ゴルフをしないのはわかっていたし、ダーモットにもう一度、犠牲を払わせる気はしなかった。

たいそうな犠牲を払っているつもりの人間と暮らすのは骨が折れる、とシーリアは思った。殉教者としてのダーモットはかなり扱いにくい存在だった。楽しんでいるときのダーモットの方が一緒に暮らすにはずっと楽だった……

とにかく彼はいったいに昔の友だちについて同情がなかった。昔の知人なんて、退屈なだけだと彼はいった。

この点、ジュディーもどうやら父親と同意見らしかった。数日後、シーリアがマーガレットのことを口にすると、ジュディーは訊いたものだ。

「マーガレットって誰？」

「あら、覚えていないの？　よくロンドンの公園で遊んだじゃないの？」

「マーガレットなんて子と遊んだことなんてないわ」

「ジュディー、覚えているはずよ。つい一年前のことですもの」

しかしジュディーにはまるで思い出せなかったのだ。それどころか、ロンドンで遊んだ友だちの名をまるで覚えていないのに、シーリアは驚いた。

「学校で遊ぶ子だけよ、あたしの知ってるのは」とジュディーはすました顔でいうのであった。

5

ちょっとわくわくさせるようなことが起こった。まず知りあいから電話がかかり、都合でこられなくなった客の代わりに晩餐にきてくれないかと頼まれたのである。

「あなたなら、気を悪くしないできてくださると思って」

気を悪くするどころか、シーリアは大喜びで出かけた。

そして大いに楽しんだ。

気後れもせずに、楽な気持で話すことができたのは、馬鹿なことを喋ってはいないかとたえず気をつける必要がないからだった。ダーモットの批判的な目が注がれていないので、すっかり寛いでいた。

ひとときびに娘のころに立ちもどったような気がした。

右側の男は、中近東を旅行してまわった話をしてくれた。この世の何よりもシーリアは旅に憧れていた。

もし旅行と家庭とどちらかを選べといわれたら、ダーモットとジュディーとオーブリーとその他いっさいを残して姿を消すかもしれないと考えることさえあった……あてどなくさまよいつづけるなんて、たまらなくすてきだと……

彼女の隣席のその男はバクダード、カシミール、イスパハン、テヘラン、シラーズ（意味はわからなくても響きのよい音だった）のことを彼女に話してくれた。人がめったに行かないバルチスタンに行った話もした。

左隣は年輩の親切な男だったが、遠い国の魅力にとりつかれたようにうっとりした顔をようやく彼の方に振り向けたシーリアを、好もしく思ったようだった。

この男は何か書物に関係のある仕事をしていると聞いたような気がした。それでシーリアは笑いながら、あの不運な原稿について彼に話した。それを読ませてくださいませんか、と男はいった。「とても下手ですのよ」とシーリアは答えた。

「とにかく一度拝見したいですな。いかがです、見せてくださいませんか？」

「ようございますわ。失望なさるにきまっていますけど」

たぶんそうだろう――と彼は思った。このスカンディナヴィア的な白皙の顔の女性は〝もの書き〟にはとても見えない。しかし彼女そのものにひかれたために、彼女の書いたものを読みたいという気が起こったのであった。

シーリアが帰宅したときは午前一時で、ダーモットはぐっすり眠っていた。彼女は夫を起こしてその夜のことを話さずにはいられなかった。

「ダーモット——すてきな夜だったのよ。そりゃ、楽しくって！　ペルシャやバルチスタンの話をしてくれた人がいて。それから親切な出版社の人もいたわ。お食事の後であたし、歌を歌わせられたの。とても下手だったけれど、誰もそう思わなかったみたいだったわ。それから庭に行ってね、旅行家の人と蓮池を見たの——その人、あたしにキスをしようとしたわ——変なつもりじゃなくよ——月が出ていて、花は美しかったし、悪いこともないって気になったけど——でもあなたがいやがると思ったから、させなかったの」

「そりゃ、結構」とダーモットはいった。

「怒らないわね？」

「もちろんさ。楽しい晩を過ごせてよかったね。だが、それだけのことをいうのにどうしてぼくを起こすんだい？」

「すてきに楽しかったからよ」それからいいわけのように付け加えた。「あたしがそんないいかたをするのを、あなたがあまり好きじゃないのは知っているけれど」

「いや、かまわんさ。ただちょっと馬鹿げて聞えるがね。そんなことをわざわざ口に出すこともないと思うまでだよ」

「だめなのよ」とシーリアは正直にいった。「たくさんいわないと、胸がはりさけてしまいそうなの」

「なるほど。話したから、もういいだろう」とダーモットはいって、くるりと背を向けた。

そしてまたすぐ寝いってしまった。

ダーモットってこういう人なんだわ——と着替えをしながらシーリアは少し興奮をさめた——ちょっとがっかりだけれど、でも根は親切なんだから。

6

出版関係の仕事をしているという男に原稿を見せる約束を、シーリアはそれっきりすっかり忘れていた。驚いたことに彼は翌日の午後さっそくやってきて、約束通り原稿を読ませてほしいといった。

シーリアは埃だらけの原稿の束を屋根裏の戸棚から引っぱり出したが、本当にとても下手なのだとあらためて繰り返した。

二週間後、彼女はロンドンまで出てきてほしいという手紙を彼から受けとった。

原稿の山でおそろしく散らかっているテーブルの向こう側から、男は眼鏡ごしに愉快げに目をきらめかせて彼女にほほえみかけた。

「私はね、完結したものを見せていただくつもりでいたんですが、ここにあるのは半分ちょっとってところじゃありませんか？　残りはどこにあるのです？　紛失されたんですか？」

シーリアは怪訝そうに原稿を受けとった。

そして唖然とした顔を男に向けた。

「違うのをお渡ししてしまったんですわ。これは古い方で結局書きあげずじまいでしたの」

こういって、そのいきさつを説明した。男は注意深く耳を傾けて、手を加えた方もそっくり送ってくれ、これは当分お預りしておくといった。

一週間後、シーリアはふたたび連絡を受けてロンドンに行った。男はますます愉快げに輝く目を彼女に向けていった。

「後から送っていただいた方はだめですね。どんな出版社でも出そうとはいいますまい——当然ながら。しかし、はじめの原稿の方は悪くありません——これを仕上げてみる気はありませんか？」

「でもそれ、だめなんです、間違いだらけで」

「はっきり申しましょう。あなたは天才ではない。たぐいまれな傑作の書ける人だとは思いません。しかしあなたには生まれながらにして語りの才がある。これは確かです。あなたは降霊術、心霊術、霊媒、ウェールズの信仰復興《リヴァイヴァル》集会等を一種ロマンティックな靄を通して見ておられる。それらについてあなたが書いていることはまるで間違っているかもしれませんが、あなたはそれを、読者の九十九パーセントまで（彼らもそれらについては無知なのです）が見るのと同じ目で見ておられる。その九十九パーセントの読者というものは、綿密に調べあげた事実などは読みたがらないのです。彼らの欲するのは虚構です——つまり本当らしく聞える虚偽なのですよ。そう、もちろん実《まこと》しやかに響く虚偽でなければなりませんが——いいですか？　あなたが話しておられたコーンワルの漁夫の物語についても同じです。それをちゃんとまとめてごらんなさい。しかし書きあげるまではコーンワルに行ったり、漁夫を観察したりしてはいけません。行けば、あなたは読者がコーンワルという題材から予想するような現実的な話を書くことになるでしょう。コーンワルの漁夫も別世界の人間ではなく、ウォールウォスあたりの鉛管工と変わらないということを発見するためにわざわざ現地に出向きたいと思うんですか？　あなたは自分のよく知っている事柄については上手に書けないたちです。正直だからですよ。想像上では嘘も書けるが、実際には嘘がいえない。しかし知らないことについてはすばらしい嘘が書ける。真赤な嘘を並べるんです。途方もない（とあなたに思わせる）嘘を。さあ、帰ってさっそく始めてください」

一年後に、シーリアの最初の小説が出版された。『孤独な波止場』という題で、あまりひどい間違いは出版社が訂正してくれた。

ミリアムはすばらしいと喜び、ダーモットはひどい作品だといった。

シーリアはダーモットの意見が正しいということを知っていたが、褒めてくれる母親をありがたく思った。

「今度はあたし、作家になったつもりになろうかしら。妻であり、母親であるつもりになるより、もっと奇妙な経験かもしれないわね」そう彼女は考えたのだった。

16 喪失

1

ミリアムはずっと具合が悪かった。シーリアは母親に会うたびに胸を締めつけられるような思いをした。近ごろの母は何と小さく、痛ましく見えることか。大きな家にひとりぼっちでどんなに淋しいだろう。できれば引き取って一緒に暮らしたいと思ったが、ミリアムは断りつづけた。

「だめよ、ダーモットに悪いわ」

「ダーモットに訊いてみたの。もちろん、いいっていったわ」

「ありがたいこと。でもわたしはそんなことをしようとは思わないの。若い人と年寄りは別々に暮らす方がいいのよ」

強い語調であった。シーリアも敢えて反対はしなかった。少ししてから、ミリアムはいった。

「前からいいたかったの——ダーモットのことを。あなたがあの人と結婚したとき、わたし、あの人を信用しなかったわ。正直でもないし、あなたに忠実でもないだろうと……きっと誰か愛人がいる——そう思ったのよ」

「まあ、お母さま、ダーモットはゴルフのボール以外のものには目もくれないわ」

ミリアムは微笑した。

「わたしが間違っていたのね……うれしいわ……わたしがたとえいなくなってもあなたを守って、大切にしてくれる人がいるんですもの」

「ええ、あの人、今でもあたしにそりゃあ、よくしてくれるわ」

「そのようね——わたし、満足しているわ……でもダーモットは魅力のある人だから——女にとってね——それを忘れないようになさいよ、シーリア……」

「でもあの人ったら、ちっとも外へ出ないのよ、マミー、家にばかりいるの」

「ええ、それはあなたにとって運がいいことね。それにジュディーのことは心から愛しているようだし。あの子はあの人そっくりで、あなたにはちっとも似ていないわ。ジュディーはどこまでもダーモットの子よ」

「わかってるわ」

「ダーモットがあなたにやさしくしてくれると感じられる限り、わたしは安心していられるわ。……最初はそうは思わなかったの。残酷な人だと——情のない人だと思ったわ——」

「そんな！　とてもやさしいのよ。ジュディーが生まれる前のこと思い出してごらんなさい。ただあの人、口に出していろいろいわないたちなの。本当のあの人は表面に出ないんだわ——海の中の岩のように」

ミリアムは嘆息した。

「わたし、きっと嫉妬していたのね。あの人のいい性質を認める気がしなかったってことでしょう。今はただあなたが幸せであってほしいの」

「幸せよ、お母さま、とっても」

「そう——本当に幸せらしいわね」
一、二分してから、シーリアはいった。
「この上、世の中に何一つほしいものはないわ——たぶん赤ん坊のほかは。男の子も一人ほしいんだけれど」

母親が同意することを予期していたのだが、ミリアムの額がかすかに曇るのを彼女は見た。

「それは賢いこととはいえないんじゃないかしらね。あなたはダーモットをたいへん愛しているわ――でも子どもは、あなたを彼から引き離すわ。本来ならあなたがたを結びつけるはずなのに、そうはいかない……そうはいかなくなるのよ」

「でも、お母さまとお父さまは――」

ミリアムは溜息をついた。

「むずかしかったのよ――いつも両方に引っぱられるようで。むずかしいものよ、妻であり、母であるってことは」

「でもお母さまとお父さまは、申し分なく幸せだったじゃありませんか……」

「ええ――でも悩みだってあったわ……たくさん。わたしが子どものために諦めなければならないことがあるので、お父さまはときおり腹を立てたわ。あなたたちを愛していらしたけれど、二人で休暇に出かけるときがわたしたち、一番楽しかったものよ……ねえ、ダーモットをあまり長いこと、ひとりぼっちにしておいてはだめよ、シーリア。男の人は忘れてしまうものよ……」

「お父さまの場合はお母さま以外の女の人なんか、それこそ、眼中になかったじゃないの」

ミリアムは思いに沈みながら答えた。

「そうね。でも、わたしはいつも気をつけていたのよ。小間使で――大柄の、整った顔の娘がいてね――お父さまがよく褒めていらしたタイプの美人だったの。あるとき、その娘が金槌と釘をお父さまに渡していたとき、お父さまの手の上にそっと手を重ねたの。わたしは気がついたけれど――お父さまはほとんど何ともお思いにならなかったみたいだった――ただちょっとびっくりしたような顔をなさったけど――たぶん、どうってこともない――ほんのはずみだと思われたんでしょう――男の人って、単純だから……でもわたし、そのメイドに暇を出したわ――すぐにね。ちゃんとした保証状を書いてやり、仕事は忠実にする、わたしと合わなかっただけだと説明したわ」

シーリアはショックを感じた。

「でもお父さまはまさか――」

「ええ、たぶんね。でも、わたしは成りゆきにまかせる気がしなかったの。ずいぶんいろいろなことを見聞きしてきたからでしょうね。奥さんが体を悪くして、家庭教師や付添い女が家事をとりしきる――それも若い、利巧な女が――そういうときは危いのよ。いいこと、シーリア、ジュディーの家庭教師を雇うときはよく気をつけて選ぶって約束してちょうだい」

シーリアは笑って母親にキスをした。

「とにかく大柄の器量よしはぜったい雇わないわ。痩せっぽちの、眼鏡をかけたお婆さんにするから安心して」

2

ミリアムはジュディーが八歳のときに死んだ。シーリアはそのとき外国にいた。ダーモットがイースターに十日間の休みをとり、イタリアに一緒に行こうといったのだった。シーリアとしてはイギリスを離れがたかった。母親の健康状態があまりよくないと医者から聞かされていたからだった。ミリアムには今では付添いの婦人がいてよく世話をしてくれ、シーリアは一、二週間ごとに母親を見舞っていた。

ミリアムはしかし、シーリアがイギリスにとどまってダーモット一人を行かせることを承知しなかった。彼女はロンドンに出てきて従姉《カズン》ロティー（夫をなくしていた）の家に身を寄せていた。ジュディーと家庭教師も一時その家に行った。

コモでシーリアは帰国を促す電報を受けとり、最初の汽車で帰途についた。ダーモットも帰るといったが、シーリアが思いとどまらせた。夫には新しい土地の空気を吸い、気晴しをすることが必要だと思ったからであった。

フランスを横断する汽車の食堂車に坐っていたときに、ぞっとするような、奇妙な気持が彼女の全身を浸した。

「もうマミーには二度と会えないんだわ。マミーは死んだ……」

ロンドンに着いたときシーリアは、ミリアムがちょうどその時刻に世を去ったことを知ったのだった。

3

マミー……健気《けなげ》なマミー……

花に埋まり、白布に覆われて、冷たい、安らかな顔をして横たわっている母親……ぱっと明るく賑やかなことも、急に沈みこむこともあったマミー——その変わりやすさそのものが魅力だった——娘の彼女に注がれた変わらぬ愛と保護……

シーリアは思った。「あたし、本当にひとりぼっちだわ……」

ダーモットとジュディーは他人だ……

「何があっても、もう誰かの所に駆けつけるというわけにはいかないのだ……」

愕然たる思いが彼女を捉えた……そして悔恨が……

ここ数年、彼女はダーモットとジュディーにかまけて、ミリアムのことをあまり考えなかった……母はいつもそこにいた……すべての背後に……

母親のことなら、何から何まで知っていた。母もまた彼女のことを……

子どものころの彼女は、母親をすばらしい人だと思っていた。すばらしい、そしてあらゆる心の隙間を満たしてくれる人だと……

いや、長じて後もそれは変わらなかった……

その母親がいなくなったのだ……

シーリアの世界の根底が崩れた……

ああ、マミー……

17 破局

1

ダーモットとしては親切でいったつもりだったのだろう。生まれつき厄介ごとや不幸が人一倍嫌いなのに、妻にやさしくしてやりたいと思ったらしくパリから手紙をよこして、できればこっちにきて一日二日気晴しをしたらいいといった。

気晴し——親切から——いや、もしかしたら悲しみにとざされている家に行くのがいやだったからかもしれない……

しかし彼としても帰ってこないわけにはいかなかった。

ダーモットは夕食の前に到着した。シーリアはちょうどベッドに横になっていた。夫の帰りを彼女は今か今かと待ちこがれていた。葬儀の緊張は終わったが、悲しみの雰囲気でジュディーを動揺させまいと彼女はせいいっぱい努力していた。まだ幼くて、快活で、当然ながら自分のことばかりが重要に思われる年齢だ。祖母の死を悲しんで泣いたが、すぐ忘れてしまったらしい。子どもはそうでなくてはいけないのだろう。

でも間もなくダーモットがくる。そうしたらこの悲しみをぶちまけられる。

彼女にダーモットがいるのは何とありがたいことだろう。ダーモットがいなかったら、いっそ死んでしまいたいくらいだけれど。

ダーモットは落ちつかない様子で部屋にはいってきた。困惑していたためにこんなことを口走ったのだろう。

「いかがです、奥さん、その後、元気にやってますかね？」

ほかのときだったら、シーリアは、夫がそんな冗談めかしい話しかたをした理由を察しただろう。しかしその瞬間彼女は、まるで顔を平手打ちされたように感じた。

一瞬ひるみ、それからわっと泣きだしてしまったのだった。

ダーモットは弁解し、説明しようとした。

結局彼女は夫の手を握っていつしか泣き寝いりをしてしまったのであった。妻が眠ると、ダーモットはほっとしたように手を引っこめた。

彼は所在なげに部屋を出て、子ども部屋のジュディーの所に行った。ジュディーはちょうどミルクを飲んでいたが、元気よくスプーンを振って父親に挨拶した。

「お帰りなさい、ダディー、何して遊ぶ？」

ジュディーは余計な挨拶ぬきにしてこういった。

「あまりうるさくないゲームがいいね。お母さんが眠っているから」

ジュディーはわかったというように頷いた。

「じゃあトランプで〝ばば抜き〟をしましょう」

父親と娘は坐って〝ばば抜き〟をしたのだった。

2

毎日がとりたてて何の変わりもなく続いた。といってもまったく同じというわけではなかったが。

シーリアは表向きは以前と大して変わりなく過ごしていた。悲しみをことさらに誇示するようなこともしなかった。けれども気持の張りというものが、いっとき、まったくなくなってしまったのは仕方のないことだった。まるで止ってしまった時計のようで、ダーモットもジュディーも彼女の変化に気づいた。そして二人ともそれを好まなかった。

二週間後、ダーモットは客を招きたいといった。自分を抑える間もなくシーリアは叫んでいた。

「いやよ、今は。よくも知らない女の人に一日中努力して話しかけなきゃならないなんて、今はとてもそんな気になれないわ」

しかしこういった後で彼女は悪かったと思ってダーモットの所に行き、馬鹿なことをいってすまなかった、もちろん招いてかまわないといった。客はやってきたが、お互いにあまり楽しいときを過ごしたとはいいがたかった。

数日後にシーリアはエリーから手紙を受けとった。その内容はシーリアをびっくりさせ、またたいそう悲しませた。

シーリア、あなたには自分で知らせたいと思います（そうしないと、どこかから間違ったことを聞くかもしれませんから）。トムが、帰りの船で会った若い女の子と恋愛して、あたしのもとを去ってしまったのです。悲しみとショックでまいっています。あたしたち、とても幸せに暮らしてきましたし、トムも子どもたちを愛しているのです。まるで恐ろしい夢でも見たようよ。あたし、すっかり打ちのめされてしまいました。どうしていいかわかりません。トムは夫として完全だと思っていましたのに――あたしたち、口争い一つしたことがなかったのです……

シーリアは友人の苦しみに心を痛めた。

「この世の中にはどうしてこう悲しいことばかり、あるのかしら?」と彼女はダーモットにいった。

「あのご亭主はよくない男だったんだな」とダーモットはいった。「きみはぼくのことをときどき利己主義だと思うらしいが――もっとひどいことだってあるんだよ。すくなくとも、ぼくはいい夫だよ。正直で、きみを騙したりしない。そうだろう?」

その口調におかしみを感じて、シーリアは彼にキスをして笑った。

三週間後に彼女はジュディーを連れて母親の家に行った。すべてを整理して、どういうものがあるのか、調べてみなくてはならない。恐ろしいような気がして手をつける勇気がなかったのだが、彼女のほかにそれができる者もいなかった。

やさしく迎えてくれる母親の笑顔のない家は考えられなかった。せめてダーモットが一緒にきてくれればよかったのだが。

ダーモットも彼なりに妻を元気づけようと努力した。

「きっと楽しいよ。忘れていたものがたくさん出てくるだろうし。この季節のあっちはきれいだろうしね。気分の転換にもなるさ。ぼくなんぞ、毎日会社に縛りつけられてあくせくしているんじゃないか」

ダーモットはまったく見当違いのことをいう——とシーリアは思った。彼女がどんなに辛い思いをするか、そのことの意味をまるで無視している。いや、怯えた馬のように、問題を正視することを避けている。

シーリアは——このときばかりは少しかっとなって叫んだ。

「そんないいかた、まるであたしが休暇で遊びに出かけるみたいじゃありませんか?」

ダーモットは顔をそむけた。

「まあ、ある意味ではそうじゃないか?」

シーリアは思った。「ダーモットには思いやりってものが、やさしさがないわ……」

孤独感が大波のように彼女の上に覆いかぶさった。シーリアはおののいた。

母のいない世界は、ぞっとするように寒々としていた。

3

つづく数ヵ月ばかりは、シーリアにとって何ともやりきれない一時期だった。弁護士に会い、いろいろな事務上の問題をかたづけなければならなかった。

母の遺産はむろんほとんどなかったが、家をどうするかという問題には差し迫って決断を下さなければならなかった。――そのままもっているか、それとも売るか。家自体は荒れはてていた。修繕する金がなかったからである。どうにも手のつけようのない廃墟と化する前にかなりの金を、それもほとんどすぐ、注ぎこむことが必要だった。どちらにしても、今の状態では買う気になる人間がいるかどうかからして疑わしかった。

シーリアは心を決めかねて思い迷った。手放す気はしなかった。しかし、常識は彼女に、そうするのがいちばん賢明だと囁いていた。たとえダーモットがその気になったとしても（そんな気にならないことはわかっていた）、彼女とダーモットが住むにはロンドンから遠すぎた。田舎に住むのは、第一級のゴルフ・コースが近くにあるのでなければ、ダーモットにとって何の意味ももっていなかったのだ。

とすればこの家に固執するのは感傷にすぎないということになりはしないか？

しかし売ってしまうことは堪えられなかった。ミリアムはこの家を彼女のために苦しい思いをしながら持ちこたえてくれたのだった。ずっと以前、母が決心をつけかねて思いあぐんでいたとき、売ることを思いとどまらせたのは彼女自身であった……ミリアムはわが子のために——彼女と彼女の子どもたちのために——この家をとっておいてくれたのだ。

ジュディーはあたしと同じような愛着を、この家に対してもっているだろうかとシーリアは考えた。いや、ジュディーは何ものにも執着しない——その点、ダーモットそっくりだ。ダーモットとジュディーのような人間がある場所に居を定めるのは、もっぱら便利という点を考慮してだ。思いあぐんだ末にシーリアはジュディーに訊いてみた。じっさい彼女は八歳のジュディーが自分より常識があり、実際的だと感じることがあったのだが。

「この家を売ればお金がたくさん入るの？」とジュディーはまず訊いた。

「いいえ、そうはいかないようね。古いし、田舎にあるし、ロンドンとは離れているし」

「だったら、このままもっていた方がいいんじゃない？　夏にここへくることにして」

「あなた、ここにくるのが好き、ジュディー？　それともあたしたちのあのロッジがいちばん好きなの？」

「ロッジはとても小さいんですもの。あたし、寄宿舎に住みたいな。あたしは大きな—

──とっても大きな家が好きなの」

シーリアは笑った。

ジュディーのいうとおりだ──今売ってもわずかな金しか手にはいらないだろう。有利さという点だけから考えても、田舎の家というものがもう少し市場で値が出るまで待つ方がいいだろう。そこで彼女は必要な最小限度の修繕という問題を検討しはじめた。一応の修理がすんだら、家具つきの家に入りたいという借家人が見つからないとも限らない。

家についての事務的な問題は厄介ではあったが、悲しい思いにふけることを避けさせてくれた。

しかし彼女が恐れている家の整理にとりかからねばならないことになった。家を貸すなら、まずかたづけなければ。何年も鍵をおろしたままの部屋もあった──古トランク、戸棚、棚──どれにも過去の思い出がいっぱい詰まっているだろう。

4

思い出……

しんとした——ふしぎな雰囲気の家。

ミリアムのいない家……

古服のはいっているトランク——手紙や写真の詰まった抽出し……

胸が痛んだ——やるせない思いだった。

こうのとりの絵のついた漆塗りの箱。これは彼女が小さいころに大事にしていたものだ。中には手紙がきちんと畳んではいっていた。マミーからの一通。「わたしの大事な小羊ちゃん、小鳩ちゃん、ちっちゃなかぼちゃちゃんのシーリアへ……」熱い涙がシーリアの頰を伝った。

バラの蕾がたくさんついているピンクの夜会服——いずれ作り替えようとトランクに突っこんだきり、忘れてしまったのだろう……彼女が生まれてはじめてもった夜会服の一つだ……最後にそれを着た晩のことをシーリアはまざまざと思いだした……どぎまぎし、真剣で馬鹿みたいに緊張していた若い娘の彼女……

グラニーのものだった手紙もトランクいっぱいあった。ウィンブルドンから引越してきたときに持ってきたものだろう。車椅子に乗った老紳士の写真には〝つねにあなたの崇拝者である男より〟という言葉が頭文字とともに裏書きしてあった。グラニーと〝殿がた〟。車椅子に乗って転地しなければならなくなっても、殿がたは殿がただったのだ……

これはスーザンが彼女の誕生日にくれた茶碗だ。……二匹の小猫が描かれている。

遠い昔に属する品々……

なぜ、こうも胸が痛むのか？

なぜ、こんなに堪えがたいのか？

ひとりぼっちでなかったら……ダーモットが一緒にいてくれたら！

しかしダーモットがいれば、「いちいち見ないで全部燃やしてしまえばいいじゃないか」というにきまっている。

むろんその方が利巧だ。しかしどうしてか、彼女にはそんなことはできなかった。

鍵のかかった抽出しをあけてみた。

詩だ。凝った書体は判読しがたいが、母の少女のころの手蹟のようだ……シーリアは一つ一つに目を通してみた。

センティメンタルで気取った感じがするのはそのころの特徴だったのだろう。しかし、何かが——束の間の感懐が、独創的な閃きが、それを本質的にミリアムのものたらしめていた。ミリアムの心——さとく、ひらめくような、小鳥のように敏感な心……

「ジョンの誕生日に……」

父──鬚を生やした、陽気な父……

ここには父の子どものころの銀版写真がある。もちろん鬚などない、真面目くさった少年の顔だ。

若者が──年をとるということは──神秘的で、何か恐ろしい感じがする。人間にとって、ほかの瞬間よりぬきんでて自分らしい瞬間というものがあるのだろうか？

未来……彼女は──シーリアは……いったいどこにいるだろう、未知の未来において？

わかりきったことだ。ダーモットがもう少し金持になり……もっと大きな家に住み……たぶんもう一人か、二人、子どもをもち……ときには子どもが病気になることもあるだろう。ダーモットは、もう少し扱いにくくなり、自分のしたいことに邪魔が入ると、今よりいっそういらいらするかもしれない。ジュディーは──たぶん元気いっぱいの自分自身の意志をはっきりもった、生命力に満ち溢れた娘になっているだろう……ダーモットとジュディーはつながっている……彼女自身は──もう少しふとり──色あせ──二人からちょっと馬鹿にされているかもしれない──むろん悪意なしにだが。「お母さま、そんなの、ちょっと馬鹿げているわ……だって……」容色が衰えるにつれて愚かしさを隠すのはだんだんむずかしくなる（突然シーリアはハッと思いだした。「いつまでも美しいままでいるって、シーリア、そう約束してくれたまえ」）。でもそんな段階はすでに過ぎ去っている。二人は美貌などというものが意味を失うほど、長いこと一緒に暮らしてきたのだから。ダーモットの血は彼女の中に、彼女の血はダーモットの中にある。お互いに相手に属しているのだ——本来、他人だった二人が。彼女がダーモットを愛するのは、ダーモットが彼女とまったく違うからだ——あることに対して彼がどう反応するか、それははっきり知っているが、なぜ、そう反応するかはけっしてわからないだろう。たぶんダーモットも彼女に対して同じように感じているのではないだろうか？　いや、ダーモットは物事をあるがままに受けいれて、それについてとやかく考えることをしない。時間の無駄だと思っているのだ。「愛している人と結婚するのは正しいことだわ——ぜったいに。お金や、外面的なことは問題じゃないわ。小さな家に住み、炊事その他いっさいの家事を自分でしなければならないとしても、あたしはダーモットを愛したただろう」とシーリアは思った。しかしダーモットは貧乏な生活に甘んじる男ではない。彼は人生の成功者だ。もちろん、これからも出世するだろう。そういうたちの人なのだ。消化器の具合は今よりもう少し悪くなるだろうが、あいかわらずゴルフを続け……ダルトン・ヒースかどこかに居を構え……彼女自身は見たいものを見ることなく——遠い国々、インド、中国、日本、バルチスタンの荒涼たる高原——ペルシャ——音楽のように美しく響く名をもつ土地、イスパハン、テヘラン、シラーズをついに見ることなく……

シーリアはぶるっと身震いした。自由の身なら——まったく自由なら——何ももたず、何にも属さず、家も、夫も、子どもも、何ものにも縛られないならば、心を引き留めるものが何一つなかったなら、そういうこともできただろう……

「どこかへ逃げて行きたい……」

彼女の母もそう感じていたのだ。

夫と子どもたちを深く愛していたにもかかわらず、母は、折々どこかに行きたくなったらしい……

シーリアは抽出しをもう一つあけた。手紙だ。父から母への手紙だ。一番上の一通を取りあげると、父の死の前年のものだった。

ミリアム

もう間もなくぼくの所にきてくれるだろうね。母は健康で元気らしい。視力は衰えているが、あいかわらず〝殿がた〟のために孜々としてベッド・ソックスを編んでいるよ！
シリルについて、アーマーとかなり長いこと話した。シリルは愚鈍ではない——ただ無関心なのだと彼はいう。シリル自身とも話した。こうして話しあったことで、いくらかでもあの子に影響をおよぼせるといいと思っている。
金曜日までに何とかこっちにきてくれないか。ぼくにとって一番大切なきみと、二十二回目の結婚記念日を一緒に過ごしたいのだ。きみがぼくにとって何を意味したか、いいつくせるような言葉を見つけるのはむずかしい。きみのように献身的な、すばらしい妻を持った男はいないだろう。ぼくはきみという女性を伴侶となし得たことについて、へりくだった思いで神に感謝している。
ぼくらのちっちゃなポペットによろしくいってくれたまえ。
きみを心から愛している夫
ジョンより
シーリアの目には涙が溢れた。やがてはダーモットと彼女も、二十二回目の記念日を迎えるだろう。ダーモットはこうした手紙を書きはしないだろうが、おそらく心の奥底でやはり同じように感じることだろう。

ああ、ダーモット！　あたしがこの一ヵ月ばかり、母の死によって心を乱し、打ちのめされているので、あの人はどんなにかいやな思いをしたことだろう。ダーモットは元来不幸が嫌いなのだから。ここの整理を終えたら、悲しみは過去へと押しやろう。生きていたときの母はけっして彼ら夫婦の間に割りこもうとしなかった。死んだ母も、そうすることはないに違いない……

ダーモットと二人で未来へ向かって歩みつづけるのだ――幸せに、人生を楽しみながら。

それが母を一番喜ばせることでもあるのだから。

シーリアは父の手紙を残らず抽出しから出して暖炉に積み、マッチをすった。これは死者に属するものだと思ったからだった。ただあの一通だけは取っておいた。

抽出しの底に金糸でぬいとりをした紙いれがあった。見るから古い、すりきれた紙が大事そうに畳まれ、〝ミリアムから誕生日に送られた詩〟と上書きしてあった。

感傷といってしまえばそれまでだ……

感傷は近ごろでは軽蔑されている。

けれどもシーリアにとってはその瞬間、そうした思いは、堪えがたいほど、甘美に思われたのだった。

気分が悪かった。がらんとした家が神経に障りだしていた。話相手になるような誰かと一緒にくればよかった。ジュディーとミス・フッドはいる。しかし二人とも自分とは別世界に属する人間だ。その存在は、シーリアの心を安らわせるよりかえって緊張を増し加えていた。シーリアは、いかなる影もジュディーの生活にささないようにと願っていたのだった。

5

ジュディーは活気に溢れた子で、目に触れるもの、手に触るもの、すべてを楽しんだ。ジュディーと一緒にいるとき、シーリアはつとめて賑やかにした。ボール遊びや、羽根つきの相手を屈託なげにつとめた。

ジュディーが床につくと、主なき家の静けさはさながら屍衣のように彼女を包んだ。いかにも空虚な感じであった。

母親といろいろなことを語りあって過ごした、幸せな夜々が昨日のことのように胸によみがえった——ダーモットについて、ジュディーについて、本、人びと、またさまざまな思想について。

今は話相手もいない。

ダーモットの手紙はたまにしかこず、きてもきわめて短かかった。ロシターが姪を連れてきたので、アンドルーズと、マージョリー・コネルと、四人で一勝負したとか。ヒルバラはひどいコースだ――女はゴルフではいっそ邪魔だとか――シーリアが楽しいときを過ごすことを願っている――ジュディーに手紙をありがとうといってほしい――等々、断片的なものだった。

シーリアは安眠できなくなっていた。過去のいろいろな場面が頭に浮かんで目が冴え、うとうとしてもうなされてすぐ目覚めた。何が恐ろしいのか、わからなかったが、鏡に映る顔は病人のようだった。

彼女はとうとうダーモットに手紙を書いて、週末にこっちにきてほしいと頼んだ。

夫からは次のような返事がきた。

シーリア

一応汽車の時間表を見てみたが、ぼくが行っても仕方なさそうだ。日曜の朝に帰るか、午前二時にロンドンに着くか、どっちかということになるからね。車は調子が悪いのでオーバーホールしなければならないし。一週間中働きづめだから週末にはくたくたで、汽車で旅行に出る気がしない。

まあ、三週間すれば休暇がとれるんだから。一緒にディナールへ行こうというのはまったくいい思いつきだ。部屋のことはぼくが問い合わせよう。きみもあまり働きすぎて疲れない方がいいよ。外へもできるだけ出るようにしたまえ。

マージョリー・コネルを覚えているかい？　バレット夫妻の姪で、感じのよい黒い髪の娘だ。失職したばかりということで、うちの社に何とか勤め口を見つけてやれるかもしれない。仕事はよくできる。だいぶしょげているので、一度芝居に連れて行った。

体を大事にして、あまり根をつめないように。今すぐ家を売らないというのは賢明な判断だろう。もっと景気がよくなってからなら、いい値がつくかもしれないし。ぼくらにとっては大して役に立ちそうにないが、感傷からにしろ、きみが手放したくないというなら、管理人を頼んで閉めきっておいても大した費用はかかるまい——おいおい設備を整えてもいい。きみの印税からはいる収入で、税金や庭師の費用は賄えるだろう。ぼくも助力してもいい。ぼくは猛烈によく働いているよ。家に帰るとたいてい頭痛がしている。

すぐにも出かけられるといいんだが。

ジュディーによろしく。

ダーモット

その前の週、シーリアは医者に行き、夜眠れないので薬をもらえないかと頼んだ。子どものころからかかりつけの医者は、彼女にいろいろと質問し、ひととおり診察をしてから訊いた。

「誰かにこっちにきてもらうわけにいかないのかね？」

「一週間すれば、夫がくることになっていますの。そうしたらみんなで外国へ行こうと思って」

「そりゃあ、いい！　このままでいったらあんたはまいってしまう。いい加減こたえているようだ。ショックもひどかったし、それ以来ずっとひとりで思い悩んできたようだし。無理もない。あんたはお母さんをとても愛していたからね。ご主人と一緒に新しい環境にはいれば、大丈夫、気分もすっきりするよ」

医者はこういってシーリアの背を軽く叩き、処方箋を書いてくれた。

シーリアはダーモットがくる日を指折り数えて待った。ダーモットがきてくれさえすれば何もかもよくなる。夫はジュディーの誕生日の前の日に着くはずだ。一緒にここでその日を祝って、それからディナールに立つのだ。

新しい生活にはいるのだ……悲しみや追憶をすべて過去のものとし……ダーモットとともに未来に向けて旅立つのだ。

四日すればダーモットがくる……

あと三日！

二日！

今日だ！

6

何だか妙だった……ダーモットは着いたが、いつものダーモットではなかった。横目でちらっとこっちを見て急いで目をそらし、ふたたび探るように彼女の顔に目を走らせたのは見も知らぬ他人であった。

ダーモットはどうかしている……

病気か……

心配ごとか……

いえ、違う。

とにかくここにいるのは他人だった……

7

「ダーモット、どうかしたの？」

「どうかしたって、どういうことだね？」

二人はシーリアの寝室にいた。シーリアはジュディーの誕生日の贈物を薄紙に包み、リボンを掛けていた。

何が恐ろしいのか？　ただごとではないという、このむかつくような予感は何なのか？

ダーモットの目——まともにこっちを見ない、そわそわとした目——はっと視線をそらし、しばらくしてまた彼女の顔にこそこそと注がれている彼の目……

これはダーモットではない――率直で、ハンサムな、笑っているいつものダーモットではない……

何かに怯えている尻ごみしている……まるで――犯罪人か何かのようにさえ見える……

シーリアは突然いった。

「何かあるのね――お金のことかしら――あなた、お金のことで困った立場になっているんじゃないでしょうね？」

どういったらいいだろう？ でも名誉心の人一倍強いダーモットが、公金費消だなんて――そんな馬鹿げたことがあるわけはない！

しかしこのやましげな彼の目は……

夫が何をしようが、そのために心変わりする妻だとでも思っているのだろうか？

ダーモットはびっくりしたような顔をした。

「金？ 金じゃない――金のことなんか問題じゃないよ」

シーリアはほっとしていった。

「あたし、また――本当に馬鹿ね……」

「話があるんだ……きみにもう見当はついているだろう……」

見当などつかなかった。金のことでないとすると（一瞬、会社の倒産かと不安な思いが胸をよぎったのだったが）、まったく想像もつかなかった。

「話してちょうだい」

まさか、ダーモットが癌に……

癌は、若い、しごく健康な人間を突然襲うことがある。

ダーモットは立ちあがった。奇妙な硬い声だった。

「マージョリー・コネルのことなんだ。最近何度も会った。ぼくは彼女が好きになってしまったんだ」

シーリアは何ともいえぬ安堵を感じていた。癌ではなかったのだ。マージョリー・コネルが好きだって？　なぜ、マージョリーなんかを？　これまで女の子に目もくれなかったダーモットが……

シーリアはやさしくいった。

「気にしなくてもいいわ、ダーモット、一時の心の迷いで、馬鹿な真似をしたんだったら……」

ほかの女と恋愛遊戯にふけるなど、ダーモットの場合、およそないことだった。彼女は驚き、かつ傷ついていた。よりにもよって、彼女がこんなにもみじめな思いで過ごしていた間に――ダーモットに一緒にいてほしい、慰めてほしいとあんなに彼を求めていたときに、その彼がマージョリー・コネルとかりそめの恋にふけるなんて。マージョリーは気持のいい娘で、器量もいい。「グラニーなら、べつに意外とも思わないだろう」とシーリアはふと思った。グラニーは男というものをかなりよく理解していたに違いないから……

ダーモットは激しい見幕でいった。

「きみは何もわかっちゃいないんだね。きみが考えているのとはまるで違うんだ。ぼくらの間には何もなかった――これまでのところは――」

シーリアは顔を赤らめた。

「もちろんよ。あたし、べつに……」

ダーモットは続けた。

「どういったらきみにわからせることができるだろう。彼女のせいじゃない……彼女はこのことでひどく心を痛めている――きみに悪いといって……ああ、ぼくはたまらないよ！」

こういって彼は坐りこみ、両手に顔を埋めた。

シーリアはふしぎそうにいった。

「あなた、本当はあの人が好きなのね——わかったわ、ダーモット——かわいそうに……」

かわいそうなダーモット。突然情熱のとりことなって、おそらくひどく苦しむことだろう。いやみをいってはいけない——ぜったいにいうまい。夫がこのことを乗り越えられるように助力しなければ——一言も非難することなく。彼のせいではないのだ。彼女が留守で——淋しかったのだろう——いわば自然の成りゆきだ……

彼女はふたたびいった。

「お気の毒だと思うわ、心から」

ダーモットはふたたびがばと立ちあがった。

「きみは何もわかっちゃいない。気の毒がってくれるにはおよばないよ。ぼくはひどい男だ。自分を軽蔑しているよ。きみに対して誠実にふるまえないんだから。きみにとっても、ジュディーにとっても、ぼくはもう何の役にも立たないんだ……いっそぼくなんかとはさっぱり手を切った方がいい……」

シーリアは目を見はって夫の顔を見つめた。

「つまり——あの——あたしをもう愛していないってことなの？　ぜんぜん？　でもあたしたち、とても幸せだったのに……いつも幸せだったのに……」

「そう、ある意味では——静かな幸せといったものはあった……しかしこれはまったく違うんだ」

「あたしは静かな幸せこそ、世界一すばらしいものだと思うけれど？」

ダーモットはいらだたしげな身ぶりをした。

シーリアはまたふしぎそうにいった。

「あたしたちを置いてよそに行きたいっていうの？　あたしにもジュディーにも、これっきり会いたくないっていうの？　でもあなたはジュディーの父親よ、ジュディーはあなたを愛しているわ」

「わかっているよ……ジュディーのことは、ぼくだって辛い。しかしだめなんだ。ぼくはやりたくないことをさせられると、まるで役に立たなくなる……不幸なときは、ひどいことをいったり、したりしてしまう……まったくどうしようもないひどい人間になってしまうんだ」

シーリアはゆっくりいった。

「彼女と一緒にどこかへ行くっていうの？」

「もちろん、そんなことはしないよ。マージョリーはそんな女じゃない。ぼくも彼女にそんなことを提案したりはしないよ」

自尊心を傷つけられたらしく、むっとした声音だった。

「あたし――よくわからないわ――つまりあなたはただあたしたちから離れたいっていうのね？」

「ぼくがきみたちにとって、もう何の役にも立たないからだよ……たぶん残酷なことをいったりしたりするばかりだろうからさ」

「でもあたしたちとても幸せに暮らしてきたのに――これまでずっと」

ダーモットはいらいらした口調でいった。

「ああ、もちろん――これまではね。しかし結婚して十一年もたっている。十一年たてば、変化も必要になるよ」

シーリアは思わずひるんだ。

ダーモットは続けた。説得するような口調は、前よりはいくぶんいつもの彼らしかった。

「ぼくにはかなりの収入がある。ジュディーの養育費は十分出すよ――きみにも今は自分の収入があるんだし。外国に行けばいい――旅行をして――とにかくきみがいつもやりたいと思っていたことを残らずやってみたらいいじゃないか……」

顔をぴしゃりと打たれたように、シーリアは片手をあげた。

「きっと楽しいよ。ぼくと一緒に暮らすより、その方がきみもずっと幸せだと思うが……」

「やめて！」

一、二分してシーリアは静かな口調でいった。

「ちょうど九年前の今晩、ジュディーが生まれようとしていたのよ。あのときのこと、覚えていらっしゃらないの？　あなたにとって、そのことには何の意味もないの？　あたしという妻と——いくらかのお手当をもらって縁切りにできるお妾さんと何の違いもないっていうの？」

ダーモットはむっつりといった。

「ジュディーのことはすまないと思っているっていったろう？……だが結局ぼくらはお互いにまったく自由でいようと約束したはずだし……」

「そんな約束を……いつしたっていうの？」

「したとも。それこそただ一つ、誠実な結婚観だよ」

「夫婦が子どもを世に出したときは——結婚生活をあくまでも貫くことこそ、誠実だとあたしは思うわ」

「ぼくの友だちはみんな、結婚の理想は完全な自由にあるべきだといっているよ」

シーリアは笑った。友だち？　ダーモットって、おかしな人だわ——こんなことに友だちを引合いにだすなんて。

「あなたは自由よ……そうしたければあたしたちを置きざりになさったらいいわ、本当にその気ならね……でももうちょっと待ってくださらない？　心からそう思うのかどうか、見きわめるために。十一年間の幸福というものと——一ヵ月の情熱と——考えてみる必要があるんじゃなくて？　一年待ってちょうだい——何もかもこわしてしまう前に——確かめてちょうだい」

「待つ気はない。待つ緊張に堪えられないんだよ……」

突然シーリアは片手をぐっと伸ばしてドアのハンドルを摑んだ。

まさか——まさか、こんなことが……彼女は一声叫んだ。「ダーモット！」

部屋が闇の中に沈み、彼女のまわりで旋回しだした。

気がつくとベッドの上に横たわっていた。ダーモットが、水のはいったコップを手に、ベッドの脇に立っていた。

「きみを苦しめるつもりはなかったんだが……」

ヒステリカルな笑い声をあげようとする衝動を抑えて……シーリアはコップを受けとって飲んだ……

「大丈夫よ……いいわ……あなたは好きなようにしなければいられないんでしょうから。あっちに行っていいわ……あたしは大丈夫だから……でもジュディーのお誕生日は一緒に祝ってくださるわね？」

「もちろんだよ……」

それから「きみが本当に大丈夫だっていうなら……」といって開いた戸口から自分の部屋に行って、ぴたりと扉を閉ざした。

ジュディーの誕生日は明日だ……

九年前、彼女とダーモットは一緒に庭に出た。それから別れて——彼女は陣痛に立ち向かい、ダーモットは妻を思いやって苦しんだのだった……

本当に——よりにもよってこの日に彼女にそんなことを告げることができるほど、残酷な人間があるだろうか……

ダーモットなら……

残酷だ……残酷だ……

シーリアの心は激しく叫んでいた。

「あ、い、あたしに対して、どうしてこんなことを——どうして？……」

8

ジュディーの誕生日はちゃんと祝わなければいけない。

贈物——特別な朝食——ピクニック——ごちそう——ゲーム。

シーリアは思った。「こんな長い日は——長ったらしい日はこれまでになかったわ。あたし、気が狂ってしまう。ダーモットがもう少しその気になってつとめてくれればいいのだけれど」

ジュディーは何も気づかなかった。贈物や、ゲームがうれしくて、みんなが彼女の願いを喜んで聞いてくれることに気づいただけだった。

あまりうれしそうなので——何も気づかずに無邪気にはしゃいでいる娘がいとしくて——シーリアは胸を引き裂かれる思いを感じた。

9

翌日、ダーモットは去った。

「ロンドンから手紙を書くよ。きみはしばらくここにいるだろう?」

「ここはいや——いやよ、ここは!」

このがらんと淋しい、慰めてくれる母親のいない家にとどまるのは堪えられない。

ああ、お母さま、もどってきて、あたしの所へもどって……

ああ、お母さま、あなたさえ、ここにいれば……

ひとりぼっちでこの家に? 幸せな思い出のいっぱい詰まっているここに?——ダーモットの思い出もある、なつかしいこの家に?

「あたし、帰りたいの。明日帰ります」

「きみのいいようにしたまえ。ぼくはロンドンに泊る。きみはここが大好きなんだと思っていたがね」

彼女は答えなかった。答えられないときというものがある。人はそれに気がつくか、気がつかないか、どっちかだが。

ダーモットが去ると、彼女はジュディーと一緒に遊んだ。フランスには行かないことにしたといったが、ジュディーはとくに何の関心も示さず、それを受けいれた。

気分が悪かった。足が痛み、眩暈がした。急にどっと老いこんでしまったような気がした。頭痛はだんだんつのり、大声をあげて叫びだしたくなった。アスピリンを飲んだが、いっこう効かなかった。食べもののことなど、考えるだけでむかついた。

10

シーリアは二つのことを恐れていた。気が狂うのではないかということが一つ、ジュディーが気づきはしないかということがもう一つ。

ミス・フッドが気づいていたかどうか、それはわからなかった。ミス・フッドはもともと、とても物静かな人だった。ミス・フッドがいてくれるのは、彼女にとって大きな慰めであった――この家庭教師は穏やかで、余計な好奇心を示さなかった。

ミス・フッドが何とか家事を円滑に運転してくれた。シーリアとダーモットがフランス行きを取りやめたことを、べつにふしぎとも思っていない様子だった。

ロッジに帰るのはうれしかった。

「ここの方がずっといいわ。気も狂わずにすむかもしれない」

頭痛はよくなっていたが、体はますます弱っていた――まるで袋叩きにでもされたように節々が痛んだ。足はがくがくして歩くこともできず、あまつさえ、ひどい吐き気を催して体中の力が抜けてしまったような気がした。

「これじゃあたし、本当に病気になってしまうわ。心って、どうしてこうも体に大きな影響を及ぼすんだろう？」

ダーモットは彼女が帰宅した二日後にやってきた。

それは依然として彼女の知らないダーモットであった……奇妙な、恐ろしいことだった——夫の体の中に他人を見出すことは。

シーリアは怯えて、大声をあげて叫びだしたくなった……

ダーモットは堅苦しい態度で当り障りのないことを話した。

「まるでよそよそしい訪問客のようだわ」とシーリアは思った。

やがて彼はいった。

「結局いちばんいいことだとは思わないかい——その——ぼくらが別れるということが？」

「いちばんいいこと——誰にとって？」

「まあ、みんなにとってさ」

「ジュディーとあたしにとっては、いちばんいいことだとは思えないわ。それはわかっていらっしゃるでしょう」

「しかしみんなが幸せになるわけにはいかないんだし」

「つまり、あなたがたが幸せになり、あたしとジュディーがそうならないってことね。……どうしてそれがあなたがたで、あたしたちであっちゃいけないのか、あたしにはわからないけれど。ねえ、ダーモット、あなたはしたいようにしていいから、そのことについて無理にあたしと話しあおうなんてしないでちょうだい。あなたはマージョリーとあたしとどっちかを選ばなければならないのよ——いいえ、そうじゃないわ——あなたはあたしに飽きた——それはあたしのせいかもしれないわね——いずれはそうなることを、予期しているべきだったんでしょうね。もっとつとめるべきだったのね、きっと。でもあたし、あなたの愛を確信していたから——神さまを信じるようにあなたを信じていたから。本当に馬鹿だった——グラニーならそういったでしょう。いいえ、そうじゃないわ、あなたが選ばなければならないのはマージョリーか、ジュディーかよ。あなたはジュディーを愛しているわ——あの子はあなたの血を分けた子どもですもの——あたしはあの子にとって、あなたの代わりにはなれないのよ。あなたとジュディーの間には、あたしとあの子の間にはないつながりがあるの。あたしはあの子を愛しているけれど、あの子がよく理解できないわ。あなたがジュディーを捨てるのは、だから、どうしても困るんです。あの子の生活が傷つけられるのはいやなんです。自分のためなら、戦わないわ。でもジュディーのためなら、あたし、戦います。自分の子どもを捨てるなんて、卑怯なことだわ。そんなことをしたら、あなただって幸せじゃないと思うわ。ああ、ダーモット、ダーモット、努力してみてくださらない？　一年の猶予期間を置いてちょうだい、お願いよ。一年たっても、どうにもならないなら――やっぱりマージョリーの所に行かなければならないと思うなら、いいわ、そのときはどうぞ、そうしてちょうだい。その上でだったらあたし、あなたも努力したって感じるでしょうから」

ダーモットはいった。「待ちたくなんかないよ……一年は長すぎる……」

シーリアはやれやれというような身振りをした。

（こんなに気分が悪くなければいいのだが）

「わかったわ――あなたは選択をなさったのね……でも、もしも後でもどってきたいと思ったら――あたしたち、待っていますわ。あたし、あなたを責めないでしょう……さあ、もう行って――どうぞ、幸せになってくださいな。いつかはもどっていらっしゃるかもしれないわね……たぶん……だって根本的にはあなたが愛しているのはあたしとジュディーだと思うわ……それにあなたは本当は正直な、実のある人だと思っている」

ダーモットは咳払いをした。ひどく間が悪そうだった。

いっそ早く帰ってくれればいいのに——とシーリアは思った。こんな話しかたをするなんて……心から愛しているダーモットが——顔を見ていると苦痛だった——さっさと立ち去って望みどおりに行動してくれる方がいい——こんなふうに苦しみを彼女に突きつけて責め苛まずに……

「問題は——いつぼくが自由を得るかということだが——」とダーモットはいった。

「あなたは自由よ。もういつでも行ってくださっていいわ」

「ぼくが何をいっているのか、きみにはまだわかっていないようだね。ぼくの友だちはみんな、できるだけ早く離婚すべきだといっているよ」

シーリアは夫の顔を見つめた。

「でもあたし、あなたがたの間にはまだ何も——何も——離婚の根拠になるようなことはないと思っていたのに——」

「もちろん、そんなものはないさ。マージョリーは真直ぐな気性の女だからね」

シーリアはまたしても笑いだしたくなったが、その衝動をぐっとこらえた。

「それで？」

「ぼくはまだ彼女にそうしたたぐいのことは何もいっていないが」とダーモットは鼻白んだような声音でいった。「もしもぼくが自由の身なら、たぶん結婚してくれると思うよ」

「でもあなたはあたしと結婚しているんじゃないの?」とシーリアは怪訝そうにいった。

「だから離婚しなければいけないんだよ。なに、しごく簡単に、手っとり早くかたづくよ。きみに何の厄介もかけずに。費用はぼくがもつんだし」

「つまり、あなたとマージョリーが一緒にどこかに行くってこと?」

「彼女のような女性を離婚訴訟に巻きこむなんてことを、ぼくがすると思うのか? いや、すべてはあっさりかたづくよ。彼女の名も公にしないですむだろう」

シーリアは立ちあがった。その目は怒りに燃えていた。

「あなたは――あなたって人は――ああ、たまらないわ! もしもあたしが誰かほかの男を心から愛したら、悪いことだと知ってはいても、あたしはその人と一緒によそへ行くでしょう。そうすることによって、その人の奥さんからその人を奪うことになったとしても――その人の子どもから父親を奪おうとは思わないわ――いえ、そうね、そういうことにけっしてならないとはいわないわ。でもあたしなら、それを正直にやるでしょうよ。物蔭に隠れて、誰かをけしかけて泥をかぶらせ、自分は汚名をひきかぶらずに涼しい顔をしているなんて、そんなことはしないわ。あなたとマージョリーはいやらしいわ――たまらないわ。本当に愛しあっているのなら、お互いなしでは生きていけないというなら、少なくともその愛に敬意を払うことができるでしょう。あなたがそう願うなら、離婚もしましょう――離婚はよくないとあたし自身は思うけれど。でも嘘や偽善とは、もって回ったたくらみとは、あたしはいっさい関係しないことよ」

「馬鹿なことを。誰だってやっているじゃないか」

ダーモットはつかつかと彼女に近づいた。

「シーリア、ぼくはどうしても離婚するつもりだよ。待つ気はない。マージョリーを引きずりこむつもりもない。きみは同意すべきだ」

シーリアは夫の顔をまともに見据えていった。

「いいえ、お断りしますわ」

18 恐れ

1

もちろんダーモットはここでまずい手を打ったのだった。

もしも彼が下手に出てシーリアのやさしい気持に訴えたのだったら、彼女の情にすがり、マージョリーを愛している、マージョリーがほしい、彼女なしでは生きられないといったなら、シーリアは情にほだされて彼の提案に同意していただろう――彼女自身の意に反したことであっても。おそらく不仕合わせそうなダーモットを見るに見かねて。彼女はいつも夫が、望むものを与えてきた。今度だって、そうせずにはいられなかっただろう。

彼女はただもっぱらジュディーのために、ダーモットに逆らいつづけたのだった。が、もしも彼がもっと有効な手を使って彼女を攻略したなら、愛する彼のためにジュディーを犠牲にしたかもしれなかった。そんなことをする自分を憎みながらも。

しかしダーモットは正反対の態度をとった。自分の欲するものを当然の権利として主張し、彼女を威すことによって、我意を通そうとした。

シーリアはいつもやさしかったし、彼のいうことに逆らったことがなかったから、ダーモットは意外な抵抗に遭ってひどく驚いた。シーリアはしかし、その後ほとんど食べものが何も咽喉を通らず、夜は一睡もできなくなった。足はガクガクして歩くこともできず、神経痛と耳の痛みに悩みながら、しかし一歩も譲らなかった。その彼女にダーモットは執拗に食いさがって威嚇し、何とか自分の意を通そうとした。シーリアを恥知らず、と罵り、下劣な、所有欲の強い女だ、自分で自分が恥ずかしくないのか、ぼくまでつくづく恥ずかしくなるなどと口走った。しかし何の効果もなかった。

表面はたしかに——しかし彼女の心は深く傷ついていた。ダーモットに——彼女の愛するダーモットに、そんな恥知らずな女だと思われるなんて。

シーリアは自分の状態について危惧の念をいだきはじめた。何かいいかけながら、何をいおうとしていたのか、ふっとわからなくなったりした——頭の中もひどく混乱していた……

夜中に激しい恐怖に胸を突かれて目を覚ました彼女は、ダーモットが自分を厄介払いしようと毒を盛ることを考えているという妄想に怯えた。昼間は、そんなことは夜のくだらない想像にすぎないとかたづけるのだが、除草剤の包みに手を触れられないよう、わざわざ物置に鍵を掛けたりした。こんなことをして、あたし、頭がおかしくなっているんじゃないかしら。気が狂うのでは？　いけない——しっかりしなくてはいけない。

夜中に目を覚まして彼女は家の中をあてどなく歩きまわった——しきりに何かを探しているのだった。そしてある晩、彼女ははっと悟った。母親を探しているのだ。

何とかしてマミーを見つけなければ——そんな思いに促されてシーリアは着替えをしてコートを羽織り、帽子をかぶった。そしてマミーの写真を携えて出かけることにした。警察に行き、母親を捜索してくれと頼むのだ。警察がきっと探しだしてくれるだろう。

……マミーを見つけさえすれば、すべては好転する……

長いこと歩いた。雨降りの、じめじめした日だった……何のために歩いているのか、ついにはもう思い出せなくなっていた。そうだ、警察——警察はどこだろう？　もちろん、町なかにあるにきまっている。こんなだだっ広い田舎ではなく。

彼女はくるりと向きを変えて、反対の方角に歩きだした。

警察の人はきっと親切に、協力してくれるだろう。マミーの名を告げれば——何といったろう、マミーの名は？　奇妙だわ、どうしても思い出せない……あたしの名は——

あたしの名は何だったかしら？

恐ろしいこと——どうしても思い出せない……

シビルだったか？　それともイヴォンヌ？——自分の名も思い出せないなんて……

何とか思い出さなくては……躓きながら溝を越えた……

水を満々とたたえた溝……

水に飛びこめば溺れ死ぬこともできる……

溺れて死ぬ方が首を吊るよりはよさそうだ。水中に身を横たえさえすれば……

水は冷たいわ——だめ——できない——とてもできない……

マミーを探そう……マミーが手を貸して何もかもよくしてくれるだろう。

「あたし、溝にはまって溺れるところだったのよ」彼女がこういうとマミーは答えるだろう。「馬鹿なことをしないでよかったわね」

馬鹿なこと——そうだ、たしかに。ダーモットも——そういったことがあった——馬鹿な女だと——ずっと前のことだが。そういったときの夫の顔が思い出させたもの。あれは……？

そうだ、もちろん、銃をもったあの男だ！

恐ろしかったのはそれだ。ダーモットこそ、あの男だったのだ……

恐怖でへたへたと崩おれそうになった……

家へ帰らなければ……そして隠れなければ……誰かが彼女を探している……ダーモットが追ってくるのだ……

ようやっと家に辿りつくと午前二時で、家中が寝静まっていた。

忍び足で階段をのぼった……

怖い、誰かが隠れている——彼女の部屋のドアの蔭に——息遣いの音が聞える……ダーモットだった……

部屋にもどる気がしなかった。ダーモットが彼女の命を狙っている。こっそり部屋に忍びこむかもしれない……

シーリアはいっさんに階段を駆けあがった。ジュディーの家庭教師のミス・フッドの部屋がそこにあった。その部屋に駆けこんでシーリアは叫んだ。

「あの人をこさせないで——あたしを連れて行かせないで……」

ミス・フッドはやさしく彼女をいたわり、力づけてくれた。

下の部屋までついてきて、しばらく付き添っていてくれた。

眠りに落ちる前にシーリアはふと呟いた。

「まるで馬鹿みたいだわ。マミーが見つかるわけなんか、なかったのに。今やっと思い出したわ。マミーは死んだのよ……」

2

ミス・フッドが医者を呼んでくれた。医者は親切で、何もかもミス・フッドに任せて休みなさいといった。そしてダーモットと会って、奥さんは非常に憂慮すべき状態にあり、いっさいの心労に煩わされないようにしてあげないとどういうことになるか、わかったものではないと率直な意見を述べた。

ミス・フッドは自分の役目をたいへん有能に果たした。彼女はシーリアとダーモットをできる限り二人きりにしないように配慮した。シーリアは彼女にすがりついた。ミス・フッドがいる限り、安心だという気がしていた……ミス・フッドはやさしかった。

ある日、ダーモットがはいってきてベッドの傍らに立った。

「病気だって――いけないね」

そういったのはダーモットで――見も知らない男ではなかった。

咽喉に大きな塊がこみあげた。

翌日、ミス・フッドがちょっと心配そうな顔ではいってきた。

シーリアは静かな口調でいった。

「あの人、やっぱり行ってしまったのね？　そうでしょう？」

ミス・フッドは頷いた。シーリアが落ちついているのでほっとした様子だった。

シーリアは身動きもせずにじっと横たわっていた。悲しみは感じなかった――胸の疼きも。麻痺したような、平和な気持であった……

ダーモットは行ってしまった。

いつか、彼女も起きて、ふたたび人生を歩みはじめねばならない――ジュディーとともに……

すべては終わった……

ああ、ダーモット……

3

そしてある日、彼はまた帰ってきた。

ダーモットが――見知らぬ他人でなく――彼女の夫が帰ってきたのだった。

悪かったと彼はいった――家を出るとすぐ、みじめな気持になった。シーリアのいうとおりだと思う――自分は彼女とジュディーに忠実でなくてはならない。少なくとも努力してみよう……「しかしきみはよくならなくちゃいけないよ。ぼくは病気の人間や、悲しみに沈んでいる人間は我慢できないんだ。一つには、きみがこの春、沈んでいたから、ぼくはマージョリーと親しくなったんだからね。ぼくは人生を一緒に楽しむ相手がほしかったんだ……」

「わかっているわ。あたし、あなたがいつもいっていらしたように、〝美しいまま〟でいなくちゃいけなかったのね」

ちょっとためらってから、彼女はまたいった。「で、あなたは――本当に試してみるつもりなのね？　あたしもうこれ以上、我慢できないわ……本当にあなたが試してみるつもりなら――三カ月の間――その期間が経ったとき、あなたが我慢できないと思ったら、そのときはもう仕方ないわ。でも――でもあたし、また気がおかしくなるんじゃないかと……」

ダーモットは自分としては三カ月間、せいぜい努力してみるつもりだといった。「その間はマージョリーにも会わないことにするよ。きみには気の毒なことをしたと思っている」と。

4

しかし、そんな状態は長くは続かなかった。

ミス・フッドはダーモットがもどってきたことを、むしろ残念に思っているらしかった。

後にはシーリア自身も、ミス・フッドが正しかったことを認めざるを得なかった。

それは徐々にはじまった。

ダーモットはまずむっつりとふさぎこんだ。

シーリアは彼を気の毒に思ったが、話しかける勇気がなかった。

事態は次第に悪化した。

シーリアが部屋にはいって行くと、ダーモットが出て行った。

彼女が話しかけても、彼はまったく返事をせず、ミス・フッドとジュディーとだけ、口をきいた。

話しかけるどころか、彼女の顔を見ようともしなかった。ときおり彼はジュディーを車でドライヴに連れて行った。

「マミーも行くの？」とジュディーが訊く。

「いいよ、行きたければ」

しかしシーリアが支度をするときまっていうのだった。

「マミーに連れてってもらいなさい。ダディーは用事ができた」

ときおりはシーリアの方で断った――「いいえ、行かないわ、いま忙しいから」するとダーモットとジュディーは連れだって出て行くのだった。

信じられないことだが、ジュディーは何も気づかなかった――すくなくともシーリアはそう思っていた。

しかし折々、ジュディーはびっくりするようなことをいった。

犬のオーブリーにやさしくしてやらなければいけないと話しあっていたときのことだった。ジュディーが突然いったのだ。

「マミーはやさしいわ――とってもやさしいわ。ダディーはやさしくないのね。でもとってもとっても面白いわ……」

それからまた、考え考え、

「ダディーはマミーをあんまり好きじゃないみたい……」そして満足げに付け加えた。「でもあたしのことは好きなのよ」

ある日、シーリアはジュディーにいった。

「ジュディー、ダディーはあたしたちを置いてお家を出ようとしていらっしゃるの。ほかの誰かと一緒に暮らす方が幸せなんですって。行かせてあげた方が親切だと思う？」

「あたし、いや、ダディーがいなくなるのは。お願いよ、マミー、行かせないで。あたしと遊ぶとき、ダディーはとってもうれしそうよ――それに――それに、あたしのお父さんなんですもの」

「あたしのお父さんなんですもの！」その一語には子どもらしい誇りと確信がこもっていた。シーリアは考えた。「ジュディーか、ダーモットか？　あたしは二人のどっちかの意向に添って行動しなくてはならない……ジュディーはあたしのたった一人の子どもだ。ジュディーの気持を尊重しなければ……」しかしこうも思った。「ダーモットの意地の悪さに、これ以上堪えることはできないわ。あたし、また、こらえ性がなくなっていく……ずるずると落ちこんでいく……怖いわ……」

ダーモットはまたどこへか消えて――あの見知らぬ男がそこにいた。彼は冷い、敵意に満ちた目で彼女を眺めていた。

世界中で一番愛している人間に、そんな目で見られるのは恐ろしいことだ。シーリアは不貞は理解することができたが、十一年間の夫婦の愛情が突然――一夜にして――激しい憎悪に変わるということが理解できなかった……

情熱はあせ、しぼむだろう。しかし、二人の間にはそれ以外の何ものもなかったというのか？　彼女は彼を愛し、ともに暮らした。彼の子どもをもうけた。彼と一緒に貧乏に堪えた。それなのにダーモットは二度と彼女に会うこともないと考えているのだ、平然と……ああ、恐ろしい――何という無情さ……

あたしは〝邪魔者〟なのだ……あたしさえ、死ねば……

ダーモットはあたしの死を願っている……

いっそ、あたしが死ねばいいと思っているのではないだろうか。そうでなければ、こんなに恐ろしい気持になるはずはないのだから。

5

シーリアは子ども部屋のドアの蔭から中を覗いた。ジュディーはすやすやと眠っていた。シーリアはそっとドアを閉めると廊下を通って玄関に行った。

応接間から犬のオーブリーがちょこちょこと出てきた。

「やあ、お散歩ですか？　こんな時刻に？　いいですよ、ぼくも一緒に……」

シーリアはオーブリーの顔を両手にはさんでその鼻面にキスをした。

「家においで、いい子ね、あんたはきちゃだめなの」

きちゃだめ――だめ！　あたしの行こうとしている所には誰もきてはいけない……

そのとき、シーリアは悟ったのだった。もうこれ以上我慢できない……逃げ出さずにはいられないと……

彼女はダーモットとの長い対決に疲れはてていたのだった……追いつめられたような、居たたまれない気持がした……とにかく逃げ出さなければ……

ミス・フッドは外国から帰ってくる姉に会いに、ロンドンに行った。その機会を捉えてダーモットは、彼女ととことん話しあおうとしたのだった。

彼はすぐ、近ごろまたマージョリーに会っていることを認めた。約束はしたが――守れなかったのだと……

そんなことはシーリアにとってはどうでもよかったのだ――ただ彼がふたたび彼女を責め苛みさえしなかったならば……しかし彼はたちまちそれをやりだしていた。

今はよく思い出せないが……残酷な、痛烈な言葉が投げつけられた——敵意を含んだ、他人の目が……彼女をじっと見た……愛するダーモットが今は彼女を憎みぬいているのだ……

とても我慢できなかった……

これが一番いい解決法なのだ……

いったん家を出るが、二日したらもどってくると彼がいったとき、彼女は答えた。「そのときにはあたしもうここにはいないでしょう」夫の瞼がぴくりと動くのを、シーリアは見た。そして自分の言葉の意味が夫にもわかったことを察した。

彼はすぐ答えた。「いいよ、もちろん、きみの方でそうしたいというならね」

彼女は答えなかった……後で——何もかも終わったとき、彼はみんなに（そして自分自身に）彼女の言葉の意味が自分にはわからなかったのだというだろう……その方が気が咎めないからだ。

しかしダーモットにはわかっていたのだ……そしてその瞬間的な瞼の震えに、彼女は彼の希望を見たのだった。彼自身は気づかなかったかもしれない。そのようなことを認めるのは、彼にとってショックだったかもしれない……しかしたしかに彼女は見たのだ、それを。

もちろん、そうした解決法を彼が進んで選んだとはいわない。彼が願ったのはシーリアも彼同様〝変化〟を歓迎し、自由を求めることであり、したがって彼が自分の欲することをしながら、同時にそれについて何ら良心の痛痒を感じないですむということだったのだろう。彼女が外国でも旅行して、幸せな、満ち足りた生活を送り、彼自身、「ぼくらのどっちにとってもすばらしい解決法だったね」と心からいえれば、たいへん具合のいいことだったに違いない。

ダーモットは幸福を欲した。同時に良心が無用に乱されぬことを願った。彼は事実をあるがままに受けいれようとせず、――事実を自分の欲するとおりに按配したいと願った。

しかし死もまた一つの解決策だ……彼女が死んでもダーモットが自責の念に駆られることはまずないだろう。彼はじき、シーリアは母親の死以来、ずっと精神状態がおかしかったのだと自分にいい聞かせるだろう。ダーモットは自分に都合のいいことを信じこめるたちだ……

ひょっとしたら、すまないと思うかもしれない。悔恨に苛まれないとはいえない……

シーリアはふと子どものように、「あたしが死ねば、あの人、きっと悲しむわ」と呟いた。

しかしそんなことはあるはずがないと知っていたのだった。彼女の死について、自分に何らかの意味で責任があると認めたら、彼はまいってしまうだろう……自分自身を救う道はただ一つ、自分を欺く以外にない……だからもちろんそうするだろう……

いいえ、あたしが出て行こう――こうしたことのすべてから。

どうせ、もう我慢できないのだから。

傷の痛みにこれ以上堪えられないのだから……

彼女はもうジュディーのことも考えなかった。そんな時期はとうに過ぎていた……今のこの苦しみと逃避への憧れのほかはもう何も問題ではないように思えた……

川へ行こう……

ずっと前には谷に川が流れていた――そして桜草が――咲いていた……ずっと昔……苦しいこと、悲しいことが起こらなかった昔には……

せかせかと歩いて、川の所まできた。

橋の下を川が流れていた――流れは速かった。

あたりには人影もなかった……

ピーター・メイトランドは今ごろどこにいるだろう？――ふと彼女はピーターを想った。彼も結婚した――戦後に。ピーターなら彼女にやさしかっただろう。彼とならば幸せに暮らすことができたかもしれない……幸せで、安全だったろう……
ダーモットを愛したようには、ピーターを愛することはなかったろうけれど……
ああ、ダーモット――ダーモット……
残酷なダーモット……
全世界が残酷だ――残酷なだけでなく、わたしを裏切った……
この浮世よりは川の方がまだ親切だろう……
シーリアは欄干の上にのぼって身を投げた。

第三部　孤　島

1　屈　服

シーリアにとってはそれが話の結末であった。

その後に起こったことは何一つ重大ではないかのようだった。警察裁判所でのいきさつ——川から彼女を救いあげた若者のロンドン訛の証言——判事による譴責——新聞沙汰——ダーモットの怒り——ミス・フッドの忠実さ——ベッドの上に坐ってそうしたすべてを、シーリアはまるで夢の中の出来事でも語るように淡々と語った。

もう二度と自殺を企てようとは思わないと彼女はいった。

そのとき自殺を試みたのはたいそう悪いことだったと今では思っているとシーリアはいった。娘を捨てるのかといってダーモットを責めながら、自分も同じことをしようとしていたのだからと。

「せめてもの償いとして今後あたしにできることは、自分のことを考えずにただジュディーのために生きることだ——そう思っています……つくづく自分が恥ずかしくなりました」

彼女とミス・フッドとジュディーはその後スイスに行った。

ダーモットはスイスへ法律上、離婚の理由となる不倫の証拠を送ってよこした。

しかし彼女はしばらくは何もしなかった。

「あたし、混乱していましたの。そっとしておいてもらえるように、あの人のいうことは何でもしようとさえ思いました。もっといろいろなことが自分に起こるのではないかと恐ろしくて……とても恐ろしくて……

でもどうしたらいいか、わからなかったので、何もしませんでした……ダーモットはあたしが復讐心から離婚に承知しないのだと思ったようですが、そうではなかったのです。あたし、ジュディーに、あの子の父親を彼女から引き離しはしないと約束していました……それなのに今さら弱気になって譲るなんて……ダーモットが黙ってマージョリーとどこかへ行ってくれたら、そうしたら、あたしの方から離婚の手続きをとったかもしれなかったのにとも思いました。そうすれば後でジュディーに、『仕方なかったのよ……』といえたでしょうから。そのうち、ダーモットはあたしにまた手紙をよこして、『ぼくの友だちはみんな、きみのしていることは恥知らずだといっている』と告げました。『友だちはみんな……』あいかわらずのせりふでした！

あたし、待ちました……ただ休みたかったのです――どこか安全な所で、ダーモットに捕まらない場所で。彼がまたあたしの前に現われてあたしを罵るのではないかと怖くてたまりませんでした。でも怖いからといって何かに屈服することはよくありません。それは卑怯なことですもの。あたし、自分が臆病だということを知っています――昔からずっとそうだったのです――あたしには騒ぎや愁嘆場が堪えられないのです――そっとしておいてもらえるなら、何だって――本当に何だって、、、してしたでしょう……でも恐怖から譲歩するということだけはしませんでした。あたしは頑張りとおしました。

スイスに行ったことで、あたしは健康をとりもどしました……それがどんなにすばらしいことだったか、とてもいいつくすことはできません。丘をあがるとわっと泣きだしたくなったり、食べものを見るたびにむかついたりすることもなくなりました。あの恐ろしい神経的な頭痛も影をひそめました。精神的な惨めさに肉体的苦痛が加わるのは堪えがたいことです……どっちか一つならとにかく……

健康を取りもどしたと感じたとき、あたしはイギリスに帰りました。ダーモットに手紙を書いて、自分としては離婚は正しいことだとは思えないから、と伝えました（そんなのはいかにも古くさい、間違った考えだと彼は思ったでしょうが）。親は子どものために夫婦の絆を断たずに、ともに荷を負っていくことこそ、正しいとあたしは思っていたのでしたから。折合いの悪い夫婦は別れた方が子どもたちにとっても幸せだと人はよくいいますが、あたしはそうは思わないとも書きました。子どもたちにとっては両親が――父親も、母親も――必要なのです――親子は血肉なのですから。親たちの喧嘩や、いがみあいも、子どもたちにとっては大人の考えるほど、問題ではないのです――むしろそれを見聞きするのはいいことかもしれません。人生がどういうものであるかを教えてくれますもの……あたし自身の家庭は幸せすぎました。ですからあたしは人生について賢くならなかったのです。ダーモットへの手紙の中であたしはいいました。あなたとあたしは一度も口喧嘩をしたことがないじゃないか、いつも仲よく暮らしてきたのにと……

あたし、こうも書いたのです。ほかの女との恋愛をそんなに重大に考えることはない……あなたは自分をまったく自由だと考えていい――ジュディーにやさしくし、よい父親であってくれさえすればあたしは満足だと。あなたはジュディーにとって、あたしがけっしてもち得ないような意味をもっている――あたしをあの子は肉体的に必要とするだけだが――たとえば病気のときには小さな動物のように母親を求めるかもしれないけれど――あなたとジュディーは精神的にお互いに属しているのだと。

あなたがもどってきてくれればあたしはけっして責めないし、あてつけもいわない。

お互いに苦しんだのだからやさしくしあう――それだけならできるのではないだろうかと。

選択はあなたがすべきだ――でもあたしが離婚を望んでもいないし、いいことだと思っていないということは覚えていてほしい。あなたが離婚を選ぶなら、責任はあなたにだけあるのだと。

ダーモットは返事をよこして、自分の不貞の証拠をさらにたくさん並べたてました。あたし、結局彼と離婚したのです……

離婚っていやなものですね……たくさんの人の前に立って……質問に答えるってこと……それもとても立ちいった質問に……ホテルのメイドの証言や……

たまらない思いでした。あたし、気分が悪くなって……

離婚される側の方が楽でしょうね。立ち会う必要はないのですから……

つまりあたし、屈服したわけです。ダーモットの思いどおりになったのです。最初に彼の申しいれを承諾していれば、あんなにも苦しまず、恐れずにすんだかもしれませんわね……

もっと早く受けいれなくてよかったと思っているかどうか、自分でもはっきりわかりませんの……

なぜ屈服したのかということも――よくわかりません。疲れきって平和を求めたくなったからか――こうするよりほかにないと思ったからか、それとも結局のところ、ダーモットに譲ろうと思ったのか……

三番目が本当のところだろうと折々思うこともあります……

だからあたし、ジュディーがあたしの顔をじっと見るとき、いつも後ろめたい思いを感じたのです。

結局あたし、ダーモットのために、あの子を裏切ったのですから」

2　回　想

ダーモットは離婚が成立して数日後に、マージョリー・コネルと結婚した。

シーリアのマージョリーに対する態度について、私はふと好奇心をいだいた。マージョリーに対する気持については、彼女はほとんど触れていなかった――まるでマージョリーが架空の人間であるかのように、ダーモットが気の弱さからマージョリーに誘惑されたのだというようなことは一度もいったことがなかった。こんな場合、たいていの妻はそうした態度をとったろうに。

シーリアは私の問いにすぐ正直に答えてくれた。

「ダーモットが誘惑されたのだとは思いませんわ。マージョリーのこと――マージョリーをどう思うかっておっしゃいますの？　さあ、よく思い出せませんわ、どう感じたか……そんなこと、どうでもいいような気がしていましたし。問題はダーモットとあたしで、マージョリーではなかったんですから。ダーモットがあたしに対して残酷だったこと——それがむしょうにたまらなかったんですから……」

そのとき私は、シーリアにはけっして見えないことをはっきり見てとったのだった。シーリアは苦しみに対して根本的にやさしすぎたのだ。帽子にピンで止められた蝶が、少年のダーモットを動揺させることはけっしてなかったろう。彼なら、蝶はそうされてうれしいだろうぐらいに思ったに違いない！

シーリアについても、ダーモットはそうした態度をとった。彼はシーリアが好きだったが、マージョリーを欲した。ダーモットは倫理的な人間だった。ダーモットがマージョリーと結婚するには、シーリアが邪魔になる。彼はシーリアが好きだったから、彼女もまたこうした解決法を歓迎することを欲した。そして彼女がそうしなかったので、立腹した。彼女を傷つけることが辛かったので、なおいっそう傷つけることになり、不必要に残忍に振舞った……私には彼の心境がわかる——ほとんど同情さえする……

自分のしていることがシーリアに対して残酷だということを感じていたら、あんな仕打ちはできなかっただろう……ダーモットは非情な正直さをもった多くの男たちと同じく、自分については不正直であった。根拠もなしに自分をまっとうな男だと思いこんでいた……

マージョリーを欲した彼は、彼女を手に入れなければいられなかった。これまで彼はほしいものをことごとく手に入れてきた――シーリアとの生活はこの点、彼をむしろ甘やかした。

ダーモットはおそらくシーリアを彼女の美しさゆえに、ただそれゆえに、愛していたのだろう……

一方シーリアは彼を変わらぬ愛で愛しつづけた。それは生涯の愛だった。彼女の言葉を用いれば、夫は彼女の血の中に入りこんでいた……

それにまた、彼女はダーモットにひたすらよりすがった。しかしダーモットはすがられることが我慢ならないタイプの男であった。シーリアには闘志というものがほとんどなかった。闘志のない女が男と戦って勝てるものではない。

ミリアムにはそれがあった。ジョンに対する深い愛にもかかわらず、彼女はジョンに唯々諾々と何でも許して暮らしたわけではなかったと私は思う。彼女はジョンを崇拝していたが、彼をときには悩ましもした。男には、自分と互角に戦う相手に遭うことを好む野獣性があるのだ……

ミリアムには、シーリアに欠けているものがあった。俗にいうガッツだろう。

シーリアがついにダーモットに立ち向かったときには万事遅きに失していたのだ。

シーリアは今ではダーモットがどうして突然あのように残忍になったのか、少しは理解できるようになっており、彼について前とは違う考えかたをしているといった。

「あたしは彼を愛して、彼の望むことを何でもしてきたつもりでした。それなのに――あたしがはじめて本当に彼を必要としていたとき、苦しんでいたときに彼は振り向いてあたしの背中を刺したのです。新聞の三面記事みたいない い回しですけれど、でもあたしはそう感じたのでした。

聖書にちょうどぴったりの句がありますわ」ちょっと言葉を切って、それからおもむろに彼女は引用した。

「われを誹《そし》れるものは仇《あだ》たりしものにあらず、もし然りしならば、なお忍ばれしなるべし……されどこれ、汝なり、われと同じきもの、わが友、われと親しきものなり……

それが辛かったのです。〝われと親しきもの〟――それが……

ダーモットがあたしを裏切るとしたら、もう誰も信用することはできない――あたし、そう思いました。それいらい、世界そのものがあてにならなくなったようで……もう誰も、何も信用できなくなったのです……

それは恐ろしいことですわ。あなたにはおわかりにならないでしょう。何ものも、どこも、もう安全ではないという気持は。

子ども時代にあたしを恐れさせた、あの男がどこにでも隠れひそんでいるということですわ……

もちろん、あたしが悪かったのです……ダーモットをあまり信用しすぎたのですから。人をそんなに信用するものではありません。それは不当です。

ジュディーが大人になっていくのを見守りながら、あたし、考えました……考える余裕がありましたから……そして問題はすべて、あたしが愚かだったからだということに気づいたのです……愚かで、そして傲慢だったと！

あたし、ダーモットを愛しました――でも彼の愛をつなぎとめることはできなかったのです。彼が何を好み、何を欲するかを知って、そのような妻となるべきでしたのに……彼が〝変化を望んでいる〟ということ（あの人、そうはっきりいいましたわ）に気づくべきでしたのに……母はあたしに、ダーモットをひとりにしてはいけないといいました……それなのにあたし、彼の傍を離れたのです。傲慢でしたのね。

破局の可能性があろうなどとは夢にも思わなかったのですわ。ダーモットが愛している――今後も愛しつづける女は自分だけだと確信していました。……さっきもいったように人を信用しすぎるのは不当ですわ――人を大きな試みにあわせることですから。自分が好むからといって相手を高く祭りあげすぎるのは。あたし、ダーモットという人を曇りない目で見たことがありませんでした……そうすることもできたでしょうに……あたしが傲慢でなかったら――ほかの女の人たちに起こったことが、あたしに限って起こることはないとたかをくくらなかったら……馬鹿でしたわ。

ですからあたし、今はもうダーモットを責めてはいません――あの人はそういう生まれつきだったのです。あたしが気づいて、用心すべきだったのに、自信たっぷり、自分に満足しきっていたのですから。あるものが何ものにも代えがたいほど大切なら、賢く配慮しなければいけません……あたしは賢くなかったのです……

ありふれた話ですわね。あたしにもそれはわかっています。新聞にはいくらもそんな話が載っていますわ――とくに日曜新聞にはそういうゴシップが満載されています。ガス・オーブンに頭を突っこんで、あるいは睡眠薬を多量に飲んで自殺をはかる女たち。世の中って――残忍さと痛みに満ちみちていますのね――人間が馬鹿だからでしょう。

あたし、馬鹿でした。自分だけの世界に住んでいましたから。本当に馬鹿でしたわ」

3　逃避

1

「で、それから？」と私はシーリアに訊いた。「それからどうしたんです？　離婚されたのはだいぶ前のことのようですが？」

「ええ、十年前ですわ。それいらい、ずいぶんあちこちと旅行しました。見たいと思った場所に行き、友だちもたくさん作りました。冒険もいろいろ——自分でもかなり楽しい思いをしたと思います」

少々ぼんやりした口調だった。

「もちろんジュディーが休暇のときには、一緒に過ごしました。あたし、ジュディーにはいつもすまないと思っていましたの……ジュディーもそれは知っていたと思います。あたしには何もいいませんでしたけれど、父親を失ったことについて、心の中であたしを責めていたんじゃないでしょうか？　その点、もちろん、ジュディーが正しいのです。あの子は一度こういいました。『ダディーが好きじゃなかったのはあたしじゃない、マミーなのよ。あたしのことは好きだったんですもの』あたし、ジュディーの信頼を裏切ったんです。母親は子どものために、父親の愛情を繋ぎとめておかなくてはいけないんですわ。それは母親としての義務の一部です。あたし、それができませんでした。ジュディーはときおり無意識にあたしに残酷なことをいいました。でもあたしにとってはいいことでしたわ。あの子、徹底して正直だったのです。

ジュディーの育てかたに、失敗したか、成功したか、それはわかりません。あの子があたしを愛しているのかどうかも。物質的な必要は満たしてやりましたわ。でもそのほかのものは与えることができませんでした——あたしにとって大切と思われたものを——あの子はほしがらなかったのです。あたし、自分にできるたった一つのことをしましたの。あの子にまったく干渉しなかったのです。あたしの意志や信念をあの子に押しつけようとはしませんでした。あの子が母親の助けを求めるときにはちゃんとそこにいる、そう感じてもらおうとしました。でもジュディーにはあたしの助けなんか、要らなかったんですわ。あたしみたいな母親はあの子のような子には何の役にも立たないんです——物質面以外には……あたし、ダーモットを愛したように、あの子を愛しました。でもあたしには、あの子が理解できませんでした。

あの子のことには干渉しないようにしようとは思っていましたが、同時に、臆病心から、ただいうがままになることはすまいと決心していました……あたしという母親がいったいあの子にとって何かの役に立ったかどうか、それはけっしてわからないでしょう。役に立ったのだとしたらうれしいんですけれど――本当にうれしいんですけれど……あたし、あの子がかわいくてなりませんの……」

「ジュディーは今どこに住んでいるんです？」

「結婚しましたわ。だからあたし、こうしてここにきているんですの。以前には、思うように旅行なんかできませんでした。ジュディーの面倒を見なくてはなりませんでしたから。あの子、十八で結婚しました。とてもいい人と――あの子よりずっと年上ですけれど――真直ぐで、親切で、裕福で、これ以上、ありがたいことはありませんわ。あたし、あの子に、結婚するのがいいことだと確信できるまで待てといったんですけれど、あの子は聞きませんでした。ジュディーやダーモットのような人たちの意志に逆らうなんて、できることじゃありません。どうでも自分の意志を通さずにはいないんですから。もともと、ほかの人に代わって判断することなど、できるわけがありませんわね。助けているつもりで愛している人の一生を台なしにしてしまうことだってあるかもしれません。とにかく干渉はよくないんですわ……

今あの子、東アフリカにいますの。ときどき手紙をくれますわ、短いけれど、幸せそうな手紙です。ダーモットの手紙に似ていますわ。事実以外には何も書いてありませんの。でもあの子については安心していていいということが感じられます」

2

「で、あなたはここへこられた――なぜです?」

彼女はゆっくりいった。

「お話ししてもわかっていただけるかどうか……ある人があたしにいったことが頭にこびりついていて……あたし、その人に自分の身の上を少し話したんです。その人はいいました。『これからどうやって暮らしていくつもりです? あなたはまだ若いのに』って。『あたしには子どもがいます』って、あたし、いいましたの。『旅行をして、あちこち見物をしたり、珍しいものを見たりして過ごそうと思います』って。

その人はいいました。『それだけでは、おそらくあなたは満たされないでしょう。愛人を一人なり、複数なり作られることですね。どっちにするか、いずれは決めなくてはならないでしょう』

あたし、ギョッとしましたの。そのとおりだと思ったからです……

人は──普通の人は考えもしないでいいますわ。『あなたはいずれは再婚するでしょう──これまでの埋め合わせをしてくれるようなすてきな人と』

結婚なんて、とんでもないとあたし、思っていました。夫ほど、深い傷を負わせる者はいません。夫と妻はそれだけ近しい間柄なのですから……

あたし、男とは、もう金輪際、関係をもちたくなかったのです……

でも愛人をもつべきだといったその青年の言葉はあたしを怯えさせました。……あたし、まだそれほど年を取っていませんでしたから。

愛人──そう、愛人なら、夫ほど恐ろしくないかもしれません──人は、愛人には夫ほど頼りませんもの。夫と妻を密着させるのは生活の些々たることまで、立ちいったことまで、ともにするということです。だから夫と別れた妻は、立ちあがれなくなってしまうんですわ……ときどき会うだけの愛人なら──毎日の生活は自分自身のものですから……」

「愛人──単数の──複数の？……」

「複数の方がよろしいでしょうね。その方が安全ですから！　でもあたしはそうはなりたくないと思っていました。ひとりで生きることを学びたいと思いましたし、そうつとめもしましたわ」

シーリアはしばらくの間、沈黙していた。「つとめることはつとめましたけれど」その言葉には多くの思いがこもっていた。

「それで？」と私はややあっていった。

シーリアはゆっくりいった。

「ジュディーが十五になったときにあたし、ある人に会いましたの……ピーター・メイトランドにどこか似ていました……親切で、あまり才気はなく……でもあたしを愛してくれました……

彼は、あたしに必要なものはやさしさだといいました。そしてあたしにたいそうよくしてくれました。奥さんは男の子が生まれたときになくなったのです。その赤ちゃんも。ですから、彼もまた不仕合わせだったのです。不幸とはどういうものか、彼は知っていました。

あたしたち、いろいろなことを一緒にしました……多くのことが分かちあえるようでした。彼はあたしがあたし自身であっても嫌いませんでした。あたしはその人の前では楽しいときには楽しいといえましたし、馬鹿だと思われないかと心配することなしに、何かに夢中になることができました。……そんないいかた、おかしく響くでしょうけれど——彼はまるであたしの母親のようでしたの、父親ではなく。とてもやさしくて、思いやりがあり……」

シーリアの声もやさしかった。その顔は子どものそれのように——いっとき幸せそうで、信頼に溢れていた……

「それで？」

「彼はあたしと結婚したいといいました。あたし、誰とも結婚できないといいましたの……そんな勇気はなくなってしまったと。彼はそれもわかってくれたのです……それは三年前のことでした。いい友だちでした——すばらしい友人でした……あたしが支えを求めるとき、彼はいつもそこにいました。あたし、愛されていることを感じました……幸せな思いでしたわ……

ジュディーが結婚したとき、彼はもう一度あたしに結婚してくれといいました。自分が信頼できる男だということはもうわかってもらえたと思うと。あたしの面倒を見たいのだ——あたしの家へ、そしてあの昔の家へ、一緒に帰ろうと。家は管理人を頼んでずっと閉めてありますの、とてももどって行く気がしませんでしたから。でもあたしはいつも、家が待っているのを感じていました。……あたしの帰りを待っているのを……彼は二人でそこへ行って一緒に住もうといいました。そうしたらあなたのみじめな思いは悪夢のように消えてしまうだろうと……

あたし、そうしたいと思ったのです……

でもどうしてか、できませんでした。あなたがそう願うなら、愛人の間柄になってもいいとあたし、いいました。ジュディーが結婚してしまった今、それはもう問題ではないと。あなたが自由になりたければ、いつでもあたしのもとを離れてくださっていいのだと。あたしはけっして障害物にはならないだろう。たとえあなたが誰かほかの人と結婚したくなっても、あたしが邪魔になって憎む必要はないだろうと……

でも彼はそうはしませんでした。やさしいけれど、その点、頑固でした。彼は以前は医者――外科医でした――かなり有名な。あたしはこの神経症的な恐怖を克服しなくてはいけないと彼はいいました……自分と結婚すれば万事よくなると……

そしてとうとう――あたし、承諾したのです……」

3

私は一、二分、何もいわなかった。シーリアはまた続けた。

「あたし、幸せを感じました――心から……

平和な気持でした――守られているという、ほっとした思いを感じました……

そのとき、それは起こったのです。結婚式の前日でした。

あたしたち、ロンドンを出て食事に出かけました。暑い晩で……川のほとりの庭に並んで坐っていました。彼はあたしにキスをしていいました――『あなたはとてもきれいだ』って……あたしは三十九でやつれ疲れていましたのに、そういったのです。

いい、いい、それから彼のいったこと、それがあたしを怯えあがらせたのです――夢を破ってしまったのです」

「何ていったんです、彼は？」

「『約束してください、いつまでも美しいままでいるって』と――ダーモットそっくりの声で……」

4

「あなたにはおわかりにならないでしょう——誰にもわかりはしませんわね……

またあの男が、とあたしは思ったのでした……

幸せな、平和な思いに浸っているときに、ふと彼の存在を感じたということ……一時にもどってきました——たまらない恐ろしさが……あたしにはそうした恐ろしさに直面する勇気がありませんでした——もう一度あの苦しみを繰り返す気がしなかったのです……何年も幸せに暮らした後に——たぶん病気になるか、何かが起こるかして……あのときのような惨めな思いが押し寄せる……

そんな思いを繰り返す勇気はなかったのです。

つまり、もう一度、あのときの経験を繰り返すという恐ろしさに直面する勇気がなかったということでしょうね……同じ経験が次第次第に迫ってくる……毎日が幸せなだけにたまらなく恐ろしい……いざそのときが訪れるまでの緊迫感に堪えられない——ということだったのでしょう……

ですからあたし、逃げたのです……

それだけのことです……

こうしてあたしはマイケルのもとを去りました――あの人にはどうしてあたしが去ったのか、わからなかったでしょう――あたし、口実を作って――食事をしたホテルにもどり、駅までの道を訊きました。歩いて十分ということで、そのまま、あたし、駅に向かったのです。

ロンドンにもどると家に帰ってパスポートを取り出し、ヴィクトリア駅の婦人待合室で夜が明けるのを待ちました。マイケルが追ってこないかと心配で……説得されはしないかと。あたし、本当に彼を愛していましたから……彼はいつもあたしによくしてくれました。

でも堪えられなかったのです、あのときの思いを繰り返すのは……

どうしても……

恐怖の中で暮らすのは、身の毛のよだつほど恐ろしいことです……

自分の中に信頼感というものがまるでなくなっていることを感じるのは……

あたし、誰も信じられなくなっていました……マイケルでさえも。

あたしにとってと同様、マイケルにとっても――こんなあたしと暮らすことは地獄であるに違いありません……」

5

「それは一年前のことです……

マイケルには手紙すら、書きませんでした……

何の説明もしなかったのです……

ひどい女ですわね……

でも仕方なかったのです。人を傷つけようが、ダーモットと別れて以来、あたし、情のこわい女になってしまいました。

人はあまりひどく傷つけられると、何も気にしなくなるものです……

あたし、あちこちと旅行して、いろいろなものに関心をもち、自分自身のものと呼べる生活をもとうとしました……

だめでした……

ひとりでは生きられないのです……ほかの人についての話を編みだすこともできなくなってしまいました——何一つ、頭に浮かばないのです……

人ごみの中にいても、ひとりぼっちということです……

誰かが傍にいないと、あたし、暮らせないのです……ただもう恐ろしくて……

あたし、人生に負けてしまいました……

生きていくということにもう直面できなくなりました……あと三十年もこのまま生きるのかと思うと……そんな勇気はあたしにはもうないのです……」

シーリアはほっと溜息をついた……瞼が閉ざされていた……

「それであたし、ここを思いだしましたの。ある目的をもってここへきたのです……とても美しい所ですから……」

そして付け加えた。

「馬鹿げた長話をお聞かせしましたわね……ずいぶんと……もう朝でしょうかしら……」

しばらく後、シーリアは眠りに落ちていた。

4　はじまり

1

という次第だった――この話の冒頭に漠然と触れた一つの出来事をのぞいて。

あの出来事は何か深い意味をもっていたのだろうか？

私の解釈が正しいとすると、シーリアの全生涯はその一点に集中し、それをクライマックスとしていた。

それは船に乗りこむ彼女に、私が別れを告げようとしていたときのことだった。

彼女はまだいかにも眠たそうに見えた。私は彼女を無理に起こして着替えをさせたのだった。一刻も早くこの島から立たせたかったからだ。

彼女は疲れた子どものようだった――おとなしくいうことを聞き、神妙にしていたが、心ここにあらずというふうだった。

私は——確かとはいえなかったが——危険は去ったと思っていた……

突然——私が別れの挨拶をしていたとき、彼女は急に目を覚ましたかのようだった。まるではじめて私を見たように。

「あたし、あなたのお名前すら知りませんわ……」

「そんなことはどうでもよろしい——聞いても、あなたにとってどうということはないでしょう。昔はかなりよく知られていた肖像画家でしたが」

「今はそうじゃないんですの？」

「ええ」と私は答えた。「戦争中にあることが起こったのです」

「あること？」

「これです……」

私は手のない切株のような腕を示したのだった。

2

ベルが鳴って、私は慌てて駆けだした……

だからほんの一瞬の印象にすぎなかったのだが……

しかしその印象はたいそう鮮明であった。

恐怖——そして安堵……

安堵以上のもの——救いといった方がいいかもしれない。

そこに彼女が見たのは、かつての彼女の恐怖のイメージだった……

長い年月の間彼女を追いつづけてきた恐ろしい幻の男……それが私のイメージと重なった。

その恐ろしい男と面と向かって立ってみたら……

何のことはないただの人間にすぎなかったという事実。

つまり私という人間をそこに見出したということ……

3

そのとき、彼女の脳裡を横切った思いを、私はそのように解釈した。

シーリアは今度こそ新しい出発をすべくもどって行った——私はそう信じている。

三十九歳にして――はじめて彼女は成長しはじめたのだ……

前半生の物語と恐怖を私に残して……

彼女がどこに行ったのか、私は知らない。彼女の名前すら、知らない。シーリアと呼んだのは、その名が似つかわしいように思えたからだ。本名を見つけだすこともできるだろう、ホテルにかたっぱしから当たってみれば。でもそうする気は私にはない……おそらく二度と彼女に会うことはないだろうと思う。

訳者あとがき
——もう一人のクリスティー——

アガサ・クリスティーの魅力は何なのだろう？ 私にとってそれは、推理作家としての彼女とは少々べつな所からきているようだ。この『未完の肖像』でクリスティーがメアリ・ウェストマコットの名で書いたロマンス六冊を、全部訳出したことになる。ポアロやミス・マープルの創造者としての彼女があまりにも有名であるために、彼女みずからいうところの〝ストレート〟な、これらロマンスがはたして読まれるかどうか、私自身、はじめはいくらか心配でないこともなかったし、まず一冊を出してみて、残りは読者の反応を見てから、ということは、当初の諒解事項でもあった。けれども日本では最初からアガサ・クリスティー著として出版されたせいもあるだろうが、予想以上に喜んで迎えられ、かつ、返ってくる読者カードに続刊を希望するものが多く、結局三年半ほどの間に六冊の邦訳が出揃うことになったのである。

私が最初にウェストマコット名義の作品を手にしたのは、アメリカのある町の図書館においてだった。クリスティーとはまったく関係のない、何かの本を索引で探しているうちに偶然に Westmacott, Mary (Agatha Christie) "Absent in the Spring" というカードにぶつかった。シェイクスピアのソネットの一行から取ってあるとはいえ、推理小説を十分連想させる題名だ。クリスティーのものはたいていは読んでいるはずだが、これは知らなかったとうれしくなって、さっそく借りだした。主人公は中年のイギリス女性。場所は中東の砂漠。そのうちにこのジョーン・スカダモアが変死体となって発見されるのでは？ と興味しんしん読みつづけた。自己満足にとっぷりつかっているジョーンは、まさにクリスティー好みの被害者だったからだ。

しかし読めども読めども、加害者らしき人物が現われるどころか、ジョーンはほとんど無人境の砂漠の真中で、鉄道の不通という突発的出来事のために足止めになる。『そして誰もいなくなった』式の新しい試みかしら？ そうでもなさそうだが、とあいかわらず推理小説のつもりで読んでいるうちに、とうとう最後のページにきてしまった。誰もいなくなりはしなかったが、私の心の中には何かが残っていた。

この本が邦訳一冊目の『春にして君を離れ』（一九四四年に出版された。本書『未完の肖像』の十年後の作品である）なのだが、クリスティーはこの本について、「わたしは、ここに書こうと思うことを何年ものあいだ思いめぐらしてきました。しかし書きあげるには一週間しか、かかりませんでした。完成したときには精根尽きはてて、すぐベッドにもぐりこみましたが、一語も訂正せずに出版したのでした」といっている。

考えようによっては筆に任せて書き流したようにも聞えるだろう。しかし、もともと書きおろしの速さには定評のあるクリスティーのことである。それよりも、そのテーマを何年間も心のうちに暖めてきたということ、ジョーンはとにかくとして、彼女と対照的なレスリーのような女性を、他のどこでもクリスティーが書いていないということ、さらにジョーンのまったくいい気なものである自己満足が執拗なほど繰り返し糾弾されているところから、私はクリスティーが数多い推理小説に盛りこめなかったものを、ぜひとも自分自身のためにたった一度書いておきたかったのではないかという気持を拭いきれなかった。この『春にして君を離れ』は、アメリカの人名辞典のクリスティーの項で推理小説以外のもののうち、とくに取りあげて賞めてあったのを覚えているが、その正確な言葉は記憶にない。しかしこの本を読んでから、クリスティーに対する私の気持が変わったことは事実で、残り五冊を訳したのも、直接には知るすべもない、海のかなたのクリスティーを、別な目で眺めなおしてみたいという思いからにほかならなかった。

ロマンス六冊。多くの人は推理小説の方を比較にならぬほど、面白いと考えるだろう。しかし、クリスティーの本音がこの六冊のあちこちに洩らされていることは疑うべくもない。六冊を通じて、結婚もしくは離婚が一貫して取りあげられていることも注目される。しかも彼女自身、離婚の経験者でありながら（むしろ、まさにそのゆえにか）、離婚に否定的である。ことに本書『未完の肖像』は彼女自身の離婚、そして再婚の後の作品であって、離婚によって受けた痛手のみならず、例の失踪事件をめぐる口さがない世間の取沙汰、売名的な芝居だという者さえいた、あの一時期の辛い思い出が盛りこまれている。クリスティーは堪えがたかったあの時期を乗り越えて、ある程度自分を客観化し、主人公シーリアに投影させた。もちろんシーリアすなわちアガサ・クリスティーだとは思わない。シーリアに欠けているユーモアのセンスを、われらのアガサは何とたっぷり持ち合わせていることだろう！ しかしロマンス六冊の中には、ロマンティックで、詠嘆的、少なからず倫理的なメアリ・ウェストマコットがいる。また、ジェーン・オースティンやディケンズ、ことに後者のBleak Houseを愛したという若いアガサ・メアリ・クラリッサ・ミラーもたしかにここに生きているのである。

本書『未完の肖像』については、どこまで作者自身が息づいているかということが当然関心の対象となるだろう。クリスティーの自叙伝に記されていない彼女の私生活、そして心の動きを、私はここに見出す。「作家についての報道や伝記は何一つ興味深いことを伝えません。それらが伝えるのは事実に過ぎないのです」とクリスティー自身いっているが、彼女が偽名を使ってまで出した作品を読む方が、自伝を読むより、彼女の内面について知る所がずっと多いのではないだろうか。

『未完の肖像』のダーモットに、あるいは『愛の重さ』のヘンリーにどの程度彼女の最初の夫であるクリスティー大佐の面影があるか、シーリアの母ミリアムにどこまでクリスティー自身の母親が生きているか、考えながら読むのも、ポアロのいう〝絵とき〟の楽しさではないだろうか。

シーリアには、これは間違いなくクリスティーだと思われることが一つある。再三、再四触れられている彼女の内気さだ。『ホロー館の殺人』のガーダや、『ものいえぬ証人』のミセス・タニオスの取りあげかたに窺われる作者の同情に私が何となく感じとっていたクリスティーの内気さは、この『未完の肖像』によって裏づけられ、さらに発掘旅行の体験記であるエッセー風の『さあ、あなたの暮らしぶりを話して』によって確かめられた。

したがって、流行作家の失踪事件として新聞紙上を騒がせた一九二六年冬の出来事にしても、真相はこの『未完の肖像』のシーリアの場合同様、愛する母の死と夫の不実という二重のショックに神経をすりへらした結果だったのであろう。その後もクリスティーはマスコミに対して必要以上に警戒的だったらしい。事件から八年を経て過去を完全に振りきるために書いたものが本書なのではないだろうか。ついでながらクリスティーより十三歳下の第二の夫マクス・マローワンの若いころは（これまた『さあ、あなたの暮らしぶりを話して』から得た印象だが）『バグダッドの秘密』のリチャードによく似ていたのではないかという気がする。

あるとき私は一人の読者から、「クリスティー自身について彼女の作品以上に興味をもっている者ですが、その私生活について誰も多くを語らないようです。もっといろいろ教えていただけませんか？」という手紙をいただいた。「それはこっちのいいたいことで……」という返事を書いたが、この『未完の肖像』には、クリスティーの読者が自分なりの推理を働かせる手掛りがいっぱい詰まっているように思う。『火曜クラブ』のまえがきでクリスティーが触れている、ミス・マープルに似た所があったという彼女の祖母はグラニーなのかも知れないし、クリスティーがよく殺人事件の背景とするハウス・パーティーが、その表裏とも若いころから彼女のよく知っていたものだということもわかる。ミリアムへのジョンからの手紙の一節は、『春にして君を離れ』の中に出てくる手紙とまったく同じだし、もしかしたらクリスティーの母への父からの手紙だったのではないか、という想像も可能だ。

昭和三十四年に出た別冊〈宝石〉に「クリスティ女史のこと」と題する江戸川乱歩氏の一文が載っている。「一つの殺人が起るまでには、関係者の心理に様々の遠因、近因が生じ、それが人間関係の進展につれて漠然たる形を持ち、途中で変形や方向転換をしながら、一つの大きな塊りとなった場合に、結局最後の破局にまで発展し、殺人事件となるのだという考え方」をあげて、「犯罪以前の描写（主として恋愛関係）が非常に長く、私のよく云う「出発点の不可思議性」は無視されているし、その恋愛などの人間関係は、結局メロドラマを出ないのであるが、しかし極めて巧みに描かれたメロドラマであって、しかもそれを読んだあとには、必ず飛びきりの謎があるのだと思うと、通俗恋愛小説の嫌いな私にも充分楽しめる程度に気の利いたものなのである」と記されている。六冊のロマンスの手法もまたそれで、すべては「ゼロ時間へ」と向かっている。

この物語のうちに出版関係の男がシーリアの作品について述べた言葉が出てくる。クリスティーが今なお読まれているのも同じ理由からかもしれない（四四六ページ）。「あなたは天才ではない。しかしあなたには生まれながらにして語りの才がある。あなたはすべてを一種、ロマンティックな靄を通して見ている。それらについてあなたが書いていることはまるで間違っているかもしれないが、あなたはそれを読者の九十九パーセントまでと同じ目で見ている。彼らの欲するのは本当らしく聞こえる虚構です」

解説

文芸評論家　池上冬樹

いささか個人的な話から入りたい。

小学四年のころから江戸川乱歩のジュニア版、ポプラ社の少年探偵団シリーズを読むようになり、五年のときには生意気に創元推理文庫でエラリイ・クイーンを読みはじめていた（といってもペースがすごく遅かったけれど）。中学に入るころまでにはクイーン作品の半分以上は読み、ついでにヴァン・ダインやらクロフツなどにも手をのばしていたのだけれど、なぜかアガサ・クリスティーには手がのびなかった。創元推理文庫に当時あまりクリスティーがなかったこともあるが（その意味でも、最初に早川書房の叢書になじむか否かでだいぶその後の渉猟の歴史もかわるということだが、それはさておいて）、クリスティーに目がいかなかったのは、二つ理由がある。ひとつはクリスティーの映画になじんでいたことと、友人が『アクロイド殺し』と『オリエント急行の殺人』のネタをばらしたことである。それでとたんに興味が薄れた。

クリスティーの代表作、その肝ともいうべきところを教えられて、〝確認〟のために読もうという気持ちにはなれなかった。

さらに悪いことには、クリスティーの映画がぞくぞく公開されて、ますます原作を読もうという意識が薄れてしまったことであり、こちらはハードボイルド／私立探偵小説／クライム・ノヴェル系にどっぷり入っていたこともあり、次第に遠のいてしまった。

ところが後年、英語で小説を読みたくなり、目についた本のなかに『象は忘れない』のペイパーバックがあった。たぶん薄かったことと本格ミステリの謎解きが頁を繰らせる推進力になると考えたのだろう。それを購い、読みはじめたのだが（正確にいうなら、英語力がなくて、途中から訳書と交互に読んでいったのだが）、これが面白かった。そのあと映画化されない（映画化されても見ていない）小説やらを何作か読んで（とくにユーモア冒険小説系のおしどり探偵トミー＆タペンスものが愉しめた）、遅ればせながらのクリスティー体験をすることになった（『アクロイド殺し』も『オリエント急行の殺人』そのほかも読んでみた）。

しかし、とはいえ、大胆なことをいわせていただくと、ハードボイルド／私立探偵小説／クライム・ノヴェル系の人間にとっては、クリスティーの小説は、もうひとつ人物のエモーションが直に伝わってこない憾みがあった。いや、これはクリスティーにかぎらず、黄金期の本格ミステリ全体にいえるし、むしろクリスティーは人物たちの感情をよく伝えているほうだと思うけれど、それでもやはり物足りなさはあった。だから、どちらかというと、クリスティーの場合、ミステリよりも普通小説に興味がもたれた。そこでヒロインは生き生きと苦悩と絶望を語っているからである。

なかでも最初に読んだ『春にして君を離れ』が素晴らしかった。中年の女性が、娘の看病に赴いた地で旧友と出会い、過去の人生を振り返る物語だが、ゆっくりと過去が回想されていき、なんでもない事実に別の側面を見いだし、人生の意味を一つひとつ摑んでいく。その確かなエピソードの選択となめらかな過去と現在の往復、そして人物の温かな感情が醸しだされて、読んでいて幸福感を覚えたほど。ラストで一転して、視点がヒロインの夫に移り、ある種苦い味わいが付与されるけれど、それさえも普遍的な家族、夫婦の真実をついていて、決して不快ではなく、むしろ奥行きを増していた。優れた家族小説であり、感動的な夫婦小説として読めた。

そのあとも姉妹の葛藤を捉えた『愛の重さ』、母と娘の愛を描いた『娘は娘』、二人の男性の存在に思い悩む『暗い抱擁』、音楽家の愛の苦悩を掘り下げた『愛の旋律』と続けて翻訳された。そのなかではやや冗長だが、ドラマ性という点では『愛の重さ』、ミステリ的な味わいをもつ点では『暗い抱擁』などになるかと思うが、とかくシリアスな「愛の小説」路線のなかでクリスティー本来のユーモアがでている『娘は娘』も悪くない。

そんなクリスティーの「愛の小説」六作の締めくくりとして翻訳されたのが（原書の発行は『愛の旋律』についで二作目になる）本書『未完の肖像』だった。今回、約二十年ぶりに再読してみて、いささか甘口のところも気になったが、しかし節々で痛々しさものぞいていて、引き込まれてしまった。ここには有名な失踪事件をおこしたクリスティーの内面が反映されている気がしてならないからである。

いまさら説明するまでもないことだが、『アクロイド殺し』を上梓して話題をよんだ一九二六年、その年の十二月に十日間、クリスティーは失踪した。同年の春に最愛の母親を亡くし、夏には夫から別の女性と結婚したいから離婚してくれといわれていた。そんな不安な時期に、クリスティーは十日間行方をくらまし、あるホテルで発見された。マスコミは売名行為と非難したが、後に記憶喪失症であったことがわかる。その十日間に何があったのか、そもそもクリスティーはどんな思いで行方をたったのかについては、本人の口から直接語られていないので、さまざまに取り沙汰された。後に、それにまつわるノンフィクションも出て、ヴァネッサ・レッドグレーブの主演で『アガサ/愛の失踪事件』(七九年。監督マイケル・アプテッド)として映画化もされた。

おそらく失踪騒ぎは、訳者の中村妙子氏があとがきで述べておられるように、〝愛する母の死と夫の不実という二重のショックに神経をすりへらした結果〟と考えるべきだろう。では、実際にはどういう心理であったのか? それを考えたときに参考になるのが、本書『未完の肖像』なのではないかと思う。

画家の「私」は、ただならぬ気配をもつ女性に出会う。ひょっとしたら自殺をするのではないかと思った「私」はあとをつけて、事情をきこうとする。その彼女が語った人生の絶望とは？

こうして、シーリアという女性の半生が振り返られる。父親は幼いときになくなったが、母親と祖母から愛されて、何不自由なく育ったシーリア。大人になってから軍人と結婚し、娘も生まれ、夫の仕事も順調にいき、経済的にもめぐまれていたのに、少しずつ歯車が狂い、夫と対立するようになる。結婚生活が破綻し、幼い娘を抱えて生きなければならなくなったあとも、彼女は愛を避けるようになり、ひとりで歩こうとする。作者は、その愛の哀しさと、精神的外傷をおったまま生きる女性の姿を流れるような筆致で描いている。シーリアが見る夢のイメージの謎解きも終盤にあり、ほんの少しだが、ミステリ的味つけもある。

しかし本書を読んでいると、やはりシーリア＝クリスティーに思えてきて、ついついクリスティー自身の人生と重ねてしまう。安易に作者の実人生と結びつけてはいけないことは充分承知しているが、物語のなかの母の死、夫との確執、子どもとの距離感、あるいは恋愛観や結婚観などの齟齬が表面化し、それが彼女を鬱屈させていった。やがて絶望の淵においやり、精神状態を狂わせていった。それはまさにクリスティーの内面の軌跡そのままではないのか。事件の四年後の三〇年に「愛の小説」の第一作『愛の旋律』が書かれたけれど、まだそれほど生々しい感情にはあふれていなかった。さらに四年後、事件から八年たった本書『未完の肖像』で、ようやく客観的に書けるようになり、小説にしたのではないか。人間らしい感情がつぶさに語られ、いまだ内面の奥深くで疼いてる傷痕をみせられたような感じさえうけるからである。そして、この人間らしい、生々しい感情こそ、本書のいちばんの魅力でもあるだろう。

そのほかでは、編集者の言葉で語られる小説観のくだりに興味をひかれた（四四六〜七頁）。シーリアが書きためていた小説の原稿を読んだ編集者は、〝あなたは天才ではない。たぐいまれな傑作の書ける人だとは思いません。しかしあなたには生まれながらにして語りの才がある。これは確かです〟と評価する。なぜならば小説の題材にしている心霊術や霊媒といったものを〝一種ロマンティックな靄を通して〟見ている。そこに虚偽があるかもしれないが、〝あなたはそれを、読者の九十九パーセントまで（彼らもそれらについては無知なのです）が見るのと同じ目で〟見ている。〝九十九パーセントの読者というものは、綿密に調べあげた事実などは読みたがらないのです。彼らが欲するのは虚構です——つまり本当らしく聞える虚偽なのです〟と。ところが書こうとする題材や舞台を取材すると〝現実的な話〟に傾いて読者の関心をひかなくなる。あなたは〝知らないことについてはすばらしい嘘が書ける。真赤な嘘を並べるんです〟、途方もないと思えるような嘘をと。

これはある種名言なのではないかと思う。もちろんこれはすべての小説家志望の人にあてはまる言葉ではないが、ただどうしても事実や現実に足をとられそうなときに思い返したい言葉ではあるだろう。あれこれの事実にこだわりすぎて、逆に物語が上っ面をなでるだけで低空飛行になり、読者は自由に想像力で空を駆けることができない。この編集者の言葉は、読者にどのようにしてフィクション、より真実らしき虚構、ときに現実を超えるほどの説得力をもつ虚構、イメージが膨らむヴィジョンを構築するのかというテーマのひとつの回答になっている。

また、これを読めば、さきほどと矛盾した言い方になるが、失踪事件の心理状態を反映した作品という見方も変わってくる。あくまでも事実を通して語るべきではないといっているからで、ここに書いてあることも、真赤な嘘ですよ、ということになる。しかし作家というものは、いく通りも言い訳や予防線をはって読者を煙にまくのが好きなので、それを正直に信用していいのかどうかはわからない。あらかじめそういう風に読まれることを想定して、作家のいっていることとなんて嘘にみちていると解釈してほしかったのか。

いやいや、しかしこの小説が、「メアリ・ウェストマコット」という別名義で発表されたことを考えれば、また先の話にもどるけれど、失踪事件の経過と事実をそのまま小説に書いたと考えていいのではないか。メアリ・ウェストマコット＝アガサ・クリスティーを、どの段階で明らかにするつもりだったのか不明だが、まず最初は秘匿しておいておこうと考えたはずである。それを考えれば、かなり心理的に自由となり、思い切り心の内を語った内容になったのではないか。少なくとも〝真相〟の一端はここに見てとれる。

ともかく本書は、クリスティー最大の事件ともいうべき失踪事件の裏側に何があったのかを探る意味で重要な小説だろう。また、クリスティーが書いた「愛の小説」には、女性の胸のうちが切々とストレートに表明されているので、当時の（そして現在でも通じる）女性（作家）の本音を知るうえで恰好の手引きとなるのではないかと思う。

訳者略歴　東京大学文学部卒，英米文学翻訳家　著書『鏡の中のクリスティー』訳書『火曜クラブ』『春にして君を離れ』クリスティー，『なぜアガサ・クリスティーは失踪したのか？』ケイド（以上早川書房刊）他多数

未完《みかん》の肖像《しようぞう》

〈クリスティー文庫 77〉

二〇〇四年一月十五日　発行
二〇二一年八月十五日　二刷

（定価はカバーに表示してあります）

著者　アガサ・クリスティー
訳者　中《なか》村《むら》妙《たえ》子《こ》
発行者　早川　浩
発行所　株式会社　早川書房

郵便番号　一〇一 - 〇〇四六
東京都千代田区神田多町二ノ二
電話　〇三 - 三二五二 - 三一一一
振替　〇〇一六〇 - 三 - 四七七九九
https://www.hayakawa-online.co.jp

印刷・精文堂印刷株式会社　製本・株式会社川島製本所
Printed and bound in Japan
ISBN978-4-15-130077-6 C0197

本書は活字が大きく読みやすい〈トールサイズ〉です。